616. Todo es Infierno

David Zurdo
Ángel Gutiérrez

616
Todo es Infierno

Círculo de Lectores

RICHARD WAGNER

Agradecimientos

Este libro está dedicado a la memoria de José Antonio Gutiérrez Tapia, que vivió con integridad y murió por amor.

También queremos dedicarlo a Javier Sierra, por ser como es y por ser quien es. La puerta del salón de la gloria es muy estrecha, pero hay que ser grande para poder atravesarla.

Y, por último, a todas las personas que, de un modo altruista, trabajan día a día para mejorar el mundo, como las Hijas de la Caridad de San Vicente de Paúl.

Tenemos mucho que agradecer, y no es un simple tópico, a las personas que han contribuido, en mayor o menor medida, a hacer esta historia lo que es.

A nuestros «lectores favoritos», que siempre leen lo que escribimos con espíritu constructivo y crítico: en especial, Jorge Traver, y también Francisco Íñigo, José María Íñigo, José Luis y Mercedes Zurdo, Belén Gutiérrez y Pedro Baráibar, Óscar Navarro, Fernando Acevedo y Carlos Rojo, así como Alberto Marcos, Emilia Lope y Elisa Fenoy.

A escritores y expertos en distintas áreas, cuyas obras o ayuda directa nos han facilitado ser precisos y evitar errores: Nacho Ares, Ken Arnold, José María González, José Carlos Rivas, Joseph C. Shore, Clara Tahoces, José Luis Valbuena, Álvaro Vázquez y Lilian K. Ginneom.

A nuestras respectivas familias, por habernos soportado, cosa a menudo nada fácil.

Por supuesto, a nuestra agente literaria, Ute Körner, y

sus socios Sandra Rodericks y Günter Rodewald, por su apoyo, su aliento y por creer en nosotros desde el primer momento. También a Raquel Gisbert y Deborah Blackman, de Random House, por su ojo crítico y exacto.

Y, por último, a todos los que han creído sin ver.

Nota previa

Los casos misteriosos e inexplicados –o acaso inexplicables–, presentes en este libro, tienen una base real.

Los pasajes de la Biblia que se citan, así como las interpretaciones bíblicas y de otros textos referentes al Demonio, existen; al igual que son exactos los fragmentos de textos apócrifos, condenados por la Iglesia.

El número 616 es el atribuido originalmente en el Apocalipsis de san Juan a la Bestia, es decir, Lucifer encarnado. Esta cifra fue sustituida más tarde por los primeros cristianos, que introdujeron el número 666. Éste corresponde al temible emperador romano Nerón, cruento perseguidor de los cristianos.

Según la Biblia, Lucifer fue el más puro y perfecto de los ángeles antes de tornar su bondad en maldad por su deseo de ser igual a Dios.

Para los teólogos, por qué Dios permite la influencia del Demonio en el mundo, es un gran misterio. Creen que ello debe formar parte de un plan superior que el ser humano no alcanza a comprender.

De los múltiples enigmas evangélicos, el mayor de ellos continúa siendo la frase pronunciada por Jesús antes de expirar en la cruz: «¡Dios mío, Dios mío, ¿por qué me has abandonado?!», recogida en los Evangelios de Mateo y Marcos.

La Compañía de Jesús es la orden religiosa cristiana más progresista y con mayor número de miembros en el mundo. Desde que el español Ignacio de Loyola fundara esta orden, los jesuitas se han entregado al estudio científico y a la investigación de los sucesos paranormales y lo esotérico en busca de la VERDAD.

La inquietante conclusión a la que se llega en este libro, bajo la luz de los hechos y la incuestionable firmeza de la lógica, podría ser la VERDAD.

Primera parte

Quien con monstruos lucha, cuide de convertirse a su vez en monstruo. Cuando miras largo tiempo a una grieta profunda, ella también mira dentro de ti.

Friedrich Nietzsche

Preludio

Un secreto que ni la misma muerte podía borrar

El hombre había llegado al colmo de su resistencia. Tenía el rostro quemado por el sol y sus labios rotos por la deshidratación. Vestía una túnica de lino blanco, ahora rasgada y ennegrecida, sus sandalias estaban deshechas y sus pies recamados de llagas. Caminaba con sus últimas fuerzas, sin rumbo. Antes de empezar la ventisca de arena, creyó ver, con sus ojos casi ciegos, unas formaciones rocosas. Buscó el abrigo de las peñas, pero no fue capaz de alcanzarlas a tiempo. Se tapó como pudo con la tela hasta que, exangüe, se desplomó en el suelo, abandonándose a la muerte y a los buitres que lo seguían desde hacía varias jornadas. Nunca sospechó que acabaría así, cuando la suerte lo había protegido en tantas ocasiones.

El ruido del viento fue disminuyendo a medida que sus oídos dejaban de percibir toda clase de sonido exterior. Lo último que se apagó fue el latido de su corazón. Pero aunque no podía oírlo, el órgano de la vida seguía haciendo fluir la espesa sangre por sus venas. El hálito seguía emergiendo de su pecho. La arena lo había casi sepultado, pero aún no estaba muerto. Cuando cesó la ventisca, y el anciano de la cueva lo halló en medio de la duna, estaba pendiendo del último hilo que lo separaba del mundo de los muertos. Como pudo, el viejo eremita de barba blanca llevó al joven a rastras hasta su gruta, al abrigo del implacable sol. Los buitres hacían círculos sobre él, esperando el momento de lanzarse sobre el cuerpo inerte. Por el momento, habían perdido su presa.

El anciano lavó la cara del hombre y le humedeció los labios. Luego aplicó un ungüento de grasa de lagarto, que él mismo elaboraba, sobre las quemaduras de su piel. Lo dejó descansar después de colocarle en la boca unas pestíferas hierbas medicinales. Esperó un buen rato a que el desconocido reaccionara a la sustancia de las hierbas. Luego le fue dando gotas de agua, y finalmente pequeños tragos. Por la noche, le dio algo de comida. Al despuntar el alba, al día siguiente, el muchacho podía articular débilmente el habla.

–Te agradezco que me hayas salvado.

–Has tenido suerte. ¿Qué hacías en medio del desierto, solo y sin montura ni agua, en medio de la ventisca?

–Huía...

–¿Huías? ¿De qué o de quién?

–De mi señor.

–¿Eres esclavo u hombre libre?

–Ahora soy libre; antes fui esclavo.

–¿Por eso escapaste?

–No. Escapé para librarme de la muerte.

–¡Pues a punto has estado de encontrarla aquí!

–Pero tú me has salvado.

–¿Por qué motivo temías morir allí de donde vienes?

–Me enamoré de la esclava favorita de mi señor.

–El amor trae siempre disgustos. Yo una vez amé al más puro de los hombres, lo seguí a todas partes, le fui fiel... Y me sirvió para acabar mis días en una cueva, ajeno al mundo, escondido de todos, solo.

–¿De quién hablas?

–De un judío que quiso ser rey.

El joven se mantuvo en silencio unos momentos. La mirada del enjuto anciano de la larga barba y la piel seca se perdía en la negrura interior de la cueva.

–¿Por qué vives retirado aquí, en medio de ningún sitio?

–Por cobardía. Quizá debí matarme, como dije... Ahorcarme. Pero no tengo valor. Y mi corazón ya no soporta el secreto que en él guardo.

–¿Cómo te llamas, anciano?

–Hace tantos años que nadie me pregunta mi nombre, que casi lo he olvidado... Yo era la Alabanza a Dios. Mi nombre es Judas. Judas Iscariote.

1

New London, Estados Unidos

Llovía a cántaros sobre la pequeña ciudad de New London, en Connecticut. Los únicos que se movían por las calles, en medio de la desapacible noche, eran algunos automóviles con sus luces desvaídas por el aguacero. La mujer había corrido rasgando la cortina de agua, e intentando protegerse con su gruesa gabardina y su gorro, hasta la puerta de la iglesia católica polaca de San Pedro y San Pablo. Tosía mucho, con una tos que sonaba irónicamente seca. Detenida bajo el arco que protegía la entrada, se sacudió como un perro empapado y llamó al timbre. El sonido pareció perderse en la soledad de la oscura noche. La mujer insistió repetidas veces, hasta que por fin una voz sonó desde dentro, retumbando en los muros interiores como un eco de otro mundo.

–¡Ya va! ¡Ya va! Va usted a quemar el timbre…

Un sacerdote en pijama y bata abrió la pesada hoja de madera de la puerta. Era de mediana edad, con el pelo cano y desaliñado y el rostro ancho. Tenía una altura considerable, a pesar de cierto encorvamiento de espalda con el que había nacido. Al menos medía veinte centímetros más que la mujer que lo había despertado a esas horas tan intempestivas.

–¿Qué es lo que quiere? –dijo el sacerdote, sin reconocer a quien fuera tantas veces a su iglesia.

–Confesión, padre. Necesito confesarme. Ahora mismo.

–¿Seguro que no puede esperar hasta mañana? No creo

que esté usted en peligro de muerte, como para pedir que la confiesen a estas horas.

La mujer esbozó una amarga sonrisa y replicó en tono angustiado:

–Le juro por Dios que lo necesito. Ahora.

–Ande, ande, pase. Está usted calada –dijo el cura, haciéndose a un lado para dejarla entrar–. Y no use el nombre de Dios en vano.

Aquella mujer, una médico psiquiatra llamada Audrey Barrett, no había usado el nombre de Dios en vano. No aquella noche. En el momento en que atravesaba el umbral de la iglesia, un trueno rasgó el enfurecido cielo. Y la lluvia pareció intensificarse aún más. Millones de seres dormían a esas horas, plácidamente, sin sospechar siquiera el horror inimaginable encerrado en el secreto que la doctora Barrett ya nunca llegaría a comprender.

No sabía cómo explicar al párroco lo que le había sucedido; cuál era el secreto que llevaba en su alma. Un secreto que ni la misma muerte podía borrar. Algo que había comenzado tan sólo unas semanas atrás...

Boston, Estados Unidos

Fuego. Las llamas sobresalen por encima de los edificios a diez manzanas de distancia. El camión toma una curva a toda velocidad. Se oye el chirriar de los neumáticos por encima del aullido de la sirena. Una mujer y su hijo pequeño ven alejarse el camión de bomberos que ha estado a punto de atropellarlos. El chico nuevo se ha abierto la cabeza contra el marco de la ventana, por el fuerte bandazo. Tenía que haberse quedado en la escuadra. Aquello le viene grande a un novato. Le cae un reguero de sangre por la cara, y los otros ven en eso un mal augurio. Es un incendio de los malos. Nadie lo comenta, pero todos lo saben. Se les nota en la cara y en el miedo con el que observan las llamas cada vez más próximas. Ojalá nadie muera hoy, dicen esas miradas.

–¡Preparaos! –grita el jefe del equipo.

El camión se detiene frente a las puertas del convento. Sienten un azote de calor cuando saltan a la calle. Son los primeros en llegar. Y tienen delante de los ojos el Infierno. Se oye un fragor siniestro. Las llamas iluminan la noche, pero hacen también más profundas las sombras que no alcanzan.

–¡Dios mío! –susurra el novato.

Se ha puesto un parche en la cabeza que ha conseguido reducir la hemorragia, pero aún tiene la cara manchada de sangre.

–¡No te quedes ahí parado como un imbécil! ¡Desenrolla la manguera, o quítate de en medio!

El bombero que grita al novato ha visto ya muchos incendios. Sin embargo, ninguno como éste. Tiene la boca seca, pero intenta tragar saliva de todos modos. La cruz del campanario está envuelta en llamas que parecen querer devorarla. El fuego es como un ser vivo. Cualquier bombero lo sabe. Aunque hay algo en este incendio, en este fuego... Ahora es él quien está portándose como un imbécil. Allí parado, pensando estupideces. «Hay algo en este fuego que no está bien...», se dice, sin poder evitarlo.

–¡Vamos, vamos, vamos! –les grita a sus hombres–. ¡Apuntad la manguera hacia allí!... ¡No! ¡Más a la derecha! ¿Estáis todos dormidos, maldita sea? ¡Que el fuego no cruce la calle! –«O quedará fuera de control», es lo que le falta añadir. Pero lo que dice es–: Fred, llama a otros dos equipos enseguida.

Le da un golpe a Fred en el hombro, como si eso pudiera acelerar las cosas. Él mismo se echa a correr hacia donde se concentran los supervivientes del incendio. Todas son monjas. Y eso resulta extraño. Miran horrorizadas cómo arde su hogar. Siente lástima por ellas, pero no está ahí para consolarlas. Ahora no.

–¿Queda alguien dentro?

La joven novicia a la que pregunta ni siquiera le mira. Él se coloca delante y pone las manos en sus brazos, con delicadeza.

–Escúcheme, hermana, ¿sabe si queda alguien dentro?

Habla muy despacio, aunque lo que desearía es zarandearla para que reaccione. Ella no contesta y él no puede perder más tiempo. El tiempo lo es todo en un incendio. Deja a la novicia para ir a preguntar a otra monja. Y entonces oye un hilo de voz que dice:

–Estábamos... cenando. Empezó en la cocina. Salimos todas juntas... Todas las hermanas están a salvo... Pero... Daniel... Él no ha querido salir. La hermana Mary y yo fuimos a buscarlo, pero él no ha querido salir... No encuentra su rosa.

–¿Dónde está ese hombre?

–Tuvimos que dejarlo, ¿me comprende? ¡No queríamos morir allí con él!

La monja empezó a sollozar, y el bombero tuvo que contenerse de nuevo.

–Dígame dónde está Daniel, hermana, quizá aún podamos salvarle.

–¿Sí? –La novicia desvió por primera vez la mirada del fuego, y la posó en sus ojos–. Sí, quizá aún podamos... Estaba en su casa. Por detrás del convento. No sé si seguirá allí.

El bombero regresó corriendo al camión y cogió un equipo de respiración y un extintor portátil.

–Ya vienen de camino dos grupos completos, jefe –dijo el bombero que salía en ese momento de la cabina.

–Bien. Ayuda a Johnson y Peters con la manguera, y no dejéis que...

–... el fuego cruce la calle, lo sé. ¿Adónde va usted?

–Queda un hombre ahí dentro.

El otro bombero miró al edificio en llamas.

–A estas alturas ya debe de estar muerto.

–Es posible. Haz lo que te he dicho.

El bombero jefe se dirigió a la entrada del convento. De espaldas, gritó:

–Pide también una ambulancia... Si no he vuelto en quince minutos, que nadie vaya a buscarme. Es una orden.

Pensó en sus dos hijos, y sintió deseos de no entrar en ese infierno. No es fácil estar dispuesto a sacrificarse por otro. Nunca lo es. Las llamas parecieron redoblarse, desafiándole. Emergían por los huecos de las ventanas, entre un humo negro y denso. El suelo era un caos de cenizas incandescentes, madera chamuscada y cristales rotos.

Empezó a musitar una oración que le había enseñado su madre siendo niño y que casi no recordaba. Pero Dios no oiría su rezo. Estaba muy lejos de allí. Mucho más de lo que el bombero podría suponer.

Decidió rodear el edificio por su lado izquierdo, donde el fuego era menos intenso. Se movía deprisa, pero con cautela. Un paso en falso y dos niños crecerían sin su padre. En momentos como éste se preguntaba por qué quiso hacerse bombero. Pero debía alejar esos pensamientos y concentrarse en lo que estaba haciendo: apartarse cuanto fuera posible de las ventanas, vigilar las cornisas y el campanario... Dios, iba a derrumbarse en cualquier instante.

No soltó el aire de los pulmones hasta alcanzar por fin el patio trasero. Sólo entonces se dio cuenta de que había estado conteniendo la respiración. Un poco más y su ropa protectora habría ardido por el calor extremo. Al menos le pareció que eso era posible. Tenía encharcado el cuerpo. Llevaba la máscara de oxígeno tan apretada, que el borde le hacía daño en el rostro. «Los bomberos también tienen miedo», pensó. Y era cierto. Pero eso no les hace desistir. Tampoco a este bombero, que empezó ahora a correr hacia el extremo del patio.

Allí estaba la edificación a la que se refirió la novicia. El fuego la había alcanzado. Su tejado de madera era una pira llameante e hipnótica. El tal Daniel debía de estar ya muerto, sí. Abrió la puerta de una patada. Apenas conseguía ver. Todo estaba lleno de humo. Sobre su cabeza, las llamas se extendían por el techo, acariciando la madera antes de devorarla. Encendió la linterna y se adentró en la habitación.

–¡Daniel!

Nada.

Un crujido hizo que su corazón se detuviera. Se lanzó al suelo. Notó un fuerte impacto en el costado cuando un trozo de viga ardiente lo golpeó. Su chaqueta se había rasgado y las llamas consumían el forro. No encontraba el extintor. Estaba quemándose. Sentía cómo el fuego trataba de alcanzarle la piel y abrasarla. Se retorció para librarse de la viga y apagar las llamas. Gemía como un niño mientras se quitaba la chaqueta y la bombona de oxígeno.

Le faltaba el aire. Aún seguía con la máscara puesta, pero ya no estaba conectada a la bombona. La arrancó de su cara, inspirando al mismo tiempo con todas sus fuerzas. El humo le llegó al fondo de los pulmones, haciéndole doblarse y toser con violencia. Pudo contener las náuseas por muy poco. De no ser por la bombona, la viga le habría partido la espalda, pero el impacto había roto la válvula dejándola inservible.

–¡Daniel!

El humo era más denso que nunca. Los ojos le ardían y era incapaz de dejar de toser. El piso inferior estaba ahora en llamas. Se sentía acorralado. Hasta la más pequeña fibra de su ser le exigía que huyera. Daniel se había marchado, o ya estaba muerto. Eso argumentaba su cerebro.

–¿Dónde… –tosió– diablos está?

Algo se movió en la cama. Fue una leve sacudida de las sábanas. El bombero se dirigió hacia ella sorteando unos muebles en llamas y lanzando miradas temerosas hacia el techo, que no tardaría en derrumbarse por completo.

Los niños se esconden debajo de la cama cuando tienen miedo... Se agachó y levantó las sábanas. Unos ojos muy grandes, muy asustados, le devolvieron la mirada.

–¡Tenemos que salir de aquí! –gritó el bombero, sorprendido al ver que Daniel era un anciano.

Daniel lo miró como si no le entendiera. Su respiración era entrecortada, angustiosa.

–No... encuentro... mi... rosa.

A la mente del bombero acudieron las palabras de la novicia: «No ha querido salir. No encuentra su rosa». Era increíble la estupidez que estaba oyendo. Sintió deseos de romperle la cara a aquel imbécil. Él estaba jugándose la vida para rescatarlo, el fuego los rodeaba, y a ese hijo de mala madre sólo le preocupaba una maldita rosa.

–Si no sale de ahí, le juro por Dios que yo haré que salga.

Un nuevo crujido engulló la amenaza y el ataque de tos que le siguió. El bombero se encogió contra la cama cuando medio techo se vino abajo entre un mar de llamas y brasas. Daniel lanzó un alarido terrible y se escurrió de debajo de la cama con violencia, derribando al bombero. Era increíble que aún tuviera fuerzas para eso.

–¡Vuelva aquí!

Lo vio dirigirse escaleras arriba. Fue tras él, maldiciéndolo. El tejado estaba ardiendo; también lo que quedaba del suelo. Y en medio de las llamas se encontraba Daniel, rebuscando desesperadamente entre los muebles que ardían. Respiraba con estertores y estaba quemándose las manos, pero no desistía. Se le oyó balbucear algo ininteligible: «No encuentro mi rosa». Al bombero se le encogió el corazón. Estaba contemplando la locura. Las maderas del suelo vacilaron bajo su peso. Pero tenía que rescatar a Daniel. Éste no le prestó atención cuando el bombero llegó a su lado. Segundos después, el mundo se sumió para Daniel en la oscuridad. El bombero evitó que cayera y se lo echó sobre el hombro. Pesaba tan poco...

Era de día. Hasta la noche más larga acaba siempre por terminar. Y la noche anterior había sido muy larga. De las más largas que el bombero Joseph Nolan recordaba. Llegaron a juntarse diez camiones cisterna, pero por fin contuvieron el incendio. Todo estaba arrasado, sin embargo. De lo que fue un hermoso lugar de oración sólo restaba una pila ennegrecida de escombros todavía humeantes. Se repitió que jamás había visto al fuego ensañarse de ese modo con ningún edificio. Algo así debió de ocurrir en 1972, cuando nueve camaradas cayeron en el incendio del edificio Vendange, incluido el padre de Joseph. Fue la mayor tragedia del departamento de bomberos de Boston.

Hacía calor, pero él sintió un escalofrío. Le dolía la espalda, y de vez en cuando le sobrevenía un ataque de tos. Nada grave, en el fondo. El médico le dijo que había tenido suerte: si hubiera tragado un poco más de humo, ahora estaría como Daniel... Pobre hombre. Después de que la ambulancia se lo llevara, se enteró de que era retrasado mental y de que no había nada en este mundo a lo que tuviera más aprecio que a una planta que poseía: su rosa. La maldita rosa que por poco les cuesta la vida a ambos, que quizá iba a costarle la vida a Daniel.

El bombero no estaba seguro de qué hacía allí. Él no era de los que vuelven al «lugar del crimen». Después de salir vivo de un incendio lo único que deseaba era olvidarlo todo, abrazar a sus hijos y regresar a casa. Nada más. Pero hoy no había podido resistir el impulso.

Rodeó el edificio por el lado izquierdo, como había hecho esa noche, y llegó hasta los restos calcinados de lo que fuera el hogar de Daniel, un antiguo establo que compartía con sacos de tierra y abono, y con las herramientas propias de su trabajo de jardinero del convento. Se subió al montículo de escombros. De él sobresalían maderas ennegrecidas, como una hilera de dientes putrefactos. Un pájaro se posó sobre una de ellas. La vida siempre continúa. El bombero lo asustó al moverse y el pequeño animal voló hasta un resto de la antigua pared. Fue entonces cuando la vio.

Era una maceta. Joseph se aproximó hasta ella, espantando de nuevo al pájaro, que pareció dirigirle esta segunda vez una mirada de reproche. Por alguna milagrosa razón, la maceta y su planta se hallaban intactas. Pero la rosa de Daniel no era más que un palo seco y muerto. Ya lo era antes del incendio.

2

España, cinco años atrás

Los mares de cereal desplegaban su áureo manto sobre las tierras monótonas y pobres de la provincia de Ávila. El Seat Toledo de color negro aminoró la marcha al pasar frente al cementerio de un pueblecito castellano, Horcajo de las Torres. Estaba en un terreno algo apartado del pueblo propiamente dicho. Lo circundaba una tapia blanqueada con cal, sólo abierta en una amplia puerta protegida por una verja de hierro.

El automóvil siguió avanzando hasta el pueblo y se detuvo en la plaza de la iglesia. Una vez allí, el conductor, elegantemente ataviado de uniforme, descendió del vehículo y abrió la puerta trasera a sus ocupantes, un grueso obispo y un sacerdote joven. Ambos bajaron del coche con paso quedo. El viaje desde Madrid no superaba la hora y media, pero la salud del obispo estaba muy deteriorada por la edad y la acumulación de grasa. Algo mareado, dio un mal paso al salir del coche, y el chófer tuvo que tenderle la mano para evitar que cayera sobre el empedrado de la plaza.

–Antonio, por favor –dijo el obispo–, ve a un bar y compra unos refrescos. Este calor es insoportable…

El obispo sudaba copiosamente. Se descubrió y se frotó la brillante calva con la palma de la mano. El otro sacerdote, de piel clara y ojos azules, le miró con gesto de leal condescendencia.

Enseguida volvió el conductor trayendo consigo unos botellines fríos. La chica del bar salió a ver qué personaje importante había llegado al pueblo. También se asomaron para curiosear los vejetes que a esa hora de la tarde echaban su partida de dominó. Vieron cómo el obispo y el sacerdote se encaminaban a la iglesia. Ahora comprendieron, pues lo habían oído en la última misa: eran los enviados de la Santa Sede para el proceso de canonización de don Higinio, quien fuera párroco de Horcajo de las Torres hasta su muerte, en los comienzos de la Guerra Civil española. El obispo era, sin duda, el clérigo encargado de hacer las últimas investigaciones para demostrar si la santidad de un hombre o una mujer era merecida.

Las gentes del pueblo se confundían en parte: el obispo era un acompañante impuesto por la Iglesia española. El enviado de la Congregación para las Causas de los Santos era el cura más joven, un jesuita norteamericano que servía en Roma, llamado Albert Cloister. Su misión era exhumar los restos de don Higinio, beato desde hacía ya algunos años y con fama de santidad en toda la región. Su bondad, su alma pura, le hizo precisamente más proclive a los ataques del Maligno. Una intensa lucha interior lo llevó a la victoria con la ayuda de Dios, pero no pudo librarse de padecer estigmas en las palmas de sus manos.

La Iglesia considera a los estigmatizados como receptores de un don divino. Poco después de su fallecimiento, una anciana se encomendó a él para que salvara a su nieta, una niña de ocho años víctima de una enfermedad ósea, entonces incurable, que amenazaba con condenarla a una decrepitud prematura y a la muerte. La niña sanó sin que los médicos que la trataban pudieran dar una explicación científica satisfactoria. Cinco años después, el caso se había repetido en la persona de un hombre fervoroso que, siendo un muchacho, quedó paralítico al caer por un barranco.

Desde el accidente, rogaba cada día a don Higinio, sin excepción, que intercediera por él ante el Señor para que le librara de sus lesiones. El milagro tardó en producirse diez años, diez años exactamente. En el décimo aniversario de su caída, el hombre recuperó la capacidad de caminar cuando los doctores habían asegurado que tenía seccionada la médula ósea y ya nunca volvería a levantarse de su postración.

La parroquia de Horcajo, consagrada a san Julián y a santa Basilisa, estaba ahora regida por un severo y reaccionario sacerdote castellano, tan viejo como los muros de la iglesia. Hasta hacía unos meses tuvo como coadjutor a un jovenzuelo de Madrid que murió de una leucemia, y aún no había recibido un sustituto. Y quizá no lo recibiese, por lo pequeño del pueblo y la escasez de vocaciones en esos años de libertinaje y de internet. La Red Global era uno de los blancos favoritos de sus iras. «Ahí está el mal –decía–, la perversión que inunda el mundo.» También el curón pensaba a menudo en los cantantes modernos, e imaginaba a la «juventud» de las ciudades como manadas de pichones alocados y con el pelo largo, borrachos y drogadictos, seguidos por chiquillas vestidas con ropas provocativas y aire alelado. Se lamentaba de que ya no hubiera autoridad para frenar aquel despropósito...

–Cuánto me alegro de verle, monseñor –saludó el párroco al obispo–. Y también a usted, padre Cloistre. ¿Han tenido buen viaje?

–Un poco pesado y caluroso –contestó el obispo tendiendo su anillo al sacerdote, que flexionó su pierna derecha y lo besó mientras hacía la reverencia preceptiva.

Al padre Cloister, el cura le dio la mano con cierto recelo, el que sentía por todo lo foráneo. Además, le parecía demasiado joven para una tarea de tanta responsabilidad.

–Pongámonos manos a la obra cuanto antes, se lo ruego

–dijo el jesuita–. Debo estar de regreso en Roma para asistir mañana temprano a una recepción del Santo Padre.

La mención al Papa hizo abrir la boca al viejo párroco, que pronunció un leve «¡Oh!», al tiempo que echaba su cuerpo hacia atrás. Recobrado de su cándida expresión de admiración, asintió y dijo:

–Por supuesto. Si son tan amables de acompañarme, los guiaré hasta el cementerio. He avisado a los sepultureros que estuvieran dispuestos para la exhumación.

Desde la reforma del reglamento de canonización en 1917 no era preceptivo exhumar los cuerpos para comprobar si estaban incorruptos o había arañazos en el interior de los ataúdes que los albergaban. Lo primero era signo inequívoco de santidad, mientras que lo segundo significaba que la persona enterrada no estaba realmente fallecida en el momento de ocupar su fosa, de modo que se habría despertado en el interior, de repente, y por desesperación habría tratado de escapar golpeando y arañando la madera. Vano intento que, por añadidura, al considerarse propio de la desesperación, hacía incompatible esa circunstancia con la santidad. Sin embargo, a pesar de la no obligación de hacerlo, la exhumación a menudo se seguía practicando cuando se podía acceder con facilidad a los restos.

Los tres sacerdotes salieron de la iglesia y ocuparon el Seat Toledo. Una nube de vecinos, avisados por la joven del bar y sus parroquianos, salió a paso ligero detrás del coche. Todos querían ver lo que hacían aquellos enviados de la Santa Sede con el cuerpo de su buen don Higinio.

En el interior del camposanto había un cierto olor a descomposición, potenciado por el calor. El sol caía como una losa sobre las cabezas de los cinco hombres que se reunieron en torno a la tumba de don Higinio. El obispo, a pesar de su sombrero, notaba cómo el sudor le iba bajando desde lo alto de la cabeza por la frente y todo su rostro. Los enterradores, que habían tenido que excavar la tierra, descansaban a la sombra y tenían las camisas completamente empapadas. Se quitaron las gorras y se acercaron a una llamada del párroco. Bajo la atenta mirada del padre Cloister, desclavaron con unas palancas la tapa de madera del ataúd de don Higinio, que, podrida, se quebró en varios pedazos a pesar del cuidado que los hombres pusieron en la tarea.

Los habitantes de Horcajo observaban la escena desde fuera, agolpados unos contra otros y pegados a la verja que daba acceso al cementerio, tratando de ver algo. Sólo podían atisbar desde allí a los sepultureros de cintura para arriba, metidos en la fosa y sacando trozos de madera, que iban dejando a un lado. Para los sacerdotes, el cuerpo del exhumado sí quedó a la vista, envuelto en un sudario raído. Mientras el padre Cloister se inclinaba para ver mejor, uno de los sepultureros, que estaba retirando la tela, lanzó un grito ahogado y salió corriendo hacia atrás, agarrándose a la tierra con las manos pero sin apartar la mirada del interior del ataúd. El otro hombre puso cara de extrañeza y severa censura, hasta que se apercibió de lo que había visto su compañero.

–¡Jesús! –exclamó el obispo, mientras el párroco daba un paso atrás.

El único que se mantenía aparentemente impasible era el jesuita, que se arrodilló junto a la fosa y miró adentro.

–¡Tiene todos los huesos machacados! –exclamó el obispo, con los ojos encendidos de rabia–. Esto ha tenido que ser obra de algún desalmado. ¡Nos hallamos ante una profanación!

–Eso no puede ser, eminencia –terció el párroco.

La caja de pino era la original y la tierra no había sido removida. Una profanación era imposible.

Las gentes congregadas murmuraban en voz baja. Algunos hombres y mujeres se persignaban y empezaban a rezar. Ignoraban lo que sucedía, pero la reacción de los sepultureros y de los clérigos no hacía presagiar nada bueno. Don Higinio debía de haber sufrido desesperación y ya no sería santo.

En aquel aciago día, mejor hubiera sido no haber exhumado los restos de aquel hombre bueno. Haberlo olvidado para siempre, o haberlo santificado sin más investigaciones. Ante los ojos del obispo, del párroco y del padre Cloister, los huesos de don Higinio habían aparecido quebrados por cien lugares, reducidos a pedazos. ¿Una profanación? No. El padre Cloister sabía que ésa no podía ser la causa de las fracturas, aunque nunca hubiera visto nada similar. Era imposible que el hombre se hubiera producido él mismo tales lesiones. Pero entonces, ¿cómo...?

Algo destacó bajo el sol apabullante que lo inundaba todo. Sus pensamientos se interrumpieron con brusquedad. Vio una inscripción en uno de los fragmentos a los que había quedado reducida la tapa del ataúd. Estaba grabada en el interior, en la madera podrida por el paso del tiempo. Era una frase breve y concisa, escrita con una firmeza que no se correspondía con la posible acusación de desesperanza de don Higinio. Y, sin embargo, aquella frase transmitía la más aguda y terrible desesperación que un ser humano puede experimentar. La más aguda y terrible desesperación imaginable: «TODO ES INFIERNO».

3

Boston

El Centro Médico de St. Elizabeth, al que todos conocían afectuosamente por *St. E's*, tenía casi ciento cincuenta años de historia, pero su esencia continuaba siendo la misma: servir a los más pobres y necesitados. Era allí donde ingresaron a Daniel, el anciano jardinero del convento donde había ocurrido un incendio terrible y devastador dos semanas antes. Pasado ese tiempo, nadie parecía aún saber si Daniel iba a salvarse o no. Había sufrido quemaduras en los brazos y las manos, aunque sus pulmones se llevaron la peor parte. Consiguiera o no sobrevivir, los médicos afirmaban que nunca se recobraría del todo y que tendría problemas para respirar en adelante.

Joseph, el bombero que le salvó la vida no se había decidido a ir a verlo hasta entonces, aunque se sentía obligado a hacerlo. Arrancar a alguien de las llamas de un incendio y devolverle al mundo de los vivos es un acto generoso, pero supone también una carga pesada. Al final, el salvador acaba siempre con la sensación de que le debe algo al salvado, quizá por haberlo forzado a seguir viviendo una vida que no siempre es fácil.

Después de preguntar en la recepción por la unidad de cuidados intensivos, se dirigió hacia ella. Aquel lugar le provocaba escalofríos. Había una calma absoluta, que, sin embargo, no inspiraba el menor sosiego. Era la falta de vida, el hecho de estar entre ella y la muerte, la razón de aquel pesado silencio. Sólo lo interrumpían sonidos inquietantes: el murmullo de los respiradores artificiales, el lejano ping de una máquina que marcaba un ritmo cardíaco mortecino, los pasos acelerados de una enfermera, el sonido metálico de un teléfono...

El bombero se asomó a una de las habitaciones. No era la de Daniel. Se le aceleró el pulso al ver el estado de quien se encontraba en ella. «Mierda», dijo para sus adentros. La impresión le hizo volverse bruscamente, y no pudo evitar estrellarse contra una enfermera.

–Lo siento, perdóneme –se disculpó.

–¿Se encuentra usted bien?

Eso lo preguntó la enfermera, que ni siquiera se quejó por el encontronazo, al ver el rostro intensamente pálido del bombero.

–Sí, gracias. Es sólo que... Bueno... –El bombero señaló con el pulgar hacia atrás.

–Los quemados son los peores...

Por supuesto que sí. ¿Qué le iba a contar a él? Pero una cosa era encontrárselos en el fragor del incendio, con la adrenalina amortiguando las emociones, y otra muy distinta era verlos así, con el ánimo frío.

–Yo venía a visitar al señor... eh... Me temo que no sé su apellido. Pero sí que se llama Daniel.

La expresión preocupada de la enfermera dio paso a otra severa y llena de desconfianza.

–No será usted uno de esos abogados, ¿verdad?

En su boca, la palabra abogado sonó como la más infecta y contagiosa de las enfermedades. El bombero imaginaba qué abogados eran esos a los que ella se refería: los que rondan como alimañas los hospitales, y hasta las agencias funerarias, buscando algún cliente y alguien a quien demandar en su nombre o en el de sus familiares.

–Oh, no, no. Yo soy bombero. Saqué a Daniel de allí, ¿sabe? De aquel incendio.

–Ya. ¿Y tiene usted alguna clase de identificación?

El bombero revolvió torpemente uno de sus bolsillos. Por fin encontró su cartera, de la que extrajo un carné.

–Aquí está.

–Joseph Nolan, departamento de bomberos de Boston –leyó la mujer–. Muy bien, señor Nolan, puede usted ver a Daniel. Está en la habitación número dos. Le digo lo mismo que le dije a la visita que está ahora con él: no se entretenga mucho. Aquí, todos necesitan descanso.

–Claro, no se preocupe.

Así es que Daniel tenía una visita... Una de las monjas, seguramente. Por lo que el bombero sabía, ellas eran la única familia –por así decirlo– que le quedaba en el mundo. La madre del jardinero lo abandonó cuando contaba sólo unos pocos meses de vida. Lo dejó a las puertas del convento de las Hijas de la Caridad que acababa de ser devorado por el fuego. Nunca se llegó a descubrir la identidad de esa mujer, o la razón por la que abandonó a su hijo. La única pista era una pequeña nota manuscrita en la que la madre decía: «Por favor, tengan piedad y cuiden de mi hijo. Él no tiene la culpa de mis pecados. Es muy bueno. Casi no llora. Se llama Daniel». Las monjas lo acogieron, como les pidió la madre. Lo hicieron sin formular preguntas, y no sólo porque no tuvieran a quién hacérselas: ellas no juzgaban a nadie; se limitaban a servir a Dios y a sus más desfavorecidas criaturas.

Pronto quedó claro que el niño no era del todo normal. Un médico que lo examinó llegó a la conclusión de que sufría un retraso mental considerable. En esas condiciones, la adopción de Daniel por parte de una familia convencional, que habría sido lo mejor, resultó imposible. Y entonces las propias monjas decidieron que se quedara con ellas. Le dieron un hogar y también su comprensión y su amor. E incluso, cuando tuvo edad para ello, un trabajo de jardinero en el convento. Eran los ángeles guardianes que velaban por Daniel. Esto es lo que percibió nítidamente el bombero al ver a una monja anciana junto a su cama, que le agarraba con cariño la mano. Parado en el umbral de la puerta, no queriendo molestar, oyó rezar a la monja:

> Corazón compasivo,
> fuente de vida…
> Concede a los que son frágiles la seguridad de tu fortaleza,
> y a los que están enfermos, un bálsamo curativo,
> y a quienes están desesperados, la paz,
> que aquellos cuyas mentes les traicionan tengan sólo cariño,
> que los cuerpos malheridos se recobren sin dolor,
> que los afligidos encuentren tu consuelo,
> que los que están sufriendo sean aliviados,
> y que todos los que se hallen a las puertas de la eternidad alcancen la grandeza de tu luz.
> Tú, que eres la calma en la tormenta,
> la aurora en la oscuridad,
> acúdenos.

Joseph sentía ahora una opresión en el pecho aún mayor de la que lo acompañaba desde que llegó al hospital. Dudó un momento, dio la vuelta sin haber entrado en la habitación y se marchó volviendo sobre sus pasos. Su padre, un bombero como él, murió en una unidad de quemados no muy distinta de aquélla. Era un hombre fuerte, lleno de energía, pero el último aliento no le bastó para conseguir pronunciar una sola palabra. Este sitio le traía demasiados recuerdos dolorosos, que un hombre hecho y derecho como él no era siempre capaz de soportar. Quizá al día siguiente pudiera. Eso esperaba, porque le debía a Daniel una visita. Y aún tenía en casa la pequeña maceta y el palo seco que el viejo había denominado «su rosa».

Esa noche, una enfermera de guardia en Cuidados Intensivos estaba haciendo su primera ronda nocturna. Hasta el momento todo se encontraba en orden. También Daniel, que dormía profundamente. Siguiendo la rutina habitual, ella comprobó que el respirador funcionaba bien, y verificó también la tensión, la velocidad del goteo y la saturación del oxígeno en sangre, entre otras constantes vitales. Sin problemas. Eran correctas dentro de lo que cabía esperar. El pulso de Daniel mostraba una cadencia algo irregular, nada preocupante dadas las circunstancias.

La enfermera se quedó mirando durante unos segundos el arrugado rostro del anciano y, en un gesto maternal, lo arropó con las sábanas. No es que temiera que el paciente se enfriara –los Cuidados Intensivos eran un auténtico invernadero–, pero más valía prevenir. Abandonó la sala tras un último vistazo y, satisfecha, prosiguió con su ronda. Por eso no vio que el ritmo del corazón de Daniel empezaba a aumentar de repente. Los picos verdes del monitor se hicieron más rápidos. Sólo un poco más rápidos. Todavía.

El aire era diáfano. La brisa traía consigo un aroma imposible de describir, una mezcla entre el olor a hierba recién cortada y el de las pastas que sor Theresa preparaba en el día de Acción de Gracias. Así olía la felicidad para Daniel. Cerró los ojos y llenó el pecho de aquel aroma estupendo. Entonces le pareció oír una música tan hermosa que casi le hizo llorar. Abrió los ojos de nuevo y la música se hizo todavía más bella. Por todos lados se extendía un manto verde sin fin. Mullido.

Brillante. Acogedor. Aquí y allá formaba pequeñas lomas en las que se mecían árboles y flores de unos colores vivos como él nunca viera antes. Riachuelos de un agua cristalina corrían entre ellos, y a su alrededor se congregaban toda clase de animales; incluso animales salvajes. Estaban sueltos, pero Daniel no sentía ningún miedo, como tampoco lo sentían los animales más débiles de sus depredadores naturales. Todo le saludaba y le ofrecía una cariñosa bienvenida. No lograba explicar la inmensa alegría que lo embargaba. Su mente era demasiado torpe y lenta para eso. Aunque se dijo que esto debía de ser el Paraíso del que le habían hablado siempre las monjas. No podía ser otra cosa.

Daniel se adentró en aquel vasto prado verde, acunado por el rumor suave del viento y por la bella música. La hierba acomodaba su pie conforme avanzaba. Una docena de chacales se apartaron gentilmente para dejarle seguir el curso del riachuelo. Caminaba sin el menor esfuerzo, como si fuera transportado por el aire. Así, acabó llegando al origen del riachuelo. Era un lago del que partían tres riachuelos más. En su centro se encontraba una isla. Y en el centro de la isla, había una sola flor.

–Mi rosa –murmuró Daniel en sueños.

La enfermera continuaba con su ronda, ajena a las palabras de Daniel y su sueño, así como al aumento progresivo del batir de su corazón.

Era una esplendorosa rosa roja. Daniel se metió en el agua para intentar llegar hasta ella. El lago no era profundo. Podía verse el fondo a medio metro escaso de distancia, bajo el agua transparente.

Estaba ya muy cerca de la isla. Pronto sería capaz de tener de nuevo su rosa entre las manos. Pero entonces hubo un cambio.

El cielo fue atravesado por una sombra que cubrió el sol durante un segundo. Todo pareció seguir como antes, después de que la sombra pasara. Pero no era así. Daniel notó que el agua se tornaba fría repentinamente, que el espejo traslúcido de la superficie comenzaba a volverse opaco, de un azul sombrío y amenazador. Se apresuró para llegar cuanto antes hasta la isla y su rosa, pero el agua se hacía cada vez más gélida. Los calambres en las piernas no tardaron en aparecer, convirtiendo en un tormento cada uno de sus nuevos pasos. Mientras, las horribles transformaciones proseguían a su alrededor. Las hojas de los árboles se volvieron primero amarillas y luego castañas, en un proceso vertiginoso y siniestro. Cayeron al suelo finalmente muertas, sobre una hierba que hasta hacía un momento era intensamente verde y repleta de vida, y que ahora estaba descolorida y moribunda. El mismo mal se había apoderado de las otras plantas, cuyos tallos se doblaban en agonía, perdiendo los pétalos ya muertos de sus flores.

La música que antes iluminaba el espíritu de Daniel dio paso a unos gruñidos y, después, a unos terribles aullidos de dolor y sufrimiento. El aire se llenó de un hedor pútrido, y cuando llegó hasta los animales… Daniel los vio volverse locos. Empezaron a devorarse. No sólo los depredadores a sus presas, sino también unos y otros entre sí. Las aguas cristalinas se llenaron de vísceras y miembros arrancados. Millares de peces muertos flotaban ahora en el líquido teñido de rojo por la mezcla de mil sangres.

Daniel gimió, aterrado… Su rosa. Debía llegar hasta ella. Pero no le quedaban fuerzas para seguir avanzando. El agua estaba más helada que nunca. Algo le pasó entre las piernas, un ser escurridizo con un tacto repulsivo que le erizó todo el vello del cuerpo.

A lo lejos, otro cambio se inició en el horizonte. El azul luminoso del cielo se llenó de tonos rojizos y amarillentos, como de fuego. Le llegaron sonidos extraños, una especie de fragor salvaje que no era capaz de identificar. Daniel estaba en medio del lago, petrificado. Desvió la mirada del horizonte por un segundo, y sintió que las lágrimas empezaban a brotarle desconsoladamente de los ojos. A su alrededor, nada seguía con vida.

–No, no... –gimió Daniel aún en sueños.

Del horizonte llegó un grito maléfico, y el cielo se tiñó de rojo por completo. Lo último en morir fue su rosa.

–¡NOOOOO!

El alarido retumbó en toda la planta del hospital, y la alarma del monitor se disparó en la central remota de control. Menos de diez segundos después entraron atropelladamente en la sala un médico y dos enfermeras. El monitor cardíaco marcaba ahora trescientas quince pulsaciones por minuto.

–¡Va a reventarle el corazón! –gritó el médico–. ¡0,5 miligramos de Esmolol por kilo! ¡A chorro! ¡Y que alguien apague esa alarma!

4

Boston

–Buenos días, Daniel.

El viejo jardinero no hizo caso del saludo de la madre superiora. No se volvió hacia la puerta cuando ella entró en la habitación, ni tampoco pestañeó siquiera cuando la religiosa abrió las cortinas para que entrara un poco de luz. Continuó sentado en el borde de la cama, con la vista perdida en el suelo. Así se pasaba todo el día desde que había salido del hospital. Fuera ya de peligro, aunque con importantes secuelas, los médicos le habían dado el alta, y las Hijas de la Caridad pudieron ir a buscarlo. Instalaron a Daniel lo mejor posible en una modesta residencia para ancianos indigentes que administraban en la misma ciudad de Boston. No les quedaba alternativa, pues el antiguo hogar del jardinero había quedado destruido hasta los cimientos.

Aquella expresión de abandono e indiferencia de Daniel rompía el corazón. En parte era debida a los tranquilizantes que tomaba, pero no sólo... Estaban también esas horribles pesadillas, que no lo habían abandonado desde que comenzaron en el hospital, justo después del incendio. Él no hablaba de ello con nadie, pero las monjas le oían gemir en sueños y, en más de una ocasión, alguna hermana lo encontró aullando de pánico en mitad de la noche, con los ojos desorbitados y musitando palabras ininteligibles. La situación iba a peor. El médico residente no sabía qué hacer, a pesar de sus esfuerzos y su buena voluntad. Por eso se limitaba a recetarle tranquilizantes, que sólo contribuían a dejar a Daniel en aquel lamentable estado y no ayudaban en nada respecto a sus pesadillas.

Aunque peor aún que éstas era la tristeza que mostraba por haber perdido en el incendio su querida planta, un palo escuálido con el que apareció un día en el convento. Las monjas nunca supieron de dónde la había sacado, pero desde el primer instante mostró hacia ella un enorme cariño. Y no dudó en llamarle su rosa, aunque Dios sabía que podría tratarse de cualquier otra planta de la Creación.

«Esto no puede continuar así», se dijo la madre superiora, observando el rostro ausente del viejo jardinero. En cuanto saliera de la habitación, llamaría a la doctora Barrett. Estaba decidido. El pobre Daniel... Pero la monja le tenía reservada una sorpresa.

Un suave toque en la puerta sacó a la religiosa de sus cavilaciones.

–Adelante.

–Eh... buenos días.

La monja miró al hombre durante unos segundos, antes de preguntar:

–¿Es usted el señor Nolan?

–Así es. Joseph Nolan.

–Encantada de conocerle en persona. Habló conmigo por teléfono esta mañana. Estaba pensando ahora mismo en usted, ¿no le parece curioso? Pero no se quede ahí... Adelante –dijo, antes de que el bombero pudiera contestar–. ¿La ha traído?

–Sí.

A Joseph no le había resultado nada fácil encontrar a Daniel. Lograrlo le costó toda una semana, dos cenas con cine incluido y una visita guiada de una veintena de niños a su escuadra de bomberos. Aunque pretendía hacerlo, no volvió al hospital el día siguiente de su única visita a Daniel, ni tampoco en los restantes días que éste pasó en Cuidados Intensivos. Cuando reunió el coraje suficiente para acudir de nuevo al hospital, Daniel había sido dado de alta y nadie quiso decirle adónde se lo habían llevado. Las cenas y las sesiones de cine fueron con una chica de la administración del hospital, que acabó dándole la dirección de la residencia de ancianos –un truco sucio, lo sabía, incluso por una buena causa–; y la visita guiada fue un extra para el sobrino de la chica y otros diecinueve monstruos del Averno disfrazados de estudiantes de quinto grado.

–Daniel, mira lo que te ha traído el señor Joseph Nolan. ¡Es tu rosa!

–¿Mi... rosa? –inquirió Daniel, volviendo los ojos hacia Joseph–. ¡MI... ROSA!

–La encontré entre los restos de tu casa –dijo el bombero, algo tímido–. Tenías razón, Daniel. Estaba allí.

El abatimiento en que Daniel se hallaba sumido desapareció por completo. Saltó de la cama con una agilidad inesperada, y se abrazó a un mismo tiempo a Joseph y a la maceta que éste le tendía.

–¿Qué es lo que se dice, Daniel?

–Gracias, Jo... seph.

Oír a Daniel pronunciar su nombre, aunque fuera de ese modo vacilante, le arrancó una gran sonrisa al bombero.

–De nada. Y ya puedes soltarme, antes de que me rompas algún hueso... Además, tengo que irme. Mi turno empieza dentro de media hora. Pero volveré otro día, ¿de acuerdo, Daniel?

Éste no respondió. Había colocado la maceta en la repisa de la ventana, y la contemplaba soñadoramente.

Joseph y la monja lo dejaron a solas. En el corredor, ella dijo:

–Vuelva siempre que lo desee. Es usted un buen hombre, Joseph.

Era curioso lo que decía la monja. Había flirteado con una pobre chica a la que no pretendía volver a llamar sólo para sonsacarle una información confidencial... ¿Un buen hombre?

–Las apariencias engañan, hermana.

La doctora Audrey Barrett sería una mujer atractiva si no se esforzara tanto por no parecerlo. Sus ropas eran sobrias hasta el punto de resultar casi masculinas, y llevaba invariablemente el cabello recogido en una simple coleta. El verde de sus ojos, grandes y expresivos, podría volver locos a los hombres, pero no reflejaba más que aflicción.

Era una mujer de treinta y seis años, inteligente y preparada, que había sabido ganarse una reputación entre sus colegas del mundo de la psiquiatría. A la licenciatura en Harvard le siguieron un doctorado, diversos cursos de posgrado y una experiencia práctica de varios años. Era muy buena en su trabajo y lo sabía. Por eso nunca mostró el menor reparo en cobrar sumas escandalosas en concepto de honorarios. Sus pacientes –muchos de ellos, personas adineradas y de éxito social– podían permitírselos. Además, opinaba que la única dolencia que sufría la mayoría de ellos era una enfermedad para la que ningún psiquiatra tiene cura: el egocentrismo que lleva a pagar fortunas sólo para poder decir en voz alta lo genial e importante que uno es.

Sin embargo, no había ningún millonario en la residencia de las Hijas de la Caridad. Los que recibían allí el cuidado de las monjas habían perdido sus egos hacía mucho tiempo, entre botellas de alcohol, cajas sucias de cartón, cubos de basura y sillas con quemaduras de cigarros en lúgubres estaciones de autobús.

Siempre que la madre superiora la necesitaba, Audrey acudía a la residencia. Se esforzaba por hacer cuanto estaba en su mano por los ancianos, sin cobrar un solo centavo. El día anterior había recibido una llamada de la religiosa, que le describió con cierto detalle la situación que la preocupaba esta vez: Daniel, un anciano retrasado mental que trabajó de jardinero en el convento de la orden que se había quemado recientemente, vio cómo éste era destruido por un fuego que casi le cuesta la vida y que le había dejado gravemente dañados los pulmones. Además, el anciano sufría desde entonces unas pesadillas terribles que le impedían dormir y le provocaban una enorme angustia cada noche. El caso no parecía complicado, ni interesante. Ninguno de los casos de la residencia lo era. Audrey no tenía dudas sobre el diagnóstico: insomnio y episodios de ansiedad debidos a un estrés postraumático, potenciado por el frágil estado mental del paciente. Se dijo que ni siquiera sería necesario hablar con él, aunque eso era lo que deseaba la madre superiora.

Aquella tarde, Audrey subió decididamente los escalones que llevaban a la entrada de la residencia. Era un vetusto edificio de ladrillo, donado por un benefactor de la parroquia. La instalación eléctrica estaba anticuada, los muebles eran tan viejos como los ancianos que ocupaban el edificio, las paredes llenas de manchas de humedad necesitaban una buena mano de pintura, y de las canalizaciones era mejor ni hablar. Sus visitas a la residencia siempre le provocaban un doble sentimiento de melancolía y satisfacción; melancolía, por el estado de los ancianos y el decadente edificio, y satisfacción por servir de alguna ayuda.

De camino al despacho de la madre superiora, Audrey se cruzó con varios ancianos que la saludaron afectuosamente. Todos vestían gastadas batas de franela y zapatillas gruesas de andar por casa.

–¿Puedo entrar? –preguntó la psiquiatra, ante la puerta del despacho.

Se oyó el ruido de una silla al ser arrastrada, que provenía del interior, seguido de unos pasos.

–Buenos días, hija mía –dijo la madre superiora–. Pasa, por favor.

Ambas mujeres tomaron asiento, y la monja añadió:

–Llegas muy puntual, como siempre, querida Audrey... Y eso que tu tiempo es oro, ¿verdad? El doctor Holton es un buen médico, pero ya sabes que únicamente sabe arreglar los cuerpos y no las cabezas. Daniel necesita tu ayuda.

–¿Le ha dado ansiolíticos?

–Así es.

–No estoy segura de que haya mucho más que hacer en este caso.

–¿Por qué lo dices?

–El pobre hombre es retrasado. ¿Qué clase de psicoterapia puede funcionar con alguien que no posee un razonamiento normal?

–Eso es un comentario cruel, Audrey –le reprendió la monja.

–La vida es cruel, hermana.

Audrey lo sabía mejor que nadie.

–Algún día deberías contarme la razón de esa tristeza tuya.

–Sí... Algún día.

–¿Hablarás con él?... Por favor.

Tras unos segundos de reflexión, Audrey contestó:

–Lo haré. Pero no servirá de nada.

–¡Gracias, hija! Daniel está ahora en el jardín. Haré que lo llamen para que habléis en la sala.

«La sala» era una habitación originalmente utilizada como despensa, que la madre superiora ordenó vaciar para convertirla en un improvisado salón de terapia. Tenía dos sillas –una para Audrey y otra para el paciente–, una minúscula mesa de madera que antes perteneció a una escuela primaria y una lámpara simple con una bombilla cuya luz vacilaba de vez en cuando. Si existiera el título mundial de lugares deprimentes, aquel cuarto tendría grandes opciones de ganarlo.

–Hoy hace sol –comentó Audrey–. Podría hablar con el paciente en el jardín.

–Oh, sí, por supuesto. Como prefieras. Y no se llama paciente. Su nombre es Daniel.

–Lo sé.

Por detrás de la residencia había un jardín de un tamaño considerable. Como todo lo demás, mostraba la falta de un mantenimiento adecuado, pero aún tenía algunas flores, y el césped que cubría el suelo era de un verde intenso y saludable. Dispersos por el jardín, había varios bancos de piedra. Daniel estaba sentado en uno de ellos cuando Audrey y la madre superiora se le acercaron.

–Hola, Daniel –saludó la religiosa.

–¡Hola!

Se le veía contento. La piel de su rostro exhibía un tono rosáceo por efecto del sol de otoño.

–¿Has tenido pesadillas esta noche?

La pregunta de la monja hizo mudar la expresión de Daniel, que se puso muy serio y empezó a toser. Las toses ásperas e interminables se habían convertido en algo habitual desde el incendio. Cuando cesaron por fin, Daniel no contestó, y la mano con la que en todo momento había estado abrazando a su querida maceta, se cerró con más fuerza en torno a ella.

–¿Quieres que riegue un poco tu planta?

Esta vez fue Audrey quien preguntó. Ni un millón de litros de agua mezclados con el mejor abono del mundo serían capaces de resucitar aquel palo muerto. Estaba segura de ello. Pero a Daniel se le iluminaron de nuevo los ojos al oír la proposición.

–Sí. Mi rosa… necesita agua.

–Ah, ¿así que es una rosa…?

–Os dejo –susurró la monja, al ver que Audrey había empezado ya a hacer su trabajo.

–Es la rosa más… bonita… del mundo.

–Claro que sí. Me llamo Audrey. Tú eres Daniel, ¿verdad?

–Sí. Mi rosa necesita… agua.

Audrey miró a su alrededor. Sabía que por allí cerca había una manguera con la que se regaba el jardín.

–Te gustan mucho las flores, ¿no es cierto? ¿Hay flores en tus sueños, Daniel?

El jardinero se puso de nuevo muy serio. Audrey pensaba que tampoco iba a contestar esta vez, pero entonces él dijo:

–Ya no… Están todas muertas.

5

Francia, dos años atrás

–Tantas veces he deseado borrar esas imágenes que quedaron impresas en mi mente... Pero nunca me ha sido posible. Cada noche me visitan.

El padre Albert Cloister había llegado esa misma tarde a la Ciudad de la Luz, la capital de Francia, en busca de un testimonio importante para su investigación. Ahora, con su grabadora digital en marcha, empezaba a recoger las palabras de una anciana señora, perteneciente a la alta sociedad parisina, que por fin había aceptado la entrevista. Sólo sus hondas convicciones religiosas lo hicieron posible. Cuando se sufre una tragedia, lo último que se desea es revivirla por medio del recuerdo.

–Sí, padre, experimenté al principio una sensación placentera, de paz diría yo. Iba flotando como un ser etéreo mientras me aproximaba hacia una luz blanca que parecía atraerme, magnética, que me atraía cada vez más. Llegué a esa luz con el corazón ufano, repleto de alegría, sin miedo a una muerte que estaba aceptando de buen grado.

En su silla de ruedas, con rostro desconsolado, la anciana hizo una pausa. Una de sus nietas, presente durante el encuentro, acabó de servir el café y le dio una taza a su abuela. Con mano temblorosa, ésta se la llevó, humeante, a los labios. Cerró los ojos mientras bebía un sorbo. La piel de su garganta vibró. Al abrir de nuevo los ojos, su expresión era de infinita tristeza.

–Pero también vi lo que había detrás de la luz. Vi algo más. Vi lo que estaba más allá. Y eso, padre, no era lo que esperaba... Soy incapaz de dar una respuesta a esta experiencia. Prefiero no pensar en ello. Lo que vi es imposible de explicar. Estaba más allá del mal... Si he accedido a esta entrevista es porque...

–Lo sé, señora –dijo el padre Cloister, que empezaba a sentir una opresión creciente en el pecho–. Y le doy otra vez las más encarecidas gracias, de parte del obispo y de mi congregación. Pero ahora he de rogarle que, a pesar del dolor que le causa y de la dificultad de rememorar unos momentos tan duros, me cuente todo lo que recuerda. Es importante que lo haga.

El silencio se hizo denso. La amplia estancia estaba decorada con muebles de caoba y espejos de marco dorado. Por una ventana penetraba un haz de sol. Hasta las minúsculas motas de polvo en suspensión que brillaban bajo el haz parecieron congelarse.

–Lo que vi, padre, no se lo deseo a nadie... La luz se fue haciendo más y más grande a medida que yo me acercaba a ella. Al principio no comprendía por qué, pero unos sonidos lejanos empezaron a parecerse a lamentos. Sí, eran lamentos desesperados. Cada vez los escuchaba con más nitidez. Entonces la luz comenzó a disminuir, a atenuarse hasta que casi se apagó. Poco a poco perdía intensidad y se iba tornando amarillenta, y luego rojiza. Bajo esa luz ya roja, intensamente roja, a través del umbral del que emergía, tuve la oportunidad de ver cómo se precipitaban a una sima sin fondo lo que a mí me parecían almas puras. Caían en un pozo de tormento y desesperación. No fueron mis ojos, sino mi espíritu, el que percibió un mal infinito al que esas almas estaban condenadas. Ese mal eterno me sobrecogió...

Las lágrimas afloraron y se deslizaron por las arrugadas mejillas de aquella mujer que valientemente rememoraba lo que nunca habría querido conocer ni recordar. Su nieta, sentada a su lado, la confortó poniéndole las manos en los hombros. Recobrado el aplomo, la anciana siguió hablando.

–He leído que esto les ha pasado a otras personas. Que no siempre la luz blanca es la última visión de quienes están a punto de morir, pero regresan. Que hay personas con otras experiencias.

–Lo que nunca antes había sucedido, que la Iglesia sepa –mintió piadosamente el padre Cloister, que extrajo de su portafolios unos documentos del hospital–, es lo que a usted le pasó mientras se hallaba en coma.

–Así es, padre. Así es. Ninguno de los médicos pudo comprender cómo, en la cama de la Unidad de Cuidados Intensivos, vigilada permanentemente por una enfermera, los huesos de mis piernas pudieron quebrarse. Solos, sin motivo, dejándome así, inválida... Tengo miedo, padre. ¿Qué puede significar todo esto?

Albert Cloister no tenía una respuesta para esa pregunta. Ojalá la hubiera tenido. Ojalá hubiera sabido qué responder. Pero, como en tantas otras ocasiones, frente al horizonte de lo desconocido, sólo podía echar mano de su fe.

–Rece a Dios y no tenga miedo. Él nos dará las respuestas cuando lo crea conveniente. No tenga miedo.

Tendió sus dos manos a la anciana, que lloraba ahora amargamente. Sus pupilas buscaron las del sacerdote, como queriendo atravesarlas y descubrir en ellas la sinceridad de su respuesta. El miedo la atenazaba cada noche y cada día, en todo momento. Él trató de tranquilizarla. Pero también empezaba a sentir miedo. Un miedo sin forma que aún no había encontrado su auténtico motivo.

Un taxi llevó a Albert Cloister ante la catedral de Nuestra Señora de París. Tenía la necesidad de orar en ese magnífico templo erigido cuando los hombres rendían auténtico tributo a Dios. Dicen que la fe mueve montañas, pero es capaz de mucho más que eso. Puede incluso levantar montañas nuevas: las catedrales, montañas de piedra labrada, erigidas por fe. Y las toneladas de piedra de la catedral de Notre Dame habrían de aliviar el peso que notaba, grávido y opresivo, sobre su alma.

«TODO ES INFIERNO», recordó. Ésa era la inscripción grabada en el interior del féretro de aquel cura español del que tuvo que suspenderse el proceso de canonización. Sus huesos estaban rotos. Algo se los destrozó aún en vida. El hombre debió de ser enterrado en estado cataléptico y se despertó dentro del ataúd. Pero no pudo provocarse a sí mismo esas lesiones. Eso era imposible. El padre Cloister recibió el encargo de investigar el hecho. A finales del año 2000, de la Congregación para las Causas de los Santos había pasado a formar parte de un grupo de sacerdotes sin nombre oficial –todos ellos jesuitas, como él, al servicio directo del Papa–, que indagaban en lo prohibido, en los misterios paranormales y todo cuanto escapa a la comprensión humana y de la ciencia. Unos religiosos que actuaban a veces de incógnito, bajo falsas identidades cuando era necesario; hombres de fe versados en ciencia, tecnología, historia, mitos, simbología, lenguas antiguas, psicología, técnicas de espionaje. Un grupo de investigadores de lo más extraño entre lo extraño, para rechazar los enigmas y misterios definitivamente o transformarlos en incontrovertibles, que se llamaban a sí mismos «los Lobos de Dios». Sí, *lobos*, pues a veces hacen falta lobos para defender a los *corderos* del Señor.

Desde niño, Cloister había demostrado una aguda inteligencia y una genuina curiosidad por el mundo que lo rodeaba. Le encantaba leer libros en el tiempo en que sus compañeros de colegio miraban cómics. Siempre se sintió distinto. Primero para mal, pero luego, cuando comprendió los motivos, ya sin ninguna clase de sentimiento de inferioridad. Su jovialidad lo llevó a limar sus rarezas para agradar a los demás. Era un muchacho extravertido que, sin embargo, no se sentía del todo a gusto en este mundo. Algunos chicos tenían ciertos reparos hacia él, y las chicas no le hacían demasiado caso. Siendo aún muy joven, casi sólo un chiquillo, sintió la primera llamada de la vocación sacerdotal. Su familia era una buena familia católica, aunque no muy religiosa. Él, sin embargo, tenía un gran aprecio por todo lo sagrado.

Una única vez sintió la tentación de abandonar esa senda. Fue con diecisiete años, durante un verano en un campamento mixto al que le habían enviado sus padres. Allí conoció a Paula Loring, una jovencita de su misma edad, de pelo rubio y grandes ojos verdes, que aparentaba tres o cuatro años más que él, y de la que se enamoró rendidamente. Se pasó la mitad de las vacaciones tratando de buscar un modo de hablar con ella sin que se le notara el rubor y el azoramiento. Cuando la veía, una luz invisible la rodeaba. Él era tímido con las chicas y aquello le superaba. Pero fue ella la que dio el primer paso. Era el año 1989, y sonaba en la radio el disco postrero de Roy Orbison, con su acento sureño. Una canción *–She's a Mystery To Me–* y una noche constelada, en medio de una pradera con un gran lago, rodeado de montañas, junto al fuego de una hoguera... Aquella chica le hizo más feliz de lo que nunca había llegado a soñar.

Las siguientes semanas fueron tan embriagadoras como el vino, tan dulces como la miel, tan alegres como una bandada de pájaros bajo el sol de la mañana. Fueron jornadas carentes de preocupaciones, en las que se respiraba la libertad que sólo la juventud puede dar a un espíritu. Albert sentía el amor como un dardo placentero que se hubiera hundido en su corazón hasta tocar el centro. Descubrió la sensualidad y el sexo. Pero el verano acabó, él volvió a Chicago, Paula a Filadelfia, y las hojas de los árboles cayeron. Ambos se prometieron escribirse, volver a verse, seguir amándose, continuar su relación tan perfecta.

Sin embargo, unos meses bastaron para que Albert se desengañara. Paula le escribía y le llamaba por teléfono al principio. Luego dejó de hacerlo poco a poco. El frío sustituyó al calor, y ese fin tan triste coincidió con el peor momento de la vida de Albert, la muerte de su hermano John.

John era su único hermano, cuatro años mayor que él. De niño, lo había idolatrado. En él veía un modelo que seguir. Era popular, siempre vencía en los deportes, las chicas lo adoraban, sacaba buenas notas. Hasta que, unos pocos años atrás, empezó a comportarse de un modo diferente. Abandonó a sus amigos y se encerró en sí mismo. Apenas salía, salvo cuando tenía que hacerlo para ir al instituto. Ya nunca se reía ni disfrutaba de nada. Un día reveló a sus padres la causa de su aflicción: había asumido que era homosexual. Albert sufrió en silencio la destrucción en mil pedazos de su modelo. Cuando él lo supo, tenía sólo quince años, y su personalidad aún no estaba formada. Su padre habló con él y le dijo que no debía jamás burlarse de su hermano, ni pensar de él que hubiera hecho algo malo por su orientación sexual. Albert cumplió esa promesa. Por fortuna para John, sus padres eran comprensivos. Trataron por todos los medios de evitar sufrimientos a su hijo, pero no lo lograron. En la Navidad de 1989, John se suicidó arrojándose a las gélidas aguas del río Chicago desde el puente de la calle Monroe.

Dejó una nota con una sola palabra, dirigida a su familia, en la que había escrito una petición que reflejaba lo que él nunca se había dado a sí mismo: «Perdonadme».

Al año siguiente, Albert ingresó en el seminario de los jesuitas de Chicago. El golpe de la muerte de su hermano había sido fuerte y terrible. Y el amor no era lo que él esperaba. La vida es efímera. Hay muchas injusticias en el mundo y el mal acecha. Sólo la búsqueda del bien y de la verdad en Dios podía dar auténtico sentido a la existencia y anular la futilidad del tiempo que a cada ser humano le ha sido concedido.

Albert empezó a destacar en ciencias, por lo que, tras obtener el doctorado en teología, fue matriculado por su orden en la Universidad de Chicago, aquel lugar mítico donde Enrico Fermi puso en marcha el primer reactor nuclear de la historia. Sus calificaciones eran muy altas y su actitud satisfactoria. Enseguida, los superiores de la Compañía de Jesús se dieron cuenta de que el joven valía y tenía talento. Completada su formación, lo enviaron a Roma para servir en la Congregación para las Causas de los Santos. Pero luego le dieron un cometido más relevante, al que sólo accedían los más preparados, capaces y leales: los Lobos de Dios.

Albert sabía ahora cosas que antes ni siquiera sospechó. Procesos desconocidos de la mente humana, sucesos inexplicables, fuerzas más allá de lo explorado. Todo ello estimulante a la par que sobrecogedor. Pero siempre con la mirada puesta en el Altísimo, como muestra de su infinito poder y de su escritura recta en renglones torcidos. Todo lleva hacia Dios y todo participa de su Gloria, era lo que Albert Cloister pensaba. En aquella ocasión, sin embargo, un desasosiego profundo le impedía lograr la paz de espíritu en este mundo de guerra permanente; algo que siempre había logrado por encima de todo el dolor y los percances, de las dificultades o el peligro.

Pero ahora, y por primera vez, tenía auténtico miedo. Había visto el horror, pero siempre había podido encontrar una explicación. Ahora estaba desconcertado. La falta de razón de lo que veía le producía desasosiego y, sobre todo, miedo.

Tras unos minutos de oración en la nave central de Notre Dame, salió afuera y dio un largo paseo a orillas del Sena. Sumido en sus reflexiones, atravesó el Pont-au-Change y siguió caminando más allá de la Île de la Cité y de la Île Saint-Louis, en dirección sureste hacia la estación de Austerlitz. Necesitaba aclarar sus ideas. Aquellos huesos rotos del cura español, aquellos huesos rotos de la anciana que acababa de entrevistar... El dolor, las visiones terribles y ese hecho tan especial tenían que estar de algún modo conectados. «TODO ES INFIERNO.» ¿Qué significaba realmente esta frase? ¿Es el mundo un infierno y, tras la muerte, nos espera otra condenación, otro infierno? ¿Acaso Dios había renegado de sus criaturas por sus pecados y, cansado de perdonar, las condenaba sin misericordia? Pero... ¿y los justos? ¿Y los buenos?

En su portafolios de piel llevaba tres informes indirectamente relacionados con el caso que acababa de investigar. Todos ellos correspondían a personas con experiencias próximas a la muerte que habían *visto*, como la anciana dama francesa, algo más que la luz blanca que atrae pacíficamente a las almas. Algo maligno. Esta clase de experiencias correspondía aproximadamente a una de cada veinte, es decir, un cinco por ciento del total. En los reportajes de televisión sobre las experiencias cercanas a la muerte, o ECM, no solían incluirlas. A la gente no le gusta pasar miedo con cosas reales. Y a todos nos espera la muerte, tarde o temprano, quizá a la vuelta de la esquina. Es algo que la mayoría prefiere no pensar siquiera, aunque sea inevitable. O precisamente por eso.

Pero en los casos que Cloister llevaba en su portafolios, ninguno de los entrevistados había despertado con los huesos rotos, ni había vuelto a la vida con lesiones inexplicables. Habían sido elegidos porque mostraban una presencia del mal muy acusada, incluso más de lo habitual en las experiencias negativas que componían ese cinco por ciento inquietante. Se trataba de personas normales. No había aparente explicación a sus visiones, como no hubo profanación en el caso del cura español ni la anciana sufrió en el hospital el ataque de ningún demente. Ambas cosas eran imposibles. Cloister se lo había repetido mil veces. Sólo se le ocurría que estas personas hubieran llegado más lejos en su viaje al otro lado. Tan lejos que incluso habían traído un daño físico al regresar... Pero eso era sólo una conjetura.

El padre Cloister se sentó en un banco junto al río. Estaba dejando de fumar, lo que no le resultaba nada fácil en ese momento. Se puso en la boca un chicle de nicotina y empezó a mascarlo mientras sacaba los informes de la cartera. Los colocó en orden de antigüedad: Marcial Bernárdez, jardinero peruano, año 1993; Edith Sommerfeld, ama de casa austríaca, año 1998; y Evelyn Taylor, directora de una agencia de modelos neoyorquina, año 2001.

MARCIAL BERNÁRDEZ MENA
Ciudad de Lima, Perú
Jardinero al servicio del Estado
Suceso acontecido el día 5 de febrero de 1993
Entrevistado el día 28 de agosto de 1993
Edad en el momento del suceso: 39 años

Causa de su experiencia próxima a la muerte: Tras el accidente provocado por un corrimiento de tierras, por cuya causa el automóvil en que viajaba una cuadrilla de jardineros se despeñó, Marcial Bernárdez, que se encontraba entre ellos, se seccionó la columna vertebral. Inmovilizado por sus compañeros, la unidad de rescate tardó varias horas en llegar. Marcial Bernárdez sufrió un infarto durante el traslado al hospital y estuvo media hora sin pulso, bajo maniobras de resucitación llevadas a cabo por el equipo médico. Se le dio por muerto, pero aproximadamente una hora después, su corazón respondió de un modo espontáneo.

Extracto de su declaración: Después de la pérdida total de conciencia, la negrura absoluta invadió sus sentidos. El entrevistado describió esa situación como un «pozo profundo». Sin percepción temporal, transcurrido un tiempo indeterminado, comienza a regresar, o eso es lo que él siente. Le parece escuchar sonidos y captar imágenes. Ve ante sí un túnel de paredes oscuras con una luz blanca al fondo, hacia arriba, con destellos. Un susurro, que lo inunda todo, lo llama y le pide que se acerque a la luz. Él lo hace, confiado. La aflicción de su espíritu ha desaparecido. Camina sin caminar, de un modo sutil, irreal. Alcanza una especie de disco blanco y lo atraviesa. El susurro amigable se convierte en un grito desgarrado. La luz disminuye y se torna roja. Ya no lo ciega, sino que puede ver desde una especie de atalaya. Lo que contempla le llena de pavor y lo estremece. Es algo que no se puede describir por comparación con lo conocido: sufrimiento sin forma, destellos que parecen convertirse en bocas anhelando la salvación. Y una sombra oculta entre las sombras. Ahí termina su experiencia. Al regresar sólo recuerda ese final pero, sin saber por qué, está seguro de que hubo algo más.

EDITH FOERSTER-SOMMERFELD
Ciudad de Linz, Austria
Ama de casa, antigua dependienta de una floristería
Suceso acontecido el día 31 de enero de 1998
Entrevistada el día 15 de marzo de 1998
Edad en el momento del suceso: 60 años

Causa de su experiencia próxima a la muerte: Paro cardíaco producido por una descarga eléctrica en la cocina de su casa, estando sola hasta que fue hallada por uno de sus hijos a la hora de comer. Tiempo sin pulso, indeterminado. Seguramente estuvo así varias horas, pero se dio una circunstancia inusual. Al caer en la cocina, golpeó la puerta que daba al patio trasero de la casa y ésta se abrió. Cuando la encontraron, la temperatura de la estancia era próxima a los cero grados. La posible influencia de este hecho no ha sido aclarada satisfactoriamente por los facultativos.

Extracto de su declaración: Queda sumida en la oscuridad

total de un modo repentino, seguido de una especie de destello, seguramente propiciado por el shock eléctrico. Después, de un modo que podría definirse como «a cámara lenta», se va haciendo una tenue y nebulosa luz, y van desfilando familiares y amigos de la accidentada, ya fallecidos. La sensación no es de miedo, ni de euforia. Antes bien, el espíritu de la señora Sommerfeld se halla en un estado de ausencia de emociones. Esto varía cuando, de pronto, la luz aumenta y se focaliza en un punto. Se forma un túnel hacia él. Ahora la emotividad aflora, el deseo de ir hacia la luz y abandonar el mundo de la vida terrenal, física. Pero una nueva fuerza pugna por evitar ese viaje final: los hijos de la señora, cuya presencia inmaterial hace que el traslado hacia la luz no sea placentero. Sin embargo, ella continúa hasta que un terrible desasosiego se apodera de su espíritu. Ve cuerpos mutilados, deformes. Una presencia maligna concurre a la escena, como un ser de fuego, aunque con forma poco definida, salvo sus ojos. Son ojos inexpresivos, calmos, pero terroríficos. En el último momento, la señora Sommerfeld se vuelve y recibe un renovado impulso hacia sus hijos, que lloran su muerte. Así vuelve a la vida, con la terrible sensación de que los ojos rodeados de fuego esconden un secreto que ella no llegó a conocer, pero que estaba allí y que supera con creces cualquier horror imaginable.

EVELYN TAYLOR
Ciudad de Nueva York, Estados Unidos
Directora en América de la agencia de modelos Gloria Tebaldi
Suceso acontecido el día 27 de septiembre de 2001
Entrevistada el día 23 de noviembre de 2001
Edad en el momento del suceso: 52 años

Causa de su experiencia próxima a la muerte: Presenta una reacción alérgica a un alimento ingerido en un restaurante japonés. La reacción es tan virulenta que empieza a mostrar los síntomas durante la misma cena. Los servicios de asistencia médica consiguen estabilizarla y la ingresan en estado crítico. Tras dos días en la Unidad de Cuidados Intensivos, fallece. Su reanimación espontánea acontece en el depósito de cadáveres.

Extracto de su declaración: Se ve a sí misma desde el exterior. Los médicos actúan sobre ella, tratando de salvarla. Afuera, las personas que aguardan el desenlace, lloran desconsoladas. Ella intenta acercarse para consolarlas, para decirles que está bien. Pero no oyen su voz. Nadie se da cuenta de su presencia. Una sensación de opresión, más que de miedo, se apodera de la señora Taylor, que trata de regresar a la Unidad de Cuidados Intensivos. Su cuerpo está en la cama, sin vida. Por fin lo comprende. Entonces percibe un impulso hacia arriba. A medida que asciende y se aleja del hospital y del mundo, la oscuridad va inundando su campo visual. Ahora no hay referencias. Flota en un lugar sin tiempo ni espacio reales. De repente, en una lejanía imposible de estimar, comienza a distinguir una especie de procesión de personas grises. Casi no hay luz, no puede apreciar los detalles. Todos van hacia un sitio con forma rectangular. Es su propia fosa. Lo comprende cuando ve el ataúd y, ya con algo más de iluminación, los rostros de sus familiares y amigos. Una vez más trata de comunicarse con ellos, les grita sin efecto alguno. No ve ninguna luz blanca ni un túnel; tampoco escenas de su vida. Lo que presencia es cómo las personas que asisten al fantasmal entierro empiezan a envejecer muy rápidamente, y a medida que desaparecen tragados por un hueco invisible, profieren un alarido de pánico. Nota también la presencia de una sombra inmaterial, una conciencia que observa desde la negrura. Esa presencia maligna es quien lo dirige todo.

El mal estaba siempre ahí, omnipresente, en las tres declaraciones. Aunque fuese terrible de admitir, era como si sólo quien llegaba a ver más allá, quien alcanzaba un cierto umbral prohibido a la mayoría, tenía una visión completa: túnel, luz blanca, paz, tranquilidad, alegría, y luego oscurecimiento, luz roja, terror, desesperanza... Sobre todo desesperanza. Y algo más. Algo más que ninguno de ellos recordaba, pero que todos estaban seguros de haber percibido. Algo que se había borrado de sus mentes, quizá como acto de protección. O quizá por un motivo. Pero ¿cuál?

Otras investigaciones más antiguas, que habían estado desperdigadas, tenían también un sentido similar. Buscando como un ratón de biblioteca en los archivos del Vaticano, con ayuda de varios expertos en documentación, ante Cloister habían ido apareciendo declaraciones, informes, referencias a hechos del pasado semejantes. Las primeras de esas referencias se perdían en la noche de los tiempos, cuando los sacerdotes egipcios se golpeaban en zonas vitales de la cabeza para inducir una muerte reversible –que no siempre lo era– y echar una ojeada al mundo de los muertos. Sus relatos contenían a veces el testimonio de personas aterrorizadas frente a una visión del mal sin forma, una sombra oscura sin rostro. Más tarde, algunos monjes de la Edad Media referían experiencias similares. Incluso un médico inglés del siglo XIX, que acabó sus días en la cárcel por sus prácticas poco ortodoxas, imitaba a los sacerdotes egipcios con los enfermos mentales del hospital psquiátrico que dirigía.

En suma, los casos no eran muchos en cantidad, pero su carga de sentido resultaba abrumadora y apuntaba siempre hacia una dirección que nadie había logrado determinar. Todavía.

El padre Cloister recordó los más importantes entre aquellos casos. Eran para él como los restos de un naufragio, que se resisten a ser tragados por las aguas y, en su pugna con el océano, emergen en parte a la superficie, esperando que alguien los rescate; aunque hay veces que lo que se encuentra hubiera sido mejor no encontrarlo, del mismo modo que en ocasiones se desea algo que es mejor no conseguir. Pero Albert Cloister, hombre de sólida fe en Dios, tenía una fe aún más sólida: la verdad.

Su tesis, por la que obtuvo el doctorado cum laude en teología, acababa en una frase en apariencia incompatible con la religión, que, por el contrario, bien entendida, quizá era el fundamento racional de la más profunda y sólida creencia humana: «La fe nos conduce a la verdad y la verdad no necesita creyentes; porque la verdad no necesita a la fe, pero la fe sí necesita a la verdad».

La verdad era lo único que él buscaba. Lo único por lo que estaba dispuesto a realizar cualquier sacrificio.

Desde que abandonó Notre Dame, los minutos habían ido pasando hasta formar horas enteras. Estaba a punto de anochecer. El crepúsculo empezaba a dar paso a la oscuridad. El padre Cloister salió del pozo de sus pensamientos, guardó los papeles en la cartera y se levantó para marcharse, caminando lentamente. Las aguas del río corrían, ajenas a sus cavilaciones. Nunca las aguas de un río son las mismas que en un instante anterior. Y, sin embargo, los pensamientos que llenaban la mente de Albert Cloister, densos como la brea e igual de oscuros, podrían haber hecho detener el flujo del Sena en cualquier imaginación.

Se sentía abrumado e inquieto. Antes de regresar al colegio en que lo había hospedado su congregación, entró en un bar y compró un paquete de cigarrillos.

6

Boston

Audrey tenía su consulta en la distinguida zona de Back Bay. Estaba en un edificio rehabilitado del siglo XVIII, que aunaba la elegancia de una época ya pasada con las comodidades de los tiempos modernos. Lo mismo se aplicaba a la propia clínica. Maderas costosas cubrían las paredes, hasta media altura, dejando espacio, más arriba, para cuadros de escenas idílicas. En el despacho de Audrey, la alfombra que separaba su mesa del inevitable diván donde se acomodaban sus pacientes, era una pieza genuina traída de Irán, la antigua Persia. Y, teniendo en cuenta su valor, podría jurarse que en verdad sería perfecta si no fuera por ese único nudo mal hecho adrede, que en las más excepcionales alfombras evita la perfección. No se puede desafiar a Dios tratando de hacer las cosas como él las haría. Eso siempre tiene un precio. A Dios no le gusta la competencia. Además, detesta las recriminaciones, por justas que sean. Es lo que Audrey creía. Y pensaba tener buenas razones para ello.

No había sacado mucho en claro de su primera conversación con Daniel. Apenas había logrado sonsacarle datos sueltos acerca de sus pesadillas. Lo que había averiguado sobre su estado mental fue gracias a lo que le contaron la madre superiora y otras monjas, más que a lo que Daniel le reveló. No era un buen principio, desde luego. Aunque, en su profesión, los principios raramente eran buenos –tampoco los finales–, y ¿qué otra cosa podía esperarse siendo Daniel retrasado mental? La religiosa había llamado cruel a Audrey por insinuar que de nada le serviría la psicoterapia al anciano jardinero, pero ésa era la cruda verdad. ¿Y no dicen que la verdad te hace libre? Los argumentos no tenían importancia, sin embargo. Ésta era una guerra perdida de antemano. Resultaba difícil negarse a los ruegos de la madre superiora. Así es que, en una semana, tendría otra infructuosa conversación con su paciente retrasado y su flor muerta. Audrey había querido poner por escrito sus impresiones sobre Daniel, como era habitual hacerlo con los otros pacientes. El dossier mostraba su nombre, «Daniel Smith», y la fecha de ese día estampados en la portada. De modo rutinario, Audrey repasó sus notas leyéndolas en voz alta:

1. El paciente muestra lo que parece ser un caso claro de estrés postraumático, debido al incendio que devastó el lugar donde había residido durante toda su vida. A su agravamiento contribuyen otros factores: el hecho de haber estado a punto de fallecer, las secuelas físicas que le han quedado y el cambio de entorno al pasar a vivir en un lugar completamente nuevo.

2. El trauma parece manifestarse sobre todo en forma de terribles pesadillas. Este síndrome confusional nocturno puede considerarse sintomático, ya que las pesadillas incluyen elementos que es posible asociar con la causa principal del trauma: el incendio (ver Nota 5, sobre el contenido de las pesadillas).

3. El paciente es retrasado mental. Por tanto, resulta plausible que no tenga plena consciencia de lo que le ha ocurrido y que los síntomas más severos del trauma se muestren así en una fase inconsciente, mientras duerme. De ahí la virulencia de las pesadillas. Otro posible síntoma, como la elusión de preguntas que tienen relación directa con el incendio –y también preguntas sobre las pesadillas, que están relacionadas con él indirectamente–, no puede ser confirmado por el momento

como resultante de un estrés postraumático. El retraso mental del paciente impide sacar de ello las conclusiones que sí podrían obtenerse de un patrón estándar de comportamiento.

4. El paciente muestra un exagerado apego hacia una planta muerta, que es lo único que le queda de su vida anterior al incendio. Este ejemplo de emotividad desproporcionada podría ser también un síntoma de estrés postraumático, aunque se ha confirmado que el paciente ya mostraba el mismo comportamiento antes del incendio. De nuevo, el retraso mental supone una barrera en el diagnóstico y, sobre todo, en un eventual tratamiento psicológico.

5. Los datos que el paciente ha dado sobre las pesadillas son escasos y dispersos, aunque en ellos parece existir un cierto grado de conexión. Habló de plantas y animales muertos, de ríos secos y campos desolados (¿por un incendio?); también, de cielos «rojos como sangre» –frase textual– (¿el rojo de las llamas?).

Tratamiento farmacológico recomendado: continuación del suministro de ansiolíticos y administración conjunta con antidepresivos. En el caso de que los síntomas no remitan, considerar el empleo de neurolépticos.

Audrey cerró el expediente y luego se restregó los ojos con las manos. Se sentía exhausta. Los problemas de los demás la agotaban, y eso no era bueno para su labor de psiquiatra. Pero... ¿qué más daba? ¿Qué le importaba ya nada, en realidad, desde aquella tarde de verano de hacía cinco años en que su hijo desapareció sin dejar rastro?...

Tenía que espantar esos pensamientos. Hay recuerdos que duelen y que no conviene desenterrar.

–Desenterrar –musitó.

Qué poco apropiada era esa palabra tópica para unos recuerdos que nunca habían muerto, ni habían sido enterrados. Con una expresión dolida en el rostro, Audrey se levantó de su butaca de cuero para dirigirse a la ventana del despacho. Era amplia, con un marco blanco de madera rematado por un arco suave. La tranquilizaba contemplar el tráfico de la avenida Commonwealth, cuyo bulevar central estaba flanqueado por una hilera de árboles y bancos. Cuando nevaba, como ocurrió unos días antes, los parches de hierba de ambos lados se cubrían de una capa blanca. Sobre ella, era normal ver al final del día una feliz mancha multicolor de niños, que se lanzaban bolas unos a otros y hacían muñecos de nieve.

Unos jóvenes pasaron por delante de los ojos de Audrey, en la calle, y sintió envidia de ellos. Seguramente fueran estudiantes de la Universidad de Boston. Muchas de sus instalaciones se levantaban a lo largo de la avenida Commonwealth. Los jóvenes eran tres: dos chicos y una chica. Iban embutidos en sus abrigos. La palidez de sus rostros, debida al frío, se compensaba por unas saludables manchas rojizas en los carrillos y, sobre todo, por una expresión de entusiasmo, difícilmente contenido, que se debía al mero hecho de estar vivos, de vivir. Audrey también fue así una vez. Ella, y sus amigos Zach y Leo. Los tres tenían esa arrogancia imprescindible de quienes pretenden cambiar el mundo, la confianza plena en que el futuro le depara a uno grandes cosas. Pero habían salido derrotados. El mundo no cambió. Cambiaron ellos. Y se hicieron mucho peores de lo que eran.

En el cristal de la ventana, Audrey vio el reflejo de su sonrisa amarga. Se sentía tan sola... Leo llevaba muerto nueve años. Su corazón se negó a seguir aguantando un cuerpo de ciento veinte kilos de peso con el hígado destrozado por el alcohol. A Leo lo dejó tirado su corazón; y a ella fue Zach quien la abandonó, tras enterarse de que estaba embarazada. «No quiero ser responsable de nadie», le dijo el muy bastardo, que no pensó en eso mientras se divertían en el asiento de atrás de su Chevrolet.

–La vida es una mierda –dijo Audrey, justo en el momento en que unas alegres risas le llegaban desde la avenida, atenuadas por el cristal.

Era el fin de la tarde de una jornada que había amanecido lluviosa y gélida. El paraguas de Audrey la separaba de un cielo gris con el que su aspecto sombrío no desentonaba. Pronto, hasta ese tímido gris desaparecería, cuando la noche se llevara consigo la poca luz que trajo el amanecer.

Su agenda había estado repleta de sesiones de terapia. Un maníaco suicida, tres obsesivo-compulsivos y dos alcohólicos le habían contado sus más profundas miserias con todo detalle. Podría decirse que había sido un mal día, si no lo fueran todos. Y aún le quedaba otra sesión todavía más absurda que las anteriores.

Cuando llegó a la residencia de ancianos de las Hijas de la Caridad, la madre superiora le indicó que Daniel estaba en su habitación, y hacia ella se dirigía Audrey. El estrecho corredor que llevaba a los cuartos de los ancianos le pareció claustrofóbico como nunca. El suelo, cubierto por baldosas de dos tonos de verde, estaba gastado por demasiadas limpiezas con desinfectantes baratos. Pero incluso por encima del hedor de la lejía, se detectaba en el aire el tufo propio de la enfermedad y la decrepitud.

No era la primera vez que se planteaba abandonar aquella penosa tarea que ella misma se había impuesto. Y nadie, ni siquiera la madre superiora, podría echárselo en cara si lo hiciera. Pero no podía dejarlo. Tenía que seguir obligándose a acudir a la residencia y a donar dinero para obras de caridad. Sólo así podría demostrarle a Dios cuánto se había equivocado al castigarla, arrebatándole a su hijo por lo que ocurrió en Harvard cuando ella era todavía una simple estudiante. «Fue un accidente, un horrible accidente», se repitió, como había hecho miles de veces.

Se sintió aliviada al llegar a la habitación de Daniel. Centrarse en lo que había venido a hacer a la residencia le permitiría alejar su mente de esos recuerdos dolorosos. Al entrar, vio que el anciano estaba sentado en la cama, con un rostro cansado pero risueño. Desde el interior del cuarto de aseo, una voz masculina canturreaba:

–«Mirará hacia ti y te sonreirá. Y sus ojos dirán que tiene un jardín secreto, en el que todo lo que tú deseas, todo lo que necesitas, estará para siempre...»

El agua del grifo dejó de correr. Ante los ojos de Audrey apareció un hombre con la rosa de Daniel entre las manos. Había estado regándola.

–«... a un millón de millas de distancia» –terminó Audrey el verso de la canción, con nostalgia en la voz.

–Es una buena canción, ¿verdad?

–Es una canción triste.

–Lo triste es cómo la canto yo... –Tras devolver la maceta a Daniel, el bombero ofreció a Audrey su mano derecha–. Joseph Nolan.

–Audrey Barrett.

–Audrey regó... mi planta –intervino Daniel.

–¿De veras? –dijo el bombero.

–¿Es usted familiar de Daniel?

A Audrey le había parecido entender que éste había sido abandonado en un convento de las Hijas de la Caridad y que nunca llegaron a descubrirse sus orígenes, pero quizá estuviera confundida. Daniel parecía mostrarse tan distendido y confiado en presencia de aquel hombre...

–Bueno, supongo que puede decirse que he entrado a formar parte de su familia –dijo Joseph–. Yo lo rescaté del incendio del convento.

–Y encontró mi... rosa.

Joseph le dirigió a Daniel una sonrisa afable, y dijo:

–Sí. Eso también. Estaba entre los escombros.

–Así es que usted es bombero.

–«Servir, sobrevivir y volver a casa.»

–¿Es ése su lema?

–Es lo más parecido a un lema que tenemos en mi unidad, sí.

–Ya…

El tono de Audrey era tan seco, y sus preguntas y respuestas tan cortantes, que Joseph empezaba a sentirse incómodo. Y eso que, hasta que entró aquella mujer, estaba de un humor excelente. Daniel era todo un personaje, a pesar de sus limitaciones, y las visitas de Joseph a la residencia se habían hecho cada vez más habituales y prolongadas. La verdad era que le había cogido cariño al viejo. Eso era otra prueba de que su ex mujer no tenía razón al afirmar que las únicas cosas que él amaba, en este mundo, eran su guante de béisbol con el autógrafo de David Ortiz y el colgajo de su entrepierna.

Audrey se quedó mirando al desconocido en espera de alguna clase de respuesta que, por el momento, no llegó. Sí vio en su rostro, no obstante, una sonrisa pícara, casi desvergonzada, que, con toda seguridad, no iba dirigida a ella. El silencio se mantuvo. A Audrey le resultaba muy difícil prolongar conversaciones normales e intrascendentes; sobre todo con miembros del sexo opuesto. Desde hacía demasiados años, todos los hombres con los que hablaba eran colegas de profesión o pacientes suyos, a excepción de algún que otro fontanero, pintor o electricista que pasaban para hacer arreglos en su apartamento o su consulta. Le faltaba soltura para decir cosas triviales y no pretendía comentar con nadie las que no lo eran.

–Audrey quiere que… le cuente… mis sueños –dijo Daniel, acabando al fin con el incómodo silencio.

–¿Es usted una loquera? No lo parece –dijo Joseph, colocándose de espaldas a Daniel y hablando en voz baja.

–Quizá sea porque no soy loquera, sino psiquiatra –respondió Audrey, también en voz baja.

–Sí, claro. Perdone. No pretendía ofenderla.

Audrey se dio cuenta de que estaba siendo desagradable con Joseph de un modo injustificado. El hombre era simpático, aunque pareciera algo rústico. Y, además, no todo el mundo estaría dispuesto a pasar la tarde con un anciano retrasado como Daniel, sin tener ninguna obligación de hacerlo. Aunque curiosamente ella sí.

–No me ha ofendido. Supongo que soy una especie de loquera, después de todo. «Escuchar locuras, no enloquecer y volver a casa.» Ése es nuestro lema.

Con una mezcla de sorpresa y satisfacción, Audrey escuchó la risa de Joseph ante su broma. Las risas eran algo a lo que tampoco estaba ya acostumbrada. Ella misma logró esbozar una sonrisa leve, que devolvió la luz por un instante a sus hermosos ojos verdes. Daniel, que no se había enterado de lo que estuvieron hablando, también sonrió.

Acabadas las risas se produjo un nuevo silencio, que otra vez fue roto por el jardinero:

–Yo no quiero contar... mis sueños. Son malos... Son sueños malos.

–Por eso tienes que contármelos, Daniel –dijo Audrey, recuperando enseguida su actitud profesional–. Para que, juntos, podamos ahuyentarlos.

–¿Ahuyen... tarlos?

Daniel no se mostraba nada convencido, a pesar del argumento y la vehemencia de Audrey. Ésta se dio cuenta de ello y prosiguió:

–Es como cuando hay bichos en las plantas. No puedes cerrar los ojos y confiar en que desaparezcan solos, ¿me entiendes, Daniel? Tienes que enfrentarte a ellos.

–Y echarles... inse... insec...

–¡Insecticida! Eso mismo –terminó Joseph la palabra, demasiado complicada para Daniel. Y, en un arrebato de inspiración, añadió–: Tienes que contarle tus pesadillas a la doctora, porque ella es la que tiene el insecticida para matarlas.

La psiquiatra sonrió. Aquel rudo bombero quizá tuviera algo dentro de la cabeza, después de todo. Había logrado explicar a Daniel la situación de un modo comprensible para él.

–¿Sí? ¿Ella... tiene el insec... tida?

No estaba claro si la pregunta de Daniel iba dirigida a Joseph, a Audrey, a sí mismo o a su querida rosa. Pero Audrey supo en ese preciso instante que iba a acceder a hablar con ella y contarle sus pesadillas. Y un escalofrío le recorrió la espalda.

Ya que el bombero le había ayudado a convencer a Daniel y que éste confiaba en él, Audrey decidió permitir que Joseph estuviera presente en la sesión. También decidió que hablarían en el propio cuarto de Daniel. Encontrarse en un medio relativamente familiar para él quizá facilitara las cosas. Antes de empezar a hablar con el anciano, Audrey le susurró a Joseph al oído: «No intervenga en ningún momento». Él asintió con la cabeza, a modo de respuesta.

–Muy bien, Daniel –dijo Audrey–. ¿Has tenido más... sueños malos esta semana?

–Sí.

–¿Y sigue habiendo en ellos campos quemados?

Tras reflexionar sobre eso, Daniel contestó:

–No están quemados... Están muertos... Todo está... muerto.

–¿Qué es «todo»? ¿Qué más aparece en tus sueños?

–Había flores... árboles, ani... males, peces, hierba.

–¿Todo estaba bien, y de repente las plantas y los animales empezaron a morir?

–Los animales... se mataron.

–¿Quieres decir que se mataron unos a otros?

–Sí.

Audrey hizo unas anotaciones antes de proseguir:

–¿Y qué le pasó a lo demás? ¿Cómo murieron las plantas?

Esta vez, la reflexión de Daniel le llevó algo más de tiempo.

–Creo que... las mató... él.

Tanto Audrey como Joseph notaron el miedo que invadió el rostro de Daniel. Hasta ahora se había mostrado tranquilo, pero la mención de ese «él», hecha en un susurro casi inaudible, lo alteró de un modo drástico. El jardinero estaba pálido y se removía, inquieto en la cama donde se hallaba sentado. Cuando fue a hablar de nuevo, le sobrevino un ataque de tos, que no remitió hasta pasado un buen rato. Para entonces, su cara estaba congestionada por la brusquedad de los estertores, y los ojos aparecían enrojecidos y llorosos.

–Bebe un poco de agua –dijo Joseph, que le ofreció a Daniel un vaso de la mesilla de noche.

Acababa de romper la norma impuesta por Audrey de no intervenir en la conversación, pero suponía que aquello no contaba. Y si no era así, le daba igual. Empezaba a arrepentirse de haber ayudado a convencer a Daniel para hablar con aquella psiquiatra. El desdichado ya había sufrido bastante y no estaba en condiciones de sufrir más. Esa expresión de pánico que Daniel tenía justo antes de las toses...

–¿No cree que es mejor dejarlo por hoy? –dijo el bombero a Audrey.

–¿Puedes continuar, Daniel? –preguntó ésta.

Las toses habían conseguido preocuparla. Por un momento incluso llegó a pensar que el anciano iba a sufrir un colapso. Pero, ahora, Daniel parecía encontrarse aceptablemente bien otra vez y ella no quería interrumpir la sesión justo cuando empezaba a tener un cierto interés.

–¿Tengo que... seguir? –preguntó Daniel.

Audrey y Joseph contestaron al mismo tiempo, aunque sus respuestas fueron bien distintas. Él dijo «Claro que no», y ella «Deberíamos seguir». No se entendió ninguna de las dos contestaciones, pero intuyendo que Joseph iba a sugerir que lo dejaran, Audrey se adelantó diciendo:

–¿Quién es *él*? ¿Quién es el que hizo que las plantas se murieran?

–No lo sé.

–¿Y por qué pien...?

–Pero es... malo. Me... habla en mis sueños. Y... a veces... también cuando estoy... despierto.

La psiquiatra escribió nuevas notas en su bloc. Mientras tanto, Joseph se mantuvo en silencio. El anciano necesitaba ayuda psicológica, de acuerdo. Aquella confesión inesperada era la prueba de ello.

–¿Está hablándote ahora esa persona? –quiso saber Audrey.

En otras circunstancias hasta podría haber resultado cómico el gesto de Daniel, con los ojos entrecerrados y la barbilla un poco levantada, aguzando el oído. Joseph desvió la mirada para ahorrarse la triste escena.

–Ahora... no habla.

–¿Qué te dice cuando te habla?

–No me... acuerdo.

–Haz un esfuerzo, Daniel, por favor. Es importante.

Al jardinero se le veía angustiado. Pero hizo lo que Audrey le pedía. Casi era posible sentir su disminuido cerebro trabajando, haciendo lo posible por sacar de sus profundidades algún recuerdo. La psiquiatra le dio su tiempo. No quería apremiarlo. Mientras esperaba la respuesta de Daniel, se dedicó a releer las notas que había tomado en lo que llevaban de sesión. Joseph, por su parte, estaba de espaldas a ellos, mirando por la única ventana del cuarto, sin distinguir nada en la sólida oscuridad del jardín.

Daniel respondió finalmente. Pero lo hizo con una voz extraña y amenazadora:

–¿Cuáles son las tres mentiras, Audrey?

Joseph se volvió bruscamente. Sin duda esas palabras habían salido de la boca del jardinero, aunque no parecían haber sido dichas por él. Esta vez no hubo silencios ni vacilaciones. Daniel habló con un aplomo inusitado e inquietante.

–¿A qué te refieres, Daniel? –preguntó Audrey.

–¿Qué le pasa? –dijo Joseph, muy preocupado.

Audrey le hizo callar con un gesto violento de la mano y una mirada breve y dura.

–Pero no son tres las mentiras, sino cuatro, ¿no es cierto, Audrey?

Habló de nuevo esa voz desagradable. A su gélido tono se le había unido ahora una falsa condescendencia. Daniel le guiñó un ojo a Audrey en señal de una complicidad igual de fingida.

–¡Se acabó! –dijo Joseph–. ¡Despierta, Daniel!

Era una petición absurda, ya que Daniel no estaba dormido. Ni siquiera estaba hipnotizado, o algo similar, como esas personas que aparecían de vez en cuando en la televisión. Pero la demanda respondía con exactitud a lo que estaba sintiendo Joseph en ese momento. Aquél no era Daniel, y éste tenía que despertarse para volver del sitio donde se hubiera metido.

Daniel volvió. Y lo hizo en el mismo punto en el que estaba justo antes de entrar en esa especie de trance, cuando Audrey le pidió que hiciera un esfuerzo para recordar lo que le decía la voz de sus sueños.

–Yo... no... me acuerdo.

–¿Eres tú, Daniel?

Estas palabras de Joseph eran una afirmación llena de alivio y no una verdadera pregunta.

–Claro... que soy... yo, Joseph.

–Claro que sí, campeón.

–¿Puede callarse de una vez y dejarme hablar a mí? –irrumpió Audrey–. Ya ha hablado bastante por esta tarde.

Estaba furiosa. No tenía que haberle dejado asistir con ella a la sesión. Lo había estropeado todo, el muy imbécil.

–¿Qué pretendía que hiciera? No podía quedarme ahí mirando mientras…

Audrey agarró a Joseph por la manga de su jersey, le obligó a acompañarla hasta la puerta de la habitación y salió con él afuera. Allí, le dijo enfurecida:

–¡No podía quedarse ahí mirando qué, pedazo de palurdo! ¿Qué cree ese cerebro de mosquito suyo que iba a ocurrirle a Daniel? ¿Que iba a empezar a darle vueltas la cabeza, como a la niña de *El exorcista*?… –Audrey levantó un brazo y señaló con el dedo hacia el interior del cuarto de Daniel–. Ese hombre que está ahí dentro ha sufrido un trauma. Dios sabe qué le habrá hecho a su débil cerebro. Padece un estrés postraumático severo por culpa del incendio del que usted le salvó y, por lo que acabamos de ver, es posible que, además, tenga personalidad múltiple o que sea esquizofrénico. No ha ocurrido nada extraordinario en esa habitación, señor Nolan. Yo veo cosas así todos los jodidos días.

–Pues lo siento mucho por usted.

La sinceridad de esa afirmación desarmó por completo a Audrey.

–Yo también lo siento, créame. –Audrey suspiró y dijo–: Lamento haberle gritado.

–¿Y qué me dice de haberme llamado palurdo y cerebro de mosquito?

–Sí, eso también lo lamento.

Joseph tendió la mano a Audrey. Ella tenía razón. Se había comportado como un palurdo con cerebro de mosquito.

–¿Hacemos las paces?

–Claro.

–Entonces la invito a un café. –En esta ocasión fue él quien se adelantó a Audrey al decir–: Y no molestemos más a Daniel por hoy, ¿de acuerdo? Déjele descansar. Lo necesita.

–Está bien. Pero más le vale que ese café suyo sea bueno.

Resultó ser un café pésimo. Los barrios humildes no tienen locales con café expreso. Después de una conversación que no duró demasiado, Audrey se dirigía de vuelta a su casa. Llevaba encendida la radio de su Mercedes CLK, pero no iba atenta a la cadena de música que tenía sintonizada. Su cabeza estaba ocupada rememorando esa conversación. Joseph la interrogó sobre el asunto de las tres mentiras a las que se había referido Daniel. «¿Cuáles son las tres mentiras, Audrey?», había preguntado el viejo jardinero, cuando dio la impresión de transformarse súbitamente en otra persona. Audrey, algo confusa, le dio a Joseph la única explicación que se le ocurría:

–Hay una estatua en la Universidad de Harvard en la que puede leerse «John Harvard, fundador, 1638». Todos allí la conocen como la «Estatua de las Tres Mentiras», porque ni el hombre de la estatua es John Harvard, ni él fundó la universidad, que lleva su nombre, ni Harvard se fundó en 1638.

–¿De veras? Pues no sirve de mucho esa estatua, ¿eh?

–Bueno. Dicen que da suerte tocarle los pies. Leo... un amigo mío de la universidad lo hacía siempre que pasaba junto a ella.

–¿Y la estatua le daba suerte?

–No –dijo Audrey, que, en un susurro, añadió–: No nos la dio a ninguno aquella noche.

–¿Qué?

–Decía que no, que no le dio suerte. Mi amigo Leo murió de un infarto hace unos años.

–Oh, vaya, lo siento.

–Son cosas que pasan…

–Y suponiendo que Daniel se refiriera a esa estatua con lo de las tres mentiras, ¿a qué venía eso? Quiero decir, ¿por qué se le ocurrió hablar de ello?

–Probablemente quería llamar la atención. En estos casos, a veces, el paciente se hace… –Audrey buscó la palabra correcta– una especie de exhibicionista.

–¿Quiere decir que trataba de impresionarla?

–Algo así.

–Ya. Pero… ¿no le parece que es algo demasiado complicado para Daniel? Primero, él tendría que haberse enterado de que usted estudió en Harvard, además tendría que conocer la historia de esa «Estatua de las Tres Mentiras», y por último tendría que ser capaz de asociar una cosa y la otra para soltarle esa pregunta. No sé… A mí me parece que algo no encaja.

–Estos casos son más complejos de lo que parece. No es inaudito que un paciente con personalidad múltiple muestre aptitudes en algunas de sus personalidades que no están presentes en las otras. En ocasiones hasta se dan diferencias físicas entre ellas. Una vez tuve el caso de una mujer que tenía una visión normal en una de sus personalidades, y que, sin embargo, era miope en otra. La mente es un misterio, señor Nolan. Esto no es sólo una frase bonita. La mente es un misterio de verdad. Es posible que Daniel se enterara por alguna de las monjas de que yo había estudiado en Harvard, y no es tan improbable que él conociera la historia de la estatua. Al fin y al cabo, lleva viviendo en Boston toda la vida. Y de hacer la conexión entre una cosa y la otra, puede que se ocupara ese otro Daniel.

Esta última explicación convenció a Joseph. De hecho, estuvo a punto incluso de convencer a la propia Audrey. Hasta puede que lo hubiera hecho si no fuera por el otro comentario que hizo Daniel y que Joseph parecía no recordar. El comentario fue: «Pero no son tres las mentiras, sino cuatro, ¿no es cierto, Audrey?». Y era cierto, sí, porque ella ocultaba una mentira. Un secreto sobre algo que ocurrió una noche en Harvard, hacía catorce años, precisamente junto a la Estatua de las Tres Mentiras…

7

Roma, Italia

La Compañía de Jesús, cuyos integrantes eran conocidos como jesuitas, había caminado siempre por una cuerda floja en sus relaciones políticas con los distintos estados y con la propia Santa Sede. A lo largo de la historia, la orden sufrió la expulsión de muchos países, fue rechazada y combatida. El sentido progresista de sus miembros los había llevado incluso a ser tachados de izquierdistas en lugares como Suramérica, aunque, contrariamente, para muchos eran tradicionales siervos de Dios. Sus votos incluían la obediencia directa al Papa, y sin embargo muchos papas los habían despreciado. Seguían una estricta formación, que duraba diez años. Estudiaban filosofía y teología, pero también ciencias, y estaban siempre abiertos a conocimientos heterodoxos, como la parapsicología, la ufología o el ocultismo.

Por eso no era de extrañar que el grupo religioso más *fronterizo* del Vaticano, que se dedicaba a investigaciones que otros, en su ignorancia y su temor, consideraban absurdas o ridículas, estuviera formado por jesuitas. Los Lobos de Dios habían nacido en 1970, al abrigo del papa Pablo VI. A su muerte, ya con Juan Pablo II en la silla de Pedro –y tras el breve pontificado de Juan Pablo I–, el papa polaco a punto estuvo de disolver el grupo. Los jesuitas no eran precisamente de su agrado, y por eso la cuestión se saldó con un cambio de cabeza. El primer prefecto de los Lobos de

Dios fue un vascofrancés, monseñor Virgile Guethary, con quien la nueva cúpula de poder estaba enfrentada. Lo sustituyó en 1979 el polaco Ignatius Franzik, hombre vigoroso, inteligente y diplomático, capaz de moverse en unos tiempos difíciles para la Compañía de Jesús, más favorables a órdenes tradicionalistas como el Opus Dei, nombrada prelatura personal de Juan Pablo II. Su calidad de compatriota del Sumo Pontífice ayudó en gran medida a que los Lobos de Dios no fueran disueltos.

Desde sus comienzos, los Lobos tuvieron contacto con fenómenos paranormales. Los buscaban como sujeto de sus investigaciones. Incluso se dio el caso de uno de sus miembros que fue detenido por intentar colarse en la famosa base militar norteamericana conocida como Área 51. Se extralimitó en su cometido, se dejó llevar por la emoción, eso le ofuscó la mente, e hizo que lo detuvieran. Nadie pudo relacionarlo con la Santa Sede, pero las autoridades averiguaron que se trataba de un religioso jesuita. La orden tuvo que mediar en su liberación y sólo la buena voluntad de las más altas esferas políticas de Estados Unidos evitó el escándalo y la vorágine de la prensa, que lo relacionó con fanáticos de la conspiración ovni. Aunque lo que él iba buscando nada tenía que ver con los «hombrecillos verdes».

En los años noventa, algunos antiguos miembros de los Lobos instruyeron a la productora que creó *Expediente X*, aunque a título estrictamente personal. Varios casos de la serie –con la debida adaptación televisiva– habían sido investigaciones reales de los Lobos, y no del FBI estadounidense. Sin embargo, muchos en Roma pensaban de este grupo que era una pérdida de tiempo y de recursos, a pesar de que todo lo extraño merece ser explorado. Lo que no conocemos encierra precisamente las mayores verdades. Descartar lo falso o lo imposible justifica una investigación, ya que sitúa en el camino de la verdad.

Así pensaba el cardenal Franzik, ya un anciano, mientras marcaba desde su despacho el número telefónico directo de Servidio Paesano, prefecto del Archivo Secreto Vaticano.

–¿Padre Paesano?

–Al habla –respondió una voz ronca al otro lado de la línea.

–Soy Franzik. ¿Ha hecho preparar ya el códice que le encargué?

–Sí.

–Gracias por este favor personal.

–No hay de qué. Espero que el códice le sea de ayuda. A mí, a decir verdad, nunca ha hecho otra cosa que sobrecogerme.

–Es comprensible... Pero todo tiene un sentido en el plan de Dios.

–Cierto, monseñor.

El cardenal Franzik colgó el teléfono aunque mantuvo la mano sobre el auricular unos segundos. Frente a sí tenía un hermoso fresco que representaba alegóricamente las Gracias. Pero él sólo lo veía con la luz que impresionaba las retinas de sus ojos. Más allá, el cerebro anulaba esa información, así como cualquier otra proveniente, en aquellos instantes, del mundo exterior.

Aunque todo volvió a la normalidad como la imagen congelada de una película que sigue su proyección. Monseñor Franzik descolgó de nuevo el teléfono y marcó un número que estaba escrito en su agenda, abierta a un lado, sobre el cartapacio de cuero de la mesa. Era el número de una abadía benedictina de Padua. El cardenal deseaba hablar con un antiguo amigo y mentor, retirado a la vida monacal desde hacía ya muchos años. De hecho, era tan viejo que parecía increíble. A sus más de cien años, fray Giulio Vasari conservaba la lucidez, aunque su cuerpo experimentaba ya un deterioro irreversible.

–¡Amigo mío! –exclamó el anciano, con su voz profunda pero infinitamente cansada, al reconocer a Ignatius Franzik al otro lado de la línea–. Estoy preso en mi propia celda. Si no fuera por estos buenos hermanos que me cuidan… Gracias, gracias por el teléfono –dijo al fraile que le había llevado el aparato inalámbrico.

–Perdona que te moleste otra vez –dijo Franzik–. El joven sacerdote del que te hablé está volando en estos momentos hacia Roma desde Brasil. Llegará muy pronto. El códice está preparado en el Archivo Secreto. Pero no sé si debemos seguir adelante. Mi confusión es tan grande como mi desasosiego.

En su oscura celda, fray Giulio tosió ásperamente. Luego dijo:

–Es necesario. Mi corazón está turbado desde hace muchos años. Quizá él obtenga la respuesta que yo nunca he tenido… y que no sé si he querido tener. Recuerda, amigo mío, lo que yo experimenté en Sicilia en mi juventud. Y recuerda también lo último que dijo el papa Wojtyla en su lecho de muerte, que tú mismo me contaste lleno de temor.

–¡Sí, sí recuerdo sus palabras, pero no las repitas, te lo ruego! Fue algo casi incomprensible. Un susurro. Le habían practicado una traqueotomía y carecía de voz. Ni siquiera estoy seguro de que…

–¡Ojalá eso fuera cierto, y no estuvieras seguro! Pero lo estás. Es algo que se ha grabado a fuego en todos los que lo conocemos. Además, la hora a la que nos dejó, las 21.37, es un signo del Demonio. El 37 se asocia con Lucifer en algunos textos impíos. Y en la cábala hebrea puede interpretarse como «la caída», y también tiene el sentido de «quemarse» o «arder».

–Gracias a Dios, los que conocemos todo esto somos muy pocos, y dignos de absoluta confianza. Si las gentes piadosas supieran…

El cardenal cerró los ojos y apretó los párpados. Aquel recuerdo era como un gusano que roe la fruta madura.

–Cuando tu joven subordinado haya leído el códice, envíalo a verme a Padua –dijo el anciano, dulcemente.

–¿No podrías hablar tú con él antes? Si, después, sigues pensando que debe leerlo, yo no tendré inconveniente alguno.

–Bien. Envíalo aquí cuando llegue. Hablaré con él.

Entre los dos hombres, separados por la línea telefónica, se hizo un silencio denso que rompió el cardenal.

–Tengo miedo, Giulio.

–Ya sabes que yo también, querido Ignatius. Ya sabes que yo también.

La Santa Sede refulgía bajo un sol impropio del mes de noviembre. Los preparativos de la Navidad se dejaban ver ya por las calles de la Ciudad Eterna, algo más limpias de lo habitual. Un aroma agradable e indefinible inundaba el ambiente y todo el mundo parecía un poco más alegre ante la perspectiva de las celebraciones que, por iniciativa de los grandes comercios, cada vez empezaban más pronto.

El elegante Lancia Thesis de color negro, con matrícula SCV del Stato della Cittá del Vaticano, dejó el Coliseo y el arco de Constatino a su derecha. Su ocupante había pedido expresamente al conductor que pasara por allí antes de dirigirse a su destino. Quería contemplar una vez más, aunque fuera de pasada, aquellas ruinas majestuosas que siempre le habían ayudado a elevar su espíritu. Desde el Coliseo, el coche continuó hacia el Circo Máximo, en dirección al Tíber. Lo cruzó y enfiló la vía de la Conciliazione al fondo de la cual se levantaba la gran basílica de San Pedro. El vehículo rodeó la plaza y se detuvo ante la garita del guardia de la Inspección de Seguridad Pública. Tras acreditarse, pudo continuar hacia el interior hasta desaparecer por un lateral de la plaza.

Monseñor Franzik había enviado a su chófer y su propio coche a buscar al padre Albert Cloister al aeropuerto Leonardo da Vinci.

El vuelo con escalas desde la selva amazónica había sido largo y agotador. Pero le permitió disponer de varias horas para reflexionar. Los pensamientos se agolpaban en su mente sin concierto. Sabía que eran –de eso estaba seguro– como las piezas de un puzle o un rompecabezas. Aunque faltaba algo: la clave que pudiera obrar el prodigio de unir los distintos fragmentos. Quizá también necesitaba cierta perspectiva. La cercanía a los árboles impide ver el bosque.

El sacerdote se revolvió en el cómodo asiento trasero del coche. Desde que abandonó Suramérica, y ya en pleno vuelo, se había ido sintiendo cada vez peor. Empezó a tener sudores fríos y a tiritar. Su estómago estaba revuelto. Le parecía que su alma, duramente sometida a tensión, liberaba su mal hacia el organismo contagiándole la dolencia. Ahora, a punto de descender del automóvil de monseñor Franzik, sentía que las fuerzas lo habían abandonado. Las piernas experimentaban leves aunque espasmódicos temblores, y su rostro estaba demacrado, hundido, con ojeras y el brillo del sudor febril.

El conductor se bajó de su puesto para abrirle la puerta –cosa que Albert Cloister nunca hubiera esperado–, y entonces se dio cuenta de su estado. Una hora antes parecía encontrase bien, aunque debía de haber llegado al colmo de su aguante y ya no podía mantener por más tiempo un aparente estado de normalidad.

Asustado por su aspecto, el chófer llamó a un guardia suizo y le pidió que avisara a un médico. Después, avisó él mismo al cardenal Franzik y, siguiendo sus indicaciones, llevó casi en brazos al padre Cloister hasta el interior de uno de los edificios menores de la sede papal. La escalinata de mármol y las balaustradas del mismo material, daban acceso a una puerta cuadrada con dintel sobre la que se simulaba un arco circular en relieve. Un lugar hermoso que transmitía sensación de riqueza y poder.

Ya dentro, un religioso terminó de ayudar al conductor a llevar al padre Cloister hasta un saloncito lateral. Allí lo tendieron sobre un diván. La piel de su cara estaba verdusca, y sus manos temblaban. Sin necesidad de tomarle la temperatura, era evidente que había experimentado una fuerte subida de la fiebre.

El médico apareció enseguida, acompañado del cardenal Franzik. Éste mostraba una aguda expresión de preocupación. Con independencia del trabajo de Cloister bajo sus órdenes, lo consideraba el hijo que, por su condición de sacerdote, nunca tuvo. Desde que lo conoció, hacía ahora seis años, había sentido por él una inmediata simpatía. Su recia y franca manera de ser, su profundidad intelectual, el brillo del anhelo de saber en sus ojos... Todo ello le recordaba a sí mismo cuando era un joven postulante en Cracovia, en los tiempos en que la Iglesia polaca se veía obligada a actuar en la sombra, casi como una sociedad secreta.

–Monseñor... –dijo Albert Cloister en un hilo de voz.

–Tranquilo, muchacho. No hables ahora. No hagas esfuerzos.

El médico había empezado a reconocer al paciente. Mucho se temía que sufriera alguna clase de intoxicación alimentaria o, en el peor de los casos, una infección bacteriana o vírica; quizá un parásito. Se le había informado de que el paciente regresaba de la selva brasileña. Cualquiera de esas opciones era común allí, aunque el sacerdote tenía sus vacunas en regla. Por el momento, se limitó a ponerle el termómetro, tomarle la tensión sanguínea, auscultarle y sacarle una muestra de sangre para analizarla, y recomendó que lo metieran en una cama sin dejar de vigilar su evolución en las siguientes doce horas.

Cuando el médico se fue, Cloister se quedó dormido enseguida. Deliró en varias ocasiones. La fiebre se mantuvo alta, aunque fluctuante, a lo largo de toda la noche. Sin embargo, al día siguiente su aspecto era mucho mejor. Los resultados de los análisis resultaron incomprensibles: no tenía nada. Estaba sano como una rosa. El motivo de la fiebre y los temblores debía de ser psicosomático. No había causa física alguna.

El cardenal Franzik fue a visitarlo a media mañana. Albert se sentía casi totalmente restablecido.

–¿Estás seguro de que tienes fuerzas para ponerte a trabajar?

–Fuerzas y ganas.

–Quizá haya sido simple estrés. La enfermedad del mundo moderno –dijo el cardenal sin demasiada convicción.

Los dos hombres abandonaron las habitaciones y se dirigieron al despacho del cardenal. Éste había indicado que le llevaran allí varios documentos para que el padre Cloister pudiera consultarlos. En el Amazonas había presenciado un ritual en el que algunas personas de una tribu perdida, las más sensibles, eran capaces de tener visiones del futuro, o percibir conocimientos ocultos por medio del licor que las mujeres elaboraban según una receta ancestral, a base de las hojas de una planta de la selva. El jesuita realizó con los integrantes de ese grupo humano aislado varias experiencias rigurosas y científicas. Creó una batería de tests para comprobar la veracidad del proceso. Los resultados fueron, en algunas ocasiones, más que sorprendentes. Una anciana de ojos profundos llegó a describir cosas que nunca había visto. Y dio detalles de la vida de Albert Cloister que prácticamente nadie conocía y que ella, desde luego, ignoraba con toda seguridad.

Pero lo que más inquietó el ánimo del hombre de fe y de ciencia fue una frase, no por esperada menos perturbadora. Una frase pronunciada por aquella mujer en una antigua lengua india, ya extinta, que el intérprete brasileño de Cloister conocía por textos antiguos de los religiosos españoles que cristianizaron esas tierras. Antes incluso de que le fuera traducida, el sacerdote sintió un dardo atravesarle el corazón y al mismo tiempo una extraña sensación de triunfo. Las palabras abrasaban como el metal fundido cuando escuchó: «TODO ES INFIERNO».

La mirada de la anciana de piel cobriza y la expresión de su rostro, el modo en que le miró, el estremecimiento de sus carnes fláccidas, todo le indicaba a Cloister que había dicho lo que él esperaba escuchar de sus labios.

Por eso estaba él allí. En el Vaticano se habían recibido informes de un misionero que se relacionaban con su investigación. Los indígenas de aquella región remota de la selva describían con detalle horribles visiones de un supuesto más allá aterrador. Se drogaban para abrir una ventana al otro mundo. Eran criaturas sencillas pero valientes. Su teología no les prometía un paraíso al finalizar la vida, sino un final absoluto. Para ellos, ésta era la única vida. Jamás hubieran imaginado unirse al mundo desolado y maléfico de sus visiones. Eso era otro mundo diferente, en otra dimensión ajena y aislada.

Después de contemplar el efecto del brebaje en los miembros de la tribu, y tras escuchar las palabras de la vieja, que encarnaban su anhelo y su temor a un mismo tiempo, a Cloister ya sólo le quedaba una cosa por hacer allí. Tenía que probar él mismo el brebaje que inducía a los indios aquel estado en el cual sus mentes rompían en alguna medida la barrera del tiempo y el espacio. Y aunque ellos se mostraron reticentes en un principio, fue la misma anciana la que logró convencerles de que le dejaran probarlo. Con su sexto sentido notó que él necesitaba experimentar por sí mismo. Le dio una dosis del bebedizo en un vaso labrado en madera. Albert lo apuró como si le fuera la vida en ello.

Enseguida notó los efectos de la fermentación. Un raro embotamiento le invadió. Su mirada se hizo borrosa. Un hormigueo en absoluto desagradable fue recorriendo su cuerpo, desde las extremidades hacia el interior. El sonido se hizo más intenso. Y también más claro, aunque, a la vez, extraño y *diferente*. Su nariz empezó a captar olores sutiles, a madera quemada, a verdor, a tierra, a sudor, a animales, a comida, al propio bebedizo. Su mente estaba iniciando el viaje. Estaba penetrando un nuevo mundo, el de la conciencia alterada. Él había leído mucho sobre ese estado. Lo conocía muy bien y, sin embargo, jamás lo había experimentado.

El primer golpe de conciencia fue como un flash de fotógrafo, seguido por un estallido sordo dentro de la mente. El fuego de la hoguera, en torno a la cual se habían dispuesto todos, le pareció casi congelarse. Se volvió lento. Podía ver cada lengua flamígera ascendiendo y apagándose. Un torrente de sentimientos le inundó el alma. Su corazón se llenó de anhelo mientras las lágrimas afloraban a sus ojos y se deslizaban por sus mejillas. Tuvo la sensación de que estaba despierto, consciente, vivo. Como un aparato de radio que recibiera muchas frecuencias simultáneamente, su cerebro se saturó de datos que, ahora, se instalaban por sí solos en sus lugares correspondientes. Comprendía. Percibía. Una lucidez tan clara como el brillo de un diamante se materializó dentro de su ser más íntimo.

–¡Lo veo...! –dijo en un grito ahogado.

Antes de desmayarse, Albert Cloister había comprendido algo que nunca sospechó; y no tanto por su significado en sí como por el modo de entenderlo. Un modo nuevo para él. Una luz iluminó el fondo de su espíritu. Abrió un hueco de visión. Aunque no siempre la visión aclara misterios u ofrece verdades. A veces se desvela lo que no quiere verse, lo que preferiría ignorarse. Como el dolor de los enfermos terminales o las mutilaciones de guerra. Estar ciego es a menudo mejor que ver.

Sólo quien pone el afán de conocer por encima de todo, puede arrojarse de veras en el crisol de la búsqueda de la verdad. La anciana indígena había notado ese anhelo en Albert Cloister. Conocer lo más doloroso es, para almas como la suya, menos doloroso que ignorar.

En la imaginación de Cloister, las llamas de la hoguera se hicieron brillantes como el haz de un foco antiaéreo. Ascendían hasta el cielo. De pronto, un ser emergió de su interior. Se giró con rapidez hacia el sacerdote, para mirarlo como una serpiente fija en su presa. Eran unos ojos serenos pero terribles, un rostro de gélida hermosura que se mantenía intacto entre las llamas abrasadoras. Aquella mirada hipnótica... Aquella presencia maligna.

Maligna.

El padre Cloister se quedó petrificado y notó cómo un escalofrío le recorría la espalda. No pudo evitar que su garganta emitiera un sonido de pánico. Sintió un mareo repentino y, a pesar de que estaba sentado, perdió el equilibrio y quedó tendido de espaldas en el suelo. Los sonidos de la selva se diluyeron en su mente como un oleaje lejano. Los gritos y los olores se borraron. Su unión con el mundo se paralizó.

Era ya de día cuando recobró el conocimiento. Se sentía débil y su alma seguía turbada con la visión que le asaltó al despertar desde su recuerdo como un perro rabioso. Aquellos ojos perversos lo habían mirado a él. Precisamente a él.

Cuando despertó, su boca estaba seca y tenía un sabor acre. Forzó las glándulas salivares para humedecerse algo la lengua. Estaba desorientado. Tratando de pensar en lo ocurrido durante la noche, experimentó una cenestesia, una sensación de ruptura sensorial parecida en cierto modo al *déjà vu*. Notaba su cuerpo con una abrumadora percepción de realidad. Sentía su propia existencia, su yo. Era él, y no otro. Se notaba a sí mismo con más certeza que nunca. Y la entidad del fuego había emergido para encontrarlo. Eso era lo que había ocurrido en la selva.

Cuando refirió su experiencia con la entidad del fuego al cardenal Franzik, éste le ordenó regresar a Roma a la mayor brevedad. Había algo que debía saber, y ya no era posible esperar más tiempo.

–El Maligno tienta al ser humano, querido Albert, y le acongoja con la desesperanza –dijo el prefecto de los Lobos de Dios, ya acomodado en el sillón de caoba y terciopelo rojo de su despacho.

–Estoy confuso. Pero, en cierto sentido…

–Te parece que las cosas concuerdan.

–Así es, monseñor. No sé cómo ni por qué.

–Los ataques del Maligno aumentan día a día. Este mundo es cada vez más un infierno.

–Sí, *todo es Infierno*, pero… aquella mirada…

–La salvación se fundamenta precisamente en vencer este infierno, superar las tentaciones. Esa frase responde a un plan del Maligno. Estoy seguro. Quiere guerra, y nosotros somos sus recios y duros oponentes. Tengo aquí un documento que debes leer. Lleva la firma del padre Gabriele Amorth.

–El exorcista de la diócesis de Roma.

–El mismo. Ten –dijo el cardenal, alargándole unas hojas grapadas a Albert–. Estoy seguro de que te interesará.

Eran las fotocopias de una entrevista al famoso exorcista y demonólogo, concedida al diario oficial de la Santa Sede, *L'Osservatore Romano*. En ella Amorth hablaba del incremento de prácticas satánicas en el mundo, de ocultismo, espiritismo, magia negra.

–Conozco la forma de pensar del padre Amorth, eminencia. Y como sabe, no estoy muy de acuerdo con él. Como científico no puedo aceptar que el Demonio campe a sus anchas en medio de jovenzuelos que juegan a lo que no comprenden.

–Como científico no puedes aceptar eso. ¿Y como sacerdote?

La pregunta de Ignatius Franzik fue como una losa de granito.

–No sé qué responder.

–Ya –dijo el anciano apretando los labios y agachando levemente la cabeza–. Tu fe no es pequeña, pero no te basta. Necesitas confrontarla con algo que la demuestre. Así es tu mente, que condiciona a tu espíritu. Yo era igual que tú, pero ahora... He visto demasiadas cosas que sólo la fe puede explicar, o justificar. Me gusta saber que todavía hay personas jóvenes en años y jóvenes de corazón. Investiga y hazlo con libertad. Arroja el prejuicio. Cristo quiso que nos hiciésemos como niños para poder acercarnos a él. Pero eso no significa que quisiera personas simples, sino abiertas, limpias, sinceras.

El viejo cardenal divagaba. La crispación de sus labios era bien conocida por el padre Cloister. Estaba preocupado y era incapaz de disimularlo.

–¿Cuál es la información que debo conocer y que es tan urgente? –dijo Cloister, reconduciendo la conversación.

–¿Cómo...?

–Por lo que era tan urgente mi regreso de Brasil...

–Ah, sí... –dijo Franzik–. Antes de eso quiero que visites a un gran amigo mío. Fue mi maestro en el modo de entender la teología y muchas otras cosas de la vida. Le he pedido que te reciba en su retiro, el monasterio benedictino de Padua. Cuando yo acababa de entrar en la edad adulta, él ya era viejo. Tiene más de cien años. Pero que eso no te condicione negativamente. Rige mejor que la mayoría, con independencia de su edad. Es el más sabio de los hombres que he conocido. Ve a verlo. Cuéntale lo que has descubierto y todo lo que te aflige. Por desgracia, no le queda mucho tiempo. Una extraña enfermedad del hígado lo corroe día a día.

–¿Qué relación tiene con mis investigaciones?

–Mucha. Más de la que imaginas.

–Entonces, ojalá él pueda iluminarme.

–Lo hará. No te quepa la menor duda, querido Albert.

8

Boston

El pasado del parque público más antiguo de Estados Unidos, el Boston Common, no era muy ilustre. Sus terrenos sirvieron como lugar de campamento para ejércitos diversos, se linchó en sus árboles a más de un condenado a muerte, y la hierba que cubría el suelo dio de comer a muchas vacas hasta bien entrado el siglo XIX. En la actualidad, sin embargo, los barrios en torno al Boston Common están entre los más caros de la ciudad. Como Beacon Hill, situado al norte, donde se encontraba la casa de la doctora Audrey Barrett. En su calle, sosegada y a sólo dos manzanas del parque, se veían edificios de ladrillo oscuro, verjas de hierro forjado limitando las parcelas, faroles que parecían sacados de un libro de Sherlock Holmes y pequeñas escalinatas de piedra. Estando allí era fácil imaginarse en un típico barrio de Londres. Puede que Estados Unidos derrotara a los ejércitos de Su Majestad, pero Boston nunca dejaría de ser, en cierto modo, una ciudad inglesa.

La calle estaba en silencio. Pocos sonidos se atrevían a romperlo: el crepitar de las hojas secas al ser movidas por el viento, un zumbido casi imperceptible de la bombilla de un farol, el ruido de un gato revolviendo entre los cubos de basura. Al lado de uno de ellos, en el suelo, reposaba una calabaza del último Halloween que nadie se había molestado aún en recoger. Su rostro burdamente horadado no consiguió asustar a nadie en la Noche de las Brujas, pero ahora resultaba inquietante. Los ojos y la boca, que estuvieron iluminados por la luz de una vela, se habían convertido en pozos de sombras.

Audrey se apresuró a subir los escalones que conducían a la puerta de su casa. Al entrar, se topó con el correo esparcido por el suelo. Una ranura dorada convertía el vestíbulo en un gran buzón casi imposible de llenar, al que todos los días llegaba una infinidad de correspondencia. Disgustada, cogió el montón de correo con ambas manos y lo depositó sobre el aparador de la entrada. Un rápido vistazo le bastó para saber que no había nada demasiado urgente. «Gracias, Dios, por los pequeños favores», pensó. Y, en voz alta, dijo:

–Los grandes te los guardas para tu hijo, ¿eh?

Nadie contestó. Estaba sola. Completamente sola. No había dejado de estarlo ni un segundo en los últimos cinco años, desde que su hijo desapareciera.

Le dolían los pies, que notaba hinchados. Se quitó los zapatos y, así, descalza, se encaminó al salón. A oscuras, Audrey se desplomó en un gran sillón de cuero. Su asistenta había vuelto a marcharse sin encender la chimenea. Era de esperar, al ver que tampoco había recogido el correo del suelo. La mujer la odiaba por alguna razón y ésas eran sus pequeñas venganzas. Audrey estaba ya harta. De no sentirse tan cansada la llamaría ahora mismo para despedirla. Ya no quedaban personas decentes en el mundo. La única excepción era la madre superiora... y quizá ese bombero insensato, Joseph Nolan, lleno de buenas intenciones, como un ingenuo boy scout.

Tuvo que levantarse del sillón y encender la chimenea ella misma. La leña empezó a crepitar poco después. No tenía hambre, así es que, en vez de cenar, decidió poner un poco de música. Todo valía a cambio de no darle más vueltas a lo ocurrido con el viejo jardinero, Daniel. Sus comentarios la habían cogido por sorpresa. En contra de lo que le dijo a Joseph, sí le parecía muy extraño que Daniel conociera la historia de la estatua de John Harvard y sus tres mentiras. Y que hablara de una cuarta mentira resultaba del todo inverosímil. Aterrador. Porque Audrey llevaba catorce años ocultando un secreto en el lugar más oscuro de su corazón. Daniel incluso le había guiñado un ojo en un gesto cómplice... La casualidad era difícil de admitir. Al día siguiente, sin falta, volvería a hablar con el anciano y, entonces, esperaba sacar algo en claro. Ahora trataría de dejar la mente en blanco limitándose a escuchar un poco de música. Rebuscó entre los CD que había en un estante por encima del equipo de alta fidelidad. Uno de ellos le hizo pensar «¿Por qué no?».

Bruce Springsteen se dejó oír en el salón. Su voz rota le cantaba a una mujer que jamás llegaría a ser suya. Era la misma canción que Audrey había escuchado canturrear al bombero mientras éste regaba la rosa muerta de Daniel.

> Te dejará entrar en su casa
> si llamas a su puerta en mitad de la noche.
> Te dejará entrar en su boca
> si dices las palabras correctas.
> Si pagas lo que es debido,
> te permitirá llegar más lejos.
> Pero hay un jardín secreto que ella oculta.

Esta canción siempre la llenaba de tristeza. ¿Por qué pensó que esta vez habría de ser distinta? Apagó el equipo de música sin esperar a que la canción terminara, y el brusco regreso del silencio la sobresaltó. Le vino a la mente la imagen de aquella calabaza olvidada que había visto junto al cubo de la basura; y estuvo a punto de traerle un recuerdo que Audrey se apresuró a atajar.

Nada de música. Lo que de verdad necesitaba era una

copa. Un Jack Daniel's conseguiría deshacer el nudo que sentía en la boca del estómago. Imaginaba que así empezó su amigo Leo, al que un infarto mató antes de que lo hiciera la cirrosis. Seguro que empezó tomando una copa de vez en cuando, por las noches, para huir de recuerdos molestos. Él siempre fue el más débil de los tres. Y el más ingenuo. Audrey no recordaba ni una sola vez en la que dejara de tocar el pie de John Harvard al pasar por delante de su estatua, antes de aquella noche. Decía que le daba suerte. El bueno de Leo. Hizo lo mismo en ese día de abril de 1991...

–Venga, Audrey, tócale el pie –dijo Leo–. Y tú también, Zach. Necesitamos toda la suerte de John Harvard para esta noche.

–¡Cállate, imbécil!

Zach dijo esto con los dientes apretados y mirando a su alrededor para asegurarse de que nadie había oído a Leo. Estaban solos pero, aún así, Zach no se mostró más relajado. Dirigiéndose esta vez a Audrey, su novia, dijo:

–Y tú no le defiendas, como haces siempre. Es un bocazas...

Ella siempre defendía a Leo. Cierto. No podía evitarlo. Audrey y Leo se conocían desde la adolescencia, porque su madre y los padres de él eran vecinos. Fueron juntos al colegio y al instituto, y vinieron juntos en el autobús que, dos años antes, los había traído a Boston desde la ciudad de Hartford, Connecticut. En todo ese tiempo nunca surgió nada entre ellos, pero fue Leo el que le presentó a Zach, con el que Audrey llevaba saliendo casi un año y medio. Ellos dos estudiaban ciencias políticas en el campus de Harvard, y Audrey medicina en el de Longwood.

–Ya lo has oído, Leo. Eres un bocazas.

No había ningún tono de recriminación en las palabras de ella. Leo, que seguía con la mano agarrada al pie izquier-

do de la estatua de John Harvard, se encogió de hombros sin dejar de sonreír.

–No sabéis lo que nos estamos jugando –dijo Zach, enfadado–. Sois los dos unos críos.

–Te recuerdo que soy tres meses mayor que tú –dijo Leo.

–Y yo cuatro –añadió Audrey.

–¡Pues os podéis ir los dos a la mierda con vuestros meses de más!

Vieron alejarse a Zach en dirección a la facultad de Ciencias Políticas JFK. Tenía mal carácter. Eso era algo que Audrey no había notado al comienzo de su relación. Todo son rosas en el inicio de cualquier relación, hasta que las espinas aparecen. Las de Zach habían empezado a mostrarse unos meses antes, quizá debido a la guerra. Él no estaba en Políticas por casualidad. Tampoco Leo. Ambos eran idealistas, pero cada uno a su manera: mientras que Leo veía la política como una herramienta para hacer mejor el mundo, Zach la consideraba un arma con la que enmendarlo a la fuerza. Y lo que pretendían hacer esa noche se acercaba más a la visión de Zach.

Audrey se bebió de un trago el primer vaso de Jack Daniel's. No hizo ninguna mueca por el sabor fuerte del alcohol. Con el arte de beber ocurre lo mismo que con montar en bicicleta: una vez que se aprende la técnica, nunca se olvida. Y ella tuvo un aprendizaje intensivo en sus inicios como universitaria. Sólo después de suspender todas las asignaturas en el primer trimestre, empezó a tomarse en serio los estudios y abandonó los malos hábitos. Sin embargo, aquí estaban de vuelta, frescos como el primer día.

Llenó hasta el borde un segundo vaso del cobrizo whiskey de Tennessee y, en contra de su voluntad, siguió recordando.

Un día antes de que todo ocurriera, aún no se habían puesto de acuerdo sobre qué hacer, aunque la intención sí estaba clara para los tres: llevar a cabo algún tipo de protesta en contra de la reciente guerra del Golfo, aprovechando la gran cobertura que los medios iban a hacer de la conferencia de Yitzhak Rabin en Harvard. Pero las ideas de Zach eran muy radicales para Audrey y Leo, que pretendían simplemente inundar el campus de panfletos. Tantos que resultara casi imposible quitarlos todos antes de la llegada de Rabin y, en especial, de los periodistas.

–Yo creo que el lema debería ser algo del estilo de «Ninguna guerra lleva a la paz» –propuso Leo.

–Eso es demasiado genérico –dijo Audrey–. Y, además, ¿qué me dices de la Segunda Guerra Mundial? ¿Crees que esa guerra no llevó a la paz y nos libró de Hitler y sus compinches? El problema no es tanto la guerra en sí como el modo en que se llevó a cabo. Los bombardeos de nuestro ejército lo destruyeron casi todo. En buena parte de Iraq no hay agua corriente, ni electricidad, ni asistencia médica decente. No tienen mucha comida, y la que envía el resto del mundo tampoco llega al pueblo iraquí. ¡Eso es lo que hay que decir!

Fue Zach quien le contestó a Audrey, y lo hizo de un modo ofensivo:

–Para decir todo eso necesitaríamos unos panfletos tan grandes como el estadio de los Red Sox…

–En eso te equivocas –respondió Audrey, molesta–. Basta con decir: «Hoy morirán mil niños más en Iraq».

El silencio que siguió a la propuesta de Audrey era prometedor.

–A mí me parece bien –dijo Leo.

–Pues a mí no.

Zach se levantó de la silla donde estaba sentado. No había mucho espacio libre por el que caminar en la pequeña habitación donde se encontraban. Por eso, Zach empezó a moverse de un lado a otro dando sólo tres o cuatro pasos en cada sentido, como un león inquieto dentro de una jaula minúscula. Su voz cambió. Se hizo más agresiva:

–¡Todo eso son tonterías! ¡Hay que hacer algo más fuerte para que nos hagan caso! ¡Los panfletos no bastan!

–Sí, ya hemos oído tus ideas –dijo Audrey–. Llevamos toda la tarde oyéndolas. ¡Sólo te falta proponer que matemos a Rabin! ¿Eso sería suficientemente fuerte para ti?... Sé realista, Zach.

Éste se sentó de nuevo. En apariencia, la sensatez volvió a él tan rápidamente como lo había abandonado. Pero sus ojos mostraban otra cosa, y por ello se mantuvo cabizbajo, mirando hacia el suelo en vez de a la cara de Audrey, cuando dijo:

–Tienes razón. La tenéis los dos... Está bien. Hagamos esos panfletos.

Pasaron el resto de la tarde y buena parte de la noche imprimiendo cientos de ellos. El día en que pensaban dar su particular golpe amaneció con tres bolsas de basura grandes llenas de panfletos en los que estaba escrito el lema: «Hoy morirán mil niños más en Iraq». Decidieron limitarse a ponerlos en los edificios principales del corazón de la universidad, el Old Yard, y en los de la facultad de Ciencias Políticas. Los panfletos que sobraran los esparcirían por el suelo en tantos lugares del campus como les fuera posible. Ése era el plan.

Acordaron que debían intentar dormir antes de encontrarse por la noche, pero cuando Zach le abrió a Leo la puerta de su apartamento a las tres de la madrugada, éste supo que él y Audrey tampoco habían pegado ojo. Todos tenían la misma cara ojerosa y pálida.

–¿Podemos marcharnos? –preguntó Audrey.

–Un momento –dijo Zach–. Voy al cuarto de baño.

Mientras esperaban a Zach, Audrey se dio cuenta de que no le vendría mal coger una bufanda. Iba a ser una noche muy fría.

–Ahora vuelvo –le dijo a Leo.

Al entrar en la habitación que compartía con Zach, se encontró de frente con él.

–¿No ibas al cuarto de baño?

–Ya he ido.

Zach tenía una cara extraña y su respuesta fue muy seca, pero Audrey no le dio importancia. Debía de estar nervioso. Ella también lo estaba.

Unos minutos después descendían en fila india hacia el portal. Cada uno llevaba su propia bolsa negra de basura sobre la espalda, como tres siniestros ayudantes de Santa Claus. Sus ánimos estaban crispados y los quejidos de los escalones de madera no contribuían precisamente a serenarlos.

–Me va a dar un infarto –dijo Leo.

–¡Cállate, imbécil!

El coche de Zach los esperaba al final del callejón. Metieron las bolsas en el maletero a toda prisa, sin dejar un momento de vigilar. Luego, ellos mismos montaron en el coche. Alguien exhaló un sonoro y aliviado suspiro cuando las puertas se cerraron.

–Esto no ha hecho más que empezar –dijo Zach, menospreciando aquel suspiro.

No hablaron en todo el camino desde el apartamento hasta el campus. Casi era posible oír el batir de los tres agitados corazones sobre el ruido del motor. Aparcaron el coche unos doscientos metros al oeste de la facultad de Ciencias Políticas, en la calle University. Ya fuera del vehículo, a Audrey le pareció que no hacía frío, sino hasta calor. El miedo no tiene sólo desventajas.

–Vamos por el parque –dijo Zach.

Se refería a un espacio verde limitado por la calle John F. Kennedy y la ronda Memorial, paralela al río Charles. Los faroles dispersos sólo iluminaban sus paseos de cemento. El resto estaba convenientemente a oscuras. Avanzaron por la zona ajardinada dando un rodeo considerable. Unos minutos después estaban frente a la facultad, de rodillas al pie de un árbol. Habían llegado a un momento crucial. Aún estaban a tiempo de abandonar lo que se habían propuesto. Audrey y Leo vacilaron, pero ninguno de los dos dijo nada. Era cara o cruz. No habría resultados intermedios. Si alguien los veía, su aventura se acabaría de inmediato. Nada en el mundo podría ser más sospechoso que tres figuras andando a hurtadillas por la calle en una madrugada gélida, cargando con tres bolsas. Cara o cruz. La decisión era únicamente suya. Y eligieron mal.

–Adelante –dijo Leo, con un aplomo que estaba muy lejos de sentir.

–Un momento –dijo Zach.

Del bolsillo de su chaqueta sacó tres piezas oscuras que Audrey tardó unos segundos en identificar.

–¿Pasamontañas? Pero ¿te has vuelto loco? Si alguien nos ve con eso puesto va a pensar que somos terroristas.

–Si alguien nos ve, estaremos jodidos y tendremos que salir corriendo de aquí de todos modos. Pero con los pasamontañas nadie podrá decir cómo eran nuestras caras.

El argumento de Zach era difícil de rebatir. Aun así, Audrey pensaba que no debían ponerse aquella cosa en la cabeza. Una voz interior le advertía de que Zach guardaba algo en la manga. Y ella no era la única que tenía dudas al respecto.

–Oíd, chicos –dijo Leo–. Esto no me gusta nada. Audrey tiene razón. Con eso parecemos terroristas.

–Sí –dijo Zach.

Su respuesta fue más que una simple aseveración. En la oscuridad de esa noche en la que casi no había luna, apenas conseguían distinguirse los rostros. Por eso no vieron que Zach sonreía. En caso contrario, quizá Leo no hubiera dicho:

–Oh, está bien. Dame esa porquería y acabemos con esto de una vez.

–Así me gusta, Leo. ¡Determinación!

–Que te jodan, Zach.

Avanzaron hacia el pabellón Rubenstein. Luego, más aprensivos que nunca, bordearon el ala oeste de la facultad de Políticas, para entrar, por la calle Eliot, a su explanada interior. Allí se acurrucaron junto a unos arbustos a treinta metros escasos del fórum. La hierba estaba húmeda. En la noche fría, se miraron unos a otros, y los ojos de todos sonreían. Nadie los había visto llegar hasta allí. Ni siquiera en la calle Eliot, donde habían estado más expuestos. Y este lugar, una especie de jardín rodeado por los edificios de la facultad, les parecía relativamente seguro. Eso, si a ningún guardia del campus se le ocurría aparecer, claro estaba. Audrey miró hacia arriba, al cielo lleno de puntos luminosos del que ella conseguía ver sólo una tira estrecha. Le apetecía cantar. Estaba exultante. La adrenalina hace milagros como éstos. Bajó de nuevo los ojos hacia su amigo de la infancia y su novio, y dijo:

–¿Pensáis quedaros ahí sentados toda la noche? Es hora de empezar.

Cada uno se centró en un edificio distinto. Zach en el pabellón Rubenstein, Leo en Belfer y Audrey en Littauer, que acogía al fórum de la facultad. Sólo restaba uno de los pabellones, Taubman, del que empezaría a ocuparse el que terminara antes. Lo llenaron todo de panfletos: paredes, ventanas, puertas, árboles, setos, farolas... Y no tardaron demasiado en hacerlo, porque emplearon trozos de chicle para fijarlos. Fue idea de Leo, y funcionó a la perfección.

Audrey no había vuelto a probar un chicle desde aquella noche. El simple olor de uno conseguía revolverle el estómago. Algo parecido al efecto que empezaba a provocarle el whiskey. Se había bebido casi media botella. Estaba en el salón, más caída que realmente sentada en su sillón favorito, frente a la chimenea que acababa de alimentar. Quizá sí hubiera perdido técnica, después de todo. Puede que saber beber alcohol no fuera igual que saber montar en bicicleta, y que, con el tiempo, se olvidara. Pero otras cosas no se olvidan jamás...

Ir desde la facultad de Ciencias Políticas hasta el Old Yard fue angustioso. El medio kilómetro que los separaba se les hizo indeciblemente largo. Una cosa era subir la calle John F. Kennedy de día y sin nada que ocultar, y otra muy distinta hacerlo en mitad de la noche con el miedo permanente de ser descubiertos. Habría sido mucho más fácil y menos peligroso regresar al coche y aparcarlo de nuevo, esta vez cerca del Old Yard. Por desgracia, ya era demasiado tarde cuando se les ocurrió hacer eso. El mal rato que pasaron de camino al Old Yard terminó al alcanzar por fin su extremo sur, marcado por Dudley House. No se permitieron mucho tiempo para recuperar la calma y el aliento. Allí mismo había dos residencias de estudiantes, por lo que tenían que moverse deprisa.

Colocaron panfletos en todos los rincones posibles de las inmediaciones, y después le llegó el turno al edificio más antiguo de Harvard, el Massachusetts Hall, que acogía las oficinas de los dignatarios de la universidad y también cuartos de estudiantes, en los pisos superiores. Sólo les faltaba Harvard Hall, otro edificio de la universidad antigua, que tenía, además, su propia leyenda. Según ésta, en la noche del 24 de enero de 1764 se produjo una gran tempestad de nieve y viento. Y fue precisamente en esa noche tan poco propicia para el fuego cuando en el campus se escuchó el aullido estridente de una alarma de incendios. Harvard Hall, cuyo más preciado tesoro eran los cinco mil volúmenes de su biblioteca, ardía en llamas. Era una época de vacaciones y apenas había nadie en el campus para intentar apagarlas. El fuego se ensañó con el edificio. Ardieron prácticamente todos los libros. Entre ellos, y según cuenta la leyenda, todos los que John Harvard donó en 1638 a la recién fundada universidad. To-

dos menos uno, que logró escapar del fuego gracias a que un estudiante, de nombre Ephraim Briggs, se retrasó en su entrega. El título de ese único libro de John Harvard que sobrevivió a un incendio tan atípico y feroz como aquél, era La guerra del Cristianismo contra el Diablo, el mundo y la carne, *de John Downame.*

Audrey y Leo empezaron a colocar panfletos en las paredes y las inmediaciones del Harvard Hall. Tenían prisa por terminar, porque después podrían volver al coche. Y, una vez en él, lo que restaba era más fácil: Zach daría unas vueltas por la zona mientras ellos dos lanzaban panfletos al suelo desde las ventanillas abiertas, como si fuera confeti.

–¿Qué vas a hacer, Zach? –susurró Audrey, repentinamente alarmada.

En vez de colocar panfletos, su novio se había agachado junto a una de las ventanas del sótano, oculta por detrás de unos arbustos.

–¡No! –gritó Leo.

Lo hizo en voz alta, a su pesar. No pudo evitarlo al ver lo que acababa de hacer Zach.

–Cállate... Imbécil.

Leo juró para sus adentros que si Zach volvía a decirle eso le partiría la cara. Fue un pensamiento rápido, casi inconsciente, porque estaba aterrorizado. Zach había envuelto un puño con su bufanda y había roto el cristal de la ventana. Y nada de ello entraba en los planes. No en los de Leo, al menos.

–¿Tú sabías algo de esto? –le preguntó a Audrey.

–Zach, ¿adónde demonios vas?

La contestación de Audrey respondía a la pregunta de Leo. Ella estaba igual de sorprendida que su amigo.

–Este edificio va a arder por segunda vez –dijo Zach.

Había limpiado los restos de cristales del marco para abrirse un hueco por el que entrar en el sótano de Harvard Hall. Antes de desaparecer en su interior, añadió:

–Eso sí que llamará la atención de nuestros compatriotas sobre Iraq, ¿no os parece?

Ellos no contestaron. Estaban demasiado aturdidos para pensar en una respuesta. Y lo peor es que no sabían qué hacer. Debían ir tras Zach e impedir que quemara el edificio. Eso parecía lo más correcto. Pero el deseo de huir era fuerte.

–Yo me largo de aquí –dijo Leo–. No quiero saber nada de esto.

–Espera, Leo... Yo...

Audrey aún no había decidido qué hacer. Para eso necesitaba un poco más de tiempo y también que Leo no la dejara allí sola.

–¿Hay alguien ahí?

La inesperada voz hizo que Audrey y Leo contuvieran el aliento. Vieron acercarse el haz de una linterna, y casi tropezaron el uno con el otro intentando escapar, cuando sus piernas les respondieron de nuevo. El guardia de seguridad venía por Johnston Gate, a su izquierda, y la primera intención de Leo y Audrey fue salir corriendo en sentido contrario, hacia Hollis Hall. Pero se dieron cuenta a tiempo de que no llegarían a la esquina, antes de que el guardia apareciera. Por mero instinto, se lanzaron con sus bolsas hacia una caseta que tenían delante. Los dos sudaban a pesar del frío. Tuvieron suerte de que al guardia no lo acompañara un perro, porque, en ese caso, ya los habría descubierto. Audrey y Leo se asomaron con cautela para ver qué hacía el guardia, un hombre bajo y dueño de una voluminosa barriga. No estaba muy lejos de allí cuando oyó el grito de Leo y había venido a echar un vistazo. Esperaba encontrarse a algún estudiante borracho vagando por las cercanías del Harvard Hall. Por eso le preocupó descubrir los panfletos que los tres amigos habían estado pegando.

–Pero ¿qué diablos...? «Hoy morirán mil niños más en Iraq» –leyó el guardia en voz alta.

Se preocupó todavía más al inspeccionar el edifico y ver que una de las ventanas del sótano estaba rota. Aquello no era la obra de un borracho inconsciente. Quienquiera que fuese, se había molestado en abrir un hueco limpio de cristales por el que colarse en el edificio.

–Harry... –llamó por su walkie, e insistió al recibir un zumbido de estática por única respuesta–. Harry, ¿me oyes?... ¡Maldito cacharro!

El guardia subió a grandes zancadas las escaleras que llevaban hasta la puerta. En unos pocos segundos consiguió encontrar la llave apropiada, abrir y entrar en Harvard Hall. Desde su escondrijo, Audrey y Leo vieron cómo iban encendiéndose luces sucesivamente, conforme el guardia avanzaba por dentro del edificio. Pero llegó un momento, en el segundo piso, en que dejaron de encenderse.

–Lo ha descubierto... –dijo Audrey.

Leo la agarró por el brazo porque sabía lo que ella estaba a punto de hacer.

–Sólo conseguirás que os detengan a los dos.

–No puedo dejar que...

La frase de Audrey se quedó a medias, porque vio que las luces del Harvard Hall empezaban a apagarse de nuevo, una tras otra, en una sucesión opuesta a la anterior. La última en apagarse fue la luz de la entrada. Y de la oscuridad del interior surgió Zach.

–Tenéis que ayudarme. Ese tipo debe de pesar por lo menos cien kilos.

Leo no pudo impedir esta vez que Audrey corriera hacia el edificio. Al llegar junto a su novio, vio que tenía sangre en la cara.

–¿Qué ha pasado?... ¿Qué te ha hecho?

En un primer instante Zach pareció no entender a qué se refería. Luego, supo por la mirada de ella que tenía algo en la cara. Se pasó la mano por el pómulo y comprobó que estaba manchado de sangre.

–No es mía. Es de él.

–¿Esa sangre es del guardia?

–¿Preferirías que fuera mía?

–Yo sí –dijo Leo, que se les había unido–. ¿Qué le has hecho a ese pobre hombre?

–Tú, cállate, imbé…

El puñetazo de Leo le impactó a Zach en los labios. Un chorro de su propia sangre se mezcló con la del guardia, que aún le manchaba la cara.

–¡Hijo de puta! ¡Te voy a matar!

–¡BASTA! –Si aquel grito de Audrey no había despertado a todo el campus de Harvard, nada podría hacerlo–. ¡Basta!

La serenidad de la noche volvió durante unos segundos, hasta que Zach dijo con voz amenazadora:

–Ya arreglaré cuentas contigo más tarde, cuando no esté ella para defenderte. Ahora tengo un edificio que quemar.

Zach entró de nuevo en Harvard Hall. Le había robado la linterna al guardia. Todo era oscuridad más allá del haz luminoso que partía de su mano.

–Se ha vuelto loco.

–No, Leo, no está loco. Es algo peor.

Audrey sabía de qué hablaba. Ella estaba estudiando para convertirse algún día en psiquiatra. Y ya había aprendido a distinguir a un loco de un fanático.

El cuarto de baño de Audrey apestaba a vómitos y a alcohol, aunque había tirado ya tres veces de la cadena e intentado limpiar con papel higiénico la porquería esparcida por el suelo.

–¡Que se joda! –dijo con voz pastosa.

El comentario no era más que un modo de demostrar su frustración, hasta que se dio cuenta de que su adorada asistenta tendría que limpiar al día siguiente aquel desastre.

–Sí, ¡que se joda!

El espejo del baño reflejó una sonrisa desagradable.

–A tu salud, *Aufdrey*.

En ningún momento había soltado el vaso de whiskey, que se le derramó encima casi por completo cuando trató de beberlo.

Audrey suspiró de alivio al comprobar que el guardia tenía pulso. Estaba inconsciente, derrumbado en el suelo entre unas sillas. La luz de la linterna iluminó la parte metálica de una de ellas, en la que podía verse un mechón de cabello negro, adherido por una costra de sangre coagulada.

–Está vivo, pero quizá tenga una hemorragia cerebral, o puede que… ¡Dios, ¿yo qué sé?! ¿Cómo has podido, Zach?

–Cuando se despierte, sólo tendrá un buen dolor de cabeza –dijo Zach desde un rincón de la oscura sala–. No le he dado tan fuerte. No te preocupes por él.

El aire se llenó de pronto de un olor intenso, similar al de la gasolina, pero con alguna clase de perfume añadido.

–¿Qué es eso? –preguntó Leo, alarmado.

Había estado sosteniendo la linterna mientras Audrey examinaba al guardia, y ahora la enfocó en dirección a Zach. Lo vieron moviéndose frenéticamente de un lado para otro, al tiempo que lanzaba por todas partes chorros de líquido inflamable para encender barbacoas. Zach no iba a desistir. Realmente pretendía pegarle fuego a Harvard Hall. Y era un plan premeditado. De eso ya no cabían dudas.

–Lo cogiste de la habitación, ¿verdad? –preguntó Audrey, aunque sabía ya la respuesta–. Cuando dijiste que ibas al cuarto de baño.

Zach estaba de espaldas a ellos, echando el resto del líquido inflamable sobre las bolsas con lo que quedaba de sus panfletos.

–Eres una chica lista, Audrey. Eso es lo que más me gusta de ti.

–Vámonos –le dijo Audrey a Leo–. Ayúdame a sacarlo.

No estaba segura de que ella y Leo fueran capaces de transportar al pesado guardia, pero iba a intentarlo.

–Esperaré a que estéis fuera –dijo Zach, que no se ofreció a ayudarles.

Tenía prisa por ver ardiendo el Harvard Hall. Había sacado un mechero Zippo del bolsillo, y jugueteaba peligrosamente con él por encima de los panfletos empapados de líquido inflamable.

Audrey se colocó en la parte de la cabeza del guardia y Leo en la de los pies. Luego, éste dijo:

–Lo levantamos a la de tres. Una, dos y…

–¡AAAH!

Los ojos que el guardia acababa de abrir miraron a Audrey. El grito de ella retumbó en la habitación, y el sobresalto hizo que a Zach se le escapara el Zippo de las manos. Se oyó un ruido como de succión, justo antes de que los papeles y todo a su alrededor comenzara a arder con una violencia súbita y brutal. Un chorro ardiente de calor les golpeó en la cara. El guardia se revolvió para levantarse y luego se alejó de Audrey entre bamboleos. La herida de su cabeza empezó a sangrar de nuevo. Estaba desorientado, con los ojos casi en blanco. Abrió la boca como para decir algo, pero de ella no salió más que una especie de lamento inarticulado. Ese lamento se convirtió en un grito desgarrador con el que Audrey aún se despertaba a menudo en mitad de la noche.

Las piernas del hombre estaban ardiendo. Se había detenido sobre un pequeño charco de líquido inflamable que unas llamas habían alcanzado. El fuego le subió deprisa por el tronco, hasta su cara. Y el hombre no paraba de gritar y gritar, cada vez más alto. Al olor del líquido le sustituyó entonces un hedor funesto, dulzón, que hizo vomitar a Leo.

No hicieron nada para intentar salvar al guardia. Lo vieron arder y no hicieron nada. Ninguno de los tres era capaz de moverse. Ni siquiera para huir. Aquella forma horrenda de morir los tenía hechizados. El rechoncho rostro del guardia se transformó. La boca y las cuencas de sus ojos se convirtieron en huecos oscuros. «Una calabaza –pensó Audrey, casi delirando–. Es como una calabaza de Halloween.»

–¡Fuera!

Ese grito de Zach los salvó. Fue lo único bueno que hizo en toda esa noche maldita.

Salieron del edificio acompañados por el ruido ensordecedor de la alarma de incendios. No tardaron en encenderse varias luces a su alrededor. Los gestos somnolientos de las caras que asomaban por las puertas se convertían casi al instante en otros de alarma. «¡Fuego!», se oía gritar cada vez a más voces. El Harvard Hall ardía de un extremo a otro.

Ignoraban si alguien los había reconocido, porque ya no llevaban puestos los pasamontañas. Aunque en este momento no era ésa su mayor preocupación. Querían alejarse lo más rápido posible. No del fuego, sino de aquel pobre hombre ardiendo. Y de sus gritos, que ya debían de haber cesado para siempre.

Huyeron sin pensar adónde iban. Por eso, en vez de dirigirse de vuelta al coche, corrieron en sentido contrario. No se dieron cuenta hasta que apareció ante ellos la estatua de John Harvard. Leo no se acercó esta vez para tocarle el pie en busca de suerte. Nunca más volvió a hacerlo después de aquella noche.

El rostro de la estatua pareció observarlos con una severidad que antes no mostraba. Había en él una recriminación muda por lo que habían hecho y por la mentira bajo la que tendrían que ocultarlo durante el resto de sus vidas. Una mentira más para la «Estatua de las Tres Mentiras», sobre cuya cabeza ondeaba la bandera con el escudo de Harvard y su lema: «VERITAS», la Verdad.

9

Padua, Italia

Nunca antes una sensación tan apabullante de soledad había inundado el pecho de Albert Cloister como la que sentía frente a los gruesos muros del monasterio de Santa Justina, construido hacía más de mil años. Un milenio disuelto en el torrente inexorable del tiempo. Una infinidad de cosas que se habían ido mientras aquellas piedras labradas permanecían, íntegras y en su sitio. El frío, el calor, la lluvia, la nieve, todo fue y se marchó. Una mano invisible oprimía el corazón del sacerdote, y un vértigo extraño de vaciedad se había instalado dentro de su ser. Estaba tranquilo, con la tranquilidad que precede a menudo a las convulsiones y a los más cruciales acontecimientos.

–Pase, por favor, padre –saludó la voz casi inaudible de un exiguo monje que había salido a recibir a Albert.

El día era espléndido, aunque hacía mucho frío. El aire del interior del monasterio era gélido y húmedo. Después de caminar por un corredor en penumbra, los dos hombres salieron al claustro de columnas góticas, reformado sobre el original románico. A Albert Cloister siempre le había seducido más el estilo románico que el gótico, al revés que a casi todo el mundo. La pesadez de la piedra en bloque compacto, la magnitud de las construcciones, la apariencia de solidez sobria y recta, pura, le hacían preferir los edificios románicos en contraposición con la elevación espigada y estudiadamente hermosa de los góticos. El románico era más noble, más auténtico.

–Fray Giulio lo recibirá en su celda. Hace meses que está postrado en cama. Espero que no le moleste la oscuridad. Sus ojos no toleran la luz. Su enfermedad... Hágase cargo, el mes pasado cumplió ciento diez años.

–¡Ciento diez! –exclamó Albert en un vehemente susurro que, aun así, retumbó entre los muros de la galería por la que ahora caminaban.

–El Señor ha querido que esté con nosotros todo ese tiempo para inspirarnos y aumentar nuestra fe. Para mí es un santo en vida. Los médicos han dicho que puede morir ya en cualquier momento. El pobre sufre tanto... Aquí es.

El pequeño monje golpeó con los nudillos la puerta de madera de la celda. No esperó respuesta, sino que abrió enseguida y elevó cuanto pudo su vocecilla para anunciar la llegada del jesuita.

–Le traigo al padre que viene de Roma y que es amigo del cardenal Ignatius Franzik.

–Lo estaba esperando. Siéntese por favor.

En la oscuridad sólo rota por la luz que entraba desde la puerta abierta, Albert pudo ver un rostro venerable, enjuto y alargado, lleno de arrugas. El pelo era vaporoso, como una seda de albura incomparable. El anciano monje alzó una mano temblorosa y la giró señalando hacia la única silla que había en la celda, junto a su lecho.

–Gracias, fray Giulio –dijo Cloister–. Espero no importunarle.

–No lo haces, hijo mío. Tu alma está afligida y deseas hacerme preguntas. Espero tener yo las respuestas. Y que esas respuestas sirvan para apaciguar tu espíritu.

Mientras Albert se acomodaba en la silla, el otro monje, el que lo había acompañado, se retiró cerrando la puerta tras de sí. La celda quedó en total oscuridad. Aunque, al poco tiempo, el jesuita se dio cuenta de que un único rayo de luz penetraba el interior por una rendija en el óculo de la pared que daba afuera.

–El buen Ignatius me ha contado lo que aflige tu alma. La visión de un ser maligno en el fuego, y también las experiencias que has investigado de personas con visiones de un más allá diabólico. Y la frase que se te ha presentado ya en varias ocasiones: «Todo es Infierno». Estás preocupado. Tienes recelo y se despiertan tus dudas. Quieres saber qué significa todo esto, y qué tienes tú que ver en ello.

La voz del anciano sonaba profunda y dulce a la vez. No parecía haber en ella un ápice de miedo a la muerte que, tan próxima, aguardaba a su dueño.

–Confieso que estoy bastante confundido. Muy confundido.

–Es natural que lo estés. Ignatius me ha hablado muy bien de ti. Dice que eres un joven honesto, aplicado, trabajador. Tu fe es sólida aunque eres hombre de ciencia. Quizá el Maligno te haya elegido para crear confusión precisamente por eso. Él ataca a los más fieles a Dios Nuestro Señor. A los que mejor le sirven. A ésos, el Demonio los odia con mayor intensidad. No los soporta. Es un misterio por qué el Todopoderoso permite a Satanás obrar en el mundo. Los teólogos no alcanzan a explicárselo. Debe de ser parte de un plan cuyos motivos y objeto no comprendemos. Son los renglones torcidos de una escritura siempre recta.

–Pero mi visión, la frase, los huesos rotos de...

–Todo ello es turbador, lo reconozco. Sin embargo, el bien es superior al mal. Este Valle de Lágrimas es como un infierno que todos hemos de superar antes de llegar a la Gloria. Yo creo que es como el colegio para los niños. Dios quiere que sepamos qué es el dolor para comprender el placer, la alegría y la felicidad. Al igual que un padre deja a su hijo equivocarse y tropezar, no porque no lo quiera, sino precisamente porque lo quiere. Lo deja libre y permite que aprenda por sí mismo.

Albert levantó la mirada sin ver en la negrura. Sus ojos estaban trémulos y humedecidos al recordar otros ojos que lo miraron hacía pocos días.

–Fray Giulio, el mal se encontró conmigo. Emergió del fuego. Me buscó. Yo me he inmiscuido en sus planes, investigando los casos de experiencias cercanas a la muerte, y ahora soy parte de… ¡Estoy dentro de mi propia investigación!

–Un rostro emergió del fuego, unos ojos, una mirada. Ha sucedido otras veces. –El anciano pronunció estas palabras como si salieran del fondo de su alma–. Conozco ese rostro y esos ojos. Yo también los vi hace mucho tiempo. Igual que a ti, esa entidad me buscó y me halló.

Un largo suspiro del anciano siguió al asentimiento casi ahogado de Albert. Luego continuó:

–La batalla es dura y difícil. Tú perteneces al ejército de Nuestro Señor. No flaquees. Sé valiente. En mi juventud, yo mismo fui tentado por un ser que sólo puedo imaginar como el Demonio. Por eso Ignatius te ha enviado a mí. Él conoce la historia. Todo este tiempo he estado esperando a quien pudiera compartir mi aflicción. Ahora sé que esa persona eres tú… Ocurrió en 1922. Yo tenía entonces veintisiete años y acababa de ser destinado como párroco a un pueblecito de Sicilia llamado Canneto di Caronia.

–¿Canneto di Caronia? –exclamó Albert.

–Sí, sí. ¿Por qué te sorprende, muchacho? ¿Lo conoces?

–Ha sido un pueblo investigado hace un año por un caso paranormal de combustiones espontáneas. Casas que ardían solas, explosiones sin motivo, fuegos que surgían de la nada. Al parecer, algo relacionado con la práctica de la ouija.

–Hummm… Lo que yo presencié allí, al poco de llegar a la parroquia, también guarda relación con el fuego y las llamas, pero no espontáneas. Provocadas. Un crimen terrible de unas niñas. Ellas no fueron las víctimas, sino las asesinas.

Algo casi imposible de creer en unas criaturas de seis años. Eran seis también, todas hijas de padres descreídos, que no frecuentaban la iglesia más que la taberna. Gentes de mal vivir, con bajos sentimientos, que habían dejado crecer a las niñas en la amoralidad, como bestias del campo. Ninguna de las seis niñas iba a la escuela. La pobreza, pero sobre todo la negligencia de los progenitores, las había hecho desnutridas. Siempre estaban sucias y despeinadas. Pero nadie hubiera pensado jamás que pudieran cometer un acto tan atroz que incluso quedó borrado de la memoria con los años. Sólo unos pocos sabíamos la verdad, y todos los que pudimos, consentimos en no hablar del hecho jamás. Hasta hoy, en lo que a mí respecta. De los demás no puedo responder. Aunque algo me dice que todos se llevaron el secreto a la tumba, ya que los que lo sabían murieron en pocas semanas.

La expectación del padre Cloister iba en aumento. Aún no sabía el curso que tomaría la historia, ni qué tenía que ver con su caso. Pero estaba seguro de que tendría que ver mucho. Quizá demasiado. El vello de la nuca se le erizó mientras el anciano continuaba.

–Una de las niñas, la cabecilla, pertenecía a una familia a la que tachaban de maldita. Veinte años antes, en un pueblo cercano, llamado Torremuzza, las gentes mataron a un abuelo suyo, su esposa y varios de sus hijos. Cavaron una gran fosa común y enterraron en ella sus cuerpos, junto con los restos de varios animales que les pertenecían, y una gran cantidad de azufre. El niño más pequeño tenía sólo cuatro años... Pero esa familia atemorizaba a las gentes de la región. Después de que dos de los hijos violaran y asesinaran a una joven del pueblo, a la que descuartizaron tras ahorcarla en un árbol, los habitantes, entre los que se incluía el párroco, decidieron tomarse la justicia por su mano y mataron a los miembros de la familia. Acabaron con ellos como perros, sin juicio ni defensa. El mal había penetrado en los corazones de todos. El dolor se pagó con dolor. El mal se tapó con sangre, tierra y azufre. Esto último fue idea del sacerdote. En tiempos, el azufre fue usado por la Inquisición para espolvorear las ropas de los condenados por ella antes de quemarlos. Desde siempre se ha asociado el Infierno con este elemento químico y sus emanaciones desde las profundidades de la tierra. El odio alcanzó las más elevadas cotas imaginables. Cuando el mal es verdaderamente profundo y real, los seres humanos vuelven a sus orígenes primitivos. Aflora el cazador sediento de sangre, la criatura inmisericorde, el temible depredador. En aquella región de Sicilia, el mal había arraigado con raíces de roble y vigor de hiedra. Estaba entremetido por las rendijas más pequeñas. Llegaba a los sitios más recónditos.

»En cuanto al crimen de las niñas, el silencio imperó. Y el olvido. Quienes nunca llegaron a comprender, también quisieron olvidar. El dolor terrible, que hiere lacerante, no se puede soportar mucho tiempo. Para el pueblo, doce niños habían muerto en un desgraciado incendio. Cómo pudieron llegar las seis niñas y otros seis bebés varones a estar solos en un pajar, quedó como un misterio. Pero yo sí sé lo que pasó. Las seis niñas llevaron a los bebés al pajar y los asfixiaron. Luego prendieron fuego al sitio. El alcalde, el coadjutor de la parroquia, dos hombres del campo y yo mismo, llegamos antes del desenlace. Vimos a las niñas riéndose y dando saltos, con los rostros… No sé cómo definir las expresiones de esas caritas mientras contemplaban su macabro crimen. Para mí, aquello era obra de Satanás. De algún modo las había poseído. Pero los endemoniados no pierden del todo su voluntad, así es que mi ánimo se perturbó hasta lo indecible. Entre todos tratamos de agarrarlas. Uno de los rudos labriegos se derrumbó de la impresión como un fardo. Los demás reaccionamos, aunque no lo bastante rápido para evitar el incendio. Lo provocó una de las niñas, con una botella de gasolina. Las llamas crecieron y se fueron extendiendo. Nosotros corríamos para sacar a las chiquillas. Lo intentamos todo, pero en vano. Las seis murieron junto a los cadáveres de los recién nacidos. El labriego que se desmayó pereció esa misma noche por la impresión. El alcalde se quemó medio cuerpo mientras luchaba para salvar a las niñas, y no vivió más que unos días. El otro labriego falleció dos meses después sin que nadie supiera por qué. Su mujer lo encontró en la cama con los ojos abiertos como platos y los dedos de las manos crispados. Mi coadjutor, un hombre bueno y noble, se ahorcó un poco después. Yo también me quemé las manos y el rostro. La niña de la botella me roció con gasolina cuando ella misma estaba envuelta en llamas. Pero a diferencia de ellos, mi vida ha sido larga. Quizá sea un castigo o una maldición. Entre las llamas que consumían mi rostro vi, como en un espejo, otro rostro. Su serenidad era infinita. Me pareció incluso triste o melancólico. Me miró, y yo supe que era el mal personificado. No se burló de mí, ni hizo nada. Sólo se mantuvo un instante y luego desapareció. Aquella mirada nunca la he olvidado ni la olvidaré. Cuando cierro los ojos, la veo frente a mí. En la negrura, siempre está presente.

–Todo lo que acaba de contarme es terrible. Y ese rostro que usted describe... Así hubiera definido el que yo mismo vi. Era sereno y sobrecogedor. Pero ¿adónde conduce esto? ¿Qué significa?

El anciano agitó la cabeza sobre su almohada. Sus brazos caían, lánguidos, sobre la áspera colcha de lana tosca. En una de sus manos aferraba una cruz de plata. Aquella visita iba más allá de la de un joven enfrentado por primera vez a los poderes oscuros. Su alma necesitaba apoyo, ser confortada, guiada con consejos. En su larga vida, fray Giulio nunca pensó que, de un modo tan poco ruidoso, sin convulsiones ni revoluciones, llegaría hasta él quien cerrara su círculo. Quien comprendiera su visión porque él mismo la hubiera tenido. ¿Qué podía significar? ¿Adónde podía conducir? Lo ignoraba.

La fortaleza que en sus muchos años demostró frente a todas las situaciones, incluso frente a dos guerras mundiales, ahora estaba quebrada, hecha añicos como un frágil cristal. Y más aún desde que el mismo papa Juan Pablo II murió... Pero de eso no pensaba hablarle al joven sacerdote. No podía pensar en ello. No quería pensar en ello. Sus últimos momentos se tornaban amargos, de una amargura que empezaba a extenderse por su interior como un veneno. Sólo por pura heroicidad logró reponerse para contestar a Albert con una mentira piadosa que era más para conjurar los propios fantasmas que para apaciguar al jesuita. La mentira era mejor que la verdad cuando la verdad no puede hacerle a uno libre.

–Esa entidad maléfica pretende desviarte de tu recto camino y de tu labor. Pero no dejes que infunda el mal en ti. Debes mantenerte firme, con voluntad y resolución. Confía siempre en Dios. Él es la luz que nos ilumina en el camino tenebroso, aunque no comprendamos sus acciones. Confía en Dios, en Dios Nuestro Señor, y él abrirá tu mente.

Aquellas palabras no sonaron tan convincentes como lo habrían sido de haberse pronunciado con auténtica convicción. Ni siquiera tenían un sentido pleno. Y la última frase, en la que el viejo monje le exhortaba a poner su confianza en el Todopoderoso, le recordaba demasiado a sus propias palabras en más de una ocasión, cuando las respuestas no llegaban, cuando no había respuestas claras que dar a una persona anhelante.

–Necesito saber la verdad –mascullô Albert, y luego repitió la misma frase en voz alta.

–Ahora debes volver a Roma. Estoy cansado. Dile a Ignatius que le tengo presente en mis oraciones, y que él rece también por mí. Lo necesitaré muy pronto.

Fray Giulio reflexionó durante unos segundos. Desde el primer momento había dudado sobre si Cloister debía o no llegar hasta el final. Sentía miedo por él, a la vez que compasión. Pero las palabras del joven jesuita le convencieron por fin de que debía tener conocimiento de todos los datos, y volvió a pensar lo mismo que antes de conocerlo, cuando el cardenal Franzik le contó su caso: tenía derecho, y casi obligación como sacerdote, a buscar la verdad.

–Cuando regreses a Roma, dile a monseñor Franzik que te muestre el códice que se custodia en el Archivo Secreto.

–¿Un códice? –inquirió Albert, extrañado.

–Sí. Un códice antiguo cuya procedencia se ignora. Espero que te sirva de algo en este camino espinoso que has de recorrer. El mismo Juan Pablo II transitó por él, al menos en los últimos momentos de su vida. El anciano reconsideró contarle todo, y lo hizo–: Él también tuvo una visión del más allá y, como muchos otros, esa visión no fue feliz.

–¿El Papa?

–Él también compartió nuestro desasosiego. Sabía de tus investigaciones a través del buen Ignatius. Nunca las tomó demasiado en serio hasta el final…

–¿Qué fue lo que vio Su Santidad?

–Sólo dijo una frase, articulada en un susurro. Una frase que yo no voy a pronunciar.

Cloister supo al instante cuál debió de ser esa frase, y sintió un repentino escalofrío. Quiso hablar de nuevo, pero fray Giulio se lo impidió. Su voz sonó ahora más profunda y pausada, como si arrastrara cada sílaba:

–Ahora déjame, hijo mío. Vuelve a Roma. Vete, por favor, déjame solo. Iluso de mí. Quise confortarte y este encuentro ha aumentado mi propio desasosiego. No puedo decirte ya nada más y debo preparar mi alma para los últimos momentos de vida de mi cuerpo. En verdad no sé qué más decirte. Ya no sé nada, ni siquiera lo que sé y lo que no sé. Ojalá en el otro mundo mis dudas se disipen. Tú aún tienes tiempo de resolver las tuyas, si es que Dios lo quiere. Regresa a Roma, y que la Providencia te guíe.

Las palabras finales del monje sonaron categóricas. Albert se levantó de la silla, turbado, y tomó su mano enjuta. La piel sobre ella era como un pergamino seco. La apretó suavemente y, sin decir nada, se dio la vuelta y salió de la habitación. Era su despedida. Ahogó el llanto, pero no pudo hablar. El pobre anciano moribundo le había hecho internarse más y más hacia el centro de la espiral que lo absorbía como un remolino en el mar. Era un hombre bueno y un sabio. Pero no dio sentido a lo que el jesuita acumulaba dentro de sí. Al contrario: la mención a Juan Pablo II y su propia visión en Sicilia, siendo joven, le infundían aún mayores miedos y dudas. Era como si le hubiera estado esperando para tenderle un puente hacia la comprensión –hacia la clave que necesitaba– de una realidad que seguía oculta. Oculta, pero quizá a la vista de los ojos de su espíritu y de su mente.

Recordó entonces un poema que, al leerlo por primera y única vez siendo un adolescente, le sobrecogió de tal modo que nunca pudo olvidarlo, aunque no podía recordar quién era su autor o su título, ni el libro que lo citaba entre sus páginas. El poema, no obstante, se había grabado a fuego dentro de él.

La noche es luminosa cuando se compara con un alma
oscura.
El cielo sin estrellas y sin luna parece claro.
Qué densa es la tristeza de la negrura. Qué grávida y atroz.
¿Qué es la felicidad? Una realidad y una ilusión.
Para algunos, existe. Para otros es quimera. Y locura.
Y espejismo.
Una lágrima no abre una verja. No rompe un candado.
Se conmueven los corazones. Sí. Pero no lo suficiente.
Qué pálido es el héroe. Qué falso cuando sólo puede
arrojarse a la batalla.
La felicidad, a veces, no es ni siquiera un anhelo.

10

Boston

Audrey ya estaba despierta cuando sonó el teléfono, pero seguía tumbada en la cama. Apenas se había levantado desde su noche de borrachera. El día anterior no fue a trabajar ni se molestó en responder a las llamadas de su secretaria. Era otra vez ella la que llamaba.

–Dime, Susan –dijo Audrey, tras descolgar por fin el auricular.

–¡Ya era hora! ¿Dónde te habías metido? Ayer estuve llamándote durante todo el día, a casa y al móvil, y tuve que cancelar todas las visitas de tu agenda.

Audrey se restregó los ojos. Le dolían la cabeza y los músculos del vientre.

–Dame un pequeño respiro, Susan, ¿quieres? Ayer fue un mal día.

La secretaria llevaba tres años trabajando con Audrey y aún no le había visto tener un solo día bueno. Uno en el que no acabara al final de la tarde contemplando, triste y meditabunda, la avenida Commonwealth.

–Está bien, Audrey. Pero dime una cosa, ¿piensas venir hoy?

–Por la mañana, no. Tengo que ver a un paciente.

–¿A uno de la residencia de ancianos?

–Sí.

–Ésos no dan dinero.

Audrey hubiera podido dejar de trabajar aquel mismo día y, con sus ahorros y lo que le dieran por su elegante casa, vivir el resto de su vida sin el menor problema económico. Susan debía ser consciente de ello, pero estaba obsesionada con hacer ganar dinero a Audrey, y no sólo porque de ello dependiera su empleo.

–Esos ancianos no dan dinero, es verdad… –reconoció Audrey–. Intenta pasar para otros días mis citas de hoy por la mañana y de ayer, ¿de acuerdo?

–Tú mandas.

–Gracias.

Audrey estaba a punto de colgar el teléfono cuando Susan preguntó:

–¡Audrey! ¿Sigues ahí?

–Sí.

–Se me olvidaba decirte que ha llamado un tal Joseph Nolan, preguntando por ti.

–¿Joseph Nolan?

Esto era una sorpresa para Audrey.

–Dijo que os habíais conocido en la residencia de ancianos. Por lo visto, consiguió tu número de la madre superiora, y quería saber si podía hablar contigo.

–¿Para qué?

–Ni idea. No quiso dejar ningún recado, pero yo que tú indagaría. ¡Tiene una voz sexy! ¿Es guapo?

Los hombres eran otra de las fijaciones de Susan. La lista de sus novios era tan extensa como el listín telefónico de la ciudad de Boston. Continuamente andaba pretendiendo buscarle pareja a Audrey, que no estaba interesada en el asunto. Ya se lo había hecho saber muchas veces, pero Susan no desistía con facilidad.

–Hablamos luego, Susan.

Audrey no estaba de humor para conversaciones intrascendentes. Colgó el teléfono. Quería volver a tumbarse en la cama durante un rato más, pero venció la tentación y se incorporó. Tenía cosas urgentes que hacer.

En ocasiones, la residencia de ancianos de las Hijas de la Caridad parecía una especie de roca. Al menos, ésa era la impresión de Audrey. Nada cambiaba en la residencia, o los cambios eran tan leves que resultaba casi imposible detectarlos. El tiempo pasaba despacio en aquel lugar. Audrey estaba segura de que, si pudiera viajar dos mil años hacia el futuro, encontraría el descuidado edificio de ladrillo exactamente igual a como lo veía en este momento. Era como las pirámides. Eterno. Pero no por ser capaz de sobrevivir al tiempo, sino por poder seguir estando perpetuamente muerto.

Audrey no fue a la habitación de Daniel esta vez. Pensó que el anciano estaría disfrutando del soleado día en el jardín trasero, y acertó. Estaba sentado en el mismo banco en donde lo encontró cuando se conocieron. Al verla, el viejo sonrió con su habitual expresión bobalicona.

–Tienes... mala... cara, Audrey.

–Sí, lo sé. ¿Puedo sentarme?

–Claro.

Permanecieron uno junto al otro, sin hablarse. Los dos con el rostro hacia delante, viendo pasear por la hierba a los otros ancianos residentes, que las monjas llevaban de la mano.

–¿Hice algo... malo, el otro día?

Audrey se volvió hacia Daniel, sorprendida. Él siguió con la mirada puesta en el mismo sitio.

–No, claro que no. ¿Por qué dices eso?

–Él... estaba... con... tento.

–¿Ese que habla contigo estaba contento?

–Sí. Yo no sé... qué te dije..., pero él me dijo que... lo había hecho... muy bien, que te había... asustado.

Audrey sintió un escalofrío. No era la primera vez que le ocurría estando con Daniel.

–Se supone que nunca recuerdas lo que te dice esa voz.

Daniel se encogió de hombros y respondió:

–Él quiso que me... acordara... de eso.

Otra vez, Audrey detectó miedo en Daniel. En un paciente normal, ella tendría claro cuál era el siguiente paso en la evaluación psicológica y el tratamiento. Pero el viejo jardinero no era un paciente normal. Ni tampoco era común lo que había ocurrido en la última sesión. Audrey no podía apartar de sus pensamientos esa mención de Daniel a cuatro mentiras. ¿Habría sido una inimaginable casualidad? Y, en el caso de que no fuera así, ¿cómo podría entonces explicar aquello? Éstas eran las preguntas a las que se había propuesto encontrar una respuesta. Desde que consiguió levantarse de la cama, no había parado de reflexionar sobre el mejor modo de conseguirlo. Le parecía obvio que para ello necesitaba poner al descubierto a esa otra personalidad de Daniel –tan enigmática–, que, en efecto, había conseguido asustarla. Y mucho.

La hipnosis era una opción, aunque se trataba de una técnica ya algo anticuada. Además, dadas las características mentales de Daniel, podría ser difícil utilizarla con él. Existía, sin embargo, un método relativamente nuevo, aún casi experimental, conocido por EMDR. El EMDR era llamado así por las siglas de *Eye Movement Desensitization and Reprocessing*, Insensibilización y Reprocesamiento mediante el Movimiento de los Ojos. Se le suponía capaz de crear en el paciente un estado psicológico adecuado para hacerle rememorar sus traumas más profundos y enfrentarse a ellos. Aunque esta técnica y la de la hipnosis compartían algunas similitudes, sus objetivos eran distintos: la hipnosis pretendía crear en el paciente un estado mental alterado de relajación que lo sumiera prácticamente en la inconsciencia, mientras que lo que buscaba el EMDR era obligar al enfermo a profundizar en sus recuerdos, sin dejar de estar alerta y consciente de la realidad en todo momento. Esta diferencia podía parecer trivial, pero no lo era. Audrey conocía varios casos de niños con síntomas graves de estrés postraumático en los que el EMDR se había utilizado con muy buenos resultados, y Daniel era lo más parecido a un niño que podía ser un adulto.

–¿Quieres jugar a un juego, Daniel?

Audrey no mostró la menor alegría al decir esto, pero el anciano respondió de todos modos con entusiasmo:

–¡Sí!

Hacía tiempo que Audrey no entraba en la sala que la madre superiora había acondicionado para servir de consultorio. La encontró deprimente, como de costumbre, con sus muebles baratos y sus paredes llenas de manchas de humedad. Pero Audrey creyó que era mejor poner allí en práctica el método EMDR. En el jardín habría demasiadas distracciones para Daniel y, sobre todo, demasiadas miradas curiosas.

–Siéntate, Daniel.

Ella se sentó a su vez en la otra única silla que había en la habitación. Ambos quedaron separados por una pequeña mesa de colegio que, junto con las dos sillas, constituía todo el mobiliario de la sala. Entre Daniel y Audrey quedó también la rosa de él, de la que nunca se separaba desde el incendio y que había colocado ahora sobre sus piernas.

–Este juego es muy divertido y muy simple –dijo Audrey mientras sacaba un bolígrafo del bolsillo interior de su chaqueta–. Sólo tienes que seguir con los ojos este bolígrafo e ir respondiendo a las preguntas que yo te haga. ¿De acuerdo, Daniel?

–Eso no parece... divertido.

–Lo es, créeme. ¿Estás listo?

–Bueno.

Audrey colocó su bolígrafo frente a los ojos de Daniel, y

después empezó a moverlo de un lado a otro; primero despacio, y luego cada vez más rápidamente.

–Háblame de tus pesadillas. Porque sigues teniendo pesadillas, ¿verdad? –Audrey lo sabía por la madre superiora.

Daniel dejó de seguir el bolígrafo con la mirada, que posó sobre la planta de su regazo.

–No pierdas de vista el bolígrafo. Las pesadillas, Daniel. Háblame de ellas.

–Esto no es... divertido.

Audrey tiró con rabia el bolígrafo sobre la minúscula mesa. Hoy no tenía paciencia para nada. Y la poca que aún le quedaba fue consumida por lo que ocurrió justo en ese momento. La luz de la bombilla desnuda que colgaba del techo vaciló hasta extinguirse por completo. En la oscuridad en que la sala quedó sumida, Audrey gritó con exasperación:

–¡Maldita bombilla!

El problema no era la bombilla, sino la instalación eléctrica. El día menos pensado saldría todo ardiendo, como el convento en el que Daniel estuvo a punto de morir.

La luz regresó. Aunque precedida por breves ráfagas de iluminación y oscuridad alternas. Así estaba mejor, se dijo Audrey, que vio cómo Daniel la observaba con cierta cautela.

–Siento haber gritado, Daniel. Hoy no tengo un buen día. ¿Te parece bien si lo intentamos de otro modo? –Él asintió–. Muy bien. Voy a golpearme en los muslos con las manos. Y quiero que tú hagas lo mismo usando, cada vez, la mano contraria a la mía. ¿Me entiendes?

Por la expresión de Daniel, estaba claro que no había entendido nada. Audrey suspiró de nuevo. Le quedara o no paciencia, tendría que sacarla de algún sitio, o perdería al anciano quizá para siempre.

–No... entiendo –confirmó Daniel.

Audrey apartó la mesa y movió su silla para colocarse justo enfrente de él.

–No te preocupes. Vamos a hacer una prueba. Yo me golpeo con la mano derecha (clap), y tú te golpeas, ¿con qué mano...?

En vez de contestar, Daniel se golpeó también el muslo. Lo hizo con la mano correcta, la izquierda, aunque Audrey le dio una pequeña ayuda al negar con la cabeza cuando Daniel iba a hacerlo con la otra. Ella siguió hablando:

–Ahora yo golpeo con mi izquierda (clap), y tú golpeas con...

–¿Mi... derecha? (clap).

–¡Eso es! Y empezamos de nuevo. Derecha (clap), izquierda (clap), derecha (clap)...

–Esto es... divertido.

–¿No te lo había dicho? Un poco más rápido... Muy bien. Y ahora vamos a complicar el juego. Tienes que contestarme sin parar de golpearte en los muslos, ¿de acuerdo?

(clap) (clap) (clap) (clap)

–Cuéntame tu última pesadilla.

(clap) (clap) (clap) (clap)

Transcurrió un minuto completo antes de que Daniel respondiera:

–Había... una mon... taña. Yo no quería ir... hacia allí, pero él me... obligó. Encontré... una... pluma. Era muy... grande y... blanca. Tenía... sangre.

–Háblame de la montaña, Daniel. ¿Qué había en ella?

(clap) (clap) (clap) (clap)

–¿Daniel? –insistió Audrey.

(clap) (clap) (clap) (clap)

–Al... mas. Almas de... ino... centes. Caían... al fuego.

–¿Qué había en el fuego, Daniel? ¿Quién estaba allí?

(clap) (clap) (clap) (clap)

(clap) (clap)

Los golpes en los muslos se detuvieron. De nuevo vaciló la luz de la bombilla del techo, antes de que una completa negrura los envolviera por segunda vez.

–¡Y se hizo la oscuridad! ¿Tienes miedo a la oscuridad, Audrey?… ¡BUUU!

Audrey sintió un aliento cálido a escasos centímetros de su propia boca. El susto le hizo echarse con violencia hacia atrás. A punto estuvo de caerse de la silla, de espaldas. La luz se encendió durante un segundo, para volver a apagarse. Le dio tiempo a ver que Daniel la miraba fijamente, con una sonrisa maligna en los labios. Sólo que aquél ya no era Daniel…

–¡Tú!

–Eres muy curiosa, Audrey. Y ya sabes lo que dicen: la curiosidad mató al gato.

Otra vez, Audrey era testigo de esa transformación radical de Daniel, que le hacía a éste capaz de expresarse sin vacilaciones y de un modo demasiado elaborado para él. Resultaba sobrecogedor. Y más entonces, a oscuras. Audrey trató de recomponerse y vencer el impulso de salir de la habitación porque, si lo hacía, quizá perdiera el enlace. Pero no le resultó fácil resistir la idea de marcharse. Aquel otro Daniel le daba miedo. Racionalmente se decía que eso resultaba absurdo, que Daniel no era más que un hombre cuya mente estaba enferma y que ese otro ser no era más que algo creado por el anciano para conseguir superar una realidad que temía o detestaba. Pero no era eso lo que ella sentía. Y a Audrey nunca le habían fallado sus intuiciones. Adivinó que Zach ocultaba algo esa noche terrible de Harvard, cuando aquel pobre guardia murió entre llamas, gritando de pánico y dolor. Audrey presentía ahora algo que era incapaz de racionalizar en pensamientos, pero que le causaba tanto vértigo como mirar a una sima sin fondo.

–No me das miedo –dijo Audrey. Su voz era firme, a pesar de las dudas.

–Sí que te lo doy. Pero sabes que no debes mostrarte frágil. Eres una chica lista, Audrey. Eso es lo que más me gusta de ti.

Las dos últimas frases encendieron una luz roja en el

fondo de la memoria de Audrey, aunque no acertaba a saber por qué. Cuando ella habló de nuevo, se mostró menos firme de lo que hubiera deseado:

–Daniel no te necesita.

Esto iba a dirigido al Daniel que se escondía tras aquella otra personalidad. Audrey deseaba hacer creer al verdadero Daniel que no le hacían falta máscaras, que con su ayuda podía superar lo que quiera que fuese. Regresaba a su labor de psiquiatra, olvidando qué la había traído hoy aquí.

–Daniel no me necesita, es verdad. Pero tú sí.

–¿Y para qué podría necesitarte yo?

–Para descubrir la verdad, por supuesto. ¿Hay algo más importante que la verdad? No. Por eso VERITAS es el lema de Harvard.

–¡Qué sabrás tú de Harvard!

Audrey dijo esto con furia. Sentía deseos de lanzarse sobre su interlocutor y hacerle daño. Ésa era la expresión: «hacerle daño». No le parecía bastante abofetearle simplemente, o algo similar. En la oscuridad en la que no podía ver al Daniel ingenuo e inocente, resultaba fácil imaginarse al ser despreciable dueño de esa voz. Y odiarle.

–¿Qué sé yo de Harvard?... Todo, Audrey. Lo sé todo. Los remordimientos son algo terrible, ¿verdad? –Hizo una breve pausa en la que se escuchó una casi imperceptible pero malévola risilla–. ¿Sabes que tenía dos hijas?

Audrey dejó de respirar. Y creyó que no conseguiría empezar de nuevo a hacerlo.

–¿De quién... estás... hablando?

Sus palabras vacilaron, como solía ocurrirle a Daniel. La respuesta a su pregunta sólo podía ser una, pero quería oírla. Lo necesitaba, para que ya no le cupieran dudas de que estaba ocurriendo algo insólito.

–Hablo del guardia al que prendisteis fuego en el Harvard Hall, claro está. Se llamaba Abraham, por si quieres saberlo.

A sus hijas no les dejaron ver el cadáver. No querían que dos niñas virginales tuvieran aquella horrenda visión como última imagen de su querido papá. Qué atentos, ¿no te parece?

La luz regresó. Audrey dio un salto en la silla cuando lo hizo. Su corazón latía tan deprisa que el pecho comenzaba a resentirse. Notaba las venas del cuello hinchadas y palpitantes.

–¿Ya... no... jugamos? –preguntó Daniel. El verdadero.

–No, Daniel. Creo que el juego se ha acabado por hoy.

Audrey estaba en su despacho. Se le había pasado por la cabeza tomarse un Jack Daniel's –también allí guardaba una botella–, pero no lo hizo. Había aprendido la lección de la otra noche. Llevaba sentada en su butaca más de dos horas. Pensando. Se incorporó y pulsó el botón del intercomunicador.

–¿Sí?

–Toma nota, Susan.

–Antes, te recuerdo que tienes una cita a las tres, con la señora Steiner.

Sin prestar atención al tono mordaz de su secretaria, Audrey continuó:

–Busca el número del Departamento de Física de Harvard, y ponte en contacto con el profesor McGale, Michael W. McGale. Haz todo lo posible para concertarme una cita con él cuanto antes. Para hoy mismo, si es posible.

–Pero, Audrey...

–¡Haz lo que te he dicho!

–Bien. Profesor Michael W. McGale del Departamento de Física de Harvard. Para hoy mismo, si es posible. ¿Algo más?

Susan estaba dolida y Audrey se dio cuenta de ello.

–No.

11

Boston

Audrey aguardaba frente a la puerta del despacho del profesor Michael W. McGale, en el segundo piso del Laboratorio Jefferson, en Harvard. Susan, su secretaria, le había conseguido una cita para esa misma tarde, y Audrey estaba tan impaciente por hablar con él que había llegado con media hora de antelación.

Era la primera vez que pisaba el campus de Harvard desde que se graduó. En todos los años que habían pasado, siempre evitó volver. Y este día había entrado en la universidad por el norte, intencionadamente, para no pasar junto al Old Yard y el Harvard Hall. Habría podido hablar con el científico por teléfono, pero era mejor tratar en persona ciertos asuntos; eso le hizo decidirse por una entrevista cara a cara, aunque tuviera que volver a Harvard para ello.

–¿Audrey, Audrey Barrett? ¿Eres tú? ¡Claro que eres tú! No has cambiado nada.

–¿Michael?

Él sí que había cambiado. Para empezar, debía de pesar veinte kilos más que la última vez que lo vio. Y una nueva barba espesa le cubría gran parte de la cara. Audrey y él se conocieron en sus tiempos de estudiantes. Michael formaba parte de un grupo amplio de personas con las que ella se relacionaba, aunque no al mismo nivel que con Leo o Zach. Después de lo ocurrido aquella fatídica noche,

Audrey dejó de ver a casi todas ellas. Además, Zach la abandonó, y Leo fue alejándose progresivamente, quizá como un modo de expiación. Audrey se enteró de su muerte, años después, sólo porque la madre de Leo se lo dijo a la suya. Estas razones y otras hicieron que acabara teniendo una relación más estrecha con Michael McGale, que era entonces un brillante joven con deseos de convertirse en físico. Él había logrado ese objetivo, además de una plaza de profesor en el Departamento de Física de Harvard.

–Estoy un poco más gordo de lo que recordabas, ¿verdad?

–Un poco, sí.

–Los *cheeseburgers* son mi perdición... ¿Llevas mucho tiempo esperándome?

–Quince minutos.

Entraron en el pequeño despacho de Michael. Audrey esperaba encontrarse con la típica guarida de un genio de la ciencia, llena de artefactos y papeles por todos lados, con estanterías a punto de romperse bajo el peso de los libros. Pero encontró justo lo contrario: un espacio ordenado al milímetro, con una mesa en la que no había un solo papel fuera de su lugar y cuyos únicos artefactos eran un monitor plano de ordenador y una fotografía de familia feliz. Audrey la cogió, aunque tuvo que dejarla rápidamente otra vez sobre la mesa. Los temblores que comenzaron en su mano, al verla de cerca, le impidieron sostenerla por más tiempo.

–Es una foto genial, ¿eh? –dijo Michael, que no se percató del cambio en el ánimo de su vieja amiga–. Nos la sacaron en el parque de atracciones de Coney Island. El pequeño Michael va a romper muchos corazones cuando sea mayor, ¿verdad? Se nota que ha salido a su madre... Por cierto, ¿qué tal está tu...?

Audrey le cortó.

–Tengo un poco de prisa, Michael.

Ella sabía lo que iba a preguntarle, y no podría soportar dar explicaciones sobre ese tema.

–Sí, claro. Perdona. Mi mujer, Karen, dice que tengo incontinencia verbal, y tiene toda la razón... Bien. Pues tú dirás.

Los dos se habían sentado. Una luz agradable entraba por la ventana a su izquierda. Los días pueden ser luminosos aunque uno tenga el alma a oscuras. A Audrey le parecía que eso era tremendamente injusto.

–Estoy tratando a un paciente retrasado mental que estuvo a punto de perder la vida en un incendio. Presenta varios síntomas de estrés postraumático: pesadillas relacionadas con el fuego, insomnio, cosas por el estilo. Yo he empezado un tratamiento psicológico, además de recomendar la administración de antidepresivos y calmantes y... –Michael se removió en su silla, a la vez que tosía ligeramente. Audrey estaba dando rodeos–. De acuerdo, Michael. Lo diré de un modo claro: mi paciente sabe cosas que no puede saber.

–Ya. ¿Y qué explicación le das tú a eso? Porque imagino que tienes una teoría. Si no, no estarías aquí, ¿me equivoco?

Michael no se equivocaba, aunque Audrey no diría algo tan categórico como que «tenía una teoría». Era más apropiado decir que se le había ocurrido una explicación plausible y quería confirmar con Michael hasta qué punto podía ser o no válida.

–Creo que mi paciente puede ser telépata. En una de sus personalidades, al menos. Le he estado dando muchas vueltas y no se me ocurre otra cosa. Lo que él sabe sólo lo conocen tres personas. Una lleva años muerta. Otra debe de estar en algún lugar de África, probablemente trabajando como mercenario. Y apostaría mi vida a que mi paciente nunca llegó a conocer a ninguna de las dos.

–Y supongo –intervino Michael– que la tercera persona que sabe el secreto eres tú.

Llamar secreto a lo que Daniel le había dicho a Audrey era un simple modo de hablar para Michael, pero ella se sintió incómoda al escuchar esa palabra.

–Sí –admitió Audrey–. Yo soy la tercera persona que conoce el *secreto*, como tú lo llamas. ¿Qué opinas de lo que te he contado?

Un pájaro de plumas rojas se posó en la repisa exterior de la ventana. Sus ojillos negros se quedaron mirando a Michael con interés, como si estuviera planteándose si era o no comestible. Debió de llegar a la conclusión de que el físico no era el gusano más grande del mundo, porque volvió el pico hacia la calle y salió volando en dirección a un árbol próximo.

–Opino que podría hacerse un estudio sencillo con cartas Zener de ese paciente tuyo, para determinar si es cierto o no que tiene capacidades telepáticas. Pero si te refieres a si opino que la telepatía u otros poderes extrasensoriales no son un mito, sino realidades físicas, la respuesta es que estoy convencido de que así es. Y no soy el único... No puedes imaginarte la cantidad de proyectos que existen, y el dinero que se ha gastado, y se sigue gastando, en investigaciones sobre la telepatía, la clarividencia o la telequinesia. Nuestro querido gobierno es uno de los más fervorosos interesados en estas cuestiones.

–¿De veras?

Ella preguntó sólo por cortesía. Los detalles no le importaban demasiado. Quería respuestas directas y concisas. Pero Michael se tomó su reacción como una muestra de interés.

–Puedes estar segura de que el gobierno está detrás de muchos proyectos. A principios de los setenta, la CIA y el Departamento de Defensa crearon un programa secreto, cuyo último nombre en clave fue STAR GATE, que pretendía adiestrar y utilizar a psíquicos para labores de espionaje a distancia. El proyecto lo dirigió un físico de la Universidad de Stanford, el profesor Puthoff. Se supone que lo cancelaron por falta de resultados a mediados de los noventa, pero Puthoff ha afirmado públicamente que el programa funcionaba y que él fue testigo de cómo sus espías psíquicos eran capaces de husmear, desde Estados Unidos, bases ultrasecretas en el interior de Rusia. ¿Sabes una cosa, Audrey? Yo apostaría a que el proyecto continúa en un nivel todavía más secreto. Estoy convencido. Igual que los programas de los propios rusos, o de los chinos.

»Y el asunto no es exclusivo de los gobiernos. Hay también universidades, y hasta empresas privadas, que están investigando las capacidades paranormales. Sony Corporation, la misma empresa que fabrica tu televisor o este monitor, financió durante años un programa llamado ESPER. No fue cancelado hasta después de que el portavoz de Sony revelara a un periodista que habían conseguido demostrar la existencia de los poderes paranormales. Por cierto, una de sus conclusiones fue que los niños estaban más dotados que los adultos en lo que se refiere a poderes psíquicos. ¿Y no me has dicho que tu paciente es retrasado mental? Los deficientes son una especie de niños grandes. La Universidad de Princeton lleva más de un cuarto de siglo con su investigación PEAR, en la que se ha probado que la mente puede actuar a distancia sobre la materia. Y hay cosas todavía más sorprendentes, como un estudio en curso al que llaman proyecto Conciencia Global, en el que parece estar verificándose la existencia de una especie de mente colectiva en el mundo… Podría seguir toda la tarde contándote cosas parecidas.

Audrey no lo dudaba. Había querido hablar con Michael porque, para ella, los físicos eran la quintaesencia de los científicos. Ninguna mente estaba más abierta y era, al mismo tiempo, más rigurosa que la de un físico. Y, además, Michael era un experto en el tema de los poderes paranormales. Esto último, aunque conveniente, le hacía sentirse inquieta, porque la vida rara vez es conveniente y lineal. Sólo el Destino puede obligar a que las cosas sigan un camino sin desvíos, y ella no creía en el Destino. No quería creer en ninguna clase de Destino, porque éste parecía acabar casi siempre conduciendo a la infelicidad y la muerte.

–Me abruman tus conocimientos sobre el tema, Michael.

–Yo soy un creyente en lo que llaman capacidades psíquicas. ¿Y sabes por qué? No porque tenga fe, sino porque no la tengo. Esos temas me interesan desde hace mucho y, además, ahora estoy en un equipo de investigación, aquí, en Harvard, que se llama Grupo daVinci. Lo que pretendemos es explicar la esencia del ser humano, y de todo lo que tiene vida, desde un punto de vista puramente material. Quiero encontrar una ecuación física para la vida, porque la alternativa de que un Dios nos haya creado me parece imposible. ¿Sabes que el supremo genio científico, Albert Einstein, pensaba que la telepatía era más que probable? Cuentan que le dijo a un colega suyo investigador que cuando se demostrara su existencia y la de otras capacidades similares, el mundo se daría cuenta de que todas ellas tenían más que ver con la física que con el mundo sobrenatural. Somos meras partículas elementales unidas para formar este ser que vemos, Audrey. Y todo lo que hacemos y sentimos, todas nuestras capacidades, responden simplemente a leyes físicas que, en su esencia más íntima, son elementales. E inevitables, también.

–Nuestro Destino está marcado, ¿no es eso?

–Desde el mismo instante en el que empezamos a existir. Sí.

–¿Y dónde entra el alma en esa teoría?

–El alma no existe.

Audrey miró a la calle, a través de la ventana. El sol estaba ya en mitad de su curva descendente. Las sombras alargadas de los árboles y los edificios se estiraban sobre la hierba, como si quisieran desperezarse.

Michael se equivocaba: el alma sí que existía. Y Audrey estaba segura de que la suya iría a parar al Infierno, porque ella odiaba a Dios. Lo odiaba con toda su rabia, con todas sus fuerzas. Él la había castigado por la muerte de aquel pobre guardia. Dios esperó pacientemente ocho años. Le permitió a Audrey alcanzar la felicidad con el único fin de arrebatársela luego. Perder a su hijo fue el castigo. Audrey era un Job a quien Dios no pensaba darle ninguna recompensa al final de sus tormentos.

–El alma sí existe, Michael. Te lo aseguro.

La conversación entre ella y su amigo se prolongó durante un cuarto de hora más. Ése fue el tiempo que Michael tardó en describir un modo simple de verificar las supuestas capacidades telepáticas de Daniel. Se trataba de algo realmente sencillo, que hubiera podido explicarse en tan sólo un par de minutos, pero Michael no logró resistirse a contarle todo tipo de historias y anécdotas innecesarias sobre la prueba. El físico se ofreció a ayudar a Audrey a realizarla, pero ésta se negó amablemente. Lo que Daniel y ella sabían no podía saberlo nadie más. Cuando Audrey salió por fin del edificio, llevaba consigo en el bolso una baraja de cartas Zener. Entonces se encontró a alguien a quien no esperaba encontrar.

–¡Joseph! Pero ¿qué hace aquí?

Al bombero lo acompañaban dos críos pequeños, un niño y una niña, que observaban a Audrey con curiosidad.

–He llamado a su consulta y Susan me ha dicho que tenía una cita con un cerebrito de ahí dentro. Así es que he venido a verla. *Hemos* venido, ¿verdad, chicos?

En un susurro al oído de Audrey, Joseph dijo:

–Supuse que no se atrevería a darme largas delante de dos tiernos retoños.

Era una estratagema muy baja. Y, encima, debían de llevar esperándola un buen rato.

–Yo me llamo Audrey –se presentó a los hijos de Joseph–. ¿Y vosotros?

–Yo soy Tiffany –dijo la niña.

Era una pequeña señorita, rubia y de ojos claros, que sólo se parecía vagamente a Joseph. Quien sí era idéntico al padre era el niño: moreno y con los ojos castaños.

–¿Y tú cómo te llamas, hombrecito?

–Howard.

–Encantada, Howard. Encantada, Tiffany. Ha sido un placer conoceros, pero tengo que irme.

Esta vez fue Audrey la que susurró al oído de Joseph:

–Voy a darle largas de todos modos.

–¡Oh, vamos! No puede ser tan mala como parece... –Joseph se dio cuenta de que había dicho algo que no debía–. Quiero decir...

–No importa. Sé lo que quería decir.

–Es usted muy guapa –dijo la niña, de repente.

Audrey sonrió. Con tristeza al principio, hasta que descubrió al pequeño Howard mirándola, y vio cómo éste se sonrojaba. Joseph puso una mano sobre su corazón y dijo:

–Le juro que esto no lo hemos ensayado.

Ella tuvo que rendirse, aunque no estaba muy segura de que Joseph dijera la verdad.

–Supongo que puedo quedarme un poco y dar un paseo.

–¡Estupendo! –exclamó Joseph–. Dame la mano, Tiffany. ¿Howard?

La niña se apresuró a hacer lo que le había dicho su padre, pero Howard no. Lo que hizo fue ponerse junto a Audrey y agarrar una de sus manos. Ella tomó la de Howard con una extrema delicadeza. Era tan frágil...

–Parece que la tienes en el bote, ¿eh, amigo? –le dijo Joseph a su hijo–. Fíjate en cómo te está mirando y grábate esa mirada, campeón. No la verás muchas veces en tu vida. Yo diría que es amor.

El bombero se dijo que el pequeño Howard tenía mucha suerte. Había una mujer excepcional bajo esa dura corteza. Y Joseph se había propuesto sacarla a la luz.

El paseo que Audrey dio con Joseph y los hijos de éste acabó siendo muy agradable. A pesar de todas las preocupaciones de ella y de su constante tristeza, el bombero consiguió hacerle recuperar la sonrisa. Era un hombre divertido. Y parecía, además, un padre cariñoso y dedicado. A Audrey se le pasó muy deprisa el resto de aquella tarde. Para alargarla un poco, se ofreció a llevar a Joseph a casa, donde iban a pasar la noche sus hijos. Se despidieron en el portal, y en los rostros de todos se notó que la hora de separarse había llegado demasiado pronto. Audrey se olvidó esa tarde de contar las horas que le faltaban para irse a dormir. Solía hacerlo, porque cada noche esperaba soñar con el ser al que más había amado en este mundo.

En él estaba pensando también ahora, dos días después de su paseo por el campus de Harvard, mientras el padre Cannon daba su sermón dominical. Audrey asistía todos los domingos a misa en la misma iglesia, la de San Vicente de Paúl, un baluarte para descendientes de irlandeses como ella. Los padres de Audrey habían sido católicos ardorosos, casi fanáticos, que siempre se esforzaron por inculcarle el temor de Dios. E hicieron bien su trabajo. Sentía desde pequeña un enorme temor hacia él, en su acepción más negativa. Su miedo hacia Dios era casi tan grande como el odio que había llegado a tenerle.

La parroquia se enorgullecía de su «sangre irlandesa», y ese orgullo siempre fue correspondido. Originalmente, el templo estuvo emplazado en otro lugar, pero cuando la expansión de la ciudad de Boston en el siglo XIX amenazó con su derribo, los feligreses –en su mayoría inmigrantes de Irlanda– decidieron trasladarlo a su localización actual. La misma fe que es capaz de mover montañas, pudo también mover, una a una, las piedras de la iglesia de San Vicente de Paúl. La fe de Audrey no le bastó, sin embargo, para alcanzar ningún tipo de paz interior. Pero al menos la condujo hasta la residencia de ancianos de las Hijas de la Caridad y hasta la madre Victoria.

Incluso en un lugar sagrado como la iglesia de San Vicente de Paúl, luchaban sin tregua dentro de Audrey las convicciones religiosas y su despecho hacia Dios. En un momento en el que pareció tomar ventaja lo primero, trató de concentrarse en las palabras del sacerdote. Pero fue inútil. Empezó entonces a fijarse en los frescos de las paredes, que tantas veces había contemplado. Mostraban las etapas de la Pasión de Cristo, los catorce pasos que lo llevaron de su condena a muerte a yacer en un sepulcro, tras sufrir un indecible tormento. Tampoco en esos cuadros encontró ningún consuelo. Sintió deseos de marcharse, pero se quedó donde estaba. Si ese pequeño sacrificio suyo hacía sentirse culpable a Dios, valdría la pena, se dijo. Volvió otra vez su atención hacia el padre Cannon. Era el primer domingo tras el día de Todos los Santos, y su sermón hablaba de la vida después de la muerte.

Acabado el oficio, todos los feligreses se mostraban alegres y sonrientes, quizá felices por compartir unas creencias que les ofrecían la salvación a cambio de sus miserias. Audrey sintió envidia. Y la inquietud que la atosigaba desde su último encuentro con Daniel regresó con más fuerza que nunca. El día anterior no había querido ir a verlo. Algo iba a ocurrir si se encontraba de nuevo con Daniel. Nunca como entonces había estado tan segura de uno de sus presentimientos. Audrey temía que pudiera tratarse de algo horrible, aunque de todos modos estaba decidida a visitarlo aquella tarde. Se resistía a olvidar simplemente al anciano jardinero y abandonarlo sin más. Resultaba curioso que alguien que carecía de toda esperanza pudiera dar esperanza a otro. Pero eso era exactamente lo que había ocurrido entre ellos dos. Daniel confiaba en que Audrey poseyera la cura para su sufrimiento, y ése era un milagro que ella se sentía obligada a honrar.

Había otra razón, además, para que no quisiera desistir: su curiosidad demasiado humana le exigía saber qué era eso sobre lo que su intuición la precavía.

Tardó un cuarto de hora en recorrer la distancia que separaba la iglesia y la residencia de ancianos. No salió inmediatamente del coche después de aparcar, sino que permaneció sentada en el interior durante un par de minutos. Ahora se sentía un poco más tranquila. Ya no tenía la sensación de que algo sombrío la aguardaba en la residencia. Quizá, después de todo, su intuición no resultara infalible. Antes de salir comprobó que seguían en su bolso las cartas Zener que le había prestado su amigo Michael McGale, profesor de física de Harvard. Estaba más dispuesta que nunca a utilizarlas para dilucidar si Daniel era realmente telépata.

Conforme a lo que ya se había convertido en un hábito, Audrey trató de imaginarse dónde podría estar Daniel. El día era soleado, así es que su primera elección fue el jardín. Encontró allí a varios ancianos, pero no a Daniel. Decidió entonces probar suerte en su habitación, también sin éxito. De los lugares habituales, sólo le quedaba la sala de ocio, hacia la que Audrey se encaminó. No había ya en la psiquiatra ninguna inquietud. Hacer frente a los propios temores era lo que se necesitaba para ahuyentarlos. Eso les decía a menudo a sus pacientes de la consulta, y Audrey estaba siguiendo su propio consejo.

La sensación de que todo estaba en orden se mantuvo,

a pesar de que tampoco había rastro de Daniel en la sala de ocio. En ella vio a media docena de ancianos, sentados en butacones de hule. Sus miradas anhelantes de visitas que nunca recibirían le hicieron sentir una punzada aguda de compasión.

Daniel parecía haberse propuesto jugar al escondite. Y no sólo él. La madre superiora tampoco estaba en su despacho. Audrey se alarmó al ocurrírsele que quizá hubiera ocurrido algo malo. Imaginó a la madre Victoria con Daniel en las urgencias de un hospital. La salud del viejo era muy frágil desde el incendio del convento.

Audrey quería descartar cuanto antes esa idea para no perder su recuperada tranquilidad, así es que decidió preguntar a alguna de las otras monjas. De vuelta por el corredor, se percató de que aún no había mirado en un sitio, la sala de terapia. Su puerta entreabierta dejaba ver su interior en completa oscuridad. Abrió un poco más la puerta y tanteó con la mano en busca del interruptor, hasta que consiguió encender la luz.

Daniel estaba allí, acurrucado en una esquina de la sala. Tenía los brazos cruzados sobre el pecho, con su inseparable rosa aferrada entre ellos. Sollozaba débilmente, al tiempo que mecía su propio tronco hacia delante y hacia atrás.

–Auuudreyyy –dijo en un tono suplicante, aterrado–. Ayúuu... daaa... meee.

Todos los temores de Audrey volvieron de repente. La pared del fondo estaba llena de marcas de un color rojo oscuro. «Por favor, que no sea sangre...», imploró ella. Las marcas representaban siempre un círculo, una cruz, un cuadrado, una estrella de cinco puntas o tres líneas sinuosas verticales: los símbolos de las cartas Zener.

Una idea absurda cruzó la mente de Audrey. Metió la mano en su bolso y extrajo las cartas de su amigo Michael. En su esquina de la pared, Daniel seguía gimoteando, sin atreverse a levantarse del suelo. Las manos de Audrey sudaban. Le costó dar la vuelta a la primera carta. Mostraba un círculo, igual que el primer símbolo de la pared. La mano temblorosa de Audrey metió esta primera carta bajo el mazo, para dejar al descubierto la segunda. Un cuadrado. Audrey alzó los ojos hacia el muro.

–Dios mío...

Cerca de perder por completo el control de sus manos, empezó a pasar las cartas una tras otra, cada vez más deprisa. Ya no se molestaba en colocarlas al final del mazo. Simplemente iba dejándolas caer al suelo.

Revisó las veinticinco cartas Zener. Todos y cada uno de los símbolos pintados en la pared estaban en el orden exacto de las cartas del mazo. Todos. Sin excepción.

Habían pasado tres horas. Daniel estaba en su cama, bajo los cuidados de Audrey y la madre superiora.

–Ya tiene menos fiebre –dijo Audrey.

Era una noticia tranquilizadora, pero eso no disminuyó la angustia de la religiosa. El anciano tenía el rostro demacrado y no paraba de toser. Unos ojos sin brillo se veían apenas en el fondo de las cuencas oscuras. Audrey le había administrado un sedante fuerte, pero ni siquiera eso logró calmarle del todo. Agarraba las sábanas con los puños cerrados, justo por debajo de su barbilla. La maceta con su planta estaba a un lado, sobre la mesilla de noche.

El anciano no había dicho una sola palabra desde que Audrey consiguiera hacerlo reaccionar en la sala de terapia y sacarlo de ella. La madre superiora, que fue informada inmediatamente de lo ocurrido, había ordenado cerrar esa sala bajo llave. Al día siguiente, dos de las hermanas que se encargaban de los trabajos de mantenimiento de la residencia, harían desaparecer esos símbolos que parecían escritos con sangre. Cuando los vio, la religiosa no pudo evitar santiguarse y musitar una breve plegaria protectora. Notaba allí la intervención del Diablo, le confesó a Audrey, y ésta tuvo la clara impresión de que esa sospecha no era reciente, ni se debía sólo a lo ocurrido en la sala de terapia.

Descubrieron también manchas rojas en las manos de Daniel, que Audrey tomó en un primer momento por sangre, al igual que los dibujos de la pared. Afortunadamente se trataba de la pintura que Daniel había utilizado para dibujar los símbolos Zener. Encontraron un pincel y una lata medio vacía tirados en un rincón de la sala de terapia, que Daniel había cogido del cobertizo de las herramientas.

La madre superiora acarició con ternura la cabeza del anciano. Estaba sentada en una silla junto a la cama, mientras que Audrey permanecía de pie, reflexionando frenéticamente. Lo que había presenciado demostraba con total certeza que Daniel era telépata. Más aún, demostraba que tenía la capacidad de visión remota, como esos «espías psíquicos» de los que le habló su amigo Michael. Por eso consiguió adivinar las cartas Zener a distancia. Pero a Audrey no le parecía que esa explicación fuera suficiente. Su corazón insistía en que algo mucho más profundo se ocultaba bajo aquel hecho excepcional. Algo mucho más temible a lo que quizá ella misma había abierto la puerta. Puede que la madre superiora tuviera razón, que la mano del Demonio estuviera allí. Audrey no descartaba esa posibilidad. Ella creía en el Demonio igual que creía en Dios, porque estaba convencida de que la existencia de uno implicaba necesariamente la del otro. No había Bien sin Mal, blanco sin negro, luz sin oscuridad. Su formación académica y su mente racional nunca la habían apartado de esa creencia. Al contrario: le permitían distinguir con claridad la frontera entre las enfermedades mentales y las del alma. Daniel se hallaba justo en esa frontera. Audrey aún no estaba dispuesta a admitir que el anciano se hallara poseído, como pensaba la madre superiora. Porque a eso se refería la religiosa cuando hablaba de la intervención del Diablo, aunque se resistiera a decirlo tan claramente. Audrey, en cambio, necesitaba más pruebas. Incluso con sus presentimientos negativos, creía que todo lo ocurrido era aún explicable sin tener que apelar al Maligno. Aunque fuera recurriendo a causas extraordinarias.

–Yo... no... quería... –habló Daniel por fin.

–No te esfuerces, hijo mío –dijo la madre Victoria–. Descansa ahora.

Daniel necesitaba reposo. Audrey asintió con la cabeza al oír la recomendación de la superiora. Pero él siguió hablando.

–Había... muertos. Mu... chos... Muchos... muertos. La tierra... estaba... llena de... muertos. Plumas...

Daniel estaba describiendo otra de sus pesadillas, o quizá una especie de alucinación que tuvo cuando el otro Daniel tomó el control de su mente y de su cuerpo. El modo de expresarse del anciano era más inarticulado de lo habitual, seguramente por causa del sedante. Eso hacía muy difícil entenderle, pero Audrey recordaba que, en una visita anterior, el anciano se había ya referido a una pluma, blanca, grande y ensangrentada.

–¿Las plumas estaban manchadas de sangre, Daniel?

La monja dirigió a Audrey una mirada reprobadora.

–Daniel tiene que descansar.

–Las plumas eran... blancas... y negras. Alas... blancas... y negras. Sangre. Todos... muertos.

–¿De qué estás hablando, Daniel? –insistió Audrey.

–«Y comenzó a librarse una batalla en el Paraíso –respondió por él la madre superiora. Su voz resonó de un modo luctuoso en la habitación–. El arcángel Miguel y sus ángeles se dispusieron a combatir a la Bestia, y la Bestia y sus ángeles los atacaron...»

–«... pero la Bestia no era lo suficientemente poderosa, y

todos los suyos perdieron su lugar en el Cielo» –terminó Audrey.

Sus padres la habían obligado durante años a leer todos los días fragmentos de los libros sagrados. Luego le hacían preguntas, y el castigo por no acertar en las respuestas era muy severo. Audrey todavía era capaz de recordar una infinidad de esos pasajes.

La chocante nueva pesadilla era un nudo más en la enredada madeja en que se había convertido el caso de Daniel. Todo aquello era muy difícil de asimilar para Audrey. Y había llegado, además, de un modo inesperado. El origen fue una inofensiva petición de ayuda de la madre superiora para un caso de estrés postraumático. Lo único que se salía entonces de lo común era que el paciente fuera retrasado mental. Su primer encuentro con Daniel, en el jardín de la residencia, fue intrascendente. Pero, en el segundo, la situación cambió... Todo empezó a cambiar al aparecer ese otro Daniel y mencionar la estatua de John Harvard. Desde ese momento, nada había vuelto a ser normal. Y lo ocurrido hoy sólo confirmaba que la realidad estaba desquiciándose. Audrey sentía que empezaba a perder el control. No sólo del tratamiento psicológico de su paciente, sino de todo; de ella misma, de su propia racionalidad. Se preguntó ahora si habría tenido en algún momento el menor control sobre lo que estaba ocurriendo con Daniel. No le llevó mucho tiempo contestarse, y la respuesta fue que no. Tenía la sensación, cada vez más fuerte, de que había empezado a girar una rueda de un modo ajeno a su voluntad, y de que ella misma y cuantos rodeaban a Daniel eran meros engranajes de ella. Lo que Audrey ignoraba por completo era adónde los llevaría eso.

–Debo irme –dijo la madre superiora, con resignación–. No puedo descuidar mis obligaciones por más tiempo. ¿Te importaría quedarte tú con él?

–En absoluto.

–Gracias, Audrey. Pero prométeme que hoy no le harás más preguntas.

–Lo prometo.

La religiosa besó la frente de Daniel antes de abandonar la habitación.

–Que Dios te proteja, hijo mío.

12

Roma

Albert Cloister cruzó a paso ligero el patio que separaba la Biblioteca Apostólica del Archivo Secreto. Era una mañana desapacible, tras varios días de tiempo frío pero bueno. El cielo plomizo amenazaba lluvia y parecía reflejar los pensamientos que el jesuita llevaba dentro de sí. El día anterior había visitado Padua y conversado con el anciano fray Giulio, un hombre excepcional, sin duda, pero que no había hecho sino aumentar sus dudas y su deseo de conocer. Por eso estaba allí ahora, encaminándose al más importante centro de investigación histórica y uno de los lugares más enigmáticos del mundo, el archivo con mayor número de documentos antiguos, manuscritos, cartas, códices. En sus casi cien kilómetros de estanterías se custodiaban escritos que no veían la luz del sol desde hacía siglos y, a juzgar por lo que contenían, no la verían en otros tantos siglos más. Sobre todo algunos textos apócrifos que iban mucho más allá de la visión alternativa de los manuscritos de Nag Hammadi, o de los otros que se conocían.

Precisamente, Cloister estaba seguro de que el códice del que le había hablado el monje debía de ser uno de esos escritos apócrifos. Lo que parecían ser piezas sueltas de un puzle ignoto, se revelaban como elementos con sentido, conocidos por otras personas, como el anciano y su propio jefe, monseñor Franzik. Ellos sabían más de lo que él se había figurado. Cuando todo empezó, con la exhumación del antiguo párroco en aquel pequeño pueblecito español, nunca hubiera imaginado que las cosas llegaran a ser tan serias. ¿O sí?

El jesuita atravesó el vestíbulo hasta el ascensor. Bajó hasta la planta de la cafetería y se sentó a una mesa con un café doble. A los pocos minutos, la figura esbelta de Ignatius Franzik apareció en el umbral. Su rostro estaba serio, pero exhibía el gesto de quien trata de ser constructivo. Un gesto que se ve a menudo entre los médicos que desahucian a sus pacientes terminales.

–Siéntate, Albert –dijo el cardenal a su pupilo, que se había levantado, y acompañando sus palabras de un gesto de la mano–. Sin formalidades.

–Gracias, monseñor.

–Anoche telefoneé a fray Giulio. Me dijo que le impresionaste vivamente.

–Él sí que me impresionó a mí. Sobre todo por las cosas que me contó.

–Comprendo que estés confundido. Espero que no tomes a mal que no te informara hasta ahora de ciertos detalles.

–¿Detalles?

El tono de voz de Cloister reflejaba más incredulidad que enfado.

–Sí, sí, reconozco que son más que eso. Mucho más que eso. Sin embargo, comprenderás que no se trata de algo como para ser divulgado.

–Pero, monseñor, yo llevo ya varios años investigando, y nunca negué mis temores, mi aflicción o que mi espíritu estaba turbado. No es una recriminación como tal. Sólo estoy algo dolido.

–Siento oír eso. Pero, al margen de lo personal, lo verdaderamente importante es llegar al fondo del problema, la cuestión, o como quiera que debamos llamarle. Todos estamos confusos, Albert. Antes de bajar a la zona restringida del Archivo, déjame que te cuente lo que le sucedió a un joven sacerdote como tú, que también trabajaba para los Lobos. Llevaba ya un tiempo de servicio cuando yo fui designado prefecto. Mi antecesor, Guethary, me habló muy bien de él. Era un belga que sirvió en las misiones africanas y allí descubrió que hay un mundo detrás de lo visible. Algo que debería ser obvio para un religioso y que a menudo parece olvidarse. Tantos de nosotros parecen vivir como si esta vida fuera la única… En fin –siguió el cardenal–, envié a Nueva Orleans a aquel joven, llamado Horace, con la misión de investigar unos casos de magia negra. Corría el año 1981. Cuando él llegó acababan de raptar a un niño negro albino para un ritual de vudú. En Nueva Orleans se practica más vudú que en cualquier otro lugar del mundo, incluido Haití. No me extraña que esta ciudad sea la antítesis de Jerusalén, la tres veces santa. Nueva Orleans es la cuatro veces maldita: por cristianos, musulmanes, judíos y aborígenes indios americanos. Pues bien, era Halloween, la víspera pagana de Todos los Santos. Esa noche, en las últimas estribaciones del barrio francés, se estaba celebrando un rito, una tapadera de algo más importante. El padre Horace pudo introducirse allí acompañando a un periodista local. La macabra intención del rito era provocar el fallecimiento a distancia de un hombre. A la policía de la ciudad le estaba vedado el paso, y las autoridades preferían no inmiscuirse en aquellas prácticas funestas. El padre Horace sabía lo que estaba pasando realmente. Más allá de aquel patio mugriento debía esconderse un auténtico *bokor*, un sacerdote del mal, sin tambores, ojos en blanco ni bailes frenéticos, oculto en algún lugar próximo. El rapto del niño albino, por la blancura antinatural de su piel, significaba la confección, a costa de su tormento, de un muñeco vudú. Y no precisamente de los que se venden en cualquier esquina de la ciudad. El padre Horace logró encontrar el templo del *bokor* entre un laberinto de callejones estrechos y oscuros, y al pobre niño. Trató de abandonar la escena para alertar a las autoridades, pero no tuvo tiempo de hacerlo. Lo descubrieron. Corrió por los pasajes y consiguió ganar de nuevo el patio exterior. Allí, una fuerza misteriosa le hizo detenerse frente a la hoguera que había en el centro del patio. Lo que vio fue para él inesperado y terrible. Y creo que ya sabes lo que es.

–Unos ojos... –dijo Cloister, en un balbuceo.

–Unos ojos, un rostro que lo dejó petrificado. Se frenó en seco y no pudo evitar que lo cogieran. Por suerte salvó la vida.

–¿Podría yo ponerme en contacto con el padre Horace?

–Lo siento, pero murió al poco tiempo. Un infarto fulminante.

–Vaya...

–Sé lo que estás pensando.

–¿Y me equivoco?

–No lo sé. Quizá su muerte tuvo relación con la entidad del fuego o quizá no. Fray Giulio también vio esos ojos y ha pasado de la centena. Probablemente fue algo... casual.

–Sí, supongo que es lo más lógico. Aunque estoy desorientado.

El cardenal se inclinó en la mesa y puso su mano en el hombro de Albert. Hubiera preferido que se mantuviera al margen de todo aquello. Pero no era él quien había decidido inmiscuirle.

–No pretendo abrumarte con más elementos nuevos en tu investigación, pero aún debo mostrarte un códice. Por eso estamos aquí. Sé que fray Giulio te habló de él.

–Sólo lo mencionó, pero no me dijo lo que contiene.

–Enseguida tendrás respuesta a eso. Sígueme.

Los dos hombres abandonaron la cafetería y regresaron

al ascensor. Franzik sacó una pequeña llave y la introdujo en el panel de mandos. Después pasó su tarjeta de identificación por el lector al efecto y oprimió el botón del cuarto sótano. Se trataba del modo de acceso al área restringida, el hipogeo del Archivo Secreto Vaticano. En él se custodiaban muchos documentos confidenciales, fuera del alcance de los investigadores acreditados. Allí sólo accedían unos pocos religiosos adscritos al Archivo y los especialistas contratados para restauración y catalogación de los fondos. Como si de una corporación de alta tecnología se tratara, o de una organización militar, todos firmaban un contrato en que se incluía una cláusula de confidencialidad.

El códice que el cardenal Franzik y el padre Cloister iban a consultar era una de esas piezas históricas secretas, una de las más desconcertantes y sugestivas que se guardaban en el *Archivio*. Se trataba de un conjunto de páginas de papiro, poco más de una treintena, y de unos veinte por treinta centímetros de tamaño, encuadernadas en unas tapas de cuero rodeadas por una cinta del mismo material. Franzik pidió a Cloister que se pusiera unos guantes para manipular el vetusto libro, que descansaba sobre una mesa japonesa de madera flexible, usada para las restauraciones. La luz era fría y tenue, y el ambiente de la estancia exquisitamente controlado en cuanto a temperatura y humedad. Los dos hombres se sentaron frente al libro, abierto ya por la página correcta, en un par de banquetas altas.

–Es sólo un fragmento –dijo Franzik, señalando la podrida hoja–. Lo que quiero mostrarte está recogido dentro de este códice, datado en el siglo II de nuestra era por su composición, estilo y escritura. La prueba del radiocarbono lo confirma. Aparte de que, por estar escrito en griego y sobre papiro corresponde a la región de Egipto o de Palestina, ignoramos todo lo demás. Quién o quiénes lo escribieron, en qué fuentes se basaron, cuál era su finalidad. Ni siquiera se sabe cómo llegó a formar parte de la biblioteca de San Juan de Letrán antes de venir a este archivo. Por suerte no se perdió durante el expolio de Napoleón, como otros textos irreemplazables. Pero lo verdaderamente importante es... Mira, aquí está. Ten cuidado con el papiro. Intenta no tocarlo.

Cloister se inclinó sobre la mesa. El códice reposaba en ella como el resto de un antiguo naufragio. El cardenal señalaba un párrafo, algo desvaído pero legible. Se refería a las tentaciones de Jesús en el desierto:

TODO ES INFIERNO

La frase asaltó al jesuita. Levantó la vista y la dirigió hacia su jefe. Allí había unos hilos entretejidos. Pero más que los hilos de la Providencia, parecían componer una densa tela de araña: peligrosos, estremecedores, desconcertantes. Aquello era una búsqueda que tenía sus pistas desperdigadas en el tiempo. Era imposible saber todavía adónde conducían, aunque en la mente del padre Cloister no cabía que se tratara de casualidades. Hay sombras tan densas que, al arrojar luz sobre ellas, en lugar de disiparse se hacen aún mayores.

–Y eso no es todo, querido Albert –añadió Franzik, que dio la vuelta a varias hojas con sumo cuidado–. Un poco más adelante se menciona el postrer grito de Jesús en la cruz: «Dios mío, Dios mío, ¿por qué me has abandonado?». Y se afirma que sólo quien consiga resolver ese enigma conocerá la verdad. Si eso es exacto, ahí está la llave. De eso estoy seguro, aunque ignoro lo que puede abrir.

–La verdad... –musitó Cloister, sin que se tratara de una respuesta a las dudas del cardenal.

–La verdad, sí. Una verdad que tú habrás de descubrir. No soy capaz de imaginar a nadie más preparado para ello. Y, además...

El cardenal se detuvo, con una mirada extraña.

–¿Además...? –inquirió Cloister.

–Hay algo que... hay una lógica detrás de todo esto. Es como si... algo te estuviera buscando a ti. No es mi intención decir tonterías, ni asustarte. Pero lo siento así. ¿Qué piensas? ¿Crees que son los desvaríos de una mente que entra en sus últimos años de lucidez?

–En absoluto, monseñor. Yo también empiezo a tener esa sensación. Esa convicción. Algo me está guiando. Pero ¿por qué?

–No creo que nadie pueda responder a esa pregunta. Salvo tú mismo. Con la ayuda de Dios, naturalmente. Debes tener valor, mi buen Albert.

–Espero ser digno. Mi corazón y mi alma anhelan desvelar esa verdad.

13

Boston

Daniel se quedó dormido al poco de marcharse la madre Victoria. Su respiración fatigosa se mezclaba con gemidos y esporádicos movimientos involuntarios de sus párpados y extremidades. Audrey se acomodó en la silla donde había estado sentada la monja. Posó la mirada en Daniel y en su rosa, y permaneció así durante largo tiempo, hasta que el sueño consiguió vencerla también a ella.

Se despertó alterada, aunque no hubiera ninguna razón para eso. Si había tenido una pesadilla, no la recordaba. Comprobó que Daniel seguía durmiendo con su sueño agitado. Audrey suspiró. Su ánimo se resistía a volver a la normalidad. Puede que sus sentidos presintieran algo que a Audrey se le escapaba. Este incómodo pensamiento la impulsó a levantarse de la silla. Fue hasta la ventana y se puso a mirar por ella. Recordó que Joseph había hecho lo mismo el día en que se conocieron. Qué lejano parecía ahora aquel primer encuentro...

–Lu... ces.

Daniel hablaba en sueños. Audrey se acercó a la cama y puso una mano sobre el cuerpo del anciano, para intentar tranquilizarlo.

–Shhh. Calma, Daniel.

–Globos... amarillos. Hay glo... bos amarillos. Algodón... dulce y un... ¡niño! –Daniel sonrió en su sueño. Era una sonrisa benigna e infantil, que de pronto se convirtió en una mueca de terror–. No... no vayas... No... ¡NOOO!

El viejo se despertó. Sus ojos, completamente abiertos y aterrorizados, miraron hacia Audrey sin conseguir verla. La psiquiatra estaba aturdida. Ella recordaba una escena de su pasado en la que había globos amarillos y algodón dulce... y también un niño pequeño. La tenía grabada a fuego en su memoria. Audrey tomó conciencia de la frase «No vayas» que Daniel había dicho. ¿Se referiría al niño? Agarró al anciano con ambos brazos y lo zarandeó sin contemplaciones.

–Sigue hablando, Daniel, por favor. ¡Habla!

Su expresión bobalicona había regresado. Ignoraba por completo a qué se refería Audrey, que sintió una impotencia dolorosa.

–Au... drey, me haces... daño. –Ella relajó sus manos crispadas y soltó los brazos de Daniel, en los que dejó las marcas rojizas de los dedos–. ¿Estaba... soñando?

–¿Recuerdas algo del sueño?

Era una pregunta vacía y Audrey era consciente de ello. Daniel negó con la cabeza.

–¿Estás enfa... dada, conmigo?

Audrey empleó todas sus fuerzas para recuperar la calma e intentar mostrarse sincera al decir:

–No estoy enfadada. Tranquilo, Daniel. Todo esto acabará bien. Te lo prometo.

–¿De... verdad lo... crees, Audrey?

–Sí.

Daniel sonrió. Pero había algo erróneo en su sonrisa. El corazón de Audrey empezó de nuevo a latir agitadamente.

–¿De verdad crees que todo va a salir bien, Audrey? ¿De... verdad... que... sí?

La mueca de Daniel que simulaba una sonrisa dio paso a una carcajada siniestra. Audrey había caído en su engaño.

Era el otro Daniel quien le hablaba ahora. Quizá había sido él todo el tiempo. ¿Cómo podría Audrey saberlo?

–Tú otra vez... –dijo ella entre dientes–. ¿Qué quieres de mí?

–Oh, eso lo sabrás a su debido tiempo. Por ahora limitémonos a preguntarnos qué quieres tú de mí.

–No te comprendo.

–Te lo dije el otro día, Audrey. Yo sé lo que tú deseas saber.

–¿Y qué es lo que yo deseo saber? –gritó Audrey, furiosa.

Daniel había salido de la cama y recorría la habitación mientras hablaba, como un profesor impartiendo su clase. Audrey se había colocado de nuevo junto a la ventana, para estar lo más lejos posible de él.

–La verdad sobre Eugene, Audrey.

Al oír aquel nombre, ella sintió un dolor insoportable. Cuando reunió fuerzas para hablar otra vez, su voz sonó vacilante y demasiado aguda:

–Tú no puedes saber lo que le ocurrió a Eugene.

El argumento de Audrey se basaba en admitir que Daniel era un telépata con visión remota que se manifestaba a través de la personalidad del Daniel oscuro. Por tanto, sólo podía saber sobre ella y su pasado lo que la propia Audrey supiera o recordara. Pero no más que eso. Una conclusión inevitable de ese supuesto era que Daniel podía saber quién era Eugene, pero no qué había ocurrido con él.

–Crees que mis poderes –dijo el viejo con el rostro encogido, simulando compasión– no me permiten saber lo que tú no sabes, ¿no es cierto?... Te equivocas, Audrey.

–Sólo Dios puede saber lo que tú dices que sabes... Sólo Dios y el Demonio.

–¿Y quién dices tú que soy yo?

–No puedes ser Dios, y tú no eres el Demonio. Así es que no te creo.

–¡Bienaventurados los que tienen fe, porque ellos son seres únicos! Tú, en cambio, perteneces al enorme y mediocre grupo de los incrédulos. Vosotros necesitáis ver para creer.

A Audrey ya no le sorprendía tanto el cambio de personalidad de Daniel, las expresiones elaboradas de su otro yo, sus paródicas referencias a citas y hechos religiosos. Pero esta vez Audrey detectó algo nuevo, que logró inquietarla. Una ansiedad animal. Este Daniel deseaba demostrarle que no mentía. La psiquiatra estaba segura de que sus promesas eran falsas. Por eso dijo:

–Demuéstrame que lo que dices es cierto y creeré en ti.

Daniel inspiró profundamente. Audrey creyó ver que su rostro se transfiguraba y que unos ojos terribles sustituían a los de Daniel durante un segundo. Luego, él le agarró su mano izquierda por la muñeca. Fue algo tan inesperado que a Audrey no se le ocurrió resistirse. Daniel extendió entonces el índice de su diestra y empezó a escribir con él una palabra, en la palma de Audrey, letra a letra.

Era un nombre: «Karen».

Por último, Daniel cerró con su mano la de Audrey, y dijo:

–Lo que has pedido, hecho está... Y ahora vete. Ya has oído a la monja: Daniel tiene que descansar.

Audrey recorrió con pasos acelerados la distancia entre la residencia y su coche. Al entrar en él, activó el cierre centralizado, aunque eso no le hizo sentirse más segura. No acertaba a explicarse qué era lo que la atemorizaba, pero tenía una sensación... Se notaba sucia por dentro.

Miró la mano en la que Daniel había escrito el nombre. Casi esperaba encontrar en ella algo inusual, aunque no sabía qué. Pero su mano estaba igual que siempre. Todo eran imaginaciones suyas, se repitió varias veces, en un intento de acallar la voz que, insistentemente, le peguntaba: «¿Y cómo explicas lo de Eugene?».

–Eugene…

Daniel era telépata. Ahí estaba la explicación. Él había penetrado en su cerebro –Audrey casi sintió náuseas al pensar esto– y había encontrado en su memoria los recuerdos de Eugene, igual que logró encontrar los de la «Estatua de las Tres Mentiras» y la noche de Harvard. Afirmar de sí mismo que era el Demonio y escribir aquel nombre en la palma de su mano, había sido una mera escenificación, un truco hábil para hacerle perder los nervios.

La voz en la mente de Audrey se calló. Aunque la psiquiatra supo que sus argumentos no la habían convencido. Tomó una gran bocanada de aire y arrancó el coche. Necesitaba alejarse de la residencia y de Daniel. Recorrió dos manzanas, con la mirada siempre puesta en la calzada, de un modo hipnótico, intentando dejar la mente en blanco. Pero sus pensamientos caminaban por sí mismos, quisiera ella o no…

–¡Maldita sea!

Audrey hizo frenar al coche en seco. De haber venido otro vehículo por detrás, no habría podido esquivarla. Sólo ahora se dio cuenta de ello. Estaba aturdida y decidió, juiciosamente, aparcar el coche junto a la acera.

Sacó del bolso su teléfono celular, marcó el número de otro celular y esperó.

–¿Sí?

–¡Michael!

–¿Audrey…?

El profesor no estaba seguro de que fuera ella.

–Sí, soy Audrey.

–¡Ah, hola! ¿Qué tal estás? ¿Me oyes bien? Estoy en un restaurante y aquí hay un ruido de mil demonios.

–Sí, consigo oírte. Llamaba para saber si… ¿estás bien?

–¿Ocurre algo? Te noto un poco rara… ¡Mike, hijo, suelta eso! Perdona, Audrey, este crío es un demonio. ¿De qué estábamos hablando?

–¿Tu mujer también está contigo?

–Sí. Y los tres vamos a comernos un delicioso «Especial de Joe».

–¿Un «Especial de Joe»? –preguntó Audrey, con voz ahogada.

–Sí, de El Grill de Joe. Aquí, en la calle Dartmouth, junto al edificio Vendange. ¿Lo conoces?

–Está cerca de mi consulta.

–Pues si te animas a venir, ya sabes. Todavía no nos han traído la cena.

–No, gracias. Yo... no tengo hambre.

–¿Seguro que estás bien, Audrey?

Ella colgó el teléfono. Las manos le temblaban otra vez. Pero en esta ocasión era de alivio.

A Audrey le llevó más tiempo del habitual llegar a su consulta. La lluvia había aparecido para rematar la soleada jornada. Miles de coches se arrastraban con una angustiosa lentitud por las calles mojadas, como si formaran parte de una procesión. Audrey se dijo que era el final apropiado para un día horrible como aquél. La molesta lluvia era lo único que faltaba para terminar de abatirla. La tristeza la envolvía de un modo casi tangible. Daniel había echado un puñado hiriente de sal en la herida abierta que siempre sería Eugene.

Era domingo. Ese día no tenía sesiones con ningún paciente. Pero ella no había acudido a su consulta para trabajar. Entró en el despacho y se dirigió a un mueble grande de madera que ocupaba la pared de la derecha. Por detrás de Audrey, entre la puerta y el lugar de la alfombra donde ahora estaba sentada, quedó una hilera de pisadas húmedas y manchas de barro. Iba a costarle una fortuna limpiarlas de su alfombra persa. Sacó una pequeña llave del bolso y abrió uno de los cajones del mueble. De su interior extrajo una caja de cartón, con el año «2000» escrito en la tapa.

La colocó entre sus piernas y la abrió, mientras daba un largo suspiro. Estaba llena de fotos. Nada más ver la primera, Audrey empezó a llorar.

Tuvo a su hijo Eugene a principios de 1992, exactamente nueve meses después del 14 de abril del año anterior, el día en el que aquel desdichado guardia ardió en el Harvard Hall, por culpa de Audrey y sus amigos. El ginecólogo de Audrey le dijo, tiempo después, que probablemente se había quedado embarazada de Eugene en ese mismo día. A veces, Audrey pensaba que debía haberse dado cuenta de que eso era una señal, una advertencia. Pero ¿qué habría podido hacer en ese caso?

El padre del niño era Zach. Y él se dio mucha prisa en abandonarla cuando Audrey se lo dijo. «No quiero ser responsable de nadie.» Así se despidió Zach de ella. Fue muy difícil seguir estudiando y cuidar de Eugene al mismo tiempo. Nadie la ayudó: Leo también se había alejado, y la madre de Audrey murió sin haber visto una sola vez a su único nieto; al «hijo del pecado», como lo llamaba. Lo crió ella sola, con todo su amor y toda su dedicación, y logró salir adelante y hacer de Eugene un niño feliz. Nada de lo que había conseguido en su vida le hacía sentirse tan orgullosa como eso.

Un puñado de fotos, guardadas en cajas parecidas a esa, era lo único que le quedaba de su amado hijo. Él desapareció en una radiante tarde de verano del año 2000. Fueron juntos a pasar el día al parque de atracciones de Coney Island, y Eugene, simplemente, desapareció. Por eso le había afectado tanto a Audrey ver la foto que su amigo Michael tenía en el despacho, en la que el físico aparecía junto a su mujer y su hijo, también en Coney Island. La policía jamás consiguió descubrir qué había sido de Eugene. Nunca llegaron siquiera a estar seguros de si había muerto o seguía vivo.

El llanto de Audrey se redujo poco a poco a sollozos intermitentes. Afuera, la lluvia se había intensificado. Gruesas gotas de agua atacaban la fachada con violencia. Los coches atascados a lo largo de la avenida Commonwealth no dejaban de hacer sonar sus cláxones. Sobre los pitidos acababa de alzarse el aullido de la sirena de una ambulancia.

Cuando la policía abandonó el caso de Eugene, Audrey no quiso rendirse y contrató a un detective privado para que continuara con las investigaciones. Conforme fue ganando dinero, invirtió cada vez más en la búsqueda desesperada de su hijo. Ahora trabajaban para ella tres investigadores, repartidos por varios estados. Le enviaban un informe mensual desde hacía años, pero todos decían siempre lo mismo: «No se han producido avances significativos en el caso», o algo igual de descorazonador. Pero Audrey aún tenía fe. Aún creía, se *obligaba* a creer, que Eugene seguía con vida, en algún lugar. Cuando menos lo esperara, uno de esos investigadores la llamaría por teléfono para decirle que su hijo había sido por fin encontrado. Vivo. Audrey iría a dondequiera que fuese y lo traería a su hogar. Y entonces le daría todos sus regalos de una sola vez; los que Audrey le había ido comprando a Eugene cada Navidad y cada día de cumpleaños, desde que él desapareciera. Estaban guardados en un armario que sólo abría para meter nuevos regalos. Sus lazos y sus envoltorios de alegres colores acumulaban polvo allí dentro, en espera de Eugene.

Audrey era una mujer fuerte. Tenía que serlo. Pero estaba a punto de rendirse. Y justo ahora aparecía ese Daniel y le hablaba de «la verdad sobre Eugene». Una verdad que Audrey llevaba cinco años buscando sin tregua... ¿Sería cierto? ¿De verdad podría Daniel decirle qué le ocurrió a su hijo? Y la pregunta más importante de todas, aquella que Audrey apenas se atrevía a formularse: ¿Estaría Eugene vivo?

–Él no puede saberlo.

Una vez más, se dijo que Daniel era telépata. Y que tenía

también la capacidad de visión remota. Pero los telépatas no lo saben todo. Nadie conoce el pasado y el futuro, salvo Dios y el Demonio. Eso le había dicho Audrey a Daniel. Pero ¿y si realmente él estuviera poseído, como pensaba la madre superiora? Entonces, el Demonio hablaría a través de él y Daniel podría saber cosas que nadie puede saber... En la mano, Audrey sostenía una foto de Eugene, la última que le sacó. Su hijo estaba sonriente. A su lado había un payaso vestido con ropas estrafalarias y el rostro pintado de blanco y rojo. El payaso usaba dos guantes enormes. De uno de ellos salían unos casi invisibles hilos de nailon, en cuyo extremo flotaba una nube de globos amarillos. Y Daniel había hablado en sueños de unos globos amarillos...

Aun así, Audrey seguía resistiéndose a admitir que Daniel estuviera poseído. Necesitaba pruebas completamente irrefutables de ello, capaces de satisfacer su rigurosa parte científica de psiquiatra. Si él era el Demonio, como afirmaba ser, que lo demostrara. Y, entonces, ella creería.

La sirena de la ambulancia volvió a oírse de nuevo, esta vez mucho más cerca. Audrey se limpió la nariz con el dorso de una mano. Había dejado de sollozar y se sentía un poco más tranquila. Las lágrimas son útiles, en ocasiones, aunque su consuelo nunca dure mucho y acaben siempre dejando un gusto salado en el alma.

A través de la ventana se oyeron nuevos pitidos rabiosos, que se juntaron a la estridente sirena de la ambulancia. Ésta debía de haberse quedado también atascada. Audrey se levantó del suelo y, sin soltar en ningún momento la foto de Eugene, se dirigió a una de las ventanas. Allí estaba la ambulancia, en efecto, aprisionada irremisiblemente en la esquina entre la avenida Commonwealth y una calle lateral. Iba a resultarle muy difícil salir de ese lugar. Los coches a su alrededor no tenían apenas margen de maniobra para abrirle paso. Lo mismo debieron de pensar los integrantes del equipo médico de la ambulancia, porque Audrey los vio saltar del vehículo y sacar de la parte trasera una camilla e instrumental de reanimación. O se habían vuelto locos, o la urgencia que tenían que atender estaba muy cerca.

Un pensamiento horroroso surgió en la mente de Audrey...

–Oh, no... No, no, ¡NO!

Salió corriendo del despacho, sin coger un abrigo ni cerrar la puerta de la consulta tras de sí. La lluvia furiosa la empapó completamente nada más pisar la acera. Miró a uno y otro lado, desorientada, y después empezó a correr hacia su derecha.

Los cabellos mojados le caían sobre los ojos, sus zapatos emitían un chapoteo desagradable con cada uno de sus rápidos pasos. Un par de ancianos a los que la lluvia había cogido por sorpresa se acercaban en sentido contrario. Audrey se desvió bruscamente de su camino y saltó a la calzada. Un coche estuvo a punto de atropellarla. A lo lejos, escuchó los insultos del conductor.

Siguió avanzando entre los vehículos detenidos. Sus propietarios la veían pasar a su lado y miraban con lástima a esa mujer que sin duda debía estar mal de la cabeza. Audrey llegó por fin a la ambulancia. El conductor, que se había quedado en ella, se dio un susto de muerte al verla aparecer junto a su ventanilla. Audrey no dejó de golpearla hasta que el hombre bajó el cristal.

–¿Qué?

–¡¿Dónde es la urgencia?!

–¡Lárgate de aquí, loca!

–¡DIME DÓNDE ES LA URGENCIA! –gritó Audrey, agarrando al hombre por la pechera de su uniforme.

El conductor iba a zafarse de un manotazo y a cerrar la ventana de nuevo, pero se dio cuenta de que Audrey sostenía la foto de un crío sonriente que posaba junto a un payaso. Y el corazón se le ablandó.

–La urgencia es en El Grill de Joe.

Audrey inició de nuevo su alocada carrera bajo la lluvia y entre los coches. Cuando llegó a las inmediaciones del restaurante, se topó con una colorida reunión de paraguas y gabardinas. Sus dueños estaban agolpados junto a los cristales, husmeando a través de las cortinillas. Audrey se abrió paso entre ellos a empujones, oyendo insultos y recibiendo codazos hasta entrar por fin en el Grill.

El restaurante estaba lleno, pero nadie comía. Un delicioso aroma a carne asada y maíz fresco llenaba el aire. Eran los olores de alegres cenas familiares de fin de semana, de celebraciones llenas de risas. Dios no debería permitir que nadie muriera en un sitio como éste.

Pero eso era justamente lo que acababa de ocurrir.

El médico de emergencia dejó de presionar el pecho de la mujer. Ella estaba tirada en el suelo, con la blusa abierta. Por fortuna, alguien se había llevado de allí a su hijo.

–Lo siento mucho –dijo el médico.

El infarto había sido fulminante, de una violencia inusual en alguien tan joven. El marido miró al médico con una expresión ausente. No entendía. No quería entender. Se volvió hacia las personas que lo rodeaban, quizá con la esperanza de que alguien le explicara el porqué de aquello. Su mirada se topó entonces con la de…

–¿Audrey? ¿Eres tú?

Ésta tragó saliva. De nuevo notó el ardor de las lágrimas acudiendo a sus ojos.

–Michael, yo…

–Está muerta.

–Lo sé.

Audrey lo sabía. «Karen» era el nombre que Daniel escribió en la palma de su mano para obligarla a creer. Y lo había conseguido. Ahora creía.

Joseph Nolan estaba terminando de hacerse la cena cuando sonó el timbre del portero automático. No imaginaba quién podría ser, porque no solía recibir visitas, a excepción de las que sus hijos le hacían dos veces por semana. Bajó la intensidad del gas en el quemador y fue hacia la puerta.

–¿Sí?

Nadie contestó.

–¿Diga?

Nada.

Debía de ser algún adolescente bromista del barrio. Joseph se dispuso a terminar de cocinar sus espaguetis con tomate, pero el timbre sonó otra vez.

–¡Esos niñatos!

En vez de dirigirse a la cocina, se encaminó hacia una de las ventanas del salón, desde la que se veía la entrada del portal. Se llevó una gran sorpresa cuando se asomó y vio quién estaba allí.

–¡Audrey!

Volvió corriendo al intercomunicador y abrió la puerta de abajo. Luego, se dedicó rápidamente a intentar ordenar un poco el caos que reinaba en el apartamento. Audrey llegó en el instante en que Joseph lanzaba unas revistas de béisbol debajo del sillón. Él se volvió con una gran sonrisa en la cara, que rápidamente se convirtió en un gesto de preocupación, al verla.

–Estás empapada... ¿Qué pasa, Audrey?

Sus ropas chorreaban agua en el suelo de la entrada. Parecía un fantasma, y se notaba que había estado llorando.

–Entra, por favor. –Le ayudó a hacerlo y después cerró la puerta–. Cuéntame qué ha pasado.

Audrey susurró:

–Abrázame...

Joseph la estrechó entre sus brazos. La camiseta que llevaba puesta no tardó en estar igual de mojada que las ropas de ella, pero el bombero no aflojó su abrazo. Nunca había visto a alguien más necesitado de cariño y consuelo que Audrey en ese momento. Nadie le había parecido jamás tan desamparado. E incluso un hombre normal y corriente como él, que no sabía nada de psicología, se daba cuenta de que el dolor de Audrey era profundo y de que iba más allá de lo ocurrido esa noche, fuera ello lo que fuese. La actitud, a veces seca y siempre profesional que Audrey mostraba desde que se conocieron, se había resquebrajado. Enfrente, estaba una Audrey a la que Joseph veía por primera vez. Frágil y desvalida. Y él quería ayudarla. Joseph nació para ayudar a los demás. Por eso se había hecho bombero.

–Lo siento –dijo Audrey, entre sollozos que se esforzó en ahogar–. No tenía que haber venido.

El bombero negó con la cabeza. No había nada por lo que ella debiera disculparse. Se soltó delicadamente del abrazo de Audrey y le agarró los hombros para dar más fuerza a sus palabras:

–Todo saldrá bien –le aseguró.

Eso mismo le había dicho Audrey a Daniel en la última sesión, justo antes de que apareciera su lado oscuro, y antes también de la muerte horrible y absurda de la mujer del profesor Michael McGale.

–No, eso no es cierto. Las cosas nunca salen bien, nunca salen como deseamos.

La voz de Audrey era dura. Se había obligado a dejar de llorar, pero aquel dolor insondable seguía presente en su mirada, que no era capaz de mentir ni de contenerse. Joseph apartó los cabellos húmedos que le caían a Audrey a ambos lados del rostro. Luego, sin pensar en lo que estaba haciendo, le acarició la mejilla. Se dio cuenta de que ella se retiraba instintivamente, y apartó enseguida la mano.

–Perdona. Yo...

Audrey puso los dedos sobre la boca de Joseph y no le

dejó terminar. Después, llevó de nuevo la mano del bombero hasta su mejilla. Joseph la vio cerrar los ojos y estrechar el rostro contra su palma. En toda su vida, no había visto a ninguna mujer más hermosa que Audrey, cuando todas sus barreras terminaron de caer. Enterró sus dedos en el pelo mojado de ella, hasta llegar a su nuca. Allí, la piel infinitamente suave de Audrey estaba ardiendo.

–Voy a besarte –dijo Joseph, muy serio.

14

Boston

Audrey cortó sin responder la llamada de Joseph a su teléfono celular. El bombero no había dejado de intentar hablar con ella en los últimos días. La memoria del contestador de la casa de Audrey estaba llena de mensajes suyos, y la secretaria de la consulta no sabía ya cómo decirle que su jefa llevaba días sin acudir al despacho. La psiquiatra estaba evitando a Joseph y él ya tenía que haberse dado cuenta de ello. Pero no iba a desistir. De momento se limitaba a esas insistentes llamadas telefónicas. No había aparecido aún en casa de Audrey, ni tampoco en la residencia de ancianos, aunque lo haría más tarde o más temprano. Joseph era una buena persona y estaba preocupado por ella. ¿Cómo podría no estarlo después del estado en que se presentó en su casa aquella noche, empapada y completamente aturdida?

Audrey había ido al apartamento de Joseph siguiendo un impulso. Buscaba el más primitivo de los consuelos: el abrazo de otro ser humano. Se sentía dolida y desamparada, y eso le hizo cometer un error que ahora trataba de enmendar. Ella y Joseph habían acabado acostándose y haciendo el amor, algo que Audrey no buscaba ni pretendía cuando fue a casa del bombero. Era la primera vez que estaba con un hombre desde... no recordaba desde cuándo. Joseph había sido tierno y cariñoso con ella, y eso no hacía sino empeorar la situación y volver más difícil lo que Audrey tenía que hacer. No quería empezar ninguna relación de ningún tipo. Ni siquiera con alguien tan encantador como Joseph. Quería centrar todas sus fuerzas en encontrar de nuevo a su hijo Eugene. Sólo eso le importaba.

Ante la insistencia de Joseph, Audrey le había contado aquella noche cómo la mujer de su amigo Michael McGale acababa de morir de un infarto repentino en un restaurante próximo a su consulta. Lo hizo de un modo atropellado y confuso, y demasiadas cosas quedaron por aclarar. Pero Joseph no la presionó para que le contara más de lo que Audrey quiso contarle. Ésta dejó el apartamento poco antes del amanecer, tras despertarse de un sueño ligero e inquieto, cuajado de pesadillas. Joseph había pasado buena parte de la noche intentando serenar a Audrey en los peores momentos. Realmente era una buena persona. Pero Audrey debía seguir adelante. Ella sola. No quería involucrarle en lo que iba a ocurrir y en su incierto y temible desenlace.

Daniel estaba poseído por el Demonio. La madre superiora tenía razón. A Audrey ya no le quedaban dudas sobre eso. «Demuéstrame que lo que dices es cierto y creeré en ti», le había dicho Audrey al Daniel oscuro, cuando éste dejó ver que era el Demonio y afirmó que podría contarle la verdad sobre Eugene. Audrey no le creyó, e ingenuamente le exigió una prueba. Él ansiaba dársela. Y lo hizo. La falta de fe de Audrey había condenado a la mujer de su amigo Michael. Una muerte más con la que su alma tendría que cargar. Ése fue el precio para que se le abrieran los ojos, porque ahora sí tenía fe. Ahora sí creía que Daniel sabía la verdad sobre Eugene, y que el Demonio hablaba por su boca.

Audrey deseaba conocer esa verdad. Lo necesitaba atormentadamente. Cada segundo que pasaba en la ignorancia de lo que había sido de Eugene era un nuevo clavo que le atravesaba el alma. El ser que poseía a Daniel podía acabar con ese sufrimiento. Pero Audrey tendría que pagar un precio por ello. Las enseñanzas de sus padres y su formación religiosa coincidían en que el Demonio nunca da nada a cambio de nada. Y a Audrey le aterraba perder lo único que aún le importaba, aparte de encontrar a Eugene. Su alma.

Se hallaba en medio de dos abismos igual de profundos, entre los que parecía que iba a verse obligada a elegir. Pero había vuelto a la residencia con la firme esperanza de no tener que hacerlo. Días antes creía haber descubierto un modo de hacer hablar al ser diabólico que habitaba el interior de Daniel sin condenarse por eso irremisiblemente a las llamas del Infierno. Una sola posibilidad, que, además, salvaría también al viejo jardinero, inocente de todo aquello.

En pocos minutos, un sacerdote enviado por la diócesis de Boston llevaría a cabo con Daniel un ritual de exorcismo. La madre superiora se había ocupado de hacer los preparativos y de acelerarlos todo lo posible. Se mostró de acuerdo con la idea del exorcismo en cuanto Audrey se la propuso. La religiosa sospechaba ya desde hacía tiempo de la presencia del Maligno en Daniel, pero no quería ser ella quien propusiera un exorcismo, a no ser que Audrey estuviera también convencida. Y ese momento había llegado.

Ante la entrada de la residencia, quieta y con la mirada perdida en los vetustos muros, Audrey rezó. Por primera vez en muchos años, lo hizo con auténtica humildad. Le pidió a Dios que la ayudara en este trance, para que el exorcista consiguiera arrancar de Daniel al Demonio y para que ella pudiera arrancarle al Demonio la verdad sobre Eugene. Audrey sabía que el exorcismo era peligroso y que podría sacar a la luz hechos oscuros de su pasado, pero no había alternativa. Además, eso ya no la preocupaba. El Demonio no le mintió cuando dijo que nada es más importante que la verdad.

Se sentía débil y mareada. El hedor a enfermedad y orines rancios de la entrada le revolvió el estómago, aunque no había nada en él excepto un poco de agua. Llevaba tres días sin comer alimentos sólidos. El padre Tomás Gómez, que celebraría el exorcismo, le había comunicado a la madre superiora que un ayuno riguroso de todos los que fueran a asistir al ritual, era imprescindible para combatir eficazmente al Demonio. Eso decidió que sólo Audrey y el sacerdote participaran en el exorcismo de Daniel. La madre Victoria insistió con terquedad en hacerlo también, pero Audrey logró disuadirla. La psiquiatra argumentó primero que la edad avanzada de la religiosa no le permitiría un ayuno absoluto, pues eso pondría en peligro su salud. Pero la religiosa no cedió. Estaba dispuesta a arriesgarse si con eso ayudaba a liberar a Daniel del Maligno. Frente a esta actitud, Audrey utilizó otro argumento, el único capaz de convencerla: la fragilidad de la madre superiora no sólo no ayudaría a Daniel, sino que podría fortalecer al ser que lo poseía y hacer que resultara imposible expulsarlo de él. La monja cedió por fin, para alivio de Audrey, aunque una parte egoísta de ella habría deseado que no lo hiciera.

El exorcismo iba a celebrarse en la habitación de Daniel. Era el lugar más discreto aparte de la sala de terapia, que enseguida fue descartada. Tanto a la madre Victoria como a Audrey les daba la impresión de que la sala era un «terreno favorable» para el Enemigo.

Antes de dirigirse hacia la habitación, Audrey pasó por el despacho de la religiosa. La conversación que mantuvieron fue corta. Empezó con una petición de la monja: «Ve con Daniel. Está muy asustado y el padre Gómez no me permite verlo. Nosotras rezaremos por él en la capilla», y terminó con un ruego afligido: «Que Dios nos proteja».

Un inusual olor a incienso se mezclaba con el tufo rutinario a desinfectante en el pasillo que conducía hasta Daniel. Delante de la puerta de su habitación, el exorcista esperaba a Audrey, vestido para el combate. Pues de eso se trataba, de un combate. Sobre el hábito llevaba puesta la túnica ceremonial de lino blanco, el alba, y de su cuello colgaba una estola morada. Cuando habló, fue muy directo en sus palabras:

–Señorita Barrett, soy el padre Gómez. Aunque la Iglesia recomienda ahora que esté presente un psiquiatra en los exorcismos, sus conocimientos científicos aquí no sirven de nada por sí mismos, así es que haga el favor de observar y no intervenir en ningún momento, salvo cuando yo se lo diga. ¿Estamos de acuerdo?

–Por supuesto.

Quizá por influencia del cine, Audrey esperaba encontrarse con un sacerdote ya anciano, de aspecto sabio y mirada profunda, con un gesto duro esculpido en mil batallas contra el Príncipe del Mal. Ésa era la imagen que Audrey tenía de un sacerdote exorcista. Y no pudo evitar sentirse decepcionada, además de temerosa. El padre Gómez era un hombre joven, de origen portorriqueño y gesto altivo. Su voz afectada y su comentario desdeñoso revelaban una soberbia que la inquietó. Un exorcismo es una lucha despiadada entre el Bien y el Mal, una tierra de nadie donde las fuerzas de ambos bandos se encuentran más igualadas que en ningún otro caso. Para vencer la batalla son necesarias fe y perseverancia. Pero también humildad. Un exorcista que carezca de ella puede caer fácilmente en las trampas del Demonio. Dios es quien sale victorioso en un exorcismo, y no el exorcista, que es su mero instrumento. Ojalá el padre Gómez no se olvidara de ello.

–¿Es éste su primer exorcismo?

Audrey tuvo que preguntar. Había demasiado en juego.

–¡Claro que no! ¡Por supuesto que no es mi primer exorcismo!

–Me alegro. Para mí, sí lo es.

Él la miró con desdén y, sin añadir nada más, entró en la habitación de Daniel. Allí el olor a incienso era casi sofocante. Daniel estaba sentado encima de la cama. A su lado, el exorcista había puesto el crucifijo que normalmente colgaba de la pared. Y Audrey detectó también otro cambio: sobre la mesilla en la que solía haber una lámpara, el padre Gómez había colocado una imagen de la Santísima Virgen y dos pequeños recipientes, uno con agua bendita y otro con sal.

–¡Au... drey! Tengo... miedo.

–Vuelve a sentarte –le ordenó a Daniel el sacerdote, cuando vio que el anciano iba a levantarse de la cama.

–No hace falta que le hable así –dijo Audrey–. ¿No ve que está aterrorizado? Tranquilo, Daniel. Yo estoy aquí. No va a pasarte nada.

El exorcista puso una mueca exasperada, antes de decir:

–Señorita Barrett, ya le he dicho que usted debe limitarse a hacer lo que yo le diga. Si eso no le parece bien, será mejor que se marche ahora mismo y que no participe en el ritual. No se puede ser condescendiente con Satanás.

Audrey pensó: «Éste no es Satanás, pedazo de imbécil. Es sólo un pobre anciano retrasado que está muerto de miedo». Sin embargo, lo que dijo fue:

–Haré todo lo que me ordene.

–Muy bien. –La voz del padre Gómez sonó aguda, de complacencia–. Puede empezar poniéndole esto a Daniel.

Al ver lo que el exorcista sacó de su maletín, Audrey tuvo que contenerse otra vez.

–Yo... no quiero... co... rreas.

La expresión doliente de Daniel le partió a Audrey el corazón.

–Daniel, ¿confías en mí?

–Sí.

–Entonces ¿me crees si te digo que es necesario que te pongas las correas? –Daniel asintió–. No las apretaré mucho.

–Apriételas todo lo posible.

Por tercera vez, Audrey no dijo lo que estaba pensando. La mirada de odio que le dirigió al exorcista fue más que elocuente.

–Tengo que hacerle caso al padre Gómez. ¿Lo entiendes, Daniel?

–Yo… con… fío… en ti.

Siguiendo las instrucciones del exorcista, Audrey ató con las correas las manos de Daniel; una a la cabecera de la cama y otra a su pie. El anciano quedó así con los brazos extendidos, como el propio Cristo que descansaba a su lado. La penosa imagen hizo asentir, satisfecho, al padre Gómez. Luego, rebuscó de nuevo en su maletín, del que esta vez sacó una pequeña cámara de vídeo digital.

–¿Va a grabar el exorcismo?

Esto había cogido a Audrey por sorpresa. Se había resignado a que, durante el ritual, pudieran revelarse acontecimientos de su pasado que habría preferido mantener ocultos. Pero nunca se le ocurrió que fueran a quedar registrados en una cinta.

–Yo grabo todos mis exorcismos. De hecho, es preceptivo cuando los medios técnicos lo permiten.

–¿De verdad lo cree necesario, padre Gómez?

En la respuesta de él volvió a percibirse su hiriente y peligrosa soberbia.

–El registro de imagen y sonido en el exorcismo es un procedimiento habitual en el siglo XXI. ¿Acaso le molesta?

«Claro que me molesta, engreído de mierda.»

–No. No me molesta.

El padre Gómez puso la cámara digital sobre una cómoda apoyada en la pared hacia la que miraba Daniel. Después de graduar el zoom y el enfoque, oprimió el botón de grabación y volvió atrás.

–Empecemos de una vez. La cámara ya está en marcha. Puede orar en silencio por Daniel, pero se lo repito una vez más: no intervenga en ningún momento, salvo cuando yo se lo ordene expresamente.

–Así lo haré.

El exorcista se colocó a la izquierda de Daniel e indicó a Audrey que se pusiera al otro lado. La psiquiatra vio al padre Gómez mirar al objetivo de la cámara. Él mostraba una estúpida autocomplacencia. Incluso llegó a arreglarse los cabellos, como si fuera a prepararse para un concurso de belleza masculina, en vez de para un combate contra el Demonio. Por fin, sacó de un bolsillo el libro con el ritual del exorcismo y, tras cerrar los ojos, comenzó a orar para sus adentros. Terminado el rezo preparatorio, hizo la señal de la cruz, que exhortó a Audrey a hacer también, y dijo:

–En el nombre del Padre y del Hijo y del Espíritu Santo... Usted debe responder «amén».

–Amén.

Extendiendo los brazos y las manos, el exorcista prosiguió:

–Dios, Padre Omnipotente que quiere que todos los hombres se salven, esté con todos vosotros. –Hacia Audrey, dijo–: Y con tu espíritu.

–Y con tu espíritu.

–Daniel, te pido tu permiso para expulsar a los demonios que te atormentan. ¿Me lo concedes?

Daniel no sabía qué responder. Por eso, miró a Audrey, que asintió y le dijo en un murmullo: «Di que sí».

–Sí... Sí.

Ahora, el exorcista tomó un puñado de sal, que echó en el recipiente con agua bendita:

–Te suplicamos, Dios Todopoderoso, que bendigas en tu bondad esta sal creada por ti. Tú mandaste al profeta Eliseo arrojarla en el agua estéril para hacerla fecunda. Concédenos, Señor, que al recibir la aspersión de esta agua mezclada con sal nos veamos libres de los ataques del enemigo, y la presencia del Espíritu Santo nos proteja siempre. Por Jesucristo, nuestro Señor...

El padre Gómez volvió a mirar hacia Audrey. Pero ella no contestó «Amén». Estaba ensimismada.

–¡Responda amén! –exclamó el padre Gómez.

–Amén.

Airado, el exorcista comenzó la súplica litánica. La furia de su voz desvirtuó las dulces palabras de la oración:

–Queridos hermanos, supliquemos intensamente la misericordia de Dios, para que, movido por la intercesión de todos los santos, atienda bondadosamente la invocación de su Iglesia a favor de nuestro hermano Daniel, que sufre gravemente.

El anciano estaba sufriendo, sí. Pero el demonio que llevaba dentro no parecía resentirse en absoluto por el ritual. De hecho, Audrey aún no había notado siquiera su maléfica presencia.

–Arrodillémonos para comenzar las letanías –dijo el exorcista–. Tú no, Daniel.

Éste no habría podido arrodillarse aunque hubiera tenido que hacerlo, porque las correas que lo sujetaban a la cama se lo habrían impedido. El jardinero sudaba. De la frente húmeda le caían gotas sobre los ojos sin que pudiera limpiárselas con sus manos atadas. Audrey vio la mirada suplicante del anciano y estuvo a punto de levantarse para enjugarle ella misma el sudor. No lo hizo porque sabía que, en ese caso, el exorcista la echaría de la habitación. Fijó cobardemente su mirada en el suelo, incapaz de soportar la angustia de Daniel.

–Señor, ten piedad. Señor, ten piedad.

Así inició el padre Gómez una monótona y larga oración, por la que se imploraba a Dios, la Virgen, los ángeles y todos los santos que intercedieran por Daniel. El ruego terminó con las palabras: «Cristo, escúchanos». Fue entonces cuando Audrey, que tenía ya doloridas las rodillas desnudas, levantó de nuevo los ojos hacia Daniel. Él la observaba fijamente. Y Audrey no habría necesitado leer en sus labios las mudas palabras «Aquí estoy» para saber que el Demonio había ocupado una vez más su cuerpo. De nada de esto se percató el padre Gómez, ni tampoco de cómo le temblaban las piernas a Audrey cuando él dijo:

–Levantémonos. Señor y Dios nuestro, a quien pertenece compadecerse siempre y perdonar, escucha nuestra súplica para que la compasión de tu misericordia libere a este servidor tuyo, Daniel, que está sujeto por las cadenas del dominio diabólico. Por Jesucristo, nuestro Señor. Amén.

–A... mén –dijo Audrey con voz entrecortada.

El inocente jardinero había abandonado la habitación. Su cuerpo lo habitaba ahora el ser que llevaba atormentándolo desde el incendio del convento. Con ese fuego se inició el torrente de sucesos casi inimaginables que había desembocado en este exorcismo, en el preciso momento de medir realmente las fuerzas del Bien y del Mal. Porque los dos contendientes se encontraban ya en el campo de batalla.

–Buenas tardes, padre Gómez –dijo el Daniel oscuro, en un remedo de burlona cortesía.

Mientras hablaba, se dedicó a mirar con curiosidad las correas que lo aferraban a la cama.

–¡Por fin te atreves a mostrarte, cobarde Satanás!

Audrey tuvo que reconocer que el exorcista había identificado al momento la presencia diabólica y que no se había amilanado ante ella. Lo que Audrey deseaba era que esa entereza se mantuviera y que su exceso de confianza no le hiciera fracasar.

–¿Me llamas cobarde, sacerdote?

El tono del Daniel oscuro seguía siendo burlesco, pero el exorcista ignoró sus palabras. Eso le habían enseñado a hacer. Aferró con más fuerza que nunca el libro que sostenía entre las manos, y leyó:

–Bajo la protección del Altísimo, les he dado poder de caminar sobre serpientes y para vencer todas las fuerzas del enemigo...

–¿No me contestas? ¿Te niegas a escucharme? –preguntó Daniel.

El padre Gómez alzó la voz:

–Tú eres, Señor, mi refugio. Tú que vives al amparo del Altísimo y resides a la sombra del Todopoderoso, di al Señor: «Mi refugio y mi baluarte, mi Dios, en quien confío». Tú eres, Señor, mi refugio.

–Eso pensaba también aquella muchacha de Guatemala... Que el Señor era su refugio. Pobre insensata...

El exorcista vaciló. Su silencio no llegó a durar un segundo, pero Audrey se dio cuenta de que vaciló antes de proseguir con la letanía:

–Él te librará de la red del cazador y de la peste perniciosa...

–Vivía en aquella cabaña infecta –siguió hablando Daniel, con su voz insidiosa–. Tenía sólo doce años, ¿verdad?

Audrey se apartó aún más de Daniel. Éste seguía sentado en el borde de la cama, con los brazos extendidos. Pero su semejanza con un Cristo crucificado resultaba ahora blasfema. Daniel exhalaba una maleficencia casi física, con la que Audrey temía contagiarse, quizá irracionalmente. O quizá no. El padre Gómez se mantuvo firme, en cambio. Aunque Audrey juraría que, de no haber tenido él que sujetar el libro del ritual entre las manos, se habría tapado con ellas los oídos para no tener que escuchar las palabras venenosas de Daniel.

–... Te cubrirá con sus plumas –dijo el exorcista, en voz más alta–, y hallarás un refugio bajo sus alas. No temerás los terrores de la noche, ni la flecha que vuela de día, ni la peste que acecha en las tinieblas, ni la plaga que devasta a pleno sol. Tú, Señor, eres mi refugio.

–La niña tenía sólo doce años, sí. Y ya guardaba un pequeño secreto.

Daniel miró a Audrey, que se estremeció.

–Aunque caigan mil a tu izquierda y diez mil a tu derecha, tú no serás alcanzado: su brazo es escudo y coraza...

–¡ESCÚCHAME, SACERDOTE!

Las correas se rasgaron por sí solas con un ruido breve y seco. Una ráfaga de aire fétido les agitó las ropas. El grito de Audrey se perdió entre las manos con las que se tapó la boca.

–... Con sólo dirigir una mirada, verás el castigo de los malos.

Nervioso, el padre Gómez continuó. Pero Daniel volvió a interrumpirle mientras se desataba tranquilamente los restos de las correas que seguían atados a sus muñecas:

–He dicho que... ¡ME ESCUCHES!

El exorcista se quedó rígido y, luego, comenzó a andar hacia atrás, hasta estrellarse contra la cómoda sobre la que descansaba la cámara digital. Faltó poco para que el fuerte impacto la hiciera caer al suelo. Alguien que viera grabado ese momento podría pensar que fue el propio exorcista quien caminó de espaldas y se tropezó accidentalmente con la cómoda. Pero Audrey sabía que no era eso lo que había ocurrido. Ella vio la mueca de pánico que se apoderó del rostro del padre Gómez. El exorcista no se había movido por su voluntad. Daniel le había hecho moverse como una marioneta.

El anciano jardinero habló otra vez. Y su voz era temible:

–Tú la mataste.

–¡Fue el demonio que la poseía quien la mató!

Así se defendió el exorcista. Estaba gateando por el suelo, bajo la pérfida mirada de Daniel, con el rostro desencajado y balbuceando: «El libro, ¿dónde está el libro?».

–¿Sabías que estaba embarazada?

El padre Gómez se quedó mudo y se detuvo. No lo sabía. Audrey, que estaba acurrucada en una esquina, se limitaba a observar. El libro que buscaba el exorcista había ido a parar entre los pies de Daniel, que lo cogió del suelo y se lo lanzó por el aire.

–Aquí tienes tu libro, sacerdote.

Él se incorporó a duras penas, con el libro aferrado en su mano diestra. Respirando agitadamente, buscó el punto del ritual en el que éste se había interrumpido, pero no consiguió encontrarlo. Desesperado, agarró la cruz que había sobre la cama y, poniéndola entre él y Daniel, a modo de escudo, comenzó a leer a gritos en una página cualquiera:

–¡Apártate de este siervo Daniel, a quien Dios hizo a su imagen, colmó con sus dones y adoptó como hijo de su misericordia. Te conjuro, Satanás, príncipe de este mundo: reconoce el poder y la fuerza de Jesucristo, que te venció en el desierto...!

Estas palabras hicieron que ocurriera lo que ya parecía imposible. Daniel empezó a retorcerse, como si las simples palabras fueran flechas ardientes. Audrey contempló horrorizada los terribles cambios que se desataron en el cuerpo del anciano y que la cámara no llegó a captar de un modo claro. Algo se movía por debajo de la piel de Daniel. Algo escurridizo, que deformó su cara y que le hizo arrancarse la camisa entre aullidos de dolor.

–¡Dios, Dios, Dios! –gimió Audrey.

El torso de Daniel estaba surcado por una malla de venas negras. Palpitantes. Vivas. Que iban cambiando de forma y de posición por debajo de su piel.

Audrey se volvió hacia el exorcista. La expresión de él era casi lunática. Y la misma locura se transmitía a sus palabras, dichas a voces:

–¡... Superó tus insidias en el Huerto, te despojó en la cruz y, resucitado del sepulcro, transfirió tus trofeos al reino de la luz: retírate de esta criatura, de Daniel, a la cual Cristo al nacer hizo su hermano y al morir lo redimió con su sangre. TE CONJURO, SATANÁS, QUE ENGAÑAS AL GÉNERO HUMANO...!

De la boca de Daniel surgió una mezcla de mil voces abominables, que gritaron su agonía en mil lenguas distintas.

Era el momento.

El demonio que poseía a Daniel estaba a punto de ser derrotado. Audrey tenía que preguntarle por Eugene. Ahora que estaba más débil que nunca. Antes de que el exorcista lo expulsara por completo.

Audrey se arrodilló junto a la cama en la que Daniel continuaba retorciéndose, aullando de un modo espeluznante. El padre Gómez estaba tan absorto que no se molestó en reprenderla. Se limitó a proseguir con el ritual, gritando con todas sus fuerzas las palabras que creía poderosas. Del oído derecho de Daniel emergió de pronto un líquido negro que salpicó el rostro de Audrey. Olía a muerte y a decadencia. Ella sintió una arcada y, a continuación, unos dolorosos calambres le comprimieron el estómago vacío. Con un sabor amargo a bilis en la boca, Audrey se dispuso a preguntarle a Daniel qué había ocurrido con su hijo Eugene. La cara de Daniel estaba mirando al lado contrario de la psiquiatra. Cuando la volvió hacia Audrey, todas sus esperanzas se desvanecieron.

El demonio que lo poseía y que el exorcista pensaba estar muy cerca de derrotar, le había guiñado un ojo, como ya hiciera en otra ocasión. Había vuelto a engañarla. Los había engañado a los dos. Una risa cruel e infinitamente remota surgió de aquella criatura maléfica, que gritó:

–¡TODO ES INFIERNO!

Las palabras del exorcista se detuvieron.

Y Audrey, simplemente, se rindió.

–Acércate –pidieron las voces demoníacas que hablaban como una sola.

Ellas susurraron algo al oído de Audrey. La verdad que ansiaba conocer.

Segunda parte

Nada es más necesario que la Verdad.

Friedrich Nietzsche

15

Boston

La mañana era espléndida. Ni siquiera el intenso tráfico del centro, con todo su barullo, podía deslucir un día tan hermoso. El padre Cloister introdujo una moneda en la ranura de una máquina expendedora de diarios, levantó la tapa y sacó uno de su interior. Sólo miró la primera plana un momento antes de doblarlo y ponérselo debajo del brazo, entre su hombro y el grueso maletín de cuero negro que asía firmemente en su diestra. Llamó a un taxi. Dentro, después de indicar al conductor su destino, abrió el diario y vio la noticia de un suceso muy triste: la muerte de una joven monja durante un exorcismo en Rumania.

> Las autoridades policiales rumanas han informado del fallecimiento de una monja ortodoxa de veintitrés años el pasado jueves, tras ser crucificada por un sacerdote y otras cuatro religiosas que la acusaban de posesión diabólica. La víctima, que pertenecía al monasterio de Santa Trinidad de Tanacu, fue privada de agua y alimento durante tres jornadas antes de la crucifixión. La policía explicó que el pope ortodoxo y las cuatro monjas llevaban a cabo un exorcismo para expulsar al demonio del cuerpo de la fallecida. El confesor del monasterio declaró que, según manda la religión, lo que allí se había hecho era lo correcto. El Patriarcado de Rumania aún no ha realizado declaraciones oficiales.

Una noticia que trajo a la mente del padre Cloister el motivo por el cual se hallaba en la ciudad de Boston: el exorcismo practicado a un anciano deficiente mental, durante el cual la inquietante y recurrente frase «TODO ES INFIERNO» había aflorado a sus labios. Cloister siempre había estado en contra de la práctica de exorcismos. Los consideraba una rémora del pasado a pesar de su adaptación a los tiempos modernos, concluida en 1990, e incluso la licencia de traducir el ritual a las lenguas actuales de la Iglesia. Hasta esa fecha, y durante los últimos cuatro siglos, el ritual del exorcismo se había realizado invariablemente en latín. Fue el papa Pablo V quien instituyó en 1614 las veintiuna normas que debían seguirse para liberar a un poseído del Maligno.

Aun en contra de su opinión personal, sin embargo, el padre Cloister tenía que reconocer que no todos los casos de obsesión diabólica podían explicarse por medio de la medicina psiquiátrica. Y también muchas otras de sus opiniones habían variado en los últimos tiempos. Frente a los hechos.

En el caso del anciano jardinero, el sacerdote exorcista que escuchó sus gritos y la frase «TODO ES INFIERNO», había quedado sumido en un profundo estado de postración. Casi no hablaba. Además, la psiquiatra que trató al anciano de una serie de sueños con imágenes malignas y terribles, había desaparecido tras recibir un mensaje durante el rito, que el cura no pudo comprender bien. Algo sobre unos «globos amarillos» y un lugar cercano a la localidad de New London, en el estado de Connecticut. Una isla, al parecer. También le dijo otras cosas al oído, en una voz tan baja que el cura no pudo escuchar nada.

Albert Cloister trató de evitar que los pensamientos se agolparan en su mente. Eso era negativo. Debía conservar la frialdad para que su análisis de la situación y de los hechos resultara acertado. Las sensaciones desbocadas y la previsión de futuro solían jugar malas pasadas, y podían ofuscar al más preclaro. Él era teólogo, pero también científico. Había visto muchas cosas aparentemente inexplicables. Había experimentado el sabor amargo del miedo. Había superado el temor y los peligros en nombre de Dios y a su servicio y el de sus compañeros de congregación. Sabía que debía imitar la impasibilidad de los ordenadores en el análisis de los datos. Aunque a veces era muy difícil. Y sobre todo después de las revelaciones que el prefecto de los Lobos de Dios y el anciano monje de Padua le habían hecho. El códice del Archivo Secreto era como un martillo sobre un yunque: golpeaba constantemente, con una cadencia regular, impidiendo que el cerebro pudiera olvidar lo que estaba escrito en sus frágiles hojas de papiro. Aquella tinta desvaída, aquellas letras griegas casi borradas, aquellas pocas líneas de escritura, podían cambiar el modo de entender muchas cosas en la historia del cristianismo. Y, por el momento, a él le habían conmocionado.

Miró afuera por la ventanilla del enorme Ford Crown Victoria. Arqueó las cejas, pensando en cómo discurre la vida y se marcha entre los dedos. Y pensó también en la verdad prometida a quien desvelara el enigma de Jesús en la cruz. En un semáforo detuvo su mirada sobre unos jóvenes que vestían con ropas multicolores y dos tallas mayores de lo necesario. Parecían rebosar alegría y vitalidad. Sin embargo, a menudo el mundo no es lo que parece. Él mismo no era un cura normal. No, él era un Lobo de Dios.

Casi sin darse cuenta, absorto en sus pensamientos, el taxi llegó al lugar al que se dirigía, una residencia de ancianos de las hermanas de San Vicente de Paúl. Tras pagar la carrera, el sacerdote observó cómo se marchaba el coche y luego se quedó unos segundos frente a la fachada del vetusto edificio de ladrillo, sucio y descuidado, con forjados de hierro que no se pintaban desde hacía muchos años. Una pequeña escalera de peldaños gastados y llenos de grietas conducía a la puerta de entrada. Llamó al timbre y se colocó instintivamente la chaqueta y el alzacuello. Al poco abrió una monja. Era de muy corta estatura, y mostraba en su arrugado rostro unas gafas en las que sus ojos se perdían, catapultados hacia la lejanía por unos cristales del grosor de un dedo.

–¿Sí? ¿Qué desea, padre?

–Soy Albert Cloister.

–Oh, sí, sí, pase, por favor. La madre superiora lo está esperando.

La pequeña monja se hizo a un lado y asintió varias veces con la cabeza. Era tan frágil que su cuello parecía a punto de quebrarse. El padre Cloister dijo mientras entraba:

–Gracias, hermana.

La comunidad de religiosas de San Vicente de Paúl estaba inquieta por los últimos acontecimientos: las visiones del anciano Daniel, el exorcismo, el miedo dibujado en el rostro del exorcista, la desaparición de la psiquiatra que había tratado en los últimos años a algunos de los miembros de la residencia. Aquel edificio pretendía ser un lugar de paz para ancianos pobres o rechazados por sus familias, algunos deficientes mentales o dementes inofensivos. Y la doctora Audrey Barrett, de profundas convicciones cristianas, ayudaba a la comunidad a tratar a aquellos ancianos que lo necesitaban.

Lo cierto es que en las últimas semanas la doctora Barrett no había sido la de siempre. A pesar de que tenía una personalidad triste, siempre había tratado de hacer lo posible para mejorar el estado anímico de los ancianos de la residencia. Pero la tristeza se convirtió en algo más. Dio paso a un estado sombrío que no conseguía disimular ni vencer. Su rostro empezó a exhibir los signos del cansancio. Los ojos se remarcaron con unas ojeras profundas, sus mejillas parecían más alargadas, caídas y, entre ellas, sus labios formaban una fina línea recta.

La quietud arrulladora en la que esperaba el padre Cloister, sentado en un pegajoso sillón de plástico, se quebró con una dulce vocecilla:

–Puede usted pasar al despacho de sor Victoria –anunció una joven monja, muy guapa y delicada.

El padre Cloister le hizo un gesto de agradecimiento con la cabeza y la siguió hasta el interior del oscuro despacho. Una moqueta verde barata contrastaba con la hermosa talla en madera del Cristo que ocupaba la pared opuesta a la entrada, encima de la hermana que dirigía aquella comunidad. A medida que se aproximaba a ella pudo distinguir unos rasgos finos, a pesar de la ancianidad, y unos ojos de dulzura melancólica. Le recordaron a los de su propia madre, fallecida en un maldito accidente de coche no hacía muchos años.

–Madre Victoria –saludó.

–Padre Cloister –correspondió ella desde su sillón–. Por favor, siéntese. Le tengo preparado todo según lo solicitó por teléfono.

–Muchas gracias.

–Pero antes de entregárselo, permítame que le haga una pregunta.

–Por supuesto.

–Dígame, ¿es la fe en Dios la que lo guía en este asunto?

Las palabras de la religiosa parecían extrañas en esa situación. Pero el padre Cloister comprendió muy bien el motivo de sus dudas.

–Sí –aceptó categóricamente y sin énfasis teatrales.

–Eso me tranquiliza. Eso me tranquiliza.

Podía imaginar el motivo de que la monja se sintiera más tranquila así. A menudo, la Iglesia en Estados Unidos trataba de echar tierra en los asuntos escabrosos con el único fin de evitar escándalos, y no por auténtica devoción al deber y al servicio.

–Cuando se trata con las fuerzas del mundo invisible

–continuó ella–, es bueno tener a quién recurrir. Me refiero al Todopoderoso. Lo que aquí ha sucedido escapa de mi entendimiento. Ojalá Él le ilumine para que usted pueda comprenderlo. Sepa que cuenta con toda mi colaboración y la de esta casa. Sólo un detalle, que ya discutí con Su Ilustrísima, debe quedar claro: Daniel ha de mantenerse al margen de sus investigaciones. Espero que se haga usted cargo de mis motivos. Ha sufrido demasiado. Él es un alma pura, como un niño pequeño. No estoy dispuesta a que sufra más. Mi decisión es tajante.

Aquel punto, en efecto, ya había sido discutido entre aquella mujer y el obispo de Boston. Ella tenía razones de peso, por mucho que a Cloister le dificultara la investigación no tener acceso al viejo jardinero. Por el momento, y para evitar enfrentamientos inútiles, el sacerdote estaba dispuesto a consentir con la petición de la monja. Quizá incluso pudiera no ser necesario recurrir al anciano. Eso sólo el tiempo lo diría. Ahora, lo mejor era contemporizar.

–Lo comprendo, madre Victoria –dijo Cloister–. Si está en mi mano evitarle sufrimiento, no se le molestará. Le doy mi palabra.

–Me conforta escucharle decir eso. –La religiosa hizo una breve pausa y suspiró, como soltando una gran tensión que estaba lista para ser utilizada en caso de haber tenido que luchar–. Aquí tiene los informes psiquiátricos de la doctora Barrett. Espero que le sean de ayuda. Los dejó olvidados, y supongo que, al trabajar en este caso para nosotras, puedo disponer de ellos y entregárselos a usted. Están actuando fuerzas malignas que no deben ser tomadas a la ligera. Sé que usted sirvió en la Congregación para las Causas de los Santos durante algún tiempo, padre. Y que analiza casos que nadie alcanza a explicar. Todo eso le ayudará, estoy segura. Pero sobre todo, no olvide su fe. La fe es lo único sólido que tenemos en este mundo a la deriva.

Y señaló con el dedo hacia atrás, hacia la pared a su espalda, donde se hallaba colgado el crucifijo en el que Jesucristo parecía cada vez más doliente.

Fe. A eso se reducía todo. Ninguna verdad valía nada sin fe en los sentidos, en la inteligencia, en el modo en que esa verdad había sido descubierta o descrita, en su significado. Curiosa manera de comprender el mundo. La verdad necesitaba, para sí misma, ser verdadera; requería un modo de pensar que pretendiera ser veraz de antemano, aunque fuera al mismo tiempo incapaz de concretar lo que eso significa. Una espiral que nunca llega a abrirse del todo.

El exorcismo era a veces una solución que algunos sacerdotes consideraban la única. Pero el mismo exorcista de la diócesis de Roma y jefe espiritual de todos los exorcistas católicos, Gabriele Amorth, había dicho que el nuevo rito, surgido al abrigo y como último extremo del Concilio Vaticano II, era inválido. Las oraciones más poderosas contra Satanás habían sido, según él, revocadas y excluidas. Se eliminaban causas de exorcismo relacionadas con la práctica del ocultismo y la magia... Era como un ritual para quienes, en verdad, no creían ya en el Demonio.

«La más hábil astucia del Demonio es convencernos de que no existe.»

Albert Cloister esbozó una sonrisa nada humorística al recordar esa famosa frase de Charles Baudelaire. El padre Amorth la repetía a menudo. Para muchos, el mal es una parte más del mundo. Éstos no creen que haya un ser malvado que lo rige y lo alienta. Si el mundo ofrece disfrute, debe ser experimentado. Básicamente ésas eran, para Gabriele Amorth, las realidades de una sociedad occidental hedonista y pagada de sí misma, en la que los únicos valores aceptados tenían que emanar de dentro de uno y convenirle a su gusto.

Parecía que Baudelaire tenía razón. Era cierto que el ser humano cada vez creía menos en el Demonio, al tiempo que practicaba con más ahínco su doctrina no escrita: guerra, hambre, egoísmo, desolación, falta de misericordia. Todos los males.

Cloister recordó los ojos que lo miraran desde el fuego, girando, buscándolo a él. Penetrando su alma. Y una vez más martilleaba su mente la frase «TODO ES INFIERNO». Se sentía abrumado y sobrecogido. Miraba hacia fuera, a los demás, religiosos o no, y veía gentes más seguras que él, con clavos a los que asirse, aunque fueran clavos poco sólidos. Él, sin embargo, creía en los clavos más seguros y firmes de todos, los del Redentor, y ahora flaqueaba. Su fe se resquebrajaba. Comprendía cómo el buen Pedro pudo negar a Jesús con tanta facilidad. No por descreimiento, sino por debilidad, por inseguridad, por miedo. Se sentía como el marino que pierde la sujeción en una tormenta. ¿De qué modo estaría la verdad contenida en la frase postrera de Jesús?: «Dios mío, Dios mío, ¿por qué me has abandonado?». ¿Cuál sería la verdad que prometía el códice del Archivo Secreto Vaticano? ¿Qué o quién lo guiaba de aquel modo, ahora hasta la ciudad de Boston, para enfrentarse al misterio que llevaba persiguiendo ya tanto tiempo?

El cardenal Franzik le había dicho que él era la persona más adecuada para desvelar aquel profundo enigma. Cloister, a pesar de sus miedos y la sensación de desasosiego, no lo dudaba. De algún modo, sabía que era el elegido.

16

Boston

Cuando terminó la reunión con la madre Victoria, el padre Cloister había estado reflexionando largo tiempo. En su cartera tenía los cuadernos con los informes psiquiátricos que correspondían a las sesiones en que la doctora Barrett trató al anciano jardinero Daniel Smith. Además, el obispado le había remitido una cinta mini DV, de cámara doméstica de vídeo digital. En ella estaba grabado el exorcismo de Daniel.

Cloister no tenía pensado de momento entrevistarse con Tomás Gómez, el sacerdote hispano que había llevado a cabo el ritual. Prefería esperar hasta que fuera necesario, si es que lo era. Pudiera ser que la cinta y los informes médicos le bastaran para comprender todo lo sucedido. Por ahora se ceñiría a lo inmediato. Sentía ansias de ver en la grabación el momento en el que el anciano Daniel decía «TODO ES INFIERNO», y los motivos exactos por los que el exorcista y la psiquiatra se habían asustado tanto, hasta el punto de que ella había incluso desaparecido. Quizá la doctora se hubiera implicado demasiado en el caso y eso la hubiera llevado a una turbación extrema y a verse superada en su capacidad de aguante psicológico. Era irónico pensar que una persona dedicada a sanar o aliviar las dolencias de la mente de otros, pudiera ella misma sufrir daños por el efecto de uno de sus pacientes. Aunque esa hipótesis, en este caso, no convencía a Albert Cloister.

Si en general se puede dudar de que las casualidades existan, aquél era un buen momento para creer, efectivamente, que no existen. Nada parecía indicar que, desde el momento en el que desenterrara al cura español, algo hubiera ocurrido sin motivo, al azar, al capricho de un destino inmotivado. Muy al contrario: todo guardaba relación y encajaba poco a poco, quizá de un modo aún oculto, pero que caminaba hacia su resolución. El mismo hecho de sentirlo de ese modo llevaba al jesuita a estar seguro de ello.

Mientras regresaba en un taxi de la Checker Cab al colegio-residencia en que se hospedaba, el padre Cloister recordó la última frase que sor Victoria le había dicho antes de despedirse: «Están actuando fuerzas que creemos conocer, pero que en realidad desconocemos. Ojalá me equivoque, aunque creo que no lo hago. Tenga cuidado y que Dios le guarde».

El sacerdote apretó inconscientemente su cartera mientras el automóvil enfilaba la calle Beacon, en la que se hallaba el famoso pub Bull & Finch, justo enfrente del Public Garden. Al pasar por delante de su fachada, el taxista dijo:

–Mire, ahí está Cheers.

Cloister salió de su ensimismamiento.

–Perdón, ¿cómo dice?

–Cheers –repitió el hombre.

–Ah, sí, sí.

–¿Recuerda usted la serie de televisión? A mi mujer y a mí nos encantaba. La vemos siempre que la reponen.

A partir de ahí, de la mención del lugar más conocido de Boston en todo el mundo, la grata e intrascendente charla liberó un poco al sacerdote de sus pensamientos abismales. Aquel simpático taxista pertenecía a una familia bostoniana desde hacía varias generaciones, y era un profundo conocedor de la historia de la ciudad. Le habló de los ingleses que la fundaron, de Paul Revere, de la guerra de Independencia, de la iglesia en que se pronunciaron los primeros discursos contra la esclavitud, y de los astilleros y del puerto desde el que partieran los más veloces y ágiles veleros de los dos últimos siglos.

Cuando el taxi llegó a su destino, Cloister sintió algo de pena. Lo que el conductor le estaba contando le parecía muy interesante, y además era una evasión. Cerrar la puerta del coche, al salir de él, significó pasar página y abrir la primera hoja de su nueva investigación. Una investigación que quizá culminara sus pesquisas anteriores y le aclarara lo que tuviera que ser, para bien o para mal. Un escalofrío le recorrió la espalda mientras contemplaba cómo se alejaba el taxi, torcía por una bocacalle y desaparecía de su vista. El cielo seguía despejado, luminoso, en contraste con la oscuridad que cubría su alma. Sintió algo extraño, como si un tiempo acabara y empezara otro; como si el mundo fuera distinto aunque igual que un poco antes, un día antes, una hora, un minuto antes. Dejó que su mirada se perdiera hacia el fondo de la calle que el taxi había tomado, siguiendo su camino. El mismo bullicio abigarrado de gentes y vehículos que cabía esperar. Pero algo, algo sutil, había cambiado. Dentro de sí.

El sacerdote removió la lengua dentro de la boca y se dio cuenta de que tenía en ella un sabor metálico. Por fin había decidido dejar de fumar. Sus pulmones empezaban a resentirse del paquete largo de cigarrillos que había estado consumiendo a diario desde hacía más de quince años. Ahora llevaba un mes sin tabaco. Aquel día era el número treinta de la cuenta. Sacó de un bolsillo interior de su chaqueta una caja de chicles de nicotina y se metió dos en la boca. Enseguida liberaron dentro su sabor rancio e intenso.

La bombilla de ahorro energético emitía un leve zumbido y vibraba de un modo casi imperceptible. Albert Cloister estaba tumbado en la cama de su habitación, enfrascado en la lectura de los informes psiquiátricos de Daniel. Quería conocer las interioridades de su mente antes de pasar la mini DV en el equipo de vídeo portátil que llevaba consigo. Le intrigaba sobremanera la desaparición de la doctora que había escrito los informes. Algo ocurrió durante el exorcismo que el padre Gómez no alcanzaba a comprender, pero a lo que ella sí debió de encontrarle algún significado. El exorcista había interiorizado tanto su labor de lucha contra el Maligno que el mundo exterior a él y su conexión con el exorcizado quedaron anulados, como en una especie de amnesia parcial, semejante a la que experimenta quien protagoniza una situación traumática. Renunció a practicar nunca más exorcismos y no se atrevió siquiera a ver la grabación. El obispo sí lo hizo, y encontró elementos fuera de lo común en un caso de supuesta posesión diabólica. Sobre todo, el grito desgarrado «TODO ES INFIERNO», que le hizo ponerse en contacto con su antiguo amigo en Roma, monseñor Ignatius Franzik. Era un caso para el grupo que el cardenal dirigía.

Cloister acababa de leer el primero de los cuadernos de la psiquiatra. En sus páginas se narraban las terribles visiones de Daniel. Lo que más llamaba la atención de la doctora era que esas visiones tenían características impropias de un deficiente mental severo como Daniel Smith. Algo no cuadraba en todo ello. Se escapaba, no ya de lo usual, sino de lo esperable. La visión inicial de la psiquiatra era claramente confusa. Cloister se dio cuenta de que aquella mujer no estaba preparada para comprender en su auténtica medida el problema del viejo jardinero. Y no es que él tuviera la fórmula. Se limitaba a constatar ese hecho. Como ella, pensaba también que las descripciones de mundos diabólicos eran excesivamente precisas. Incluso, a veces, el jardinero empleaba expresiones o palabras demasiado cultas. En ciertas ocasiones otra persona distinta parecía emerger, expresándose por boca de Daniel, como ocurrió dramáticamente en el exorcismo. La psiquiatra consideraba la posibilidad de una conexión telepática con otra u otras personas, algo en lo que, como ella había anotado y era cierto, el mismo Albert Einstein creía. Esto hizo sonreír a Cloister, que no esperaba una mente tan abierta en aquella mujer, simplemente por su propia experiencia con científicos. La estadística decía que el mundo está compuesto, en su mayoría, por personas acérrimamente incrédulas o tenazmente crédulas. El punto medio, en el que los antiguos sabios griegos colocaron la virtud, era el menos común de todos los lugares.

El segundo cuaderno empezaba desarrollando las ideas del primero, y recogiendo nuevos sueños de Daniel. Pero las cosas iban cambiando. La doctora parecía involucrarse paulatinamente de un modo obsesivo. Era como si algo la hubiera llevado o inducido a convertirse en parte activa de los sueños. Se trataba de algo difícil de definir. Las narraciones la impresionaban más que al principio y la distancia entre el paciente y el médico se había reducido, o incluso anulado. Llegó un momento en que las anotaciones del informe eran sólo frases sueltas, ideas inconexas. Se daba el caso de que la doctora parecía estar experimentando un ataque a su propia razón. El mismo hecho de solicitar un exorcismo ponía de manifiesto que aquella mujer tenía la necesidad, el ansia de saber algo. Y Cloister conocía bien esa sensación.

Dentro de ese segundo cuaderno había una anotación enigmática: «globos amarillos». Esta breve frase estaba rodeada de tinta, en un óvalo tan oprimido que había llegado a romper el papel en algunos puntos. A Cloister esa frase no le decía nada, salvo porque el sacerdote exorcista había incluido en su informe que Daniel dijo lo mismo durante su exorcismo, cuando mencionó la localidad de New London, en Connecticut, y otro lugar cercano, una isla al parecer, de la que no logró entender el nombre.

Más adelante en el cuaderno había otra anotación que Cloister tampoco sabía cómo interpretar. Una visión anterior a la de los «globos amarillos» narraba la muerte de un vigilante de universidad durante una especie de acto reivindicativo llevado a cabo por unos estudiantes. Era una historia confusa, que tampoco significaba para Cloister nada especial por sí misma. Era la letra de la doctora la que, a la luz de sus conocimientos grafológicos, tenía interés. Se trataba de una escritura muy firme y redonda al principio, como en todo el primer cuaderno, que luego se iba tornando insegura, temblorosa, irregular. Sólo podía explicarse algo semejante por un repentino choque emocional. Esta impresión del sacerdote la corroboraba el hecho de que ese momento de las notas fuera el pistoletazo de salida del resto de extrañezas en el informe. A partir de ahí, todo cambiaba. El equilibrio se tornaba vaguedad, lo concreto y específico, en errático. No había además que olvidar que ella desapareció después del exorcismo, y que nadie había podido localizarla por el momento. Su teléfono celular se mantenía apagado y ningún conocido tenía noticias de ella desde la tarde en que se celebró el rito en la residencia de ancianos. En todo caso, no había muchos a quienes preguntar. La doctora era soltera, vivía sola y se relacionaba con muy pocas personas. Aparte de su consulta, la parroquia a la que acudía y su labor en la residencia de ancianos, nada. En su trabajo, únicamente mantenía una más bien distante relación con su secretaria. En la parroquia y la residencia, hablaba con un par de sacerdotes y varias monjas. Pero personas con las que tuviera una relación íntima, o algún hombre en su vida, no se conocían.

Cloister se daba cuenta de que todo aquello suponía un enigma en sí mismo. Decididamente, algo le decía y le repetía que nada era casual. Por una sensación no racionalizable, imposible de transformar en algo cabal y coherente, sentía que aquel jardinero deficiente mental, aquella doctora y la ciudad de Boston tenían las claves del misterio.

El caudal de información había sido demasiado grande aquel día. No era capaz de procesar más datos. Sentía la cabeza embotada, y los párpados pesados por delante de unos ojos que exigían un descanso. El sacerdote reprimió sus ansias de visionar la cinta del exorcismo. Necesitaba encontrarse despejado y con todos sus sentidos en perfecto estado de funcionamiento. Quizá no pudiera dormir, pero al menos tumbarse en la cama con la luz apagada le aportaría algún descanso. Estaba acostumbrado a forzarse a descansar. Sus últimos años como Lobo de Dios le habían enseñado muchas cosas, y ésa era una de ellas.

Se desvistió, rezó sus oraciones y se metió entre las sábanas. Apagó la luz de la mesilla de noche, pero la iluminación de la ventana le permitía distinguir la lámpara del techo, redonda, con varios colgantes de vidrio. Fijó en ella la mirada como en un mantra. Los cables de enlace con el mundo se desconectaron poco a poco. Cerró los ojos y trató de desembarazarse de las visiones que emulaban las del pobre y viejo jardinero. Una espiral se formaba en su imaginación a medida que se desunía del mundo real. Una espiral oscura que parecía hablarle, susurrarle dentro de su cabeza frases que le hacían pensar en los siglos y los milenios, el tiempo y la eternidad.

17

Connecticut

«Venganza.» Audrey no estaba segura de si había dicho esto en voz alta o si únicamente lo había pensado. Era terrible que no confiara en su propia cordura quien dedicaba su vida a sanar las mentes de otros.

Ya había anochecido. Ésa fue en parte la razón que le hizo coger un desvío equivocado y perderse en su camino hacia la población de New London, en el estado de Connecticut. Acababa de detener su coche en el arcén de una carretera secundaria, estrecha y en mal estado. Un bosque impenetrable se extendía a su alrededor; ramas que se asemejaban a dedos raquíticos cubrían, por encima, la tira de asfalto.

Audrey conocía muy bien New London. Allí pasó toda su infancia y gran parte de su adolescencia, hasta que se trasladó a Hartford con su madre, tres años antes de comenzar la universidad. A esa mudanza las obligó la muerte de su padre, que nunca estuvo interesado en el dinero y que no les dejó, por ello, más que un puñado de dólares en una escuálida cuenta bancaria. Audrey sólo consiguió estudiar en Harvard gracias a una beca que le costó mucho conseguir y mantener. Nada en su vida había sido fácil.

Estos y otros recuerdos la apartaron por un instante breve del pensamiento que la dominaba: las revelaciones que Daniel le había hecho durante el exorcismo. Recordaba vagamente haber huido de la residencia, tras abandonar el ritual, y meterse luego en su coche para deambular por la ciudad durante horas, sin rumbo fijo. No se detuvo hasta quedarse sin gasolina en algún lugar cerca del puerto. Entonces se había echado a llorar con tanta furia que se hizo daño en la garganta. Las lágrimas no le sirvieron de alivio. Éstas no. Eran de rabia y odio. Su hijo Eugene no se había perdido en Coney Island cinco años atrás. Ningún golpe fortuito le había provocado una amnesia que le impidiera recordar quién era y cómo volver a casa. No se había caído al mar, ni su cadáver quedó olvidado en la cuneta, después de que un coche lo atropellara.

Nada de eso fue lo que ocurrió.

La verdad que le había revelado a Audrey el ser diabólico que poseía a Daniel era otra. Alguien le arrebató a su hijo en Coney Island. Se lo robó. Y Audrey sabía quién era el culpable de haber convertido su vida en un amargo tormento. Se llamaba Anthony Maxwell. Este nombre fue otra de las revelaciones de Daniel, porque, para Audrey, Maxwell siempre fue el payaso anónimo de los globos amarillos. El mismo payaso que acompañaba a Eugene en su última foto. Y pensar que ella llevaba años mirando sin la menor sospecha la imagen de aquel rostro sonriente, maquillado de blanco y rojo... El rostro de ese maldito bastardo que vivía cerca de New London, donde ella había vivido. Así se burlaba Dios de los seres humanos. Con casualidades como ésta. Dios era cruel. Quien afirmara lo contrario mentía o era un ingenuo.

Audrey quería venganza. La ira y el deseo de hacer sufrir a ese hombre la corroían. Para ella, Maxwell había dejado de pertenecer a la especie humana, porque sólo un animal era capaz de hacer lo que él había hecho. La propia Audrey se había convertido también en una bestia, en un depredador. El objetivo de su vida se reducía ahora a hacerle pagar a Maxwell su crimen y descubrir la última pieza del puzle, que Daniel se había negado a desvelarle: si su hijo Eugene seguía vivo o no.

Le costó salir del coche. Tenía el cuerpo entumecido. El frío y la humedad del ambiente lograron calarle los huesos a pesar de su ropa de abrigo. De la parte anterior del automóvil partían dos conos luminosos. Iluminaban la gruesa capa de hojas en descomposición que lo cubría todo. Aún estaba lejos la primavera, y parecía imposible que esa podredumbre pudiera acabar convirtiéndose en un hervidero de vida. Igual de imposible le parecía a Audrey volver a ser quien era antes de aquel día.

Perder a Eugene había envenenado su alma, convirtiéndola en una mujer triste e inconsolable, que odiaba a Dios por encima de todas las cosas. Pero, en cierto modo, se había acostumbrado a vivir con ese dolor. Su creencia de que Eugene no estaba muerto, la anticipación con la que abría los informes de los detectives que lo buscaban sin descanso, hacían eso posible. Era un equilibrio extremadamente frágil, que las revelaciones de Daniel habían alterado. Resultaba irónico que lo que no había conseguido su fe en Dios, se lo hubiera concedido el Demonio. Reforzar su esperanza. Aunque no estaba segura de que eso fuera bueno. Si descubría que esa tenue esperanza era vana, el desengaño no le permitiría seguir viviendo.

Cruzó la carretera sin saber muy bien con qué intención. Tuvo el cuidado de mirar a uno y otro lado para asegurarse de que podía atravesarla sin peligro, como si esa carretera desierta fuera la ajetreada avenida Commonwealth. El apego a las viejas costumbres es, a veces, lo único que nos queda. Escudriñó la negrura sin éxito. No se veían los faros de ningún otro coche. Estaba sola y perdida. Pero en su cerebro no había espacio para la autocompasión. Estaba ocupado en ahuyentar algo frente a lo que su mente se cerraba por completo. La simple idea de reflexionar sobre ello era casi tan dolorosa para Audrey como admitir que su hijo pudiera estar muerto: ¿qué tipo de cosas podía haber sufrido Eugene si aún seguía vivo? ¿A qué tipo de vejaciones...?

–¡AAAHHH!

Audrey gritó con todas sus fuerzas para acallar el abominable pensamiento. Su alarido atormentado espantó a alguna clase de ave nocturna. Y eso fue todo lo que ocurrió. Ella estaba sufriendo y al mundo le daba igual. Avanzó de vuelta al coche, y esta vez no miró a ambos lados de la carretera antes de cruzar.

18

Boston

El despertador no llegó a sonar a la hora prefijada, las siete de la mañana, porque el padre Cloister lo apagó unos minutos antes. Se había despertado hacia las seis y media, después de un par de horas de sueño, tres a lo sumo. El resto del tiempo había estado despierto, pensando con poca claridad. Muchas experiencias anteriores se entremezclaban en su mente. Se sentía como un niño ante un problema demasiado complejo. No conseguía encajar los distintos elementos, y eso turbaba su ánimo. Nunca había sido un hombre soberbio, pero de haberlo sido, su orgullo estaría gravemente herido. Todos sus conocimientos, sus sentidos, su inteligencia, no le bastaban para comprender lo que estaba pasando.

Antes de levantarse tuvo deseos de fumar un cigarrillo. En lugar de eso fue al cuarto de baño, bebió un poco de agua y se metió en la boca un chicle de nicotina. Se dio una rápida ducha antes de vestirse y bajar a desayunar. No se quedó en la cafetería del colegio. Prefirió salir para estar solo entre los desconocidos de un bar cualquiera. Luego daría un paseo, tranquilo, dedicando tiempo a ordenar sus pensamientos. No más información hasta que hubiera asimilado lo que ya sabía. Después, una vez conseguido eso, una vez destilados los datos útiles o comprensibles para él en ese momento, regresaría a su habitación y visionaría la mini DV. Sólo entonces.

Cuando hubo terminado el desayuno, comenzó su solitario y largo paseo de meditación. Empezó su trayecto en la calle Devonshire, torció a la izquierda y se encaminó por la calle Franklin, en la que se hallaba el colegio en el que estaba hospedado. Luego siguió caminando hasta el acuario de la ciudad. Decidió visitarlo, aunque no podía decirse que fuera muy aficionado a las criaturas marinas. Sin embargo, era muy probable que las imágenes de paz y silencio le ayudaran a reflexionar con calma. Nada más lejos de la realidad, ya que el acuario estaba inundado de ruidosos niños. Cloister buscó un lugar lo más tranquilo posible y trató de enajenarse del bullicio. Las focas nadaban delante de él, dentro de su estanque. Las veía por debajo del nivel de la superficie, a través de unos cristales, y parecían contentas.

El jesuita sonrió observándolas. Cuando por fin decidió regresar, su espíritu estaba algo más tranquilo. Como el soldado antes de la batalla, cuando el sol naciente da fin a la vigilia, miró al frente con determinación. Quizá encontrara en la cinta del exorcismo lo que le faltaba aún para comprender el enigma que le perseguía y del que, de algún modo, era protagonista. Ahora sentía apremio. Al salir del acuario tomó un taxi, y nada más llegar al colegio subió a su habitación sin perder tiempo. Ninguna demora iba a mediar ya en su investigación de los hechos. Extrajo la videocámara digital de la bolsa de transporte, la enchufó a la corriente y la conectó al televisor. Después introdujo la cinta en el receptáculo y, tras comprobar que estaba completamente rebobinada, pulsó la tecla de avance.

Una imagen desencuadrada y parcialmente cubierta, apareció en la pantalla. El sacerdote exorcista estaba colocando la cámara. Su voz era desagradable, meliflua. Su cara pudo verse por vez primera cuando se alejó del mueble sobre el que había colocado la cámara, una vez ajustada la imagen. La toma mostraba ahora una gran parte de la habitación. Era uno de los humildes cuartos de la residencia de ancianos. La ventana quedaba fuera de la vista, aunque la luz penetraba por ella y se reflejaba en la pared en la que se hallaba la cama de Daniel. A un lado había una mesilla de noche sobre la que el sacerdote había puesto una imagen de la Virgen y los recipientes con agua bendita y sal. En el lecho, un sencillo crucifijo con la imagen de Cristo.

Lo que vio a partir de entonces fue muy impresionante, y en algunos momentos, sobrecogedor: la lucha entre el Bien y el Mal encarnada por aquellas tres personas tan distintas, y en aquel campo de batalla tan peculiar. Daniel parecía realmente endemoniado. Su voz se transformó en una mezcla de voces que parecían emerger desde el mismo Infierno. El padre Gómez se mostraba alterado en extremo. Cualquiera hubiera dicho que estaba tan poseído como el anciano, cuyo rostro se desencajaba y llegaba a desfigurarse. La imagen no era muy buena, debido a la calidad limitada de la cámara y la poca iluminación de la estancia, pero Cloister se dio cuenta de que, en efecto, algunas cosas no eran fruto de una obsesión patológica. Cuando el sacerdote fue impulsado hacia atrás por una fuerza invisible, el viejo Daniel no parecía un simple enfermo mental.

Y más aún resultaba evidente cuando el grito que había llevado a Cloister hasta allí afloró a los labios del pobre hombre: «TODO ES INFIERNO».

Una hora después de visionar la grabación, el jesuita tenía aún impresas en la retina las imágenes del exorcismo de Daniel, y en sus oídos resonaba la inquietante frase que era ya tan familiar para él. Había pasado decenas de veces otro grito distinto; un grito en el que el viejo jardinero deficiente pronunciaba una frase incomprensible. Al menos incomprensible para Cloister, aunque en cierto modo la cadencia de las extrañas palabras no le resultaba del todo ajena. Podía tratarse de un conjunto de sonidos carente de significación, pero no lo creía así. Ya no creía en el azar ni en las coincidencias. Conectó el equipo de vídeo a su ordenador portátil y capturó el fragmento correspondiente al grito. Luego separó el sonido de la imagen y guardó el archivo de audio para enviarlo por correo electrónico.

Antes cogió su teléfono celular y buscó el número de Doriano Alfieri. El padre Alfieri era el nuevo experto en filología, lingüística y paleografía de los Lobos de Dios, reciente sustituto de otro hombre que había sido toda una leyenda, Giacomo Zanobi. Este último era un caso sorprendente y triste a la vez. A sus sesenta años aún no cumplidos, hablaba con soltura más de treinta lenguas, podía leer en otras cincuenta o sesenta, y conocía en total, más o menos rudimentariamente, alrededor de trescientas. Era un hombre considerado y amable, pero no había manera de entablar una conversación coherente con él. Y no por cuestiones de carácter. Con tanto estudio, algún mecanismo desconocido en su mente se había quebrado, propiciando que se mezclaran en una todas las lenguas que sabía. Algo así como el proceso inverso, en una sola persona, del episodio bíblico de la torre de Babel. Él comprendía perfectamente lo que le decían, pero era incapaz de expresarse en una única lengua delimitada. Eso hacía que casi nunca se le pudiera comprender a la primera, sobre todo cuando utilizaba una mezcolanza de idiomas extremadamente raros, como el sánscrito, el hopi y el volapuk. Sus trabajos como lingüista de prestigio habían estado a punto de caer en una vía muerta. Apartado de los Lobos de Dios por la conveniencia del grupo y por propia voluntad, tenía ahora un ayudante que, con esfuerzo y repeticiones constantes, le permitía seguir adelante en sus investigaciones. Para Cloister fue una pena su pérdida como integrante de los Lobos, pues lo apreciaba mucho.

–Padre Doriano Alfieri al aparato.

La seca frase al otro lado de la etérea línea telefónica sacó a Albert de sus pensamientos.

–Soy Cloister.

–¡Albert! –dijo el otro sacerdote, el nuevo experto en filología y lingüística, ahora con una voz mucho más afable–. ¿Cómo te va?

–Bien, gracias. En una misión, como casi siempre... Perdona que te moleste, pero tengo una grabación que me gustaría que escucharas.

–Por supuesto.

–No sé si tiene algún sentido. Pero, de tenerlo, necesito saber lo que significa la frase que se oye. Ahora mismo te la envío por correo electrónico. ¿De acuerdo?

–Muy bien. Espero el archivo.

Cloister abrió el programa de correo de su PC, creó un nuevo mensaje, buscó en la libreta de direcciones la del padre Alfieri y le adjuntó el archivo de audio.

–Hecho.

–Muy bien... A ver, déjame que compruebe los nuevos mensajes. Un momento, se está bajando... Lo tengo.

A través del teléfono, Cloister escuchó en silencio cómo su compañero pasaba varias veces seguidas el archivo de audio.

–Lo siento –dijo el padre Alfieri–. No reconozco el idioma. Tiene un patrón lingüístico, no me cabe duda, pero...

–¿Pero?

–Nada. Dame algo de tiempo y trataré de descifrar el significado. Llámame en media hora. Y, por cierto, vaya sonido. Me ha dado un escalofrío y se me han erizado todos los pelos de la nuca. ¿De dónde lo has sacado?

–Es de un exorcismo. Después vuelvo a llamarte.

Cloister colgó el teléfono esperando no haber parecido descortés con su compañero. Mientras esperaba, aprovechó para poner en orden sus ideas una vez más. Cogió su grabadora digital, transfirió los ficheros de audio al ordenador y fue repasando sus notas de voz. En un documento en blanco escribió lo más relevante. También añadió algunas nuevas cuestiones que habían surgido en su mente y guardó los archivos de sonido en una carpeta cuyo nombre especificaba su contenido y su número de orden, por si necesitaba volver a consultarlos. Nada más acabar de hacerlo, recordó a la doctora Barrett durante el exorcismo. Sobre todo, cómo se había acercado a Daniel hasta poder escuchar lo que él, bajo un estado de enajenación –diabólica o no–, le susurró al oído y que tanto la había alterado. En aquella mujer debía estar encerrado parte del enigma. Su olfato de investigador le decía que así era. Descolgó el auricular del teléfono y marcó el número de la residencia de ancianos de las Hijas de la Caridad.

–Por favor, con la madre Victoria. Soy el padre Albert Cloister.

La voz que había preguntado al otro lado de la línea, respondió que la religiosa no podía ponerse al teléfono en aquel momento porque estaba en un oficio.

–Gracias –dijo Cloister–. No le deje ningún mensaje. La llamaré más tarde.

El sacerdote se quedó pensativo. Tenía unos minutos aún. Sentía su cabeza algo embotada, y optó por darse una rápida y relajante ducha. Puso el agua muy caliente y se metió bajo los chorros humeantes. El vaho ocupó enseguida todo el cuarto de baño, y Cloister perdió la noción del tiempo. Cuando miró su reloj, pudo comprobar que había transcurrido casi una hora desde que telefoneó al padre Alfieri.

Cerró los grifos, se secó a toda prisa y con una toalla alrededor de la cintura, volvió a la mesilla de noche y repitió su llamada al lingüista.

–Hola otra vez, Doriano. Perdona. Siento haberme retrasado. ¿Has encontrado algo?

–Lo siento mucho. No soy capaz de entender ni una palabra. Creo que deberías llamar a Zanobi. Si ese grito tiene algún significado, él es, creo yo, la única persona que puede ayudarte. A mí me ha vencido.

–Sí, tienes razón. Contactaré con Zanobi, a ver si él puede encontrarle algún sentido.

–Que tengas suerte.

–Gracias. Para hablar con Giacomo Zanobi, voy a necesitarla.

–De todos modos –dijo Alfieri a modo de despedida–, si consigo algo nuevo, te llamaré.

Con los labios apretados, Cloister tomó su PDA y buscó el número de teléfono del padre Zanobi. Había intentado evitar recurrir a él, pero a la postre tendría que hacerlo. Zanobi podía descifrar aquel grito o bien descartar que tuviera significado. Necesitaba ese dato. Tanto en un sentido como en otro, era un elemento crucial.

–Palacio del Santo Oficio, ¿dígame?

–Por favor, deseo hablar con el padre Giacomo Zanobi. Mi nombre es Albert Cloister.

–Un momento.

Desde su separación de los Lobos de Dios, el padre Zanobi vivía y trabajaba en uno de los edificios emblemáticos del Vaticano, antigua sede de la Congregación para la Doctrina de la Fe, más conocida por su nombre anterior: Santo Oficio o Inquisición. Ahora ese edificio servía de residencia a cardenales, obispos y otros religiosos del Vaticano.

–¿Oiga? –inquirió la misma voz que había contestado al teléfono.

–Sí, sí, dígame.

–Le paso con el padre Zanobi.

Un ligero golpe seco, y el silencio, precedieron a un nuevo timbre de llamada.

–¡Albert! *Comment are du?*

Zanobi se lo estaba poniendo fácil esta vez: francés, inglés y alemán.

–Bien, bien. Gracias, amigo mío. Perdona que sea brusco, y que me atreva a molestarte, pero necesito un favor.

–*Covec.*

Cloister supuso, por el tono, que eso era un sí.

–Bien, voy a enviarte a tu cuenta de correo electrónico un archivo de audio. Tu sustituto en los Lobos ya lo ha oído y no puede descifrar su significado, si es que lo tiene. Él cree que sí, y es quien me ha sugerido pedirte ayuda. De todos modos, iba a hacerlo. Si no te importa, querría que utilizáramos el convenio de signos de otras veces. Yo te hago preguntas y tú me contestas con un monosílabo para afirmar y dos seguidos para negar, ¿de acuerdo? Es importante.

–*Jai.*

–Perfecto... Ya te he enviado el archivo. Cuando lo tengas en tu ordenador, dímelo.

El triste silencio de una conversación imposible duró aproximadamente un minuto. Luego, Zanobi dijo:

–*Ow.*

–Muy bien. Ábrelo, por favor, y escúchalo. A ver si tú lo entiendes.

Cloister esperó, mientras escuchaba a su viejo amigo musitar extrañas palabras en voz baja. Algunas parecían ruidos guturales o murmullos deslavazados.

–Albert, ¡Albert!

–Aquí estoy. ¿Qué sucede?

–*Onmi sluder pragnam dot.*

–Un momento, Giacomo. Respóndeme con monosílabos. ¿Tiene sentido lo que has escuchado?

–*Asgh.*

Un sí. El grito de Daniel no era un galimatías verbal sin significado. Lo que Cloister y Alfieri sospechaban.

–Bien. ¿Has conseguido descifrarlo?

–Po vul.

Dos monosílabos seguidos. Eso era un no.

–¿No?

–Hoi ge.

–¿Crees que podrás conseguirlo?

–Ma –se escuchó al otro lado de la línea, rotundo.

–Excelente entonces. Hagamos una cosa. Si lo descifras, llámame a mi número de celular. En cualquier caso, si no lo has hecho tú antes, yo te telefonearé mañana por la mañana. Por cierto, ¿crees que se trata de una lengua antigua?

Otro claro «sí» salió de la especie de morse en que ambos hombres se comunicaban. La pregunta tenía sentido, pues las personas víctimas de una posesión solían expresarse en lenguas muertas, como el sánscrito, el arameo o el latín. A eso, la Iglesia lo denomina xenoglosia.

–Bueno, amigo mío –dijo Albert–, te dejo. Gracias por tu tiempo y tu saber. Un abrazo muy fuerte.

No había más que colgado el auricular, y apenas retirado la mano del mismo, cuando el timbre del teléfono sonó, causando a Cloister un pequeño sobresalto.

–¿Albert?

Era Zanobi. Tan pronto. Debía de haberse olvidado de algo.

–¿Necesitas algo más, amigo? –le preguntó Cloister.

–Fon ut.

–Entonces... ¿Es que lo has descifrado?

–Wee.

Una mente prodigiosa. Sólo podían haberse ordenado las distintas palabras como por arte de magia, para haberlo logrado tan rápido.

–¡Fantástico! –exclamó Albert, lleno de asombro y entusiasmo.

Se sentía sobreexcitado, pero una furtiva tristeza lo invadió de pronto. Tristeza por su pobre amigo, víctima de esa confusión de lenguas que le había tenido sumido en la desesperación. Unos pocos años atrás, su elocuencia era proverbial. Se le ponía como ejemplo de expresión perfecta. Su mente regía los conocimientos lingüísticos como nadie, hasta que el arco se tensó demasiado y se partió.

–¿Padre Cloister? –La voz que ahora escuchaba no era la de Giacomo Zanobi, sino la de otro hombre, que parecía algo más joven–. Soy el padre Lorenzo Ponti, ayudante del padre Zanobi.

–Encantado de hablar con usted.

–Mi jefe ha conseguido entender el contenido del archivo que usted le ha enviado. Es algo muy extraño. Se trata de arameo, pero estaba pronunciado al revés.

«¡Claro, arameo!», pensó Cloister. Aunque las palabras estuvieran invertidas, por eso le resultaba tan familiar. Se trataba de una lengua que él no conocía, pero su año de residencia en Israel le había permitido adquirir algunas nociones de hebreo, una lengua de raíz común y grandes similitudes morfológicas. De hecho, el arameo era la lengua materna de Jesucristo.

Ponti siguió hablando:

–Es una cosa rara, la verdad. No sé qué puede querer decir. Espero que a usted le sirva de algo. Dice: «Quiero conocerte. Tú sabes que me refiero a ti. Te espero en la posada de la vendimia».

Cloister anotó las frases en una hoja, con trazo quedo, como tratando de asimilar a la vez que escribía el significado de las palabras.

> Quiero conocerte. Tú sabes que me refiero a ti. Te espero en la posada de la vendimia.

–Gracias, padre Ponti. Agradézcale su ayuda, por favor, también al padre Zanobi. Lo tengo en mis pensamientos.

Cloister colgó el auricular y se quedó pensativo e inmóvil unos instantes. Él sabía a quién estaba dirigido el mensaje. Sabía que se refería a él. *Tenía* que referirse a él. Como los ojos que lo miraron dentro de la hoguera en Brasil. Como la frase del beato español dentro de su ataúd.

De algún modo, lo esperaba. Siempre lo había esperado. Y eso era lo que le daba más miedo. Sentía que ahora estaba donde «algo» quería que estuviera, y en el momento en que debía estar. Casi podía tocar los hilos que lo aferraban y lo movían como una marioneta al capricho de lo desconocido.

Le pareció en ese instante percibir un extraño aroma floral que enseguida se disipó, si es que alguna vez había existido. Necesitaba un chicle de nicotina. Su guerra con el tabaco empezaba a darle algunas victorias, aunque ahora estaba enganchado a los chicles. Trató de anular sus sensaciones y emociones para redoblar su racionalismo y su frialdad. Encendió el ordenador y esperó a que el sistema operativo se iniciara. Luego ejecutó la conexión inalámbrica a internet. El colegio disponía de una red de alta velocidad. Abrió la página del buscador Google y escribió en el recuadro: «POSADA DE LA VENDIMIA»[1]. En menos de una décima de segundo, la base de datos del buscador arrojó su resultado, casi noventa mil apariciones de la búsqueda. La primera de todas era un hotel de Napa Valley, en Yountville, California.

Cloister pinchó en el enlace para visitar la página web. En ella, una animación Flash se iniciaba con una frase del *Sunset Magazine*, en la que se comparaba el hotel, por su lujo y sabor, con un *château* francés.

Eso no le aportaba nada de especial, pero le ayudó a tomar distancia de su propio vínculo con todo aquello. Tenía

1. *Vintage Inn*, en inglés.

que investigar sin introducirse dentro de la probeta en la que se lleva a cabo el experimento. Era elemental. Así se lo habían enseñado y lo había aprendido bien. Ya tendría tiempo de mirarse a sí mismo con los ojos de un forense que disecciona un cuerpo. Antes necesitaba comprender el resto de datos inconexos, ser capaz de unirlos y, de una maldita vez, darles un sentido.

Miró la pantalla y volvió a la realidad. Se dio cuenta de que tenía que especificar más la búsqueda. Él estaba en Boston, y el exorcismo fue en Boston, por lo que parecía lógico agregar el nombre de la ciudad.

Volvió atrás en el navegador y añadió «BOSTON» a la expresión «POSADA DE LA VENDIMIA».

Ningún resultado.

Borró el nuevo término y lo reescribió delante de la expresión, y no detrás, como había hecho. Pulsó el botón de búsqueda.

Dos únicos resultados para «BOSTON VINTAGE INN» en algo menos de medio segundo. El primer enlace correspondía a una página de pornografía con todas las preferencias del mercado: mujeres, mujeres maduras, chicos, sexo anal, bisexuales, etcétera.

Volvió atrás y pinchó en el segundo enlace. Éste pertenecía a la página de una empresa de viajes, y concretamente daba información sobre un hotel en Canadá. No estaba sacando mucho en claro, pero eso no le alteraba. Las investigaciones complejas siempre son pausadas. Lo que le turbaba no era lo que estaba buscando, sino el modo en que le habían llegado los datos que daban inicio a la investigación. Y ahora ese mensaje tan específico, expresado por el grito del anciano deficiente a quien habían sometido al exorcismo...

Cloister prefería no seguir dando vueltas a lo mismo. No debía permitir que aquello anulara su capacidad analítica.

Cerró la tapa de su portátil para que entrara en suspensión, se puso la chaqueta y salió de la habitación. Necesitaba respirar aire puro. Los pensamientos a menudo llegan cuando no se están buscando. Son como pajarillos huidizos, que sólo se acercan si nadie los mira. Ése es el instante en que hay que atraparlos. Por eso, Cloister siempre llevaba una grabadora consigo, y hasta dormía con ella a mano.

A pesar del frío, la calle mostraba el cálido tono anaranjado de la puesta de sol. Surcaban el cielo unas nubes alargadas y esponjosas, que reflejaban la luz cobriza sobre el fondo intensamente azul. El sacerdote empezó a caminar sin un rumbo determinado. Anduvo durante dos horas, deambulando y parándose, de cuando en cuando, a mirar un escaparate o el cartel de una función o una película. Empezaba a sentirse un poco más tranquilo. Necesitaba disminuir la tensión interior. Llevaba varios días demasiado tenso, y el estrés nunca es bueno para rendir en ninguna clase de trabajo. Torció por la calle Dartmouth y empezó a andar, despreocupado, por la avenida Commonwealth.

Entonces lo vio.

Era una gran moldura de escayola, antigua, con un letrero. Estaba en la fachada de un bello edificio de estilo entre neoclásico y victoriano, que le llamó la atención. Aquellas dos palabras hicieron que, de pronto, sus glándulas suprarrenales lanzaran al torrente sanguíneo un chorro de adrenalina. Se sintió repentinamente embriagado. Lo que veía, le maravillaba y le aterraba en una misma proporción: VENDANGE HOTEL[1].

Aquel edificio era, sin duda, la Posada de la Vendimia.

1. *Vendange* es una palabra francesa que significa «vendimia».

19

Connecticut

El interior del local apestaba a sudor y cerveza. El silencio casi absoluto que había acompañado a Audrey desde hacía una hora, se quebró con el bullicio ensordecedor del bar de carretera. Indiferente a todo, se dirigió hacia el mostrador, aguantando sin rechistar las salpicaduras de cerveza y los golpes involuntarios de quienes bailaban a su alrededor alegremente.

–¿Sabe cómo puedo llegar a New London?

Audrey le hizo esa pregunta al dueño del bar, que atendía como camarero. El hombretón rondaba los cincuenta años. Era una de esas personas que siempre parecen de buen humor, pero se mostró preocupado al decir:

–¿Se encuentra usted bien, señorita?

El aire consternado y ausente de Audrey inspiraba preocupación, desde luego. Ella lo miró de un modo extraño, con una curiosidad injustificada, como si nadie le hubiera hecho nunca esa pregunta, o ella no fuera capaz de entenderla.

–No, no me encuentro bien.

El dueño del local se fijó entonces en la mirada turbia de Audrey y en sus ojos enrojecidos, y se le ocurrió que quizá estuviera drogada.

–Oiga, a los de por aquí no nos gusta esa porquería de la droga...

La preocupación del hombre fue sustituida por una

mueca severa. Pero Audrey se limitó a observarle otra vez con su extrañada curiosidad.

–¿Sabe dónde está New London o no?

Al dueño le llevó unos segundos decidir si echaba de su bar a esa mujer o le decía lo que quería saber. Luego, cogió uno de los mapas de carreteras que estaban a la venta en un estante, y lo desplegó frente a Audrey, sobre la barra.

–Nosotros estamos aquí –dijo el hombre. Uno de sus gruesos dedos señaló una zona boscosa que rodeaba varios lagos–. Lo que tiene que hacer es seguir por la carretera que la ha traído hasta el bar y luego coger esta otra –se la indicó también con el dedo–, que la llevará hasta la Interestatal Noventa y Cinco. Por ella, es todo recto hasta New London.

La risotada de un borracho apagó el «gracias» de Audrey, que ésta no repitió. Lo que dijo en su lugar fue:

–¿Cuánto cuesta el mapa?

–Cinco con setenta y tres.

En la cartera de Audrey sólo había tarjetas de crédito, que no le servirían para pagar en ese tugurio. Empezó entonces a rebuscar en el fondo del bolso, en busca de monedas olvidadas.

–Tome –dijo el dueño, claramente malhumorado y cada vez más convencido de que la mujer estaba drogada–. Le regalo el mapa. Pero váyase de una vez.

De nuevo con su andar taciturno, Audrey se encaminó a la salida del bar. A un metro de la puerta, oyó que le preguntaban:

–¿Quieres bailar, encanto? Acabo de poner una canción dedicada especialmente a ti.

Le hablaba un hombre joven, de aspecto pueblerino. Su sincronización fue perfecta, pues en ese preciso instante empezó en la máquina tocadiscos Wurlitzer la canción que él había elegido. Era *La rosa*, de Bette Midler. Ante su silencio indeciso, el hombre se marchó al otro extremo del bar para decirle a cualquier otra mujer lo mismo que le había dicho a Audrey: que acababa de poner una canción especialmente dedicada a ella. Sólo que esa canción, *La rosa*, era en verdad para Audrey. Para ella y nadie más. Porque Audrey conocía a un jardinero dueño de una flor muerta a la que llamaba *su rosa*. Y porque hubo un tiempo en que ella cantaba a menudo esa canción, de la que le gustaba sobre todo la última estrofa:

En el invierno, recuerda,
bajo las nieves profundas
yace la semilla, que el amor del sol
en primavera convertirá en rosa.

Con aquella canción y con esas palabras, Audrey terminaba de adormecer cada noche a su hijo Eugene.

–«... Bajo las nieves profundas yace la semilla, que el amor del sol en primavera convertirá en rosa...» –canturreó ella en voz baja.

20

Boston

«BOSTON VENDANGE.» 49 resultados en 0.17 segundos.

El primero de los enlaces que mostraba Google en la pantalla correspondía al monumento en memoria del incendio del edificio Vendange, que en otro tiempo fuera uno de los hoteles más elegantes de Estados Unidos y que ahora albergaba diversas empresas entre sus muros centenarios. En aquel incendio murieron nueve heroicos bomberos en el año 1972. Fue el peor de la historia de la ciudad. La página mostraba algunas fotos del edificio y del monumento, y narraba la historia del suceso.

> El 17 de junio de 1972, un gran incendio asoló el edificio Vendange –localizado entre la calle Dartmouth y la avenida Commonwealth, y en el registro de edificios históricos de Boston–. Se necesitaron tres horas para extinguirlo. Las operaciones de extinción se sucedieron según el procedimiento habitual, pero sin previo aviso, la zona sureste del edificio se vino abajo. Nueve bomberos de Boston murieron, y ocho fueron heridos. El heroísmo y la entrega de estos hombres deberán siempre ser honrados y recordados.
>
> El monumento conmemorativo fue inaugurado en su honor el día 17 de junio de 1997, veinticinco años después de la catástrofe. El memorial es un pequeño muro de granito negro, cubierto con un casco y una chaqueta de bombero, en el que

están grabados los nombres de todos los bomberos fallecidos. Desde el monumento puede verse, al otro lado de la calle, el edificio Vendange. Los nueve bomberos hicieron un último sacrificio por la comunidad, y dejaron ocho viudas y veinticinco hijos huérfanos.

El edificio Vendange fue definido en los tiempos de su fundación como un lujoso palacio. La construcción original data de 1871, al que se fueron realizando varias ampliaciones posteriores. Muchas personalidades lo han visitado a lo largo del tiempo, como los presidentes de Estados Unidos Benjamin Harrison y Glover Cleveland, o los célebres industriales Andrew Carnegie y John Rockefeller.

Un pavoroso incendio había devorado el edificio. El fuego: algo que tradicionalmente se asocia con el Infierno. Dolor y muerte. Una gran tragedia. Todos eran datos *curiosos*, aunque a Cloister le llamó la atención, sobre todo, la fecha del incendio, que anotó en su cuaderno: 17 de junio de 1972. Decimoséptimo día del sexto mes del año 1972… Eso le daba una idea, pero tenía que comprobarla. ¿A qué hora se habían desatado las llamas? Tenía que averiguar con exactitud ese dato. Lo buscó en Google y, después de muchas páginas consultadas sin éxito, por fin lo encontró. Las investigaciones posteriores del incendio habían determinado que éste se produjo a consecuencia de una combustión lenta, iniciada en la noche del día anterior, posiblemente al filo de la medianoche.

Esas primeras llamas, por lo tanto, surgieron el 16 de junio, es decir, el día decimosexto del sexto mes. ¡Lo que daba la cifra 616[1], el número de Lucifer encarnado en el Apocalipsis de san Juan!

1. En los países anglosajones, una fecha como el 16 de junio no se escribiría 16-6 sino 6-16.

¡Aquí está la sabiduría! El que tenga inteligencia, que calcule el número de la Bestia. Es número de hombre, y su número es 616.

Aunque la mayoría de la gente creía que el número de la Bestia es el 666, eso no es correcto. Se trata de un error basado en una alteración neotestamentaria realizada en los tiempos del emperador romano Nerón. Éste –al que se atribuía también equivocadamente el incendio de Roma– persiguió a los cristianos con cruenta ferocidad. Por eso, su cifra numerológica, el 666, fue introducida por los primeros cristianos, sustituyendo al original 616 en el Apocalipsis. Ese cambio quedó fijado por el tiempo y llegó hasta nuestros días. La literatura y el cine se encargaron de hacer el resto. Pero un teólogo como Cloister conocía perfectamente la verdad. Lo cual, por cierto, en aquel momento no le hacía sentirse ni mucho menos feliz.

Las piezas del rompecabezas empezaban a encajar: «TODO ES INFIERNO», los ojos diabólicos dentro del fuego, el número 616... Si no fuera por los testimonios de personas en la frontera de la muerte, Cloister tendría ya una teoría clara sobre lo que estaba sucediendo. Salvo por ese «pequeño detalle», el caso podría explicarse como una tentación diabólica. Los malos espíritus tientan a los seres humanos para que éstos desesperen, se hagan malos, cometan inmoralidades y perversiones, y así ganar sus almas. El Demonio pugna con Dios por quedarse con las almas de los hombres y mujeres que pueblan la Tierra, y así convertirlos en moradores del Averno.

Cloister nunca había creído en ese Infierno físico, real, en un espacio-tiempo concreto o una dimensión desconocida aunque auténtica. El mal, en su forma de pensar, era la tentación y la caída, una más de las pruebas del Creador para preparar a sus hijos. La humanidad estaba destinada a unirse con Dios después de la vida en el mundo, tras el paso por este valle de lágrimas. El motivo, en el plan divino, debía de ser que los seres humanos conocieran el dolor para comprender el placer, cayeran en la desesperanza para apreciar la gloria y la salvación. Éste era el modelo teológico de la Creación en que Cloister creía.

Pero aquellos testimonios terroríficos en los últimos momentos de la existencia física, cuando el espíritu se separa del cuerpo, y sobre todo los casos del cura español y la anciana francesa... Algo escapaba de la interpretación de Cloister. Y él lo sabía.

El jesuita siguió navegando entre los resultados que le ofrecía el buscador de internet, hasta que llegó a un enlace que llamó poderosamente su atención. Pinchó en él y esperó a que la página se mostrara. Se trataba de una relación de antiguas iglesias de Boston. Algunas aún existían y otras no. Entre las segundas se mencionaba una, originalmente católica, cuyo terreno fue desacralizado cuando se utilizó su solar para construir un edificio civil. Eso ocurrió en el siglo XIX. El edificio que ocupó el solar fue el antiguo hotel Vendange.

Todo apuntaba hacia una dirección cada vez con más claridad. Aunque el propósito de aquel macabro juego se mantenía, por el contrario, más confuso e inexplicable. ¿Cuál sería su finalidad? Cloister se veía a sí mismo como un autómata que sigue un programa prefijado. Y, una vez más, el desasosiego lo invadió.

A la mañana siguiente, Cloister estaba saliendo de la ducha cuando el timbre del teléfono de la habitación sonó con su ritmo desagradable. Eran las ocho en punto.

–Albert Cloister –dijo el jesuita.

–Buenos días, padre –contestó una dulce voz femenina–. Le paso con la madre Victoria.

–Gracias.

El sacerdote se sentó en una esquina de la cama y esperó a que la religiosa se pusiera al teléfono.

–¿Padre Cloister?

–Sí, soy yo, madre Victoria.

–Buenos días nos dé Dios. Ayer me llamó usted, ¿verdad? Como no repitió su llamada, he decidido devolvérsela.

–Ah, sí, no era urgente. Sólo preguntarle si tiene alguna novedad sobre la doctora Barrett y su paradero.

–Nada, de momento. ¿Y usted? ¿Hay novedades en su investigación?

–Poca cosa –mintió Cloister–. También querría saber cómo se encuentra Daniel.

–El médico lo visitó ayer y dijo que está muy mal. Es ya mayor, y sus pulmones se resintieron con el humo del incendio. Hay que esperar, pero no nos dio muchas esperanzas. Sigue con sus pesadillas. Anoche tuvo otra. Antes de que me lo pregunte, le diré que no ha querido contárnosla. Se ha cerrado en sí mismo, el pobrecillo. Sólo pido a Dios que le reduzca el sufrimiento.

–Ojalá sea así. En fin, madre Victoria, espero que Daniel se recupere y todo vaya bien. No quiero robarle a usted más tiempo. Gracias por haberme llamado. Si hay algún cambio al respecto de la desaparición de la doctora Barrett, por favor, hágamelo saber.

–Lo haré. Que Dios le proteja y le guarde.

Aquella última frase no parecía una simple fórmula de cortesía.

–Lo mismo le deseo, madre Victoria.

Nada más colgar, Cloister se vistió y salió de la habitación, con su grabadora en un bolsillo de la chaqueta, una cámara fotográfica digital en otro y su cuaderno de notas debajo del brazo. No desayunó. Una idea había fraguado en su mente durante la noche. Estaba cansado, pero despejado.

Su propósito era ir al edifico Vendange y tratar de averiguar lo que pudiera. No alcanzaba a explicarse cómo o de qué manera la entidad que habló por boca de Daniel durante el exorcismo podía «esperarlo» allí.

Mientras caminaba por la calle, el jesuita llamó con su celular a su superior en Roma. Le explicó sus intenciones y los últimos acontecimientos. El cardenal Franzik le dio su aprobación y no le hizo ninguna pregunta adicional. Sabía por experiencia que era mejor esperar los informes que importunar con preguntas a destiempo. Confiaba en Cloister más que en ningún otro de sus Lobos de Dios, y le quería como a un hijo. Esperaba que aquella investigación no acabara con él.

Como Cloister había descubierto la tarde anterior, el edificio Vendange ocupaba una de las esquinas de la confluencia entre la calle Dartmouth y la avenida Commonwealth. El sacerdote se detuvo al otro lado, en el centro del bulevar, frente al monumento de los bomberos caídos en el incendio. Había leído en la página dedicada al memorial en internet que aquel fuego fue el más terrible, en número de víctimas, de toda la historia de Boston. Pensó en los muertos, conmovido. Los nueve bomberos dejaron ocho viudas y veinticinco huérfanos. Una tragedia humana. Luego musitó una oración silenciosa y cruzó la calle en dirección a la entrada del edificio Vendange. Detrás de un arco semicircular, el vestíbulo era amplio y exhibía una distinguida, aunque algo rancia, decoración de principios del siglo XX. Aquel lugar rezumaba vieja elegancia por los cuatro costados.

–Buenos días. ¿Qué desea? –dijo sonriente un joven conserje, que vestía uniforme oscuro y estaba detrás de una mesa leyendo el periódico.

Cloister iba ahora de paisano. Por lo general, durante las misiones, era preferible no utilizar el traje negro con alzacuello que lo identificaba instantáneamente como sacerdote.

–La verdad es que no sé si usted podrá ayudarme.

–Lo intentaré, señor.

–Soy periodista y estoy haciendo un artículo sobre los edificios más emblemáticos de Boston y su historia.

El jesuita mintió para evitar dar explicaciones. El oficio de periodista le había servido otras veces como tapadera en alguna investigación.

–¡Éste es uno de los más importantes! –exclamó el joven–. Aunque supongo que eso ya lo sabe, claro. Se construyó hace casi ciento cincuenta años, y tuvo que reconstruirse después del gran incendio de 1971. ¿Ha visto usted el monumento que hay en el centro del paseo?

Había que reconocer que el muchacho estaba dispuesto a ayudar, pero si ya empezaba por equivocarse en el año del incendio –que no había sido 1971, sino 1972–, no parecía que fuera a ser muy útil la información que pudiera aportar. Sin embargo, Cloister insistió.

–¿No hubo aquí una iglesia antes?

–¿Una iglesia...? –El conserje puso cara de perplejidad, como si eso fuera lo último que hubiera podido imaginar–. Nunca he oído nada de ninguna iglesia. ¿No se referirá usted a una capilla del antiguo hotel?

–No, no. Me refiero a una iglesia antigua, que ocupaba este mismo lugar antes de que existiera el edificio.

–Pues, lo siento, pero no sé nada sobre esa iglesia de que usted habla. Aunque...

–¿Sí?

–Mi padre igual la conoce. Espere un momento, que voy a llamarle. Espere aquí. No tardo nada.

A los pocos minutos, el joven regresó acompañado de un hombre mayor, encorvado, con el gesto que la vida da a quienes no la han vivido con alegría. Cloister le dirigió una mirada amable, que él devolvió glacial.

–Éste es el periodista –dijo el muchacho–. Quiere saber si aquí hubo antes una iglesia.

–Sí, hubo una iglesia, en efecto. Pero de eso hace mucho. Nosotros siempre hemos vivido aquí. Yo antes trabajé para el hotel, como mi padre. La iglesia es muy anterior. ¿Para qué periódico trabaja usted?

–No es un periódico, es una revista: *Límites*.

–No la conozco –dijo el hombre, que miró receloso a su hijo y añadió–: ¿Y tú?

–Yo tampoco.

–Es nueva –les atajó Cloister–. Es normal que no la conozcan. Acabamos de empezar y estamos muy ilusionados. Tenemos algún presupuesto para las personas que colaboren con nosotros.

El dinero es casi siempre la llave maestra que abre la mayoría de las puertas.

–En ese caso… –dijo el hombre, acariciándose el mentón–, puedo mostrarle algo. ¿Cuánto «presupuesto» tiene, si no es indiscreción?

–Trescientos dólares.

Cloister pronunció una cifra pequeña. Cuando se trata con personas que cooperan por dinero, las cantidades van en aumento.

–No es gran cosa, *jefe*.

–Bueno, si lo que me muestra es verdaderamente interesante, podría subir un poco.

–¿Lo ve? Nos entendemos. ¿Lo ves, hijo?

A un lado de su progenitor, el joven miraba al hombre que lo había engendrado y criado, con cierta vergüenza. Pero no lo juzgaba. Pertenecía a una época más dura en la que buscarse la vida era muy difícil. Lo único que le sorprendía era ese «algo» que estaba a punto de enseñar al periodista, y que él tampoco conocía.

–Necesitaremos esto –dijo el hombre, tomando un par de linternas de la taquilla de su hijo–. Vamos, acompáñeme.

Los tres hombres abandonaron el vestíbulo y salieron a la

calle, en dirección a la entrada de la antigua carbonera. Desde allí accedieron a un pequeño patio de luces, lo atravesaron y salieron de él por una portezuela metálica, cuyas capas de pintura desconchada dejaban entrever el óxido. Al otro lado se abría un oscuro corredor que desembocaba en unas escaleras estrechas y húmedas.

–Es por aquí. Hay que bajar. Ya casi estamos.

Al final del tramo de escaleras había una estancia jalonada de pilares de carga. Aproximadamente en el centro, el padre del conserje barrió con el pie la mugre acumulada y dejó al descubierto una trampilla.

–Hijo, levanta esto. Yo tengo la espalda mal y no puedo hacer esfuerzos.

El muchacho obedeció al punto, tan intrigado como Cloister. Pocas veces había estado en esa sala, y ni mucho menos conocía el lugar recóndito al que llevaba la boca que, con esfuerzo, abrió como si se tratara de las fauces de una bestia mitológica. Con su linterna, alumbró el interior y vio el suelo, al fondo, y una escala lateral metálica.

–Cuidado al bajar –dijo el padre–. Esa escalera no se usa desde que… Desde hace mucho tiempo.

Las palabras del hombre llamaron la atención de Cloister, que percibió en ellas algo extraño, como si hubiera estado a punto de decir algo y luego hubiera preferido callárselo.

–Yo tengo que volver a mi puesto –dijo el conserje–. No puedo ausentarme sin motivo.

–No tienes por qué tener miedo, hijo.

–No tengo miedo, papá. Pero no quiero bajar ahí y debo seguir trabajando.

A Cloister le resultó chocante la repentina actitud del joven. Cuando éste se marchó, el primero que descendió fue su padre, y finalmente el jesuita. Se trataba de la cripta de la antigua iglesia. El ambiente era opresivo, denso, cargado. Olía a humedad y a podredumbre. Todavía conservaba unos arcos de piedra ciegos, un altar y una gran cruz, que estaba tirada en el suelo. Había, además, mucha porquería, escombros y maderas podridas. Y algo más. Algo imposible de definir.

La cruz estaba tumbada ligeramente boca abajo. Cloister se fijó en eso nada más entrar. Era un detalle que sólo tendría en cuenta un paranoico. Pero sus coordenadas lógicas y racionales no eran las de siempre. Una cruz invertida se interpretaba como signo del Oponente de Cristo. Algo que cuadraba bastante bien con lo que le había llevado hasta aquella ciudad y aquel lugar.

–¿Qué, *jefe*, esto vale más de esos trescientos, o no?

–Sí, lo reconozco. Aquí tiene.

Cloister sacó su cartera y cogió de ella seiscientos dólares.

–Tome, cuatrocientos por esto, y doscientos más si me cuenta por qué antes dijo que esta escalera no se usa «desde que»... ¿Desde qué?

–Me pone en un aprieto... Es una historia muy antigua. Mi padre me bajaba aquí cuando yo era niño. También trabajó en el hotel. Era un hombre muy creyente, católico, apostólico y romano, igual que mi madre. Él arregló la trampilla de ahí arriba y volvió a colocar la escalera... Cuando cegaron el acceso a la cripta.

–Así que cegaron el acceso... ¿Y por qué es un aprieto contarme esto?

–Porque... ¿Cómo le diría?... Porque cuando yo tenía la edad de mi hijo, más o menos, el jefe de mi padre, el director del hotel... el director mató aquí a su mujer. Nadie sabe qué fue lo que le pasó. Se volvió loco, y luego se mató él. Mi hijo se ha ido porque se olía algo... Él nunca ha venido aquí. Le conté la historia del antiguo director del hotel, pero sin darle muchos detalles. Bastante triste es la cosa, y mi hijo es muy impresionable, ¿sabe? El caso es que el director y su señora bajaron aquí y... Y ya está. Ya le digo que nadie sabe a ciencia cierta lo que pasó. El hombre, al parecer, se comportaba de un modo raro hacía tiempo.

–¿Y por qué venían a la cripta? –preguntó Cloister.

–Pues eso es otro misterio, porque a rezar no era –dijo el hombre, después de lanzar una de sus miradas de cierto desdén al jesuita–. Ustedes los periodistas siempre buscando el sensacionalismo, ¿eh, *jefe*?

–Lo llevamos en la sangre –contestó Cloister–. Bueno, gracias por traerme aquí. Esto es lo que estaba buscando para... para mi artículo. Tendré que bajar otras veces, yo solo. ¿Hay algún problema?

El hombre se quedó con gesto neutro en el rostro y luego arqueó las cejas y lanzó un suspiro. Antes de que pudiera reaccionar, Cloister añadió:

–Naturalmente podré darle otros seiscientos dólares si me deja entrar aquí cuando quiera, durante los próximos días.

–Claro que puede venir aquí cuando quiera. Pero ¿no podrían ser mil esos *pavos*? Ya sabe cómo son las pensiones, y lo cara que está la vida.

–Mil, de acuerdo. Pero necesitaré la llave de la carbonera para llegar hasta aquí, y la de la puerta de metal del patio.

–No hay problema. La carbonera ya no se usa. Nadie puede quejarse. Además, siendo usted un periodista... No hay cuidado.

El hombre entregó las dos llaves a Cloister y le pidió que se las devolviera a su hijo cuando hubiera terminado su labor y sus visitas a la cripta. El jesuita quiso entonces quedarse solo, para tomar unas notas de voz y hacer algunas fotografías. El padre del conserje aceptó de buen grado la petición. Su curiosidad por ver lo que hacía o decía no era tan grande como su deseo de regocijarse en el golpe de suerte que había tenido. Subió con gran esfuerzo por la escalera de metal y se marchó, no sin antes sopesar la posibilidad de contarle algo más a aquel periodista de tan abultada cartera. Él sabía la verdadera historia de cómo el director del hotel mató a su esposa. Una historia que su padre le contara en tantas ocasiones, siempre en tono de confidencia. El modo en que se produjo el asesinato en aquel lugar oculto.

Pero no. Era algo demasiado terrible. El director del hotel y su mujer estaban haciendo el amor sobre el altar, cuando él, que estaba debajo, sacó un cuchillo de caza y se lo clavó a ella en la vagina. Luego tiró del mango y le desgarró por completo el vientre. La mujer murió en medio de un enorme charco de sangre que chorreó sobre el suelo otrora sagrado... No, decididamente no debía contarle eso a nadie, ni siquiera por un buen dinero. Los muertos, muertos están. No hay que profanar sus secretos.

Ya completamente solo en la cripta, Cloister se acercó a la cruz tirada en el suelo y la levantó hasta apoyarla en un muro, como debía estar, boca arriba. Luego respiró hondamente aquel aire rancio y ahogó una arcada. El haz de la linterna reflejaba las innumerables motas de polvo que llenaban el espacio. En ese ambiente, el jesuita se dispuso a incorporar aquel nuevo descubrimiento a los datos de su investigación.

21

New London

La iglesia de San Pedro y San Pablo estaba situada en una zona portuaria del norte de New London, junto a unas vías de tren paralelas a la Interestatal Noventa y Cinco. Su párroco, de origen polaco, era un hombre piadoso al que esa noche se le resistía el sueño. Cansado ya de dar vueltas en la cama, había decidido bajar a la iglesia y, a esas horas tardías, estaba sentado en uno de los bancos de madera frente al altar, en espera de que el sueño acudiera por fin para expulsar al pertinaz insomnio.

El día había sido frío, pero nada en él hizo prever la tormenta que se inició al final de la tarde. Llovía con una intensidad asombrosa. Resultaba difícil recordar alguna otra ocasión en la que lo hubiera hecho con tanta violencia. El agua caía del cielo formando una barrera casi sólida. El corazón benévolo del párroco se apiadó de los pobres infelices que estuvieran por las calles. Ningún rincón de la ciudad debía continuar seco. Sin embargo, sí lo estaba el interior de su iglesia. Allí, el golpeteo de la lluvia sonaba amortiguado, con una cadencia arrulladora. El sacerdote notó que los párpados comenzaban finalmente a pesarle. Unos minutos después, se durmió.

En su sueño había un hermoso valle donde se levantaba una ermita. El blanco inmaculado de un rebaño de ovejas que pastaba a su alrededor completaba la escena pastoril.

Las ovejas no se inquietaron cuando empezó a repicar la campana de la ermita. El párroco pensó que era la llamada para la misa vespertina, pero vio que la puerta del templo estaba cerrada. No había nadie dentro, aunque las campanas siguieron tocando y tocando, con una insistencia que empezaba a resultar molesta.

Los ojos del sacerdote se abrieron poco a poco. Se sentía desorientado. No era consciente aún de que se había quedado dormido en su iglesia. Los últimos retazos del sueño se desvanecían. Sólo recordaba que en él había un persistente repicar de campanas. Todavía algo confuso, tardó en percibir que llamaban a la puerta.

–¡Ya va! ¡Ya va! Va usted a quemar el timbre… –dijo el sacerdote, irritado con quien acababa de despertarle.

Recorrió el pasillo interior de la iglesia con pasos rápidos. Frente a la puerta de madera, se ajustó la tira de la bata que llevaba sobre el pijama, antes de abrir. Una ráfaga de lluvia y un viento gélido entraron en la iglesia cuando lo hizo. Al párroco se le ocurrió la absurda idea de que los traía consigo aquella mujer, cuya silueta se alzaba delante de sus ojos y a la que no reconoció, aunque no fuera una extraña.

–¿Qué es lo que quiere? –dijo el sacerdote, de un modo muy poco amable.

–Confesión, padre. Necesito confesarme. Ahora mismo.

–¿Seguro que no puede esperar hasta mañana? No creo que esté usted en peligro de muerte como para pedir que la confiesen a estas horas.

La mujer esbozó una amarga sonrisa y replicó en tono angustiado:

–Le juro por Dios que lo necesito. Ahora.

–Ande, ande, pase. Está usted calada –dijo el cura, haciéndose a un lado para dejarla entrar–. Y no use el nombre de Dios en vano.

–Gracias, padre Litwa.

La familiaridad con la que la mujer pronunció su nombre fue como un bálsamo para el sacerdote. Hizo desaparecer de un plumazo su mal humor y su trato formal.

–¿Quién eres, hija mía? ¿Te conozco?

–Audrey Barrett… La pequeña Audrey.

–La pequeña… Oh, ya me acuerdo. La familia Barrett, claro. ¡Qué cabeza la mía! Tú y tus padres no faltabais a misa un solo domingo ni una sola fiesta de guardar. No te había reconocido, perdóname. Ha pasado tanto tiempo…

–Sí. Llevo veinte años sin volver a New London.

–¡Pues menudo día que has elegido para regresar! Hace una noche de mil demonios.

–Oh, sí, los demonios andan sueltos –dijo ella, enigmáticamente.

–Dame tu gabardina y el gorro. Los pondré a secar.

–Déjelo, padre.

–Pero están empapados…

–Es igual. No voy a quedarme mucho tiempo.

–Como quieras.

El sacerdote la llevó hasta la nave de la iglesia.

–Siéntate y cuéntame por qué has venido hasta aquí, en esta noche horrible, para confesarte. ¿Tan graves son tus pecados?

Los dos tomaron asiento en unos de los bancos de madera. Audrey suspiró. Ese simple gesto fue suficiente para que el sacerdote percibiera su angustia. A Audrey le asaltaron de nuevo las dudas. Su mente estaba confusa, y variaba de un extremo al otro, sin darle tregua. Un momento antes quería confesarse a toda costa, pero ahora se dijo que estaba engañándose a sí misma y que eso carecía de sentido. Después de lo que había hecho y de lo que había ocurrido, era ingenuo pensar lo contrario.

–Me confiese o no, mi alma está condenada al Infierno, padre.

–Eso no puede ser cierto. Dios siempre es comprensivo con nuestras faltas. Hasta con las peores.

Lo ocurrido en el exorcismo de Daniel había consumido las escasas fuerzas que le restaban a Audrey. Pero la presencia de este hombre bueno y afable, que siempre la trató con cariño, le devolvió parte de su energía y le dio también, quizá, un poco de esperanza.

–¿Usted cree de verdad que Dios lo perdona todo? –dijo Audrey.

–Por supuesto que sí. ¿Quieres confesar ahora tus pecados, Audrey?

–Sí. Sí –repitió, más decidida–. Bendígame, padre, porque he pecado. Me confesé por última vez hace… cinco años.

El sacerdote, que era un hombre agudo y sensible, además de bondadoso, preguntó:

–¿Qué ocurrió hace cinco años?

–Mi vida acabó.

La brutal sinceridad de esa respuesta conmovió al padre Litwa.

–No digas eso, hija mía. Las desgracias de esta vida hacen más dulce la eterna felicidad que aguarda a nuestras almas.

–Dios aprieta, pero no ahoga, ¿verdad? –preguntó Audrey, con sarcasmo.

–Dios nos ama sobre todas las cosas.

Audrey negó levemente con la cabeza, en un gesto de infeliz incredulidad. Sus dudas regresaban.

–Ojalá pudiera volver a creer eso.

–Todos somos libres de elegir nuestro camino, Audrey. Y de cambiarlo también, si hace falta.

La psiquiatra volvió a suspirar. Miró fijamente a los ojos del sacerdote. Estaban llenos de compasión y esperanza. Afuera continuaba lloviendo. Un viento que rugía como un animal salvaje estrellaba ráfagas de agua contra las vidrieras y la puerta de madera de la iglesia.

–Bendígame, padre, porque he pecado –repitió Audrey, poniéndose de rodillas en esta ocasión.

Quizá porque no estaba bien cerrada, una de las ventanas se abrió de golpe. El agua y el viento penetraron en el templo con renovado ímpetu. El paño de lino que cubría el altar se agitó movido por el viento, con un aleteo perturbador. La luz del sagrario se extinguió.

Esta brusca irrupción de los elementos había roto de nuevo el hechizo. Después de estar vagando durante varios días, Audrey había decidido ir a aquella iglesia de su niñez en la que siempre halló consuelo. Antes de enfrentarse a quien le había arrebatado a su hijo, necesitaba hacer las paces con Dios. Esa noche, pretendía que el padre Litwa redimiera su alma atormentada. Pero todo eso no pasaba de una ilusión. Ahora estaba segura de ello. Las dudas se habían acabado. Audrey volvió a levantarse.

–Tengo que irme –dijo.

–Pero ¿y tu confesión?

Audrey ignoró la pregunta del sacerdote, y respondió:

–Gracias, padre Litwa. Adiós.

22

Boston

La cripta de la antigua iglesia que ahora se hallaba bajo el edificio Vendange era lo más tétrico que se pueda imaginar. Un enlosado grisáceo, lleno de polvo y piedrecillas disgregadas de los muros, cubría todo el suelo. Al fondo, sobre una plataforma elevada, estaba el altar. A un lado había reposado, como símbolo perfecto de la decrepitud de aquel lugar, la cruz que Cloister levantó, y que debió de ocupar la pared tras el altar. No había otras figuras religiosas. Sólo algunos cachivaches que seguramente se abandonaron allí en lugar de tirarlos a la basura: un candil de metal oscuro con el cristal roto, una palmatoria de pantalla troncocónica, un par de butacones con la tela raída y una mesa redonda de madera. Un último detalle completaba la inopinada decoración. Se trataba de un óleo bastante vulgar que mostraba el puerto de Boston con varios gallardos veleros del siglo XIX. Los barcos más hermosos jamás construidos, hijos en su mayoría de aquella ciudad de Nueva Inglaterra.

Tras la somera inspección, el padre Cloister se persignó, rezó una oración en silencio y se puso a trabajar. Colocó su cuaderno sobre la mesa del altar y sacó de sus bolsillos la cámara fotográfica y la grabadora. Esta última tenía un cordón fijado a un anclaje metálico lateral. El sacerdote la encendió y se la colgó del cuello, tras comprobar que estaba en la posición de activación automática por la voz. Sus palabras, describiendo la estancia, fueron quedando registradas en la memoria digital.

Cloister inspeccionó bien todos los recovecos, aunque nada le llamó la atención en especial. Bastante había sido descubrir aquel lugar, por medio del padre del conserje del edificio, en uno de esos golpes de suerte que uno nunca espera. Aunque, dadas las circunstancias, quizá había sido un golpe de *mala suerte*...

La estancia era lo que parecía y parecía lo que era, una cripta completamente normal de una iglesia de tipo medio. Cloister limpió con su pañuelo una pequeña zona del escalón que llevaba hasta el altar y se sentó en él, con la linterna entre las manos apuntando al fondo. Fue allí desde donde el jesuita creyó ver un destello brillante que provenía de unos escombros. Se acercó y se agachó para comprobar qué era. Estaba muy adentro, entre varios cascotes grandes. Tuvo que quitarse la grabadora del cuello para evitar que se golpeara contra el suelo. La dejó a un lado y fue palpando con la mano hasta que tocó algo. Era un objeto afilado. Al cogerlo, se cortó en un dedo y una gruesa gota de sangre cayó sobre el suelo. Se trataba de un pedazo de cristal roto. Cloister volvió a sacar su pañuelo del bolsillo, lo dobló para evitar que la mugre rozara la herida, y se lo puso en torno al dedo.

Allí no parecía haber nada que pudiera definirse como relevante. Cloister volvió sobre sus pasos hasta el altar, para recoger su cuaderno, cuando distinguió algo sobre la tabla. Parecían unos trazos gruesos. Con la mano sana retiró el polvo y vio tres números: 109. Una cifra sin significado para él, pero que parecía escrita con... Una idea absurda le asaltó: parecía sangre. Su textura se correspondía con el fluido de la vida. Pero ¿sangre? ¿Quizá de los que allí murieron en tan luctuosas circunstancias? El jesuita apartó ese pensamiento y volvió a reparar en una sensación que había tenido al entrar en aquel lugar, una sensación opresiva a la que no quiso dar importancia, porque seguramente se debía a su propia sugestión.

Se equivocaba, sin embargo. En aquella cripta desacralizada sí había sucedido algo relevante. Fue cuando se cortó con el trozo de vidrio en el dedo. Su grabadora se había activado sola, sin que su voz, o la de ninguna otra *persona*, hubiera intervenido para ponerla en marcha. La memoria digital recogió algo que sólo podía recogerse en caso de detectar sonidos. Los impulsos eléctricos que modificaban el estado del material de la memoria hicieron su labor. Se grabó algo; algo que duró apenas veinte segundos.

El sacerdote sacó una foto al altar y puso los brazos en jarras mientras daba un último repaso a la estancia desde el centro, girando sobre sí mismo hasta abarcarla completamente con la luz de la linterna. No sabía lo que estaba buscando. Y, sin embargo, lo había encontrado.

–¿Ya se marcha? –preguntó a Cloister el recepcionista, que estaba apoyado en la puerta del edificio, al verlo salir por el lateral de la carbonera.

–Sí. Volveré más tarde. Con alguna lámpara para hacer fotos.

–Muy bien. Y gracias por darle ese dinero a mi padre. Espero que le disculpe por ser tan… interesado.

La mirada candorosa del muchacho no extrañó demasiado al sacerdote, que le devolvió la mirada con una sonrisa.

–No se preocupe. Su ayuda ha sido valiosa. Les agradezco a ambos su amabilidad y su disposición. Gracias por todo.

Cloister caminó por la avenida Commonwealth. La visita que acababa de concluir a la antigua cripta habría sido imposible de definir con palabras. Ya en el colegio de los jesuitas encendió su ordenador portátil y abrió el documento de texto en el que acumulaba todas las anotaciones de la investigación, junto con sus ideas y futuras acciones previstas. Escribió un par de líneas con nuevos pensamientos y luego puso en marcha la grabadora y oprimió el botón de reproducción. Sus palabras fueron escuchándose sin los espacios en blanco de los silencios. El sacerdote pasó al documento la descripción de la cripta y sus sensaciones. Recordaba su última frase. Se refería a la sensación opresiva que estaba experimentando. Pero el archivo de audio no finalizó después de esa anotación de voz. Grabó algo más. Otra voz que se oía casi como un susurro.

Al principio, Cloister estuvo a punto de pasarla por alto, ya que obviamente no la esperaba. Lo asaltó de pronto, como una losa que cae. Aquel susurro resonó atronador en sus oídos, y más aún dentro de su cabeza. La voz hablaba en su idioma, era tenue pero muy clara, masculina. Cuando escuchó al completo lo que se había grabado, el sacerdote estuvo a punto de caerse de la silla. Se frotó la frente y percibió que su cuerpo temblaba.

¿Ya estás aquí? Te estaba esperando. Cuánto me alegro de que hayas venido. ¿Vas a ser mi amigo? Yo sé que quieres conocerme. No vas a poder evitarlo. Tú quieres saber la verdad, y yo la conozco.

Una conmoción golpeó a Cloister como nunca antes le había ocurrido. El miedo inundó sus venas, cual líquido negro y espeso. Ya no había dudas, si es que antes aún cabían. Todo aquello iba con él. Estaba metido hasta el fondo. Y eso hacía que al propio miedo se le uniera una especie de vértigo. Quedaba para él anulada la necesaria frialdad de la observación con perspectiva, como le ocurriera a la doctora Barrett en sus sesiones con Daniel. Aunque sonase distinta, aquella voz registrada en la fría memoria digital quizá era la misma que emergió del viejo jardinero durante el exorcismo y otras veces antes. Esa voz ahora llamaba al jesuita. Lo llamaba a él.

Tenía que regresar al edificio Vendange inmediatamente.

Vencer el temor y lanzarse en las fauces del misterio. Aquella voz era una psicofonía, pero no una simple psicofonía. Era demasiado clara. Sobrecogedoramente clara e inteligible. Iba más allá de la incursión inaudible para el oído humano en el momento de producirse, pero registrada en un sistema de grabación de sonido; un fenómeno que había sido descubierto oficialmente en 1959 por un artista y productor de cine sueco llamado Friedrich Jürgenson. Fue un suceso casual. Jürgenson estaba recogiendo sonidos de la naturaleza y cantos de pájaros para un reportaje con un magnetófono. Cuando revisó posteriormente los sonidos registrados, comprobó que una voz se había «colado» en la cinta. Una voz que él no pudo oír cuando realizó las grabaciones. En ella, Jürgenson reconoció a su madre fallecida. Lo llamaba de un modo que sólo ella empleaba: «Friedel, Friedel, ¿puedes oírme?».

Este origen, admitido por los estudiosos de fenómenos paranormales, no excluía la sospecha de que grabaciones psicofónicas ya se hubieran registrado en la recién nacida Unión Soviética a principios de la década de los veinte. En esos mismos años, en el mes de octubre de 1920, el mayor genio inventor de los tiempos modernos, Thomas Alva Edison, concedía una entrevista a la prestigiosa *Scientific American* en la que afirmaba estar trabajando nada menos que en el desarrollo de un aparato para establecer comunicación con los espíritus de los muertos. Consideraba esta posibilidad como algo científico y razonable. Creía en la conservación de la personalidad después de la muerte, e incluso en que los espíritus de los fallecidos eran capaces de interactuar con la materia desde el más allá.

En cualquier caso, las psicofonías eran un hecho, aunque no existiera una teoría indiscutiblemente plausible acerca de su origen o procedencia. Para unos, se trataba de voces del «otro lado»; algunos creían que eran ecos del pasado, atrapados en un lugar concreto; otros le daban la explicación de ser proyecciones mentales de los propios investigadores. Pero aún no había una explicación científica satisfactoria.

Albert Cloister conocía bien el fenómeno. En alguna ocasión había realizado investigaciones sobre él con sus compañeros de los Lobos de Dios. Recordaba, sobre todo, un caserón lúgubre del sur de Inglaterra en el que los fenómenos paranormales no dejaban vivir a la familia que allí residía. Era una casa antigua, heredada de unos parientes lejanos. Los nuevos inquilinos, los Taylor, eran cuatro, un matrimonio de mediana edad con dos hijos, una chica de catorce años y un niño de nueve. Eran profundamente católicos y, desesperados, recurrieron a la Iglesia para solicitar ayuda. En el sótano fueron descubiertos restos humanos. La jovencita, llamada Claire, provocaba fenómenos *poltergeist* en sus días de menstruación. Allí se juntaron diversos sucesos extraños, incluidas varias psicofonías recogidas en la casa. Cloister tenía siempre presente una que le quedó grabada a fuego en la memoria. Era un grito infantil desgarrador y desconsolado, terrible, que le produjo una pena insondable la primera vez que lo escuchó. El niño sollozaba antes de decir: «¡Mamá, mamá! ¿Por qué me entierras vivo?».

Muchos de los que se reían de las psicofonías, o las tomaban por un fraude, no hubieran tenido valor para colocar una grabadora en sus propias casas y haberla dejado encendida allí sola, para luego revisar su contenido. El humor y el desdén disipan fantasmas, pero sólo en apariencia. No, las psicofonías no eran ninguna broma de charlatanes. Eran una realidad inquietante, a veces dramática, que la misma NASA o el Vaticano habían tomado en seria consideración. Por eso el sacerdote no se sorprendió, en sí, con el registro de audio que su grabadora captó en la cripta, sino con su contenido específico. Se había abierto una vía de comunicación con alguna clase de entidad. Aquello no podía ser un eco de tiempos pretéritos. Era una voz inteligente que se dirigía a él desde otra dimensión.

Vencida la conmoción inicial, el siguiente paso lógico era tratar de repetir el suceso, pero esta vez participando de un modo activo. Se habían dado muchos casos de psicofonías que eran respuestas a preguntas concretas de los investigadores. Sobre la mesa de su habitación del colegio, el ordenador portátil aún estaba encendido, aunque había entrado en suspensión. El sacerdote lo activó y creó un nuevo documento de texto encabezado como «COMUNICACIONES». En él fue escribiendo las preguntas que se le ocurrían a modo de test. Eran cuestiones que después lanzaría al aire, en la cripta, con la grabadora en marcha. Si estaba en lo cierto –y ya no le cabía duda de que lo estaba–, la entidad respondería a ellas. La comunicación se había abierto. Ignoraba adónde lo conduciría eso, pero, como la propia entidad había dicho en la psicofonía, él quería saber la verdad. Lo necesitaba.

Volvió a escuchar aquella voz que le susurraba a través del aparato electrónico. Su cadencia era serena, quizá con un cierto punto de ironía. Daba pavor en sí misma.

¿Ya estás aquí? Te estaba esperando. Cuánto me alegro de que hayas venido. ¿Vas a ser mi amigo? Yo sé que quieres conocerme. No vas a poder evitarlo. Tú quieres saber la verdad, y yo la conozco.

23

Fishers Island

Audrey se asomó una vez más para comprobar si alguien salía de la casa. Llevaba escondida entre los árboles desde el amanecer. Había dormido dentro de su coche, que no estaba muy lejos de allí, medio oculto entre la frondosa vegetación. No se atrevió a dejar encendida la calefacción durante la noche, y había pasado un frío espantoso. Sólo consiguió dormir pequeños intervalos de tiempo, tras los que se despertaba siempre de un modo repentino. En una de esas ocasiones –eran las cinco de la madrugada–, Audrey siguió un impulso irresistible del que luego se arrepentiría. Encendió su teléfono celular, que había tenido apagado desde que abandonara Boston, y llamó a Joseph Nolan, el honesto y valiente bombero que le había servido de apoyo y consuelo. Él era, junto a la madre Victoria, lo mejor que le había ocurrido desde la desaparición de Eugene. Joseph había tardado en contestar al teléfono. No era de extrañar. A esa hora tan temprana la llamada de Audrey debía de haberlo cogido durmiendo. Al final se oyó un «Dígame» somnoliento al otro lado de la línea. Escuchar la voz del bombero había hecho que el corazón de Audrey se encogiera de cariño y nostalgia. Nostalgia por lo que nunca llegaría a ocurrir. «Podría haber llegado a funcionar, Joseph», le había dicho Audrey. «Yo podría haber llegado a amarte.» Ella *ya* lo amaba. Ésa era la verdad. Pero Audrey no llegó a decírselo a Joseph. Ni tampoco le dio tiempo a él a responder. Cortó la llamada de golpe y luego apagó su teléfono otra vez.

A la isla de Fishers Island le costaba ponerse en marcha un nuevo día. También a Anthony Maxwell, el hombre que, según Daniel, robó al hijo de Audrey en el parque de atracciones de Coney Island. Maxwell era el dueño de la casa que ella vigilaba, una bonita construcción de madera blanca y fino ladrillo junto a una superficie de agua dulce llamada el Lago del Tesoro. A pesar del sugerente nombre, no fue entre sus aguas donde Maxwell había encontrado el dinero necesario para adquirir su mansión…

–«Lo que debes hacer y lo que no, lo aprenderás con Bobby Bop» –murmuró Audrey distraídamente.

Era una frase pegadiza, había que reconocerlo. Audrey no lograba quitársela de la cabeza, y eso la enfurecía, porque la frase era de Maxwell. Audrey se quedó espantada al descubrir que se trataba de un célebre escritor infantil. Sus cuentos para niños, escritos a lo largo de los últimos tres años, lo habían hecho famoso y considerablemente rico, además. Eso le reveló el marinero de servicio en el puesto de la Guardia Costera de Fishers Island, cuando Audrey le preguntó por la casa de Anthony Maxwell. El puesto era el único lugar abierto de la isla a la hora intempestiva de la noche en la que Audrey desembarcó del ferry, y el aburrido guardacostas le relató la historia completa del escritor. Fue también el guardacostas quien le enseñó la frase pegadiza que aparecía al final de todos los cuentos de Maxwell: «Lo que debes saber y lo que no, lo aprenderás con Bobby Bop». Era como un reclamo para los niños. «Es un reclamo, sí. Un anzuelo con el que atraerlos», pensó Audrey de un modo casi inconsciente. El vello del cuerpo se le erizó.

Audrey odiaba a Maxwell. Lo odiaba. Iba a hacerle pagar.

Para eso había venido a Fishers Island. Ella misma se encargaría de castigarlo. Lo decidió incluso antes de salir de Boston. No deseaba que la policía se inmiscuyera, porque eso llevaría a una investigación interminable en la que quizá no se encontraran pruebas suficientes para incriminarlo. Audrey no podía arriesgarse. Sólo a ella le correspondía hacer justicia. Pero aún no estaba segura de cómo cumplir esa tarea. O, más bien, no sabía si tendría valor suficiente para hacer al escritor lo que éste merecía. Así es que, por el momento, pensaba limitarse a observarlo. Maxwell había pasado de ser un depredador a convertirse en la presa de Audrey.

Y allí estaba él, por fin. Audrey se encogió todavía más en su escondrijo al ver que el escritor salía de la casa. No acertó a distinguir sus rasgos desde aquella distancia, pero la adrenalina de su cuerpo se disparó. Puede que fuera un aviso, puede que fuera sólo la emoción de la caza.

Maxwell vestía una estrafalaria chaqueta de franela, de cuadrados marrones y verdes. Audrey lo vio desperezarse de camino a un cobertizo anexo a la casa, del que volvió con una cesta cargada de leña para la chimenea. Eran labores cotidianas de un hombre normal. «Claro que lo son –se dijo Audrey–. ¿Qué esperabas encontrar?» No supo responder a esa pregunta, porque lo que, ingenuamente, no esperaba era descubrir a un hombre que no pareciera repulsivo u odioso a simple vista, que no tuviera la frente marcada con el sello de «asesino», «secuestrador» o, el más despreciable de todos, «pederasta».

Imaginó que Maxwell se disponía a desayunar. Ojalá tuviera ella también algo que llevarse a la boca. No había comido nada desde el almuerzo del día anterior. Audrey casi sintió vergüenza de estar hambrienta, pero sus tripas no mostraron ningún reparo en quejarse.

El escritor se tomó su tiempo para desayunar. No volvió a salir de la casa hasta una hora después. Audrey se aseguró de que él iba a coger su coche, y luego salió corriendo en dirección al suyo. Una sola carretera llevaba hasta la casa de Maxwell, de modo que no había dudas sobre qué camino pensaba tomar el escritor. Lo siguió en dirección al núcleo urbano de la isla, hacia el oeste, tratando de mantener siempre una cierta distancia, más por cultura cinematográfica que porque eso fuera realmente útil. Circulaban ellos dos solos por una carretera particular que, en ciertas épocas del año, incluso estaba custodiada por guardias privados. Por suerte para Audrey, ésta no era una de esas épocas. De lo contrario, no le habría resultado tan fácil apostarse junto a la casa del escritor.

Llegaron al pueblo sin mayores contratiempos. Audrey siguió a Maxwell también por sus calles, hasta que éste detuvo el coche. Ella aparcó en una esquina, un poco más adelante. Se fijó en que el escritor entraba en el único supermercado local, el Village Market. Audrey consideró que era mejor esperar a que saliera, pero luego se le ocurrió que el supermercado podía tener un acceso secundario por el que el escritor podría salir sin que ella se diera cuenta, así es que entró también en el local. Encontró a Maxwell hablando con una cliente. Audrey se aproximó a una caja de verduras, entre las que fingió rebuscar, pero todos sus sentidos estaban pendientes del escritor. Tenía una urgencia casi maníaca de oír su voz, de escuchar lo que él estaba diciendo.

–Gracias, señora Holter. Espero verla en la firma de libros.

–Claro que iré, señor Maxwell. Todas las noches les leo a mis nietos alguno de sus cuentos.

Audrey se sintió enferma. Aquello era como una escena representada por dos buenos actores. Perfecta e idílica. Su argumento podría decir: «Él es un escritor que ama su profesión y que, trabajando duramente, se ha convertido en una pequeña celebridad; y ella es una abuela respetable que adora a sus nietos y admira el talento del escritor». De nuevo la invadió esa sensación de que algo no cuadraba. Maxwell no era un monstruo. No parecía serlo, al menos. Y eso la confundía. Aunque no debiera ser así, porque ella era psiquiatra y sabía que las personas no son casi nunca lo que parecen.

–¿Necesita usted ayuda, señorita?

–¿Qué?

A Audrey le costó desviar su atención de Maxwell y centrarla en el dependiente del supermercado, que acababa de dirigirse a ella.

–Le preguntaba si necesita ayuda.

–No, gracias. En realidad, creo que no voy a comprar verduras hoy.

El dependiente asintió con un gesto amable.

–Si quiere alguna otra cosa, dígamelo.

–Lo haré. Gracias.

Mientras veía de reojo cómo el empleado volvía a su puesto, Audrey escuchó una voz a su espalda.

–Esos puerros son magníficos. Los cultivan aquí mismo.

Era Maxwell. La anciana señora se había marchado y, ahora, el escritor le hablaba a ella. Audrey deseó no haber salido del coche. No quería que Maxwell le dijera lo magníficos que eran los puerros de Fishers Island. No quería saber nada más de él. No quería verlo como a un ser humano.

–Detesto los puerros –dijo Audrey, con un tono glacial, manteniéndose de espaldas a Maxwell.

Trataba de evitarlo, pero no le sirvió de nada. Maxwell había rodeado la caja de verduras para colocarse enfrente de ella.

–¿Y qué tal un poco de calabaza? Con ella puede hacerse un puré delicioso.

Sí. Sin duda era el payaso de los globos amarillos. Tenía cinco años más, había engordado y exhibía una generosa papada y varias arrugas nuevas en el rostro. Pero era él. Maxwell era el payaso que posaba junto a Eugene en su última foto.

–Soy Anthony Maxwell.

–Lo sé... eh... quiero decir...

–Así es que sabe quién soy. Yo, sin embargo, no sé quién es usted. Eso es injusto.

No había auténtica animosidad en este comentario de Maxwell, que, no obstante, obligó a Audrey a presentarse.

–Me llamo Audrey Ba... Baker.

No quiso decir su verdadero apellido, aunque le costaría explicar el porqué de esa reticencia.

–Es un placer, Audrey. Pero me ha dejado usted sin tema de conversación, porque imagino que, además de mi nombre, sabe también a qué me dedico.

–Usted escribe cuentos para niños.

–Sí. Los firmo como Bobby Bop. ¿A que eso no lo sabía?

–No –mintió Audrey.

–Los niños son mi pasión. No hay nada mejor que ellos en el mundo. ¿Tiene usted hijos, Audrey?

En toda su vida, ninguna pregunta fue tan difícil de responder como ésta.

–No, no tengo hijos.

–Oh, es una lástima. Los críos son capaces de iluminarnos la vida, se lo aseguro.

Maxwell dijo esto mientras sopesaba, en una de sus manos, una lustrosa sandía partida por la mitad. A Audrey le aterró la idea de que el hombre del que ella había venido a vengarse pudiera ser padre.

–¿Y usted? ¿Tiene hijos?

El escritor desechó la sandía y se quedó mirando fijamente a Audrey.

–No tengo hijos propios, pero *adoro* a los hijos de los demás.

–Perdóneme –dijo Audrey de repente.

Un calor abrasador le subía por el cuello de la blusa. Si seguía hablando durante un segundo más, el corazón le reventaría. Maxwell observó con cierta indiferencia cómo ella se marchaba a toda prisa del local.

–¿Qué mosca le habrá picado? –dijo el dependiente, que había estado escuchando la conversación.

–No tengo la menor idea –dijo Maxwell–. Me llevaré estas dos –añadió, refiriéndose a dos mitades de sandía.

24

Boston

Cuando Cloister regresó al edificio Vendange no estaba seguro de querer hacerlo y, a la vez, sentía un magnetismo imposible de neutralizar. Su ánimo estaba alterado, y su mente, repleta de ideas irreconciliables. Como investigador, no podía alejarse del centro del enigma, y como ser humano –como el ser humano que era–, con sus dudas y ansia de saber, necesitaba hacer aquello y superar sus miedos. Era el instinto de conservación el que hacía que sus piernas no caminaran con tanto aplomo como él hubiera deseado. La parte más primitiva de su cerebro se revelaba contra la racionalidad.

Ya de nuevo en la cripta, allí abajo, solo, Cloister volvió a notar el ambiente opresivo. Pero ya no volvería a atribuirlo a la sugestión. Era real. Muy fuerte. Se podría cortar. Aquello era debido, como alguno de sus compañeros de los Lobos diría, a una densa concentración de energía psíquica.

El sacerdote optó por seguir las pautas habituales. La primera era no atropellarse. Llevaba consigo una lámpara de batería, que instaló en el centro aproximado de la estancia. Luego extrajo de la cartera de mano su cuaderno de notas y su grabadora, y colocó esta última sobre el altar, con pilas nuevas. Repasó en el cuaderno las preguntas que había anotado en él. Luego dio un largo suspiro, respiró hondo y activó la grabadora. Empezó a formular las preguntas y fue dejando un espacio de sesenta segundos detrás de cada una de ellas, que midió con su reloj. Consideró que un minuto bastaba para cada posible respuesta, ya que las cuestiones eran muy simples y directas. Al final, añadió una pregunta más que se le ocurrió en el momento:

–Mi nombre es Albert Cloister. ¿Estás seguro de que soy la persona con la que quieres hablar?

»¿Por qué quieres hablar conmigo?

»¿Quién eres?

»¿Qué quieres de mí?

»¿Puedes manifestarte de algún otro modo?

»¿Eres el espíritu de un ser humano fallecido?

»¿Qué eres?

»¿De dónde vienes?

»¿Dónde estás?

»¿Eres un espíritu bondadoso o malintencionado?

»¿Eres quien habló por boca del jardinero deficiente?

Al no poder escuchar las hipotéticas respuestas, como en cualquier conversación normal, varias de las preguntas que Cloister formuló tenían un sentido muy similar. Algunas estaban contenidas en otras, pero eso no era una mala idea, ni mucho menos. En toda experiencia es positivo repetir cuestiones con distintas palabras para controlar la fiabilidad de un testimonio. Las repeticiones tienen esa función, por lo cual no conviene evitarlas. No se trata de hacer tests elegantes, sino efectivos.

Una vez terminada la conversación sin interlocutor audible, el sacerdote detuvo la grabación para reproducir el archivo registrado. Elevó el volumen al máximo, y se dispuso a escucharlo con atención. Su propia voz sonaba con un aplomo más bien ficticio.

–Mi nombre es Albert Cloister. ¿Estás seguro de que soy la persona con la que quieres hablar?

Sí.

La afirmación fue clara y seca. La entidad le contestaba.

–¿Por qué quieres hablar conmigo?

Porque tú querrás hablar conmigo.

–¿Quién eres?

Tu amigo invisible... O, mejor, tu enemigo invisible.

Había ahora algo del tono irónico que Cloister detectó en la primera psicofonía.

–¿Qué quieres de mí?

Tu alma.

–¿Puedes manifestarte de algún otro modo?

Sí.

Esa vez la palabra se prolongó, como si la entidad quisiera hacer ampulosa ostentación de su poder.

–¿Eres el espíritu de un ser humano fallecido?

No.

–¿Qué eres?

Lo que soy.

–¿De dónde vienes?

Del siempre, del principio de los tiempos, de la eternidad.

–¿Dónde estás?

En todas partes.

–¿Eres un espíritu bondadoso o malintencionado?

Estoy más allá del bien y del mal.

–¿Eres quien habló por boca del jardinero deficiente?

Sí.

A cada respuesta, la inquietud fue invadiendo con más fuerza al sacerdote. Todas las respuestas eran certeras, inmediatas. Por primera vez desde niño, no ya el miedo, sino el pánico embargó su espíritu. Con la grabadora aferrada en su mano, salió de la cripta a toda prisa, y a punto estuvo de resbalarse en la escalera vertical que conducía al exterior. Se dio cuenta de que estaba crispado y tembloroso. Abandonó el edificio y deambuló por la calle. Había anochecido y hacía frío, lo cual se agravaba bajo el cielo completamente despejado y límpido. Las estrellas se alzaban majestuosas, visibles a pesar de la contaminación lumínica de la ciudad. Boston no era tan grande como Nueva York. Allí nunca se podían ver las estrellas. La ciudad que nunca duerme es también la ciudad que nunca mira su cielo nocturno, sencillamente porque éste no existe más allá de una capa de luz difusa que devuelve los millones de vatios que provienen del suelo. Pero Boston aún permitía ver algunas estrellas en las noches despejadas. Aquellas luces que embargan el ánimo y transportan a lugares distantes, desconocidos, tan vibrantes en la imaginación como su propia figura luminosa en lo alto.

Cloister caminó un rato y acabó sentándose junto a la estatua del abolicionista William Lloyd Garrison, en un banco del bulevar de la avenida Commonwealth. De tanto apretar la grabadora, su mano estaba dolorida. La dejó a un lado, sobre la madera, como si eso alejara de él lo que acababa de escuchar, y se recostó para mirar el cielo. El vaho de su aliento cruzaba sus ojos como una nube fugaz. El ruido del tráfico casi había desaparecido. Estaba solo. Cogió de nuevo la grabadora y volvió a escuchar la voz que había quedado impresa en la memoria. El silencio de la cripta de la antigua iglesia contenía una presencia atronadora.

–¿Eh, amigo? –dijo una figura oscura que apareció a un lado.

–¿Qué...?

–¿Tiene un cigarrillo, amigo?

–Lo siento –respondió el sacerdote, mirando a su interlocutor, un viejo pordiosero de pelo ralo y sucio, abrigo raído y gorro de lana azul–. Llevo un mes sin fumar.

–Mala suerte.

–Y que lo diga.

En ese momento, Cloister se hubiera fumado una cajetilla entera.

–Espere... A ver. –El mendigo se metió una mano entre

los pliegues mugrientos del abrigo–. ¡Vaya, pero si tengo un paquete con un par de pitillos! Lucky Strike.

–Un verdadero golpe de suerte –dijo Cloister mientras cogía el cigarrillo arrugado que el mendigo le estaba ofreciendo.

–Por aquí debo de tener una caja de fósforos...

El sacerdote se dio cuenta de que no quería fumar. Estaba harto de ser una víctima del veneno del tabaco. Pero le pareció un desprecio devolver el cigarrillo al mendigo. Éste le dio fuego y se sentó a su lado en el banco, después de hacer un ademán a modo de petición de permiso.

–¿Son hermosas, verdad? –dijo el viejo, con la vista puesta en el cielo.

–Sí que lo son.

–Por cierto, ¿qué hace un caballero elegante como usted aquí solo a estas horas? Si no le importa que se lo pregunte... ¿Le ha echado de casa la parienta?

–No estoy casado. He salido a pasear.

–¡Pues vaya hora rara! Con este frío se le pueden congelar las ideas.

Cloister fumaba sin tragar el humo, pero lo hacía casi inconscientemente. Sus pensamientos verdaderos estaban lejos de allí. La conversación con el viejo pordiosero ocupaba la capa exterior de la cebolla, y lo que había escuchado en la grabación pertenecía a lo más interno.

–¿Un trago, amigo? –dijo el mendigo, agitando en su mano una petaca de vidrio de whiskey Jameson.

Ante el ofrecimiento, el sacerdote sonrió por primera vez. Ahora se daba cuenta de la situación. Un pobre hombre, sin techo, vestido con harapos, le estaba invitando a tabaco y a alcohol. Un tipo hospitalario a pesar de su pobreza. Era loable.

–No, gracias, no suelo...

–¿No suele, qué?

–Quiero decir que no acostumbro a beber... Aunque,

¡qué diablos!, deme esa botella. La verdad es que necesito un trago.

Los dos hombres compartieron el whiskey irlandés en el banco del bulevar, mientras fumaban y contemplaban las estrellas en el firmamento. El sacerdote estaba en silencio, tratando de encontrar una explicación a los acontecimientos, o más bien un resquicio por el que ver la luz. Sentía, en cierto modo, la tranquilidad propia de la desesperación, que también es una calma que precede a la tormenta.

–¿Sabe usted que Kennedy miraba mucho el cielo?

El viejo habló en un tono diferente. Su voz no sonaba tan áspera como antes. Los ojos le vibraban llorosos.

–Kennedy –continuó– prometió que el hombre iría a la Luna, y así fue. Si los políticos de ahora miraran más el cielo...

No terminó la frase. Sus ralas barbas se humedecieron con las lágrimas. Toda persona lleva consigo una historia, pero los mendigos tienen siempre una historia triste. Muchas personas normales y decentes creen que sólo son vagos, a los que no se puede redimir porque les gusta la inmundicia y la calle. Pero lo cierto es que muchos mendigos aman sobre todas las cosas la libertad. A menudo, el exceso de equipaje en la vida no lo convierte a uno en otra cosa que en esclavo voluntario.

–He de ir al albergue –dijo el mendigo, levantándose.

–Gracias por el cigarrillo y el trago –contestó Cloister, que también se puso de pie–. Permítame que le dé unos dólares.

–No le diré que no, amigo, no le diré que no.

El sacerdote sacó un billete de veinte de su cartera y se lo tendió a aquel hombre, que lo miró y luego lo apretujó en su mano, hinchada bajo un guante de lana sin dedos.

–¡Un *Andrew Jackson*! Muchas gracias. Es usted muy generoso.

El viejo guardó el dinero en un bolsillo, hizo una especie de leve reverencia de cortesía, y se alejó caminando muy despacio. Debía de rondar los setenta años, aunque era difícil de saber por su aspecto, su pelo largo y su barba rala. Cloister lo siguió con la mirada. Esa noche había recibido una lección. Se repitió a sí mismo que nada sucede por casualidad. Aquellos dos acontecimientos debían tener alguna relación entre ambos. Posiblemente no era una relación causa-efecto, pero la aparición de un mendigo más generoso que muchas personas acomodadas, después de haber grabado las psicofonías en la cripta, parecía significar que vale la pena luchar por la humanidad, con todos sus problemas, contradicciones o errores. Y, si no era así, se trataba de un hermoso pensamiento. Era una conclusión que merecía la pena sacar de ese encuentro nocturno.

A la luz temblorosa de las estrellas, palpitantes como seres vivos allá en la negra lejanía cósmica, Cloister volvió a escuchar la grabación un par de veces más. Después se serenó y se armó de valor. No estaba dispuesto a comenzar con una retirada. Tenía que regresar a la cripta oculta bajo el edificio Vendange y enfrentarse con la entidad que le había hablado. Enfrentarse con la verdad.

Rezó una oración, en silencio, mientras caminaba de regreso. Esa noche no volvería a contactar con la entidad. Con ese enemigo invisible que lo había atraído hasta allí. Con aquel ser desconocido que decía pretender su alma y afirmaba estar, como Dios, en todas partes. Con ese ser de otra dimensión que, según dijo, estaba más allá del bien y del mal. Cloister quería solamente regresar a la cripta para dar muestra de fortaleza.

Antes de descender hacia la puerta de la carbonera, frente a la entrada principal del edifico Vendange, el jesuita se detuvo un momento. Sobre él se hallaba el poste con el letrero de la calle perpendicular a la avenida Commonwealth, en el que podía leerse Dartmouth. El nombre de una localidad que aparecía en *El perro de Baskerville,* uno de los casos del más célebre de todos los detectives, Sherlock Holmes. En esa obra se decía que la vida y la muerte encierran cosas que no podemos comprender. Y era cierto. También el significado de Dartmouth resultaba irónico: dardo en la boca. El dardo de la palabra, que hiere con la boca.

Cloister volvió a atravesar la carbonera, a cruzar el patio y a descender hasta la sala de los pilares de carga. Desde allí regresó a la cripta. Pasara lo que pasara, mañana sería otro día.

25

Boston

La llamada de Audrey había despertado a Joseph en plena noche. Su preocupación no paró de aumentar desde entonces. El sabor a despedida de la voz de la psiquiatra lo había dejado angustiado. Intentó devolverle la llamada, pero Audrey tenía apagado su teléfono celular. Joseph temía que fuera a cometer una locura. Ella era una mujer atormentada, y quizá la muerte de la esposa de ese amigo suyo, profesor de Harvard, había sido lo que faltaba para colmar el vaso de su desesperación. Tenía que encontrarla. Pero todos sus intentos para lograrlo habían sido infructuosos hasta el momento.

Audrey se había evaporado. Ésas fueron las palabras de su secretaria, a la que Joseph llamó de madrugada para preguntarle por ella. No tuvo mejor suerte con la madre superiora de la residencia, a la que decidió ir a ver en persona. Tampoco la religiosa sabía nada de Audrey, y estaba tremendamente preocupada por ella. «Se ha olvidado aquí su maletín y no ha venido a buscarlo, y ni siquiera ha llamado para preguntar por él –le dijo la madre Victoria–. Eso no es propio de Audrey. Ella es tan profesional, tan cuidadosa…»

La angustia de la monja era verdadera, pero Joseph tuvo la nítida sensación de que no estaba siendo del todo sincera con él y que se guardaba algo que no quería contarle. Estaba en lo cierto, aunque no podía imaginar lo que la madre superiora le ocultaba. Allí se había celebrado un exorcismo.

Fue después de él cuando Audrey se había marchado, conmocionada, olvidando su maletín en una huida apremiante. La madre Victoria temía por su integridad física, pero lo que realmente la mortificaba era la integridad de su alma. Tuvo deseos de compartir esta carga con el bombero, pero se obligó a no hacerlo. La prudencia recomendaba que él no supiera nada de todo aquello.

A Joseph ya no le quedaba nadie más con quien hablar, pero no iba a rendirse. Ni una sola vez, en toda su carrera, había dejado de intentar rescatar a quienes quedaban atrapados en los incendios, por más peligrosa que fuera la situación y por mínima que fuera la esperanza de encontrarlos con vida. No abandonó a Daniel en el incendio del convento, aunque hasta su propio compañero le aconsejó que desistiera. Y no iba a abandonar tampoco a Audrey.

26

Boston

En la profundidad de aquella cripta olvidada, abarcado por una energía desconocida, Albert Cloister se sumió en ideas que cada vez recorrían caminos más alejados al control de su consciencia. Sin saber cómo ni por qué, el jesuita sintió un repentino mareo y tuvo que sentarse. Casi al instante, de un modo ajeno a su control, cayó en un sueño profundo, y penetró el universo de su subconsciente. Las imágenes oníricas fueron creando una ilusoria realidad en que las dimensiones del espacio y el tiempo quedaban anuladas o reinterpretadas. La fuerza de la gravedad o las leyes de la naturaleza, ya no existían con la pertinaz consistencia del mundo exterior. Los colores y las formas eran nuevos. El tamaño, las proporciones del cuerpo, se habían disipado como un humo etéreo. Todo estaba generado por la mente. Nada era verdaderamente real.

Un cielo sin nubes, imposible de definir en su transparencia azul, se extendía sobre una inmensa campiña. Animales desconocidos y amigables pastaban junto a riachuelos de aguas mansas. El olor a flores inundaba el ambiente. Cloister volaba sobre los campos. Al fondo, unas montañas empezaban a aproximarse. Eran hermosas, con cumbres nevadas. Más allá, un mar turquesa se erizaba en olas de espuma blanca. Miles de peces emergían de la superficie, dando saltos en el aire. La felicidad era tan real en ese mundo irreal como una roca en el mundo físico.

El Sol se puso en el horizonte y la Luna apareció majestuosa en lo alto. Casi parecía tener un rostro. Estaba espléndida, luminosa, protectora. Cloister vio que ahora se hallaba sobre una ciudad, con sus tejados de pizarra y teja, sus azoteas y sus calles. Era de noche. Las luces multicolores resplandecían. De pronto, la fachada de edifico Vendange apareció ante sus ojos. Siguió avanzando hasta su interior. Estaba solo. La sensación de paz y alegría fue dando paso a un sentimiento de abandono. El pecho se le fue ahuecando a medida que, en su propio sueño, se acercaba a la cripta de la antigua iglesia, bajo el suelo del edificio. Todo era igual, aunque, en cierto sentido, también era distinto.

Entró flotando, con la misma sensación de ingravidez, y vio a una mujer tendida en el altar. Estaba desnuda y era muy hermosa. Más que eso: era deslumbradora. Su abundante pecho descendía hasta un vientre plano que caía hacia la caverna de su sexo, protegida bajo un cuidado manto de vello negro. Era intensamente morena, y se podía notar a distancia el palpitar de su corazón rebosante de deseo. Miró al sacerdote al tiempo que se giraba. Éste sentía a la vez atracción y ansias de escapar. Su voto de castidad le impedía sentirse bien en semejante situación, atrapado por un torbellino de lujuria. Pero algo le trababa y le imposibilitaba el retroceso. Había un magnetismo que frenaba su reacción, cada vez menos intensa contra esa fuerza invisible. Ella se puso de pie. Sus formas femeninas se mostraron en todo su esplendor a la mirada del sacerdote. La mujer se metió los dedos en la boca y los lamió con fruición. Luego bajó la mano hasta el sexo y lo acarició hasta que se humedeció visiblemente.

Cloister estaba frente a ella. La abrazó, sintiendo sus senos apretarse contra su pecho. Las bocas de ambos se juntaron y se entrelazaron las lenguas. Ella empezó a desnudarlo. Le quitó la chaqueta, la camisa, desabrochó su cinturón y le bajó los pantalones; le dio un empujón para que se recostara en el altar. El sacerdote estaba boca arriba, con su sexo pleno. La mujer se puso sobre él. La penetró con furor. El remordimiento no existía ahora, se había escondido en un lugar distante. Los movimientos se fueron haciendo cada vez más intensos, frenéticos. La mujer saltaba sobre su vientre. Los gemidos de placer se tornaron gritos de dolor.

–¡PARA, PARA! –vociferó Cloister, tratando de frenarla.

Entonces se vio empapado de ardiente sangre, que lo cubría y descendía por su cuerpo como la lava de un volcán. Ahogó otro grito, mientras devolvía la mirada a la mujer. El rostro de ella había cambiado. Sus ojos refulgían y su boca robaba aire como la de un pez fuera del agua. Toda su piel se hallaba perlada de sudor. De pronto, se detuvo en seco. La expresión de su cara se hizo repentinamente marchita. Se le apagaron los ojos y sus labios se juntaron. Un último gemido lastimero y se derrumbó hacia delante, sobre el sacerdote.

Cloister se despertó con un gran sobresalto, y retornó a la realidad de un modo agudo y acelerado, como un torbellino. Había sufrido una horrible pesadilla. Su estado era de confusión, y su corazón palpitaba acelerado. Se dio cuenta de que estaba bañado en sudor. Sentía el mismo miedo que un niño cuando la luz se va sin previo aviso, y las tinieblas lo llenan todo... El sueño había sido tan vívido, tan real. Incluso se examinó para cerciorarse de que no estaba ensangrentado. Lo que sí percibió, con vergüenza, fue una mancha húmeda en sus pantalones.

Como era obvio, el jesuita no podía saber que, no lejos de allí, en la residencia de ancianos de las Hijas de la Caridad, Daniel, el viejo jardinero deficiente mental, se había despertado igualmente empapado en sudor y con lágrimas en los ojos, aferrado a la colcha de su cama. Él no gritó. Gemía de pánico, casi en silencio. También había tenido una horrible pesadilla.

Cuando se serenó un poco, el sacerdote notó que tenía la boca seca y pastosa, y un hondo desasosiego en el espíritu. Sintió un deseo irreprimible de comunicar con la entidad. Aquella pesadilla no podía ser algo casual. Las casualidades no existen: son sólo la ignorancia de quien no sabe por qué sucede algo.

¿Te gustó mi regalo? No puedes decir que no. Yo sé que te gustó.

Ésas fueron las primeras palabras que se registraron en la memoria de la grabadora cuando Cloister la puso en marcha, en medio de un ambiente denso y opresivo. Luego emergieron del pequeño altavoz del aparato. Era la desagradable constatación de que, quienquiera o lo que quiera que fuese lo que se comunicaba con él, estaba dispuesto a hacerlo sin titubeos.

Albert abrió la boca asqueado, y exhaló una bocanada de aire. Estaba en manos de aquella entidad que decía pretender su alma. ¿Sería el Demonio? Ésa parecía la conclusión más simple. Y quizá fuera acertada. Había conseguido llenar su corazón de culpabilidad, la culpabilidad de pecar con gozo. Aquella mujer que lo visitó en sueños logró desbocar en él los más bajos instintos, la pasión erótica, la lujuria. Como sacerdote había hecho voto de castidad. Desde entonces nunca había estado con una mujer. Pero aquella noche su mente creyó estarlo. Fue engañada por un sueño totalmente veraz. Y se puede pecar tanto por obra como de pensamiento. Era un hecho. Muchos son incapaces de obrar el mal físico, pero lo hacen con sus mentes: los envidiosos, los mezquinos, los amargados. Y, sin embargo, ante los ojos de Dios son igualmente pecadores.

Tras un breve silencio, la grabación finalizó con las primeras frases punzantes. La entidad había canturreado una canción que Albert Cloister recordaba de su juventud, de su primer y único amor. Sintió como si su corazón se abriera, desagarrado con una sierra, y le fuera extraído algo muy precioso guardado en su interior. La canción era *She's a Mystery To Me,* y la tenía unida a su chica en una dorada urna de felicidad. Pertenecía al pasado, pero era algo suyo y puro.

La noche llega y yo caigo bajo su encanto
La luz del día torna nuestro cielo en infierno
Y yo empiezo a arder
Y ardo por toda la eternidad
Por toda la eternidad
El Ángel Caído llora
Por toda la eternidad... ¡ja, ja, ja!

El tono de la voz en los últimos versos era burlón, insultantemente burlón. Y esa risa final... Por qué se reía. ¿De *qué* se reía?

¿Buscas la verdad? –dijo entonces la voz, recuperando su tono gélido y siseante–. *Sí, tú deseas saber la verdad. La auténtica verdad, que no necesita fe ni creyentes.*

Un escalofrío recorrió el cuerpo de Albert. La entidad estaba citando casi literalmente sus propias palabras, el colofón de su doctorado en teología: «La fe nos conduce a la verdad y la verdad no necesita creyentes; porque la verdad no necesita a la fe, pero la fe sí necesita a la verdad».

La Verdad.

El jesuita quería saber la verdad, en efecto. Aunque desconfiaría de las supuestas verdades reveladas por aquella entidad que lo manejaba y lo dirigía a su capricho, turbando su ánimo, infundiéndole temores, confundiendo su raciocinio. Tenía bastante valor para quedarse allí y descubrir lo que fuera, lo que hubiera que descubrir. Prefería cualquier conocimiento a la ignorancia, aunque fuera desagradable o doloroso. Prefería saber a toda costa.

–¿Cuál es esa verdad? ¿Que «todo es Infierno», que este

mundo de maldad nos arrastra a todos a la condenación? –gritó Cloister al polvoriento aire de la cripta.

No esperaba respuesta. Con la aguda sensación de que seguía un plan preestablecido y con el recelo ante el Príncipe de la Mentira, pero embargado a la vez por el ansia de encontrar la verdad –ese viento que había inflado las velas de su alma desde muy niño–, Albert Cloister aceptó lanzarse en el tablero de aquel juego. Un tablero real, con piezas humanas. La verdad era lo único por lo que valía la pena cualquier sacrificio.

–Jugaré a lo que tú quieras –gritó de nuevo a los solitarios muros–. Deseo saber esa verdad de la que hablas. Necesito saberla.

Un nuevo escalofrío recorrió en ese momento el cuerpo del sacerdote, que se había aproximado al altar sobre el que pecó en sueños. Lo que le había parecido sangre en los trazos que dibujaban la cifra 109, y que había visto en su primera visita a la cripta, estaba ahora fresca. Era intensamente roja y brillaba a la escasa luz del foco. Casi parecía hervir.

La grabación ya había terminado, pero Cloister volvió a poner en marcha el aparato. Necesitaba respuestas. Al poco, vio cómo el indicador luminoso de registro de sonido se activaba.

–¿Qué he de hacer? –preguntó el sacerdote–. ¿Quién eres?

Unos minutos después escuchó lo que la grabadora había recogido a través de su micrófono. Tras sus preguntas, la voz de la entidad volvió a sonar, clara y firme. Y, sin embargo, a Cloister le parecía seguir experimentando una pesadilla de la que, en algún momento, despertaría.

Tú ya sospechas quién soy... pero debes creerlo, y sólo se cree de veras en lo que se descubre. Tu corazón no debe albergar ninguna duda. Cuando conozcas la verdad, tampoco dudarás. Has de encontrar un libro que te dirá lo que debes sa-

ber. Está en un lugar que conoces bien. Lejos de aquí, pero cerca de tu morada espiritual. Cerca del lugar en que tuviste noticias de mí por vez primera... Su número es 4-45022-4. La verdad es una, pero los caminos para llegar a ella son múltiples. La verdad, la verdad que descubrirás, no te hará libre.

27

Fishers Island

Audrey tenía una hora de plazo. Como parte de las celebraciones de una fiesta local, el escritor Anthony Maxwell iba a firmar cuentos y a participar en unas actividades infantiles en las instalaciones de la Legión Americana de Fishers Island. Estaba previsto que el acto durara dos horas, pero Audrey no creyó prudente apurar demasiado el tiempo. Por eso se había marcado sesenta minutos como límite para entrar en la casa del escritor y revisarla. Eso se había propuesto hacer, aunque ignoraba qué debía buscar y le aterraba lo que podría encontrarse.

Su aprensión creciente casi la hizo desistir. Tuvo que obligarse a seguir adelante con su idea diciéndose que quizá no tuviera otra oportunidad como aquélla. También se aplicó un poco de la psicología que usaba con sus pacientes en la consulta. No debía tomarse lo que iba a hacer como un todo, porque eso era difícil de asumir, sino como un conjunto de partes, una sucesión de pasos. Y el primero de ellos era obvio: Audrey tenía que descubrir un modo de entrar en la casa de Maxwell. Se le ocurrió forzar la puerta de la cocina, o quizá romper una ventana, aunque enseguida descartó ambas opciones. Algo así alertaría al escritor cuando regresara y seguramente le haría llamar a la policía. Además, era perfectamente posible que Maxwell tuviera instalado un sistema de alarma.

Rodeó toda la casa en busca de un modo de colarse, pero no encontró ninguno. La mansión estaba sellada. Maxwell ni siquiera se había dejado abierta alguna ventana del piso superior; un olvido normal en un hombre que vivía solo. Para desgracia de Audrey, el escritor era tan meticuloso como parecía. Se sintió impotente. Y el tiempo seguía pasando. Le quedaban sólo cuarenta y cinco minutos.

La idea de cómo entrar en la casa surgió de la fuente más inesperada. Se la dio un pequeño gorrión.

–Es una locura...

Indudablemente lo era. Y había demasiadas cosas que podían salir mal. Hasta era posible que Audrey se partiera el cuello. Aunque no veía más alternativas. Iba a intentar entrar por la chimenea. Era grande, y su extremo superior estaba cubierto por una chapa metálica picuda, que Audrey tenía la esperanza de poder retirar; en la chimenea de su propia casa era posible hacerlo para efectuar limpiezas. Fiel a la técnica de convertir en pasos sucesivos las acciones que iba a realizar, repasó mentalmente qué era lo que iba a hacer a continuación y cómo iba a hacerlo. Para llegar al tejado, tendría que encaramarse a un árbol que se alzaba a poca distancia de la mansión. Audrey no escalaba árboles desde los diez años pero, por suerte para ella, aquel árbol concreto no suponía un gran desafío. Su tronco estaba lleno de salientes y huecos en los que apoyarse. Pasar del árbol al tejado tampoco sería complicado, pues una gruesa rama quedaba a medio metro escaso de las tejas.

Ejecutó el plan con una precisión militar. Le llevó menos de diez minutos alcanzar el tejado, a cambio sólo de unos cuantos rasguños sin importancia. No obstante, Audrey jadeaba. A partes iguales por el esfuerzo físico y la tensión nerviosa.

La chimenea le quedaba ahora a un par de metros, pero debía ser precavida antes de avanzar. La lluvia de la noche anterior había vuelto resbaladizas desde las tejas. Un pequeño descuido y caería seis metros antes de golpearse contra el suelo. Contuvo la respiración durante gran parte del tiempo que invirtió en llegar hasta la chimenea de piedra. Su presencia espantó al gorrión que descansaba sobre ella, puede que el mismo que le dio a Audrey la idea de colarse por el tejado. Verificó con alivio que la cobertura metálica de la chimenea podía realmente quitarse. Tenía unas patillas verticales soldadas a una pieza metálica rectangular que encajaba en la estructura de piedra. A Audrey le bastó tirar con fuerza hacia arriba para retirar toda la pieza.

Había completado un paso más. Respiró aliviada, aunque su blusa estaba húmeda de sudor y notaba la garganta seca. Era un momento crucial, en el que debía establecer dos cuestiones: si cabía o no por el hueco de la chimenea, y si Maxwell la había encendido esa mañana. Audrey había oído hablar alguna vez en las noticias, de ladrones atascados en chimeneas cuando intentaban acometer uno de sus «trabajos». Pero confiaba en que eso no le ocurriera también a ella. Era delgada y el hueco parecía más que suficiente para alojar su cuerpo. Quedaba por responder entonces la otra cuestión, la de si Maxwell había encendido el fuego esa mañana. En tal caso, la escalera interior de hierro estaría muy caliente y Audrey no podría bajar por ella. Recordaba con nitidez haber visto a Maxwell ir en busca de leña al cobertizo, pero juraría que no había llegado a usar la chimenea. La decisión estaba tomada.

–Vamos allá –se animó a sí misma.

Encaramada en el tope de la chimenea, tuvo la buena idea de quitarse los zapatos y guardarlos bajo sus ropas, y también de dejarse puestos los guantes. De ese modo no llenaría el salón y el resto de la casa de Maxwell de delatoras huellas y pisadas negras. Eso suponiendo que lograra entrar, claro estaba. Tanteó con el pie hasta dar con el primer escalón de hierro, y luego se sumió en la impenetrable oscuridad del cañón de la chimenea. Bajó muy despacio, poniendo atención antes de cada nuevo avance. A medio camino, empezó a sentir un picor casi insoportable en la nariz, por culpa del fino polvo de hollín, que también comenzaba a irritarle los ojos y a adherírsele a su garganta seca. Los deshollinadores merecían cada centavo que cobraban por limpiar chimeneas como ésta. Se esforzó por no estornudar, y rogó para que no hubiera un nido de pájaros o de murciélagos en algún hueco. Gritaría si un ser alado emergía súbitamente de la negrura.

Por fin empezó a entrar más claridad por debajo de sus pies que por su cabeza. Le faltaban cuatro escalones para llegar a la base de la chimenea, pero no se apresuró. También en este caso valía el principio de dar sólo un paso cada vez. Fue contando mentalmente los cuatro que le faltaban para llegar al suelo: cuatro, tres, dos, uno…

Las cenizas del lecho de piedra estaban frías. A un lado, se apilaban los troncos que Maxwell había ido a buscar por la mañana al cobertizo. Audrey se quitó los guantes y los metió, dados la vuelta, dentro de un bolsillo. A pesar de sus cuidados al bajar, el abrigo no estaba demasiado limpio. Decidió quitárselo y ponerlo sobre la leña para evitar dejar manchas por la casa. Lo recogería antes de marcharse. Las ropas por debajo del abrigo sí estaban casi libres de hollín. Así es que, después de sacudirse los pies y volver a ponerse los zapatos, estaba lista para inspeccionar el interior de la casa de Maxwell.

Aún no podía creer que lo hubiera conseguido. En su cara manchada de hollín brillaron los dientes blancos de una sonrisa. Pero ésta se esfumó rápidamente al tomar verdadera conciencia de dónde se encontraba y de qué la había conducido hasta allí. Miró el reloj, de nuevo con un gesto preocupado. Quedaban menos de veinte minutos para llegar al límite que se había impuesto.

El salón no tenía nada de excepcional. Era como cualquier otro refugio de una persona adulta, soltera, sin problemas económicos y con gusto. Había dos sofás, un sillón antiguo de cuero frente a la chimenea, muebles caros, lámparas de pie, y muchas estanterías de madera llenas de libros. Y había también algunos caprichos, como una pantalla grande de plasma, una PlayStation y un costoso equipo de alta fidelidad de la marca Marantz. Audrey sintió un escalofrío al darse cuenta de que aquel salón podría ser el suyo.

Decidió ir al piso de arriba, donde imaginó que estaban las habitaciones. Si había algo que descubrir, la zona más íntima de una casa, aquella en la que uno dormía, era el mejor sitio donde comenzar la búsqueda.

Faltaba un cuarto de hora.

La primera habitación en la que Audrey entró era el lugar de trabajo de Maxwell. Había un ordenador sobre una mesa, algunos papeles sueltos con notas manuscritas, y dos estanterías con todos los cuentos publicados de Bobby Bop, el seudónimo literario de Maxwell. Audrey sacó uno de los ejemplares. El tiempo se le echaba encima, pero quería satisfacer su curiosidad. Abrió el cuento por la primera página. Los dibujos eran redondeados y simples, como suelen serlo en los cuentos destinados a los niños más pequeños. Un tren sonriente echaba humo por su chimenea y, a su lado, sobre la hierba llena de flores, estaba el héroe del cuento, Bobby Bop.

–Tiene su cara –dijo Audrey, con sorpresa y repulsión.

El rostro de Bobby Bop era tosco y estaba muy simplificado, pero existía un parecido innegable entre él y Anthony Maxwell, su creador.

Ensimismada, Audrey empezó a leer el texto de grandes letras:

¡Buenos días, señor Tren!

¡Buenos días, Bobby Bop! ¿Qué vas a enseñar hoy a los niños?

Audrey siguió leyendo en la página de la derecha. Allí había un nuevo dibujo del señor Tren y de Bobby Bop. Los dos se mostraban ahora muy serios.

Voy a enseñarles la diferencia entre una persona conocida y un extraño.

Al leer esto, Audrey tragó en seco. Supo de inmediato cuál iba a ser la moraleja del cuento. Pasó las hojas siguientes, hasta llegar a la última, donde leyó la recomendación del sabio Bobby Bop:

Nunca, nunca, nunca te vayas con extraños.

A esto le seguía la inevitable despedida:

Lo que debes hacer y lo que no, lo aprenderás con Bobby Bop.

A Audrey le temblaban las manos cuando volvió a dejar el libro en su sitio. Ojalá su hijo Eugene hubiera hecho caso de aquel consejo, ojalá no se hubiera marchado con el extraño que se lo llevó del parque de atracciones de Coney Island. Con lágrimas pugnando por salir de sus ojos, Audrey abandonó el despacho de Maxwell y se dirigió a la habitación contigua. Estaba vacía, al igual que las dos siguientes. Sólo le quedaba por revisar la que había al fondo del corredor: el cuarto de Maxwell. Una mirada nerviosa a su reloj le dijo a Audrey que tenía apenas diez minutos más. Aceleró el paso, pero se encontró con una puerta inesperadamente cerrada bajo llave. Se había concentrado tanto en resolver el problema de entrar en la casa, que no se le ocurrió pensar que pudiera haber estancias cerradas en su interior. En un intento desesperado de ver la habitación, Audrey se arrodilló para mirar a través del hueco de la cerradura. Tuvo suerte de que fuera de tipo antiguo, con un ojo que atravesaba la puerta de lado a lado, pero lo único que entraba en su reducido campo de visión era una ventana. Agarró el pomo y empujó con el hombro, haciendo una fuerza considerable. Esperaba que la puerta no estuviera bien cerrada y que el pestillo saltara sin romper la cerradura. Eso no ocurrió.

–¡Maldita sea!

Era imprudente gritar de ese modo, aunque estuviera sola, porque, incluso con las precauciones que había tomado, Maxwell podría regresar en cualquier momento. Muy contrariada, volvió al piso inferior y se dedicó a inspeccionar las otras divisiones de la planta baja, aparte del salón: la cocina, el comedor, el interior de una pequeña despensa y una sala que hacía las veces de lavandería casera. No descubrió nada sospechoso en ninguno de esos lugares. Para completar la inspección de la casa sólo le restaba el sótano, donde tampoco pudo entrar porque, como la habitación de Maxwell, estaba cerrado con llave.

Audrey se sintió decepcionada y furiosa. Su infructuosa revisión de la planta baja había acabado de consumir su tiempo. Peor aún. Pasaban ya veinte minutos del límite. Tenía que marcharse ahora mismo. Con los ojos brillándole de rabia, entró en el salón para recoger su abrigo. Ya con él en la mano, abrió la puerta principal. Sólo después de hacerlo se dio cuenta de que no había comprobado antes si estaba realmente conectada a una alarma. No era así, por suerte para ella. Salió al porche. Todo seguía igual a como estaba una hora y media antes, salvo porque había menos luz. Faltaba poco para la puesta de sol. Audrey inspiró una gran bocanada del aire gélido y limpio. La puerta empezó a cerrarse lentamente a su espalda. Se había convencido a sí misma para entrar en la casa de Maxwell diciéndose que quizá no volviera a tener una oportunidad como aquélla. Pues bien, si eso era cierto, si ésta había sido su única oportunidad, entonces la había desperdiciado de todos modos.

Audrey se abalanzó hacia la puerta cuando estaba ya a punto de cerrarse.

–¡Nunca! –gritó.

Atravesó el recibidor como una exhalación y entró en la cocina. De ella salió con un cuchillo enorme. Corrió escaleras arriba, subiendo los escalones de tres en tres, siempre con el cuchillo en la mano. Corrió también por el pasillo del piso de arriba hasta plantarse, jadeando, frente al cuarto de Maxwell.

–¡Nunca! –repitió.

Su grito se fundió con el crujido que emitió la madera de la puerta al ser atacada con el cuchillo. Audrey lo agarraba con ambas manos.

–¡NUNCA!

Golpeó una y otra vez la madera en torno a la cerradura. Siguió haciéndolo incluso después de que ésta cayera al suelo dentro de la habitación, con un ruido metálico.

–¡TE VAYAS CON EXTRAÑOS!

Era la frase del cuento de Bobby Bop que Audrey había leído: «Nunca, nunca, nunca te vayas con extraños».

La puerta, ya libre, se abrió por sí sola con una gracilidad fuera de lugar. Audrey pudo finalmente ver el interior del cuarto de Anthony Maxwell.

Era una aberración. Aunque no lo sería si perteneciera a un niño… La cama, minúscula para el tamaño de Maxwell, tenía las orejas del ratón Mickey en la cabecera. Los laterales eran negros, como los brazos del roedor de Disney, y acababan en dos piezas de madera con forma de guantes blancos. Bajo la cama había una alfombra colorida, llena de otros alegres personajes de dibujos animados: el pato Donald y sus sobrinos, Minnie y Daisy. Del techo pendía un colgante móvil, como los que se ponen sobre las cunas de los bebés. Con un esfuerzo enorme, Audrey accionó un proyector que había sobre una mesilla de noche, también minúscula y con dibujos de Winnie the Pooh. Se inició una música infantil, a cuyo ritmo empezaron a girar en el techo unas imágenes de perros y gatos, la luna y las estrellas, vacas y ovejas sonrientes. Era aterrador imaginarse a un hombre de cincuenta años tumbado en aquella cama minúscula, contemplando arrobado, en la oscuridad, las imágenes luminosas del techo, justo antes de dormirse. Pero más aterrador era aún lo que había en las paredes del cuarto. Audrey recordó los símbolos que Daniel había pintado en la pared de la sala de terapia de la residencia de ancianos, con tinta que parecía sangre. Supo ahora que eso no fue casual. Debía tratarse de una broma macabra del Demonio, porque también estas paredes estaban pintadas. No con los símbolos de las cartas Zener, sino con algo incomparablemente peor. Eran dibujos hechos por el propio Maxwell, aunque podrían haber salido de la mano de un niño. Había escenas de muchos tipos, todas ellas dibujadas con el trazo irregular y la ausencia de proporciones habituales en los dibujos infantiles. A Audrey le costó darse cuenta de que había un patrón en aquel caos aparente, de que era posible encontrar *historias* entre la multitud de dibujos.

La dulce música del proyector continuaba sonando, y las sonrientes figuras del techo seguían dando vueltas sobre su cabeza cuando Audrey se desplomó en el suelo. Acababa de encontrar en la pared el dibujo de un payaso que sujetaba unos globos (el interior de los globos no estaba pintado, pero Audrey supo que eran amarillos). Una de las historias que contaba la pared, era la de su hijo Eugene…

En un dibujo aparecían una mujer y un niño junto a una noria. En el siguiente, se les unía el payaso con los globos.

En el tercer dibujo, la mujer, Audrey, ya no aparecía (perdió de vista a su hijo durante medio minuto, el tiempo que tardó en comprarle a Eugene algodón dulce). Audrey lloraba. ¿Por qué tuvo que comprar aquel maldito algodón dulce? Eugene estaría aún con ella si no lo hubiera perdido de vista. Su hijo no habría tenido la oportunidad de marcharse con ningún extraño, con el payaso de los globos amarillos. Audrey miró el cuarto dibujo. El niño y el payaso estaban dentro de un coche. Los dos sonreían. El quinto dibujo era el penúltimo. Una luna en cuarto creciente, y cinco estrellas, iluminaban una zona campestre donde había un río y varios árboles. No se veía ni al niño ni al payaso, pero sí aparecían los globos amarillos, que estaban atados a un seto. Audrey se obligó a mirar el último dibujo, cuyos trazos vio borrosos por las lágrimas. Mostraba de nuevo el interior de un coche.

Ahora, el payaso estaba solo.

28

Boston

Albert Cloister se sentó en un banco de la iglesia protestante de la Trinidad, en la avenida Saint James. No quería volver al colegio de los jesuitas. Prefería estar en un lugar de oración, percibiendo la energía vital de otras personas que, como él, elevaran sus súplicas al Señor. Por mucho que había intentado desvelar el significado de la cifra 4-45022-4, su esfuerzo había sido de momento en vano. Se suponía que el libro al que hacía referencia ese número estaba lejos de Boston, pero cerca de su morada espiritual, y en un lugar que él conocía bien. Un lugar en el que tuvo las primeras noticias de la entidad.

Su morada espiritual podía ser Roma o quizá Chicago. Esta última ciudad había sido su casa, y allí se hallaba el lugar en el que decidió seguir los caminos de Dios. Por su parte, en Roma estaban el Papa y la sede de los Lobos de Dios, el centro de operaciones de su labor como sacerdote y como investigador de los sucesos paranormales. Aunque ahora, aquel lobo al servicio del Todopoderoso, que protegía a los corderos del Señor, estaba sentado en la nave central de una iglesia protestante en medio de la ciudad de Boston, dándole vueltas a un acertijo que no comprendía. ¿O podía ser que...?

De pronto, una idea furtiva se deslizó entre sus neuronas, casi como una lombriz de tierra que aparece un momento y vuelve a desaparecer de inmediato. Aquel número debía de ser la signatura de un libro. Cuatro, pausa, cuatro, cinco, cero, dos, dos, pausa, cuatro... Una signatura, pero... ¿de dónde? ¿Dónde había visto números como éste, cerca de su morada espiritual? Algo estaba a punto de emerger, lo sentía como un zumbido eléctrico.

¡Claro! Ese tipo de numeración era el habitual en la Biblioteca Nacional de España, con sede en la ciudad de Madrid.

Todo era coherente con lo que dijo la entidad. Madrid estaba cerca de la morada espiritual romana, el Vaticano; en Ávila, provincia que linda con la de Madrid, se hallaba el pueblecito de Horcajo de las Torres, donde la frase «TODO ES INFIERNO» apareció ante los ojos de Cloister por vez primera. Y era un lugar bien conocido para el sacerdote, ya que en el decimonónico edificio de la Biblioteca Nacional de España había pasado muchas horas revisando legajos y manuscritos, códices y documentos de la antigüedad como investigador acreditado. Allí había trabado amistad con el jefe de prensa de la Biblioteca, Cecilio Gracia, un hombre culto y sagaz, de gran corazón y rauda inteligencia. Lo primero que debía hacer era telefonearle para confirmar sus sospechas.

Cloister miró su reloj. Era la una y media. No recordaba si en España eran cinco o seis horas más, al encontrarse hacia el este. En todo caso, fueran en Madrid las seis y media o las siete y media de la tarde, podía llamar al despacho de su amigo Gracia con visos de encontrarlo aún trabajando.

–Por favor, deseo hablar con el señor Cecilio Gracia.

–¿De parte de quién? –dijo una voz femenina.

–De su amigo Albert Cloister.

El jesuita hablaba español perfectamente, aunque un resto de acento era casi imposible de limar en esa lengua para los anglohablantes.

–¡Albert! ¡Qué sorpresa!

–Me alegro de encontrarte todavía en el despacho, Cecilio.

–Bueno, estoy en la sala de restauraciones, supervisando la restauración de un *Beato* muy valioso, pero me han pasado aquí tu llamada. ¿Qué se te ofrece?

El sacerdote obtuvo una respuesta positiva a su pregunta. 4-45022-4 era, en efecto, una signatura posible en la Biblioteca Nacional.

–Si esperas un poco, o me llamas en unos minutos, Albert, consultaré la base de datos Ariadna y te diré a qué obra se refiere.

–No me importa esperar, si no tienes inconveniente.

–En absoluto... Déjame ver... Estoy abriendo la base de datos desde un ordenador de aquí... Veamos, 4-45022-4... Ya lo tengo: «Relación del recibimiento que la Santidad del Papa Paulo V y los más Cardenales hizieron en Roma al Embaxador de los Japones».

–¿Los *Japones*? –inquirió Cloister, confundido.

–Sí, los Japones es un modo castellano antiguo de denominar al Japón.

–Gracias por tu ayuda, Cecilio –dijo el sacerdote mientras anotaba el título del libro–. Tengo ahora que dejarte. Espero que no pienses que soy grosero si me despido ya de ti. En otro momento te llamaré, y charlaremos.

–Adiós entonces, amigo. Comprendo que estés ocupado. Un abrazo. Cuando quieras, estaré encantado de hablar contigo.

El jesuita ya sabía lo que era 4-45022-4, el libro al que esa signatura correspondía y dónde estaba. Muy bien, pero... ¿qué le decía ese título? Nada. Nada en absoluto. Era obvio que tendría que descubrir lo que significaba. No podía ser tan fácil. Debía ir en busca de ese libro. A España. Estaba dispuesto a lo que fuera si eso servía para desvelar la verdad prometida. En lo desconocido se ocultan siempre los más grandes descubrimientos.

Tentar con la verdad a Cloister era la mejor forma de herirlo en la capa más íntima de su orgullo. Desde siempre había estado dispuesto a sacrificarse por la verdad. O a asumir riesgos por ella. La verdad lo había llevado, en una ocasión, a recibir varias bofetadas de un violento profesor al que acabaron echando de su colegio. Goodman se llamaba, irónicamente, el profesor que le pegó para que confesara algo que él no había hecho.

Si entonces encajó los golpes sin titubear, por algo en el fondo insignificante, ¿cómo iba ahora a renunciar a esa verdad prometida, por la que tantos sucesos extraños estaban aconteciendo? Aunque, al final, sólo fuera un espejismo o un engaño de una entidad burlona, sabía que estaba a punto de lanzarse en las fauces del misterio. No podía evitarlo. Quizá por eso, precisamente por eso, la entidad de la antigua iglesia cuyo solar hoy ocupaba el edificio Vendange lo había buscado a él.

Iría a España aunque lo que esa entidad llamaba verdad fuera una flagrante mentira. Lo haría aunque eso supusiera explorar las profundidades de un océano de incertidumbre.

29

Fishers Island

Joseph pisó a fondo el pedal del freno. El coche derrapó antes de que consiguiera enderezarlo de nuevo. Aquella maldita carretera no era ninguna autopista, y él iba a toda velocidad. Tenía que recuperar el tiempo que había perdido en New London sin poder embarcar. No logró coger el último ferry de la mañana por menos de diez minutos, y el siguiente no salía hasta horas después, cuando ya casi había anochecido. Fue incapaz de sentarse durante la travesía. Se pasó todo el viaje recorriendo la cubierta de un lado a otro, con una sensación lúgubre en el pecho.

Conforme había ido avanzando el día, se hizo cada vez más fuerte en Joseph la urgencia de encontrar a Audrey. Había incumplido la ley para conseguirlo y le había cobrado un viejo favor a un amigo suyo policía, obligándole a valerse de su autoridad y sus contactos para localizar desde dónde le había hecho Audrey la llamada con su teléfono celular. Hasta ese día, Joseph ni siquiera había oído hablar de Fishers Island. Sin embargo, nunca había tenido tanta prisa por llegar a ningún otro sitio. Había conducido como un loco desde Boston, sin levantar el pie del acelerador en todo el trayecto. Tuvo suerte de no cruzarse con ningún coche de policía o con un radar en la carretera.

Las horas se le habían escurrido entre los dedos. Al retraso por culpa del ferry se le unió el tiempo que había invertido en descubrir el posible paradero de Audrey. Joseph sólo sabía que ella le había llamado desde Fishers Island, pero no en qué lugar concreto de la isla podría encontrarse ahora, si es que aún estaba allí.

–Ella sigue aquí –se dijo Joseph en voz alta, con los dientes apretados y la vista clavada en la sinuosa carretera.

Había imaginado que Fishers Island no debía de recibir muchos visitantes en invierno, y eso le hizo albergar esperanzas de que algún tendero, o el dueño de algún otro local, se acordara de Audrey y pudiera darle alguna pista sobre su paradero. En uno de los sitios en que preguntó –un pequeño supermercado llamado Village Market, que era el único de la isla–, el dependiente consiguió identificar a Audrey por su descripción. «No pasa por aquí todos los días una forastera de tan buen ver como ésa», comentó el hombre. No supo decirle dónde encontrarla, sin embargo, y le recomendó preguntar en el puesto de guardacostas del puerto. «Ellos saben quién entra y quién sale de la isla.»

Así fue como Joseph descubrió que Audrey había llegado un día antes, de madrugada, y que preguntó por la casa de Anthony Maxwell, el famoso escritor de cuentos para niños. A falta de otros indicios, lo único que podía hacer Joseph era ir a la casa de Maxwell y cruzar los dedos para encontrar allí a Audrey.

Quedaba poco tiempo. Todos sus sentidos le advertían de eso. Le gritaban que se diera prisa. Joseph aceleró.

30

Madrid, España

La Biblioteca Nacional de España, cuya sede se halla en el corazón de la ciudad de Madrid, posee uno de los fondos bibliográficos más extensos del mundo. Su importancia es equiparable a la de la famosa pinacoteca española, el Museo del Prado, en un país con el mayor patrimonio histórico-artístico del mundo declarado por la UNESCO, por encima de Italia, Grecia, Francia, México o China. En la Biblioteca Nacional se atesoran auténticas joyas bibliográficas, como dos códices sobre mecánica e ingeniería de Leonardo da Vinci, el manuscrito del *Cantar de Mio Cid* y la primera edición de *Don Quijote de la Mancha.* Entre sus cientos de kilómetros de estanterías y anaqueles reposan algunos libros que no han sido abiertos en, quizá, más de doscientos años. Por muy bien cuidados y conservados que estén, en ellos hay polvo de siglos. Es un universo de conocimientos, cuya inmensidad hace que sea posible descubrir algo perdido, olvidado, oculto y, a la vez, a la vista de todos los que acceden a los fondos.

Albert Cloister llegaba tarde. No había contado con los proverbiales atascos de la capital de España. Su taxi avanzaba a ritmo de tortuga por el Paseo del Prado. A la altura de la plaza de Cibeles, el sacerdote pidió al taxista que se detuviera, pagó la carrera –irónico nombre en aquel caso– y siguió a pie. Le daba igual si así iba a tardar más o menos que en el coche, pero necesitaba desembarazarse de la sensación de agobio que experimentaba dentro de aquella lata de sardinas, en medio de un atasco monumental.

Hacía un poco menos de frío que en Boston. Caminó con su cartera de mano y su grueso abrigo hasta uno de los accesos laterales del recinto de la Biblioteca. Desde allí llamó con su teléfono celular a la persona que lo esperaba dentro, su amigo de hacía años y de ya muchas investigaciones. Mientras sonaba el timbre del auricular, siguió caminando.

–¿Cecilio?

Al otro lado del auricular sonó la voz de Cecilio Gracia, el jefe de prensa de la Biblioteca Nacional.

–¿Ya estás aquí?

–Sí. Siento el retraso.

–El tráfico, supongo.

–Supones bien. Estoy entrando por la puerta de cristal de la derecha.

–*Okay*. Espérame ahí. Estoy contigo en un minuto.

Cecilio llegó al *hall* de entrada en cuarenta y cinco segundos. Su rostro alegre precedió a su mano diestra, que estrechó la de Cloister con franca firmeza. Hacía más de un año que no se encontraban en persona.

–Me alegro de verte, Albert.

–Lo mismo te digo. Aunque si no llega a ser por mi problema de ayer, no nos habríamos visto en esta ocasión. Hoy tenía que salir mi vuelo de regreso a Boston.

El rostro del padre Cloister contrastaba con el de su amigo. Se le veía cansado, aunque en realidad no era cansancio físico, sino desgaste espiritual. El periodista lo notó, pero sabía que era mejor mostrarse jovial que preguntar por el motivo.

–Pues debo decirte que me alegro entonces de tu problema. Vamos, sígueme, te llevaré a los fondos.

Atravesaron un arco de seguridad. Gracia usó su tarjeta

para abrir una puerta y, desde allí, siguieron por un pasillo forrado de paneles de madera que los condujo hasta los ascensores.

–Un atajo.

Subieron hasta la planta cuarta. El interior del edificio tenía una disposición de pisos distinta a la del palacio original, más bajos para aprovechar mejor el espacio disponible. En el momento en que se abrieron las puertas metálicas del ascensor y salieron, un joven bibliotecario apareció empujando un carrito con libros cuidadosamente apilados. Era un jovenzuelo de aspecto desaliñado, con aire de intelectual *progre*, que lucía una camiseta en la que podía leerse: «Salva la literatura: di NO a los best sellers».

–Un joven combativo e inconformista –dijo Gracia, riéndose por lo bajo.

En otras condiciones, Albert Cloister se habría reído también. Pero no tenía ninguna gana de chanzas. Y lo sentía de veras, porque lo último que debe perderse es el humor. Más tarde incluso que la esperanza.

–¿Sabes? Ya te lo contaré con detalle, pero estoy trabajando en un artículo sobre uno de los temas más escabrosos de la historia de la Biblioteca Nacional –siguió hablando Cecilio Gracia, que pretendía a toda costa evitar ese aire tan negro de su buen amigo–. Es un asunto que aún levanta ampollas entre los más viejos de este lugar. El sistema en su conjunto quedó en entredicho por culpa de un investigador americano. Un compatriota tuyo, Jules Piccus.

–¿Jules Piccus? Ese nombre no me suena de nada.

–Ocurrió en los sesenta, y fue portada del *The New York Times*. Jules Piccus fue el investigador que descubrió los códices perdidos de Leonardo da Vinci.

–¿Estaban perdidos? ¿Dónde?

–Perdidos entre los millones de volúmenes de la Biblioteca. En una estantería cualquiera, rodeados de libros cuyo único valor es su contenido, lo cual no es poco… Pero, a lo que me refiero, unos códices históricos del genio de los genios… Y estaban mezclados con los demás libros, como una aguja en un pajar.

–¿Y cómo los encontró?

–Jules Piccus descubrió que su signatura estaba equivocada, y así pudo pedírselos a un bibliotecario. ¡Lo que en cientos de años no se había conseguido, él lo hizo gracias a un golpe de suerte!

–Pero ¿cómo dedujo las signaturas correctas?

Gracia estaba consiguiendo su objetivo. Siempre que un tema interesante salía a colación, el sacerdote quería saber más. No fallaba. Era como un resorte.

–Ah, claro, ahí está lo más curioso. –Hizo una típica pausa teatral, que Cloister notó y apreció con una tímida sonrisa–: ¡Los códices estuvieron expuestos sin que nadie se diera cuenta de lo que eran en realidad! Bueno, nadie salvo Piccus. Es una historia digna de Rocambole. Cuando tenga terminado el artículo, te enviaré una copia. La historia misma de los códices es increíble.

Habían llegado a la sala a la que se dirigían. Una infinidad de libros inundaban el campo de visión, del suelo al techo, en estanterías sucesivas. Los dos hombres caminaron por el pasillo central. Gracia iba delante. En cierto momento giró a la derecha, dio unos pocos pasos más, siguiendo las signaturas de los libros con la vista, y por fin se volvió a girar a la izquierda. Alargó la mano y señaló con el dedo el libro que el padre Cloister había solicitado el día anterior, y que se correspondía con la signatura que buscaba.

–¿Es éste?

–Sí. El mismo. Es decir, es ese libro, pero no es lo que yo estaba buscando.

–Déjame ver… –dijo retóricamente Gracia–. «Relación del recibimiento que la Santidad del Papa Paulo V y los más

Cardenales hizieron en Roma al Embaxador de los Japones.» Sí, éste es. No hay ningún error. La ubicación es correcta, y por tanto, la signatura también. Es el que te dije por teléfono hace un par de días.

El periodista estaba seguro de que el volumen pedido por Cloister se correspondía con el que buscaba. Sin embargo, algo no encajaba en todo aquello.

–Lo que no comprendo, si te digo la verdad, es a qué te refieres con que este libro no es el que buscas. ¿Qué pretendes encontrar? ¿No será algo *muy secreto* de tus investigaciones, que no quieres compartir conmigo?

–Siendo sincero, sí. Este libro –dijo Cloister, tomándolo de la estantería y ojeándolo– no me aporta nada. Estoy confundido.

–Ya supongo que no debe de ser motivo de estudio científico una recepción diplomática de hace cuatro siglos. Ahí no debe de haber mucho misterio. Pero si no me dices algo más, no creo que pueda ayudarte.

Albert Cloister acababa de dejar de nuevo el libro en su lugar del estante. Un dato se había impresionado en su mente, aunque de un modo subconsciente, sin aflorar todavía. Era la fecha en la que aquel volumen fue impreso: 1616.

–Esta vez prefiero no involucrarte, amigo mío. Creí que en el interior del libro habría algo.

–Está bien. No insistiré. Pero ¿puedo hacer algo, lo que se te ocurra, que te sea de utilidad?

El sacerdote no respondió. Estaba inmóvil, rígido. Se había quedado mudo al ver el título de la obra que ocupaba justamente un lado de la «Relación del recibimiento que la Santidad del Papa Paulo V y los más Cardenales hizieron en Roma al Embaxador de los Japones». Era una edición muy parecida. Casi idéntica. De hecho, los libros no se clasificaban por épocas –salvo en casos de volúmenes con gran valor histórico o artístico–, sino por tamaños. Ese libro, situado a la derecha del solicitado el día anterior, tenía por título algo que quebraba cualquier ilusión de que todo lo que estaba ocurriendo fuera sólo una especie de mal sueño: *Codex Gigas*.

A pesar de su nombre, «El códice gigante», aquella edición era más bien pequeña. Gruesa, pero no tan grande, ni mucho menos, como el original. Para un profano, ese título no tenía por qué significar nada especial. Era un nombre dado a una Biblia checa del siglo XIII, que contenía además otros libros diversos. Se hizo famoso en su tiempo por su tamaño, ya que es el códice medieval mayor del mundo, pero sobre todo por su oscura leyenda. Se dice que un monje benedictino que había vendido su alma al Diablo, lo escribió en una sola noche. Un libro que fue expoliado de Chequia por los suecos, en la guerra de los Treinta Años, y llevado a Estocolmo por orden de la célebre reina Cristina. Allí lo copió un sacerdote español que acompañaba al embajador del que la reina se enamoró. Y esta copia, incompleta y con graves errores, llegó a España, desde donde se difundió, en algunas ediciones raras, por el resto de Europa.

–¡El *Codex Gigas*! –dijo por fin el padre Cloister con la voz quebrada. Y aún se le quebró más al decir–: *La Biblia del Diablo*.

–¿Qué…?

–Tengo que consultar este libro.

Cloister habló sin dirigirse a Cecilio. Tomó de la estantería el volumen y corrió con él hasta una de las mesas que había a ambos lados del acceso a la sala. Se acercó una silla, de la que casi se cayó al sentarse, y se dispuso a diseccionarlo.

–La Biblia del Diablo de Podlazice…

–¿De qué hablas? Me estás dando miedo.

Cecilio Gracia habló tratando de ser jocoso, pero en su fuero más íntimo se estaba asustando de veras.

El jesuita pareció regresar a aquel tiempo y aquel lugar.

Se giró de pronto hacia su amigo y, quizá para no ser descortés con quien le facilitaba el privilegio de acceder directamente a los fondos, dijo:

–¿No conoces el *Codex Gigas*? ¿Nunca has oído hablar de él?

–Pues no, nunca que yo recuerde.

–Es una obra que se llegó a catalogar como libro diabólico. Lo hizo un monje de Bohemia que murió emparedado. Dicen que lo escribió en una sola noche y que le ayudó el mismísimo Satanás. Es una Biblia en latín, que también incluye una crónica checa y libros de Galeno, Flavio Josefo y san Isidoro de Sevilla. El original mide casi un metro de alto y está iluminado de un modo soberbio. En Suecia, donde llegó a concentrarse el catálogo de libros prohibidos mayor de Europa, lo tuvieron como una obra misteriosa.

–Bohemia, Sevilla, Suecia... ¡No entiendo nada!

–Perdóname, estoy tan excitado que mis ideas escapan sin orden. El libro acabó en Suecia en el siglo XVII y aún sigue allí. El contenido es un compendio de saberes, no sólo la Biblia. Antes de eso estuvo en poder de Rodolfo II, el reconocido amante del ocultismo, que lo tenía guardado en su castillo de Praga. Lo más inquietante es que, según la leyenda, entre sus páginas aparecía la imagen misma del Demonio...

Albert Cloister interrumpió su explicación. En ese preciso instante, tuvo la conciencia clara y evidente de comprender lo que significaba el hallazgo. El *Codex Gigas* no era un libro cualquiera, sino una Biblia maldita inspirada por el Demonio. Ahora sí le asaltó que la «Relación del recibimiento que la Santidad del Papa Paulo V y los más Cardenales hizieron en Roma al Embaxador de los Japones» estaba editada en el año 1616. Y 616 era el número de Lucifer, la verdadera cifra atribuida al Príncipe de las Tinieblas en el Apocalipsis. Aún había más: el papa Paulo V fue quien, en 1614, instituyó en el Ritual Romano el procedimiento del exorcismo, el manual de guerra contra Satán. Pero éste no empezó a ponerse en práctica hasta dos años después, precisamente en 1616.

La conclusión ineludible que se deducía de todo ello era a la vez fascinante y aterradora. Las sospechas pasaban a convertirse en hechos: la entidad que se comunicaba psicofónicamente con él desde la cripta de la antigua iglesia católica, bajo el edificio Vendange de Boston, debía ser el propio Satanás. Y Cloister comprendió que lo había engañado de nuevo, pero engañándole y enviándole al otro lado del Atlántico, le había dado también la pista que necesitaba. Tortuosos caminos para llegar a la verdad.

Todo eso era lo que parecían demostrar las piezas del puzle que acababa de unir. No sólo las que había descubierto en la Biblioteca Nacional española, sino otras diversas que ahora se juntaban por sí solas: el edificio Vendange estaba en la calle *Dartmouth*, es decir, «el que hiere con la boca»; el número de su entrada era el 160; allí se produjo el incendio más terrible de la historia de Boston, en el que murieron nueve bomberos, y que empezó el sexto mes en su decimosexto día, es decir, el 6-16… Lo único aparentemente fuera de lugar era el número escrito con sangre en la tabla del altar de la cripta. El 109 no tenía ninguna relación con el Demonio.

O puede que sí…

A Cloister se le ocurrió una idea que quizá tuviera algún sentido. Sacó su libreta de notas y escribió en ella el número 109 en numeraciones hebrea, griega y romana. Las observó durante un buen rato. Ninguna de las tres distintas grafías le inspiraba nada concreto. Nada hasta que se dio cuenta de algo a lo que, en un primer momento, no dio crédito. Su amigo Cecilio Gracia lo observaba en silencio, inmóvil, tratando de no perturbar sus pensamientos, como si no estuviera allí.

–¡Dios mío! –susurró el sacerdote.

–¿Qué sucede? –inquirió Cecilio, rompiendo su silencio, en tono preocupado. Sabía que Albert Cloister investigaba sucesos paranormales, misterios, enigmas sin respuesta. Aquella reacción no presagiaba nada bueno.

El 109 en numeración latina era CIX. Si se invertía el orden de los signos, resultaba transformarse en XIC, que carecía de significado en esa numeración, pero que sí lo tenía en la numeración griega…

–*Ji, iota, stigma:* ¡XIC es 616 en números griegos!

El sardónico Príncipe de las Mentiras le había puesto un acertijo que él acababa de desvelar. Había recordado la frase en arameo invertido que gritó Daniel durante su exorcismo. Era el mismo truco. Una nube densa inundó su mente. Quedó embotado, fuera de sí, mareado físicamente. Agachó la cabeza sobre la mesa hasta tocar con la frente en ella.

–¿Cómo has dicho, Albert? ¡Por amor de Dios, dime qué te pasa!

–No, no puedo contarte nada –dijo Cloister, sombrío–. Es mejor para ti que no lo sepas, créeme. Tendrás que darme ese margen de confianza. Espero que no lo tomes a mal. Lo siento. Lo siento de veras. Ahora tengo que irme.

Antes de que Gracia pudiera abrir de nuevo la boca, el sacerdote recogió sus cosas y salió afuera. Ni siquiera esperó al ascensor. Se lanzó a las escaleras y bajó hasta la planta de salida. Con su amigo detrás, casi sin poder seguir su paso, atravesó la puerta de seguridad –que para salir no requería tarjeta ni código– y, luego, el arco detector custodiado por un vigilante jurado. Sólo un momento volvió la mirada atrás, para decir de nuevo a su amigo:

–Lo siento.

–Yo también lo siento –contestó éste. Y ya para sí, porque el padre Cloister había salido por la triangular puerta acristalada–: Ojalá todo se solucione. Sea lo que sea.

31

Fishers Island

No había una sola nube en el cielo. La noche era apacible. Sólo el motor del todoterreno de Maxwell interrumpía la quietud, hasta que éste lo apagó. Después de bajarse del coche, atravesó a oscuras la distancia que separaba el garaje de la casa. El escritor estaba de muy buen humor. Iba silbando una pegadiza musiquilla infantil que sirvió de himno en el acto del que había sido la estrella protagonista. Había firmado un buen montón de cuentos. Los padres de Fishers Island lo adoraban. Y él adoraba a sus hijos. Maxwell adoraba a todos los niños del mundo. Oh, sí que los adoraba... El principio de una erección se notó claramente en sus pantalones de pana. Ardía en deseos de entrar en casa y pasar un rato divertido con sus juguetes del sótano. La urgencia de esta necesidad le llevó a acelerar el paso para llegar cuanto antes. Aún silbaba la canción infantil cuando abrió la puerta de su casa. Pero lo que vio al entrar en ella le hizo detenerse abruptamente. La puerta del sótano estaba forzada. Alguien había arrancado la cerradura. Donde ella debía estar, sólo quedaban astillas y un hueco en la madera. Sintió cómo la ira le quemaba por dentro.

–¿Quién? ¿Quién?

No obtuvo respuesta. La anterior expresión alegre de su rostro había mudado por completo. Sus ojos enloquecidos miraban a todas partes. Una vena hinchada le cruzaba la frente, y en las comisuras de sus labios empezó a acumularse saliva seca. Enfiló la escalera del sótano sin encender la luz. A punto estuvo de caerse rodando justo antes de saltar desde el último rellano de escaleras. Ya abajo, encendió una lámpara de pie.

–¡NOOO!

Gritó con todas sus fuerzas. Habían profanado su templo. Le habían robado uno de sus juguetes. Su preferido.

Maxwell subió otra vez a la planta baja. Su boca espumajeaba de rabia. Se dio cuenta de que había un olor extraño en el aire. Era un perfume de mujer. Maxwell miró hacia el piso superior, por el hueco de la escalera, como si hubiera percibido allí una presencia extraña, y gritó:

–¡PUTA!

Pasó por la cocina y emprendió de nuevo una carrera maníaca, esta vez escaleras arriba. Ahora no consiguió evitar tropezarse. La nariz de Maxwell emitió un crujido terrible al golpear la barandilla de hierro. Cuando se levantó, la sangre le cubría el rostro y su nariz estaba torcida en un ángulo extraño.

Ajeno al dolor que debía estar sintiendo, emprendió de nuevo la carrera hacia su cuarto. La puerta, que también debía estar cerrada, se hallaba abierta como la del sótano.

Maxwell se detuvo en el umbral. En una de sus manos resplandecía el filo de un cuchillo. Cada centímetro de su ser destilaba odio. Escupió a un lado una mezcla de sangre y saliva, y repitió, ahora con voz nasal:

–Puta…

Había una mujer sentada en su cama. Era la misma forastera con la que había conversado en el supermercado del pueblo. Su gesto era de una calma absoluta. Susurraba una canción, *La rosa*, de Bette Midler, y tenía los brazos alrededor del cuerpo escuálido de un adolescente vestido como un niño pequeño.

–Estábamos esperándote –dijo Audrey.

Maxwell se lanzó sobre ella con un grito feroz. Los dos clavaron su cuchillo en el cuerpo del otro al mismo tiempo. Las hojas afiladas abriéndose paso en la carne y el hueso produjeron un sonido espeluznante. El muchacho al que Audrey estrechaba entre los brazos se mantuvo sentado en la cama. Contempló en silencio la sangrienta escena. Nada salió de su boca. Ni una palabra. Ni un aullido de miedo o de lamento. Nada podía salir de su boca. Anthony Maxwell se había encargado de eso.

32

Boston

–¿Eres tú Lucifer? Y, si lo eres, ¿puedes revelarme ya la verdad?

Con estas preguntas directas, el padre Cloister retomó, a su regreso a Boston desde la capital de España, las comunicaciones psicofónicas con la entidad de la cripta bajo el edificio Vendange.

Tú lo has dicho. Soy Lucifer. Ya lo sabes, y sabes que es cierto –respondió la voz a través de la grabadora. Y continuó–: *¿Revelarte la verdad? No. Mi escritura es torcida en renglones rectos. Ay, pobre de ti, los renglones son siempre rectos: ¡lo torcido es lo que se escribe en ellos! Yo escribo con letras sinuosas, quebradas, encrespadas y ensortijadas. Escuche quien tenga oídos. Escuche quien tenga... valor. ¡Yo te daré las letras, pero tú habrás de recomponer las frases! Mis letras son letras oscuras. De dolor y desesperanza. Sobre todo desesperanza. ¿Todo es Infierno?, te preguntas. Pero no comprendes el auténtico significado de esta frase, y yo no voy a revelártelo. No me creerías porque no podrías creerme. Ni siquiera la muerte puede borrar esa gran verdad. Tendrás que descubrir la verdad. La verdad con letras de fuego.*

Cuando escuchó la grabación, un escalofrío recorrió la espalda del sacerdote, erizando el vello de su nuca. Apretó los dientes. Hacía tiempo que se había reventado el sólido bloque de mármol en el que se convertía para afrontar las investigaciones. No podía huir y olvidarse de todo. Ni tampoco quería hacerlo. O quizá huir sí, si pudiera, pero no olvidarse. Olvidarse, nunca.

Cloister notaba su cabeza a punto de estallarle. Sus ojos apenas cabían en las órbitas, y los párpados parecían de metal. Tenía calor en el rostro y frío en el resto del cuerpo. Las venas de su cuello palpitaban al ritmo de un corazón acelerado. Aferró la grabadora, presa de la ansiedad. La puso de nuevo en marcha y gritó al micrófono:

–¡Seguiré tu maldito juego! ¡Conduzca a donde conduzca!

Resoplando, esperó a que el led rojo que indicaba registro de sonido se apagara y luego reprodujo el archivo digital. La entidad había respondido a su aceptación de lo que le estaba proponiendo, sin condiciones.

Eso me satisface, aunque no es ningún juego. Has elegido lo correcto, como siempre. Y como siempre, lo correcto te dolerá. Lee el Génesis, el primer capítulo. Estúdialo con cuidado y detenimiento. Cambia tu punto de vista. Hasta ahora te ha sido imposible comprender lo evidente, lo que cualquiera puede ver con sólo mirar. Debes leer otros textos. Los que tu Iglesia llama Evangelios Apócrifos. No quiere admitirlos porque les tiene miedo. Y en eso está en lo cierto, aunque nunca llegará siquiera a imaginar por qué, ni cuánto miedo debe tener. Tú sí obtendrás ese privilegio. Basta con que leas el Evangelio de Nicodemo y el Evangelio de Tomás de la Infancia de ese Jesús. Léelos entre líneas. Entre líneas rectas. Algunas cosas torcidas saltarán a tu vista. Y cuando lo hayas hecho, vuelve a mí.

Tras escuchar la última comunicación, ya no había nada que hacer allí, y el jesuita empezaba a sentir dolor físico de tanta tensión acumulada. Incluso le pareció como si una mano invisible lo tocara. En medio del silencio de la cripta, recogió su grabadora y su cuaderno, apagó el foco no sin antes haber encendido una linterna, y salió por la escalera que ascendía al exterior. Regresó al colegio, a su habitación, y rezó largamente. Después cogió su Biblia y se tumbó en la cama, algo más relajado. La oración había aliviado su aflicción, pero su alma seguía percibiendo la oscuridad adherida a ella. Abrió por el principio el libro que él consideraba sagrado, y leyó para sí: «En el principio, Dios creó los cielos y la tierra...».

Casi sin darse cuenta, fue avanzando línea a línea, párrafo a párrafo. Leyó cómo Dios creó el mundo de la nada. Cómo se hizo la luz... Después, el Paraíso Terrenal y los dos primeros seres humanos, Adán y Eva, a los que bendijo y pidió que crecieran y se multiplicaran. Dios les otorgó poder sobre todas las otras criaturas, pero les prohibió una sola cosa: comer el fruto del árbol de la vida, en el centro del Edén. No quiso que se abrieran sus ojos al hacerlo, ya que en tal caso conocerían el bien y el mal. La serpiente –el Demonio– les tentó, y dijo que Dios les había engañado al decirles que morirían si comían del árbol; les dijo que no morirían. Y no murieron. La serpiente les tentó, pero Dios había mentido. La ceguera de los ojos de Adán y Eva se quebró. Se les cayeron los velos que les impedían ver. Sintieron miedo, vergüenza, pudor. Perdieron las firmes sujeciones en las que agarrarse. Y Dios dijo, enigmáticamente: «He aquí que el ser humano es como uno de nosotros». Pero ¿a quiénes se refería?

Dios había mentido...

De repente, Cloister se detuvo.

–¿Dios mintió? –se preguntó a sí mismo, en un tono inquisitivo que reflejaba una perpleja incredulidad. La perpleja incredulidad de quien desea estar equivocado, pero no cree realmente estarlo.

El Génesis era un relato simbólico. Cualquier teólogo lo sabía. Sólo las personas con fe más sencilla lo tomaban por una realidad *histórica*. Lo importante estaba en el sentido. Y el sentido era precisamente... que Dios mintió.

El sacerdote tomó aire. Sentía una opresión en el pecho, y su rostro exhibía una expresión de asco que él mismo no podía imaginar en su propia cara. La entidad tenía razón. Estaba asustado. El miedo le provocaba esa sensación parecida al calor dentro de la cabeza. Un zumbido movía sus tímpanos desde dentro. No disponía de los textos que había citado la entidad, de modo que accedió a internet y tecleó la dirección de una página que recogía todos los escritos apócrifos hallados hasta la fecha, incluyendo los pergaminos del mar Muerto y los de Nag Hammadi. Esbozó una leve y doliente sonrisa al recordar que casi ningún cristiano sabía que el Evangelio de san Juan había estado a punto de ser considerado apócrifo. La frontera entre unos relatos y otros estaba poco definida. Incluso las Biblias de distintas iglesias cristianas diferían en algunos de sus libros, o se consideraba a algunos de éstos muy cercanos a lo apócrifo. En cuanto al Nuevo Testamento, la vida de Jesús y la posterior conformación de la primitiva Iglesia cristiana, distaban mucho de ser narraciones rigurosas. Del propio Jesús se sabía muy poco con visos de ser indiscutiblemente cierto. Se había llegado a decir que no nació en Belén, que era rico, que tenía sangre egipcia, que viajó por Persia, la India y el Tíbet, que desbancó a Juan Bautista y fue rival suyo, que estuvo casado con María de Magdala y hasta que no murió en la cruz, con lo que, evidentemente, tampoco habría resucitado. De hecho, supuestas tumbas suyas llegaron a ubicarse en distintos lugares, desde la propia Jerusalén hasta la localidad japonesa de Shingo, pasando por Rozabal en Cachemira y otros diversos lugares, a cuál más estrambótico.

Mientras pensaba, Cloister bajó a su ordenador los documentos en formato PDF: los evangelios apócrifos de Nicodemo y de Tomás de la Infancia. Los conocía ligeramente, pero nunca leyó ninguno de los dos en profundidad y con total atención. Ahora leía el de Nicodemo buscando «claves». Y pronto encontró algo que bien podía ser una de ellas. Eran unas frases de Satanás desde los infiernos, en las que decía:

> Prepárate a recibir a Jesús, que se vanagloria de ser el Cristo y el hijo de Dios, pero que es hombre temerosísimo de la muerte, porque yo mismo le he oído decir: «Mi alma está triste hasta la muerte». Y entonces comprendí que tenía miedo de la cruz.

¿Miedo...? ¿Jesús...? ¿Miedo a la muerte? ¿Acaso no tenía confianza en el Padre? ¿Acaso no *sabía* que era el hijo de Dios? Cloister no comprendía que Jesús tuviera miedo a la muerte, sino sólo al modo de morir. La cruz era un método de ajusticiamiento terrible. Los romanos sabían cómo disuadir a los criminales de sus delitos. Por norma general, un reo tardaba hasta más de un día entero en morir. Su agonía era inimaginable, tratando de elevarse sobre los pies, forzando los brazos, para robar un poco de aire y no morir asfixiado, sabiendo que el final es inevitable. Una forma de matar muy cruel, propia de un mundo y una época crueles.

El sacerdote siguió leyendo, finalizó el Evangelio de Nicodemo y comenzó el de Tomás de la Infancia. Aquél sí que era un texto desconcertante. Mostraba a un Jesús niño de feroz brutalidad, malhablado e inmisericorde con sus semejantes y el resto de habitantes de Nazaret. Su «juego» favorito era hacer que los demás murieran a poco que lo contrariasen. Más que la infancia de Jesús, parecía la infancia del mismo Satanás.

> Y un fariseo, que estaba con el niño, tomó un ramo de olivo y destruyó la fuente que había hecho Jesús. Y, cuando Jesús lo vio, se enojó y dijo: «Sodomita impío e ignorante, ¿qué te habían hecho estas fuentes, que son obra mía? Quedarás como

un árbol seco, sin raíces, sin hojas ni frutos». Y el fariseo se secó, y cayó a tierra y murió. Y sus padres llevaron su cuerpo, y se enojaron con José. Y le decían: «He aquí la obra de tu hijo. Enséñale a orar, y no a maldecir».

Otra vez, Jesús atravesaba la aldea, y un niño que corría, chocó en su espalda. Y Jesús, irritado, exclamó: «No continuarás tu camino». Y, acto seguido, el niño cayó muerto. Y algunas personas, que habían visto lo ocurrido, se preguntaron: «¿De dónde procede este niño, que cada una de sus palabras se realiza tan pronto?». Y los padres del niño muerto fueron a encontrar a José, y se le quejaron diciendo: «Con semejante hijo no puedes habitar con nosotros en la aldea, donde debes enseñarle a bendecir, y no a maldecir, porque mata a nuestros hijos».

Y José tomó a su hijo aparte, y le reprendió, diciendo: «¿Por qué obras así? Estas gentes sufren, y nos odian, y nos persiguen». Y Jesús respondió: «Sé que las palabras que pronuncias no son tuyas. Sin embargo, me callaré a causa de ti. Pero ellos sufrirán su castigo». Y, sin demora, los que lo acusaban, quedaron ciegos.

El jesuita no comprendía nada… Jesús tenía miedo a la muerte, y de niño fue muy cruel. ¿Qué tenía que ver una cosa con la otra? ¿Era acaso Jesús la encarnación del mal? Cloister estaba ya dispuesto a aceptar cualquier cosa. Quizá empezaba a comprender cuestiones que le llevarían a la verdad ansiada. Pero no, Jesús no podía ser lo contrario de lo que siempre había creído… Tenía que atreverse a pensar, a abrir su mente si quería de veras entender. Abrirla como nunca, con orificios como la boca de un cañón. A menudo los hilos de la verdad se tejen solos. Aunque sea como acercarse a un acantilado y mirar abajo. El vértigo no anula la seducción del riesgo. Cloister sabía que ningún abismo sería capaz de frenarlo.

El mítico e inextricable Nudo Gordiano no pudo ser más enrevesado y difícil que el enigma que se presentaba ante Albert Cloister. Pero, al igual que hizo Alejandro Magno, todo nudo se puede cortar.

–¡Cortarlo! ¡Cortarlo! ¿Cómo…?

El delirio del sacerdote había superado la barrera de su mundo interior para convertirse en un grito. Estaba nervioso y sudaba copiosamente. Las manos le temblaban. Repasó de nuevo los textos de Nicodemo y Tomás… Jesús temía morir en la cruz y, en su infancia, se comportaba como un ser malvado. Miedo, siempre miedo. El mal es hijo del miedo. La soberbia, la envidia, la vanidad… Todo aquello que hizo a Lucifer levantarse contra Dios.

Levantarse contra Dios.

Ese pensamiento hizo que otro se formara en la mente del jesuita, como consecuencia directa suya. En varias grabaciones sucesivas, Cloister obtuvo respuesta a algunas de sus dudas; pero sólo a aquellas que la entidad quiso resolver. Respuestas que no le ayudaron precisamente a encontrar un horizonte sólido ante su mirada.

El jesuita se acordó de pronto de Audrey Barrett. ¿Qué le había susurrado la entidad al oído durante el exorcismo del viejo jardinero? La entidad no había querido revelárselo a él.

La clave se hallaba en la desaparecida doctora Barrett. Eso estaba ya claro. Debía encontrarla, estuviera donde estuviese. Ella había recibido los elementos necesarios para aclarar el enigma durante el exorcismo de Daniel. Las más terribles verdades se susurran al oído. Su contenido es tan atronador que no es necesario hacer ruido al manifestarlas. Ella ignoraba, sin embargo, su verdadero papel en aquella obra de teatro tan real como temible.

Muy pronto, las últimas incertidumbres se disiparían para Cloister. Aquel mal llamado juego entraba en su última fase: el principio de su fin. La entidad había prometido al jesuita que se maldeciría a sí mismo por haber pretendido desvelar la verdad a la que le estaba conduciendo con sus revelaciones. Estaba ya maduro para comprender.

Maduro para creer.

33

Fishers Island

Joseph distinguió una fuente de luz entre los árboles. Era la casa del escritor Anthony Maxwell. Cuando estuvo más cerca, pudo ver que la puerta de la entrada se encontraba abierta de par en par, y su angustia se intensificó. Nadie dejaba la puerta de su casa abierta de esa manera. Ni siquiera en un lugar tan seguro y tranquilo como Fishers Island. Aparcó enfrente de la edificación, llevándose por delante las macetas que adornaban el pie de la escalera. Se lanzó fuera del vehículo y corrió hacia la entrada.

–¡Dios mío...!

No se esperaba algo así. Llevaba todo el día mortificado por lo que pudiera haberle ocurrido a Audrey. Pero ni en sus peores imaginaciones esperaba encontrarse aquello... Había sangre por todas partes. Joseph contempló, atónito, las huellas rojas que surcaban la piedra blanca del suelo. Unas eran de zapatos de mujer, y las otras eran casi igual de pequeñas, pero de unos pies descalzos; ambas mezcladas en una total confusión.

–¿Qué diablos ha pasado aquí? –murmuró, sobrecogido, mientras seguía el rastro hacia el interior.

Por unos segundos se preguntó qué debía hacer, por dónde debía empezar a buscar a Audrey, si es que eso continuaba teniendo sentido. Entonces reparó en que la cerradura de la puerta del sótano había sido arrancada de cuajo. Se acercó a ella con una cautela extrema. El corazón le batía a un ritmo enloquecido dentro del pecho. La corriente gélida que penetraba desde la calle hacía condensarse en nubes de vaho su agitada respiración. Creyó oír un sonido que emergía de las profundidades del sótano. Una especie de lamento... No, no era exactamente eso. Era más bien como si alguien tratara de hablar con la boca cerrada, por absurdo que pareciera. El ruido cesó cuando Joseph puso el pie en el primer escalón que descendía a la cámara subterránea.

Mientras bajaba, percibió cada vez con más intensidad un olor a moho y humedad. Y eso resultaba casi una bendición, porque había un hedor de fondo mucho más desagradable e incomparablemente más siniestro.

Joseph quiso gritar cuando descubrió el origen de aquel hedor. Pero no consiguió hacerlo. Su boca se abrió como la de un pez que pugna por un poco de aire, y que está, sin embargo, condenado a asfixiarse. Si el horror, si el auténtico horror tenía un rostro, debía ser el de los seres pálidos y enajenados que Joseph tenía delante de los ojos. Eran niños.

O, más bien, lo fueron.

Ahora, Joseph no se atrevería siquiera a afirmar que continuaban siendo humanos. A juzgar por lo que veían sus ojos, quien hubiera pasado por lo que ellos debían haber pasado, tenía que haber perdido todo rasgo de humanidad. Sólo así sería posible haber soportado ese inimaginable tormento.

–Oh, Dios, Dios... –consiguió por fin articular el bombero, entre gemidos horrorizados.

Dios no estaba en aquel sótano. Dios no podía existir si aquel sótano existía. Las bocas de los cinco niños estaban toscamente cosidas con un hilo grueso. Se las habían cosido para evitar que gritaran o que pidieran auxilio. Joseph sintió que las piernas le fallaban. Tuvo que apoyarse para recuperar el equilibrio. El movimiento fortuito le hizo encender un aparato de radio, sin pretenderlo, y en aquel lugar de pesadilla empezó a sonar una alegre música infantil. Cinco pares de ojos se acercaron a los barrotes de sus celdas para observar más de cerca a Joseph, quizá como alguna clase de respuesta mecánica a la música. Aquellos ojos estaban muertos. Sus dueños eran meras cáscaras: sin deseos, sin voluntad, sin esperanza.

Joseph trató de apagar el aparato que emitía la música, pero las sacudidas de sus manos le impedían acertar en el botón de parada. Y la canción infantil seguía sonando. La imagen de uno de esos niños enjaulados tratando de cantar la canción con su boca cosida fue demasiado para el bombero. Cogió la radio y la estrelló contra la pared. Vomitó allí mismo y luego salió corriendo del sótano. Huyó de él. No tuvo el valor de quedarse a ayudar a los niños. Ya arriba, llamó a la policía. La voz le temblaba cuando llegó el momento de describir lo que había encontrado.

Pero antes de todo eso, antes de que Joseph cruzara la puerta principal, una figura oscura había emergido de la casa de Maxwell. La figura tenía el cuerpo encorvado y era de una extrema delgadez. Caminaba muy despacio, con enorme dificultad. Los años de encierro en una pequeña celda le habían cobrado un alto precio a su cuerpo. Cada paso era un martirio, pero quiso volver a la casa para ir en busca de su cuaderno. Estaba muy orgulloso de su cuaderno, sí, y quería que ella lo viera. Al salvar el último escalón que separaba la casa del suelo, se le escapó un gemido de dolor. Apenas fue audible, porque tenía la boca cosida, al igual que los restantes niños. Siguió adelante y se alejó despacio de la casa, con su andar lastimero. Por suerte, la mujer que lo había liberado del sótano no estaba lejos.

Era Eugene, que se sentó junto a su madre. Ella estaba tendida en el suelo, sobre unas hierbas. La sangre salía a borbotones de la herida de su pecho. Respiraba entre estertores, con un sonido acuoso. Pero ya no sentía ningún dolor. Todo estaba ya bien. Su amado hijo Eugene había vuelto a su lado.

La alegría de Audrey se mezcló, no obstante, con un sentimiento de tristeza. Su corazón se ensombreció al ver de nuevo la boca de su hijo, atravesada con un hilo tosco que ella no podía simplemente arrancar, por más que deseara hacerlo. La maldad de un ser humano no tiene límites. Nadie sabía eso mejor que Eugene.

Audrey vio que él le tendía un cuaderno. La psiquiatra comprendió que su hijo había vuelto a la casa a buscarlo, para enseñárselo. Sus páginas estaban plagadas de dibujos. La luz de la Luna, casi llena, le permitió distinguir varios de ellos.

–Son… preciosos… Eugene –dijo Audrey, con un esfuerzo sobrehumano.

El muchacho la miró, y Audrey juraría que vio brillar una sonrisa en aquellos ojos ausentes. Todo iba a salir bien. Eugene se pondría bien. Algún día podría hablar de nuevo. Y reír.

Audrey recordó algo, y fue ella ahora quien sonrió, dejando a la vista unos dientes manchados de sangre.

–Ar… mario –dijo–. Tus… regalos… están… en… el… armario.

Era imposible que Eugene supiera a qué se refería su madre con esas palabras. Él no podía imaginar que hubiera un armario lleno de regalos esperándole en casa: los de todos los cumpleaños y Navidades que Maxwell le había arrebatado. Eugene le dio su cuaderno de dibujos. Ése era el regalo que él había guardado para ella durante todos estos años de tormento.

Un ruido del que Audrey no fue consciente llamó la atención de Eugene. Su cuerpo escuálido se tensó, justo antes de que una voz gritara:

–¡Audrey! Audrey, ¿eres tú?

El bombero sólo conseguía ver un bulto oscuro, una sombra más entre las sombras. Aun así, supo que se trataba de la mujer que había ido a buscar. Cuando llegó hasta ella, la plateada luz le reveló que no estaba sola. Había un muchacho arrodillado junto a su cuerpo. Como los demás cautivos del sótano, también él tenía la boca cosida. Pero el bombero no sintió horror al verle, sino una profunda ternura.

–Es... mi... hijo... Eugene –susurró Audrey.

Joseph se arrodilló a su lado. La noche ocultaba la siniestra mancha escarlata que empapaba el hombro y el pecho de Audrey. Estaba malherida. Aunque peor parado había salido el hombre; el que Joseph encontró después de llamar a la policía. Debía de ser Maxwell. Estaba muerto sobre un charco de sangre, en una habitación del piso superior que daba escalofríos, porque parecía la de un niño, pero no lo era. Por fin, Joseph entendió la razón de tanto sufrimiento, el porqué de la muralla infranqueable que la psiquiatra había levantado a su alrededor.

–Todo va a salir bien, Audrey. Ya lo verás.

–Prométeme... –unas toses malsanas y líquidas interrumpieron las palabras de la psiquiatra–: Prométeme... que... cuidarás de él... por mí.

–Los dos cuidaremos de él –dijo Joseph, con un nudo en la garganta–. Tú y yo, Audrey. No te rindas ahora, por favor.

–Promé... temelo.

Joseph la miró con cariño y angustia. Unas lágrimas habían empezado a caer de los ojos del bombero. No se dio cuenta de ello hasta que Eugene extendió el brazo en su dirección, y empezó a enjugarle las lágrimas con sus dedos largos y huesudos. Un niño que había sufrido lo indecible, que tenía la boca cosida y que parecía un espectro, se esforzaba por consolarlo. A él. A un aguerrido bombero del Departamento de Boston.

Sus lágrimas se redoblaron. Quiso abrazar a Eugene, y devolverle un poco del cariño del que nunca debía haberse visto privado. Pero el bombero no se atrevió a hacerlo, por temor a que se asustara. Fue entonces cuando Eugene apoyó su cabeza sobre el pecho de Joseph, y puso una de sus frágiles manos en su espalda. Su otra mano agarraba la de su madre, que yacía al lado.

–Te prometo que cuidaré de él –dijo Joseph, acariciando el cabello de Eugene.

Audrey asintió. Quiso decir algo más, pero no fue capaz. Las fuerzas la abandonaban. Iba a perder el sentido. Vio una luz a lo lejos. Creyó que se trataba de un truco de su mente exhausta, pero volvió a verla de nuevo. Provenía de una farola. La noche anterior no se había dado cuenta de su presencia. Resulta curioso el modo en que algunas cosas se nos escapan. Audrey siguió con la mirada el haz de luz que giraba incansablemente en lo alto de la farola. Ahora iluminaba la noche. Ahora permitía a las sombras regresar. Luz. Oscuridad. Luz. Oscuridad.

34

Boston

El suave zumbido del televisor precedió a la aparición de la imagen. Tras su última comunicación con la entidad, el sacerdote decidió releer los textos apócrifos que tanto habían turbado su ánimo, para buscar en ellos algo más que hubiera podido pasar por alto. Mientras lo hacía, había sintonizado la cadena de noticias CNN, con el volumen bajo. Una reportera comentaba desde Illinois el asesinato del dueño de una tienda de comestibles a manos de unos atracadores que se habían llevado sólo cuarenta dólares. Bajo precio para una vida arrancada. Después, los resultados deportivos de Estados Unidos y la última hora de los deportes internacionales. Siguió el parte meteorológico y otros sucesos diversos, a cuál más grotesco o penoso.

Cloister reflexionaba sobre los textos condenados por la Iglesia, aunque lo hacía con ideas inconexas. Le devolvió a la realidad el sonido del timbre de su teléfono celular. No conocía el número que le llamaba. Lo cogió, pero había sido una equivocación. Siempre ocurren en los momentos más inoportunos. O quizá los momentos siempre son inoportunos para alguien que se dedica a un trabajo tan inhabitual como el del jesuita.

Entonces, la explicación en las noticias de algo relacionado con las cosechas de cacahuetes se interrumpió con cierta brusquedad, y la imagen volvió al locutor del estudio central, que dijo:

–Nos llega una última hora desde Fishers Island, en el estado de Connecticut. Según fuentes policiales, allí ha sido encontrado el cuerpo sin vida del escritor infantil Anthony Maxwell, más conocido como Bobby Bop. Al parecer, en el sótano de su vivienda tenía secuestrados a varios niños. En las inmediaciones de la casa se ha hallado también a una mujer malherida, que ha sido identificada como la médico psiquiatra Audrey Barrett.

Fue un cañonazo terrible. Cloister estaba arrellanado en la silla, pero se incorporó como por resorte al oír el nombre de Audrey Barrett. Algo parecido a un calambre le golpeó el corazón y lo aceleró hasta el infinito. Notó cómo sus pulmones se quedaban sin aire.

–Un equipo de reporteros se está desplazando a la zona en estos instantes. Cuando tengamos más datos se los facilitaremos en próximas conexiones.

El sacerdote se descubrió a sí mismo arrodillado en el suelo, con la cara a unos centímetros de la pantalla del televisor. Tenía el celular en la mano. Lo había cogido cuando le llamaron por error. Marcó el número de la residencia de ancianos.

–Soy el padre Cloister. Necesito hablar con sor Victoria. Es urgente.

–Pero la madre superiora se ha retirado... Está en su habitación.

–Por favor, avísela. Es muy importante que hable con ella. Ahora.

La monja que había atendido al teléfono no contestó a eso último. Cloister sólo oyó un golpe del auricular al apoyarse sobre la mesa. Seguramente su tono angustiado y apremiante le hizo comprender que no se trataba de ninguna broma.

–Dígame, padre. Soy sor Victoria. ¿Qué sucede?

–Hermana, ¿está usted viendo las noticias?

–No. Estaba en mi cuarto, rezando.

–Pues póngalas. La CNN. Acaban de encontrar a la doctora Barrett.

–¿Acaban de encontrarla?

Ahora era la religiosa quien mostraba angustia en su voz, temiendo lo peor.

–Al parecer está malherida, pero viva.

–¡Dios del cielo! ¿Y cómo ha sido?

–Aún no saben mucho. Lo dirán más tarde.

–Gracias por llamar, padre.

Conmocionada por la noticia, la madre superiora colgó el teléfono sin despedirse.

El sacerdote, que no había separado la mirada del televisor, volvió a subir el volumen. Ignoraba cuánto tardarían en dar nuevos datos sobre el suceso, pero no estaba dispuesto a perder detalle. Era crucial no perderlo. La doctora Barrett había sido hallada viva, aunque herida gravemente. No podía morir: la clave estaba en ella.

–¡No es posible!

El grito de Cloister precedió al salto que lo llevó hasta el armario donde tenía guardados los cuadernos de la doctora y sus notas de la investigación. Cogió la primera de sus libretas y empezó a escrutar las páginas. Allí estaba: el sacerdote exorcista había declarado que Daniel, durante el rito, mencionó la localidad de New London, en Connecticut, y una isla cercana. A la doctora Barrett la habían encontrado en una isla, Fishers Island, y precisamente en el estado de Connecticut.

El sacerdote empezó a entender mucho más de lo que pudo sospechar. Los «globos amarillos», el hombre muerto con niños secuestrados en su sótano… Aquel tipo debía de ser un pederasta. Los globos les encantan a los niños. La doctora Barrett debió de ser víctima suya de alguna manera. O su hijo…

–Conectamos en directo con Fishers Island, en Connecticut, para ampliarles la noticia que les adelantábamos hace unos minutos desde el lugar de los hechos.

La imagen mostró una casa de campo, al fondo, rodeada de coches de policía y sirenas encendidas. En primer plano, un reportero con un paraguas, pues llovía abundantemente, empezó a narrar los acontecimientos, o lo que se conocía de ellos hasta el momento.

–Estamos ante el domicilio del solitario escritor Anthony Maxwell, autor de decenas de cuentos infantiles bajo el seudónimo de Bobby Bop, donde ha sido hallado esta tarde su cuerpo sin vida. En su sótano, las autoridades han encontrado a seis niños en un estado lamentable, presos en una especie de celdas, con las bocas cosidas y alimentados a base de papillas líquidas administradas con caña. Todos han sido ingresados en varios centros médicos de la zona. También se han hallado en la casa los cadáveres de al menos otra decena de niños. Se ignora aún la interpretación que la policía hace de estos macabros hechos. Lo que sí podemos confirmar es que otra persona, identificada como la doctora en psiquiatría Audrey Barrett, ha sido encontrada por agentes de la policía del estado cerca de la casa, herida de gravedad. Posiblemente trató de llegar a su coche, oculto al otro lado del Lago del Tesoro. La doctora ha sido ingresada en el hospital de New London, donde los médicos luchan por su vida. Para finalizar, un dato más antes de devolver la conexión a nuestros estudios centrales. La policía interroga a estas horas al novio de la doctora Barrett, Joseph Nolan, por si pudiera aportar algún dato esclarecedor en este triste suceso.

New London. Un novio. Un posible hijo.

Albert no salía de su asombro. Todo cobraba sentido y, además, había un nuevo participante en el rompecabezas. Sonó su teléfono celular. Era la madre Victoria, conmocionada después de la ampliación de la noticia.

–¿Usted sabía que la doctora Barrett tenía novio? –preguntó el sacerdote.

–No... Era tan solitaria... Aunque es cierto que, en las últimas semanas, trabó amistad con el bombero que salvó a Daniel del incendio.

–¿Es el Joseph Nolan que han mencionado en las noticias?

–El mismo. Sé que ha tratado de encontrar a Audrey. Estaba muy afectado. Pero ignoraba que entre ellos hubiera algo más...

–¿Por qué no me habló de él?

–No sabía qué relación podía tener con su investigación.

Cloister se dio cuenta de que estaba siendo injusto con la religiosa. Sus investigaciones habían avanzado mucho desde que llegara a Boston. Sor Victoria, en efecto, no podía saber en qué dirección habían ido sus pesquisas. Para ella, la doctora Barrett nada tenía que ver con el resultado del exorcismo y con las visiones del viejo Daniel. Sólo era una persona que le ayudó y que, impresionada por su situación, había huido, desapareciendo por algo que Daniel dijo.

–Discúlpeme, hermana, tiene razón. Me he dejado llevar. Si Nolan la llama a usted por teléfono, por favor dígale que necesito hablar con él.

–Así lo haré.

–Déjeme que le pregunte otra cosa más, hermana. ¿Usted sabe si la doctora Barrett tiene hijos?

–No, que yo sepa. Ella me dijo que nunca estuvo casada, y yo deduje que tampoco tendría hijos. Pero, claro... ¡Oh, Dios mío! Lo dice por esos pobres niños...

–Exacto.

–Lo que sí sé, y quizá le interese saberlo a usted, es que Audrey pasó toda su infancia en New London, con sus padres. Cuando el padre murió, ella y su madre se trasladaron de Hartford, para reducir gastos, a una antigua casa que su madre poseía allí.

–Gracias por todo, madre Victoria.

La monja se despidió de Cloister. Pero, antes de colgar, repitió algo que ya le había dicho cuando se conocieron: allí actuaban fuerzas terribles y ocultas. Siempre lo sospechó. El sacerdote no respondió nada a eso, pero sabía que ella tenía razón. Más razón de la que pudiera llegar a imaginar.

35

Boston

Todos los estudiosos de la psicología y la parapsicología, y de los sucesos paranormales, saben que los deficientes mentales poseen un sexto sentido en lo que se refiere a captar lo oculto, a sufrir visiones, a percibir aquello que no es visible para todos. Es como si su mente tuviera un receptor especial, menos «lleno» que el de las personas llamadas normales. El cerebro es un gran enigma, pues genios como Mozart pudieron ser disminuidos psíquicos, o también algunos pintores y escultores de enorme creatividad.

Ahora, la mente simple del viejo jardinero Daniel había sido como una radio sintonizada con aquella entidad maléfica, dentro de su plan establecido, como un eslabón más de ese plan macabro.

En la cripta bajo el edificio Vendange, Cloister trató de establecer contacto de nuevo. Pero ya no pudo hacerlo. Sólo le quedaba intentar algo casi descabellado, quizá imposible, en lo que antes no había reparado y que se le ocurrió de pronto: captar el sonido de la grabación del exorcismo, la parte en que Daniel hablaba al oído a la doctora Barrett, y filtrarlo como fuera para mejorarlo y tratar de entender algo más. Los labios de Daniel no se veían en la imagen, ya que de haber sido así, su movimiento bastaría para que alguien capaz de leerlos tradujera lo que había dicho. Por desgracia quedaban tapados por la doctora cuando ésta se recostaba para escuchar las palabras del viejo.

De todos modos, el sacerdote capturó en su ordenador portátil el sonido de la parte de la cinta que le interesaba. Luego abrió el archivo digital con un programa de tratamiento de audio y subió el volumen al máximo. Fue manipulando con paciencia los diversos controles de filtrado y se puso unos cascos para que la calidad del sonido no disminuyera. Cada ruido o palabra, tan amplificados, le producían dolor en los oídos. Pero de la voz de Daniel, nada. Ni siquiera un susurro.

Entonces tuvo una iluminación. Recordó a un antiguo amigo, al que conoció mientras estudiaba ciencias en la Universidad de Chicago: el *excéntrico* Harrington Durand. A veces lo más obvio es lo que se pasa por alto. ¿Cómo no había pensado antes en él? Por suerte residía muy cerca, en el elegante barrio de Brookline, y ya le había prestado ayuda en otras ocasiones. Cloister miró la hora. Las dos de la tarde. Cualquier persona normal estaría despierta a esa hora, pero Harrington no era una persona normal. En todo caso, aquella llamada era demasiado importante para titubear. El jesuita marcó su número de teléfono de Brookline y esperó los tonos.

–¿Sí…?

Sorprendentemente, Harrington se puso enseguida al aparato. Y el tono de su voz era alegre.

–Harrington, soy Albert Cloister…

–¡No te molestes! No estoy en casa. Tendrás que esperar a otro momento.

El muy canalla había grabado un mensaje jocoso en el contestador para confundir a quienes lo llamaran, con un espacio entre la pregunta afirmativa del inicio y el jarro de agua fría final. Pero Cloister no iba a renunciar tan pronto. Oprimió el botón de memoria del teléfono y esperó a que el mensaje volviera a sonar. Repitió la operación media docena de veces, sin resultado. O Harrington no estaba verdaderamente en casa, o tenía los oídos taponados.

Aunque su amigo casi nunca llevaba encima el celular, Cloister optó por lo único que le quedaba por hacer. Buscó su número en la memoria, lo seleccionó y oprimió la tecla de llamada. El aparato estaba encendido. El timbre sonó más de diez veces. Cuando Cloister pensaba que saltaría también un contestador, o que la llamada quedaría cortada, la voz de Harrington se escuchó al otro lado, en un tono muy bajo.

–¿Sí…?

–Hola, soy Albert Cloister. Necesito tu ayuda.

–Siento decirte que no puedo hablar ahora…

–Es muy importante, Harrington. Tengo que pedirte un favor muy importante.

–Ahora es imposible. Estoy en una reunión… ejem… notable. No puedo decirte más. Estoy rodeado de señores de colores, todos muy circunspectos.

–¿Señores de colores?

–Sí: azul, verde y negro. Militares y gente del Gobierno.

–Por favor, llámame entonces en cuanto puedas.

Harrington colgó. A pesar de todo, Cloister estaba seguro de que, en esa ocasión, su peculiar y genial amigo no podría ayudarle. Ahora tocaba esperar y adelantar trabajo en otras direcciones. Como la doctora Barrett estaba en coma, ahí no había nada que hacer de momento. Pero le quedaban dos cuestiones abiertas. La primera, entrevistarse con el exorcista. A su llegada a Boston no lo juzgó apremiante, pero había llegado la hora de hacerlo. Los informes del obispado decían que estaba muy impresionado y en estado de postración. Era un jovenzuelo bastante engreído, que se enfrentó con poderes a los que había subestimado. Pero, además de con él, Cloister tenía que hablar con Daniel. A pesar de la prohibición expresa de sor Victoria, tenía que mantener una charla con el viejo jardinero. Si la clave estaba en la doctora Barrett, esa clave había salido de sus labios. Aunque él no lo supiera, o no fuera consciente de ello.

36

Boston

La habitación era relativamente sobria, aunque decorada con gusto. Se trataba de una pequeña sala con estanterías a un lado, repletas de libros, una mesa alargada en el centro y un amplio ventanal en el lado opuesto. El padre Cloister esperaba allí, en la sede de la archidiócesis de Boston, al sacerdote que había practicado el exorcismo a Daniel, a petición de las Hijas de la Caridad de la residencia de ancianos y con la aceptación de la doctora Audrey Barrett.

Mientras aguardaba, pensando en el escritor Anthony Maxwell, Cloister no pudo por menos que recordar las graves acusaciones de abusos sexuales a menores que se habían cebado con aquella archidiócesis. De hecho, habían pasado sólo cuatro años desde que el cardenal Bernard Law se viera obligado, por los escándalos, a renunciar al obispado de Boston. La ignominia cayó sobre la Iglesia católica estadounidense. Todas las iglesias las componen seres humanos, y los seres humanos son imperfectos. Cloister no era partidario, en absoluto y bajo ningún concepto, de echar tierra sobre ninguna falta o delito. Al contrario. Los hombres y mujeres de Dios –de cualquier credo– debían ser siempre un ejemplo para los demás, incluso al purgar sus propias culpas.

–Buenos días –dijo el sacerdote, alto y delgado, que entró de improviso en la sala–. Soy Tomás Gómez.

Nada más verlo, Cloister lo reconoció por el vídeo del exorcismo. Ese tipo humano no le era ajeno: aficionado a la ceremonia y pagado de sí mismo. En el informe se decía de él que era, a pesar de su juventud, un experto exorcista, que había practicado decenas de veces ese rito en Suramérica –él era de origen portorriqueño–. Pero la verdad es que, por sus reacciones con Daniel y su estado posterior, seguramente nunca antes se había enfrentado con un caso que no fuera más allá de un trastorno mental, que las gentes sencillas atribuían al Demonio.

–Buenas tardes –correspondió Cloister al saludo, al tiempo que se levantaba de su silla–. Tengo que hacerle unas preguntas.

–Naturalmente. Estoy a su disposición.

El joven sacerdote tomó asiento enfrente de Cloister, estableciendo la anchura de la mesa como barrera. Se le veía nervioso y sombrío. Fue una reacción instintiva.

–Gracias. Sólo nos llevará unos minutos. Lo que tengo que preguntarle es muy simple. Necesito que haga usted memoria. Concéntrese durante el tiempo que estime oportuno. Sin duda, recordará el momento en el que la doctora Barrett, antes de abandonar la estancia donde se practicó el exorcismo, se acercó a Daniel.

–Sí, ella estaba como encantada, encandilada...

–Lo que me interesa es saber si usted consiguió escuchar algo de lo que Daniel le dijo al oído. ¿Pudo distinguir alguna palabra, lo que sea?

–Ya lo dije en el informe...

–Eso ya lo sé. Tengo el informe. Era para mí. Sé que usted escuchó algo sobre unos «globos amarillos» y una isla próxima a New London. He de saber si es capaz de recordar algo más. Lo que sea.

–Han pasado los días, y mi recuerdo es como una nube densa. A mi cabeza han venido destellos inconexos... No, creo que no puedo recordar nada más que lo que ya dije. Lo siento de veras.

–Por favor, le ruego que se esfuerce todo cuanto pueda. Es crucial para mí y para mi investigación.

El joven estaba tan abatido que Cloister se dio cuenta de que era inútil apretarle las clavijas. Eso no conduciría a nada. Si no pudo oír algo más, no iba a arrancarle una confesión absurda, basada en la presión. Lo que se había grabado en su memoria fue el grito «TODO ES INFIERNO», y era lógico. También esa frase estaba grabada en la mente de Cloister.

–Está bien. Gracias por todo. Ha hecho usted lo que ha podido. De cualquier manera, si llegara a recordar alguna cosa, aunque le parezca insignificante, llámeme sin falta.

Apenas encendió su teléfono celular, en la calle, Cloister recibió un mensaje en el que se le informaba de una llamada perdida. Era de su amigo Harrington. Eso cortó los pensamientos brumosos del sacerdote y los desvió hacia una pequeña luminaria en la oscuridad. Harrington suponía una esperanza; mínima, pero esperanza al fin y al cabo. Si sólo las grandes contaran, la esperanza no existiría.

–¿Harrington? –dijo el sacerdote cuando su amigo respondió.

–Has visto mi llamada, supongo.

–Acabo de hacerlo. Estaba en una… reunión.

–Ese titubeo te delata. ¡Pero no quiero que me cuentes nada! ¡Allá tú y tu conciencia! ¿Qué querías esta mañana, que, supongo, seguirás queriendo esta tarde?

–Siento haberte molestado, pero necesito un buen filtro de sonido. Antes de que me lo preguntes, te diré que es para tratar de escuchar algo que se dice en un susurro sobre ruidos más fuertes, pero no demasiado altos.

–Quieres decir que no se trata de un concierto, ni nada parecido.

–No. Hay sonidos más altos, y el susurro es muy bajo. El micrófono que captaba el audio estaba más bien retirado, a unos tres metros, más o menos.

–Bien... Déjame pensar... Lo veo difícil, pero ya sabes que para mí nada es imposible.

–Lo sé. Estoy en Boston. ¿Te parece bien que vaya a verte?

–Gracias por tu innecesaria aceptación de mi autohalago. Dame una hora u hora y media. Estoy saliendo del aeropuerto.

Era un tiempo razonable. Cloister dio un paseo, en que no se serenó en absoluto, y trató de comer algo. Tenía el estómago encogido. Después regresó a su habitación del colegio para recoger su ordenador portátil con el archivo de audio del exorcismo. Ojalá Harrington pudiera ayudarle. Era uno de sus últimos cartuchos.

37

Brookline

Harrington Durand, a quien Albert Cloister había conocido durante sus estudios de física en la Universidad de Chicago, era un hombre extremadamente culto y un ingeniero informático genial. Había dedicado más de la mitad de su vida de vigilia a la lectura casi compulsiva. El resto del tiempo robado al sueño, y restado lo necesario para comer, la higiene y demás actividades de la vida común, lo invertía en crear los programas informáticos más sorprendentes –para la industria civil y la militar–, además de escuchar música clásica y aprender música él mismo, visitar museos o ver películas. Salía de casa lo menos posible, para ir a bibliotecas o librerías, al videoclub, a una sala de exposiciones. Además de epiléptico, padecía una enfermedad de la mente conocida como «fobia social», que le inducía un formidable sufrimiento ante cualquier acto o reunión en que hubiera personas desconocidas o con las que no estuviera absolutamente a gusto. Sólo era capaz de quebrar ese dolor del espíritu a cambio de obtener un placer superior, como cuando frecuentaba a una prostituta universitaria llamada Rachel de la que dependía emocionalmente.

A estos problemas psicopatológicos se añadía un absoluto descreimiento, su ateísmo y su actitud negativa en grado sumo ante la vida. Por ese motivo, Albert Cloister le llamaba «monje de clausura del nihilismo». Así era, en efecto, Harrington Durand: un nihilista que no creía en nada y no daba valor a ninguna cosa que pudiera colocarse más allá de la frontera de la existencia material o del tiempo que a cada uno le ha tocado vivir. Si los dos hombres, tan distintos en sus planteamientos vitales, conservaban la amistad, era precisamente por eso, por ser los dos lados opuestos de un diámetro. Pero ambos se respetaban intelectualmente y cada uno de ellos, a su modo, buscaba la verdad.

Albert había esperado una hora antes de tomar un taxi e indicarle la dirección de Harrington, en Brookline, a una media hora del centro de Boston. Mientras ocupaba el asiento trasero del coche, el jesuita estuvo pensando en la vida y la muerte, en la Creación y en la bondad del Señor. Contra la protección de Dios, ninguna entidad tenía poder. La fuerza del mal quedaba anulada al enfrentarse con el supremo bien. El miedo es como los malos olores, que a fuerza de soportarlos anulan la capacidad de percepción de la nariz.

Después de mucho insistir con el timbre de la casa, abrió la puerta el mismo Harrington, con aire lozano. Llevaba una bata de raso sobre la ropa y tenía un libro en la mano. Para él no había jet lag ni nada que se le pareciera. Su ciclo circadiano de sueño-vigilia se habían acomodado al curso de la Luna, de modo que cada veintiocho días él había dormido una jornada completa menos que el resto de los mortales, seguidores del luminoso Sol. Para verlo, era necesario adaptarse a su extravagante horario. A veces había que visitarle a las cinco de la madrugada, cuando él se despertaba; o a las once de la noche.

–Pasa –dijo Harrington–. Has tenido suerte. Esos desconsiderados me han sacado de mi horario, los muy cabrones...

–¿Te refieres a la gente del Gobierno?

–¿A quién si no? ¿No te he dicho que son unos cabrones…? Pero, en fin, no quiero quejarme más. ¿Has leído *Ecce Homo*, de Nietzsche?

Harrington levantó la mano y mostró la portada del libro a Albert, mientras caminaban hacia el salón.

–No, no lo he leído.

–Pues te lo recomiendo. Me ayuda a olvidar a esos… Es una puta delicia. Los primeros capítulos se llaman «Por qué soy tan sabio», «Por qué soy tan inteligente» y «Por qué escribo libros tan buenos». Nietzsche es un jodido genio. Mal entendido por casi todo el mundo, por supuesto.

–Por supuesto –reconoció Cloister a su malhablado amigo, en el tono más jocoso que su estado espiritual le permitía.

A pesar de las oraciones, y al intento de tranquilizarse, no había logrado cambiar su estado de ánimo ni obtenido nuevas fuerzas. La perspectiva era dura. Por mucho que lo deseara, no se sentía iluminado de nuevo. Estaba del lado del bien, pero eso ahora no le ayudaba demasiado.

–Insisto en que deberías leer a Nietzsche. Ser culto es importante, por ejemplo para que no te engañen con cosas como el arte moderno.

Albert no se rió con la ocurrencia, aunque en cualquier otro momento lo hubiera hecho.

–¿Por qué lo dices?

–Porque es verdad, es la puta verdad… Si la gente supiera cómo funciona el negocio del arte… ¡Ah, qué bien se está en la montaña a la que ninguna chusma accede! ¡Qué fresca el agua de la fuente sin chusma!

–Cada día estás peor, amigo.

–Lo sé. También me lo ha dicho mi psiquiatra. Ah, el hastío… Quizá me suicide.

–¡No lo dirás en serio!

–Bueno, podría ser, ya lo pensaré. Pero antes de hacerlo

asesinaría a mi asistenta. Estoy harto de ella. Rompe mi orden. Me descoloca las cosas. Las mueve con intención de fastidiarme. Como soñar es gratis, he pensado en invitarla a tomar café aquí mismo, en el salón, a ser posible con su marido, y quemarlos vivos con unas latas de gasolina. Aunque destruya mi propia casa…

–En realidad no estás tan loco, ¿verdad?

–No, claro que no. Pero a veces me gustaría estarlo. El contacto con la realidad es malo. Preferiría vivir en un mundo de fantasía generado por mi mente. Como en *Matrix*, aunque sin que me chupen la energía… ¡Bien, dejemos de hablar de mí! Me dijiste por teléfono que necesitabas un filtro de sonido, ¿no?

–Exactamente eso.

–Pero concreta más, por favor. Mientras lo piensas, voy a buscar una pastilla que tengo que tomarme.

Harrington regresó al poco con un vaso de agua y una enorme cápsula de color rojo y blanco. Se la tomó como una serpiente engulle a su víctima y volvió a sentarse.

–Es para las jaquecas –dijo, mientras se tocaba la cabeza–. No sabes cuánto sufro. Me están matando. ¿Sabes lo que decía Schopenhauer sobre el placer y el dolor?

–No, no lo sé. Seguro que algo horrible.

–Ciertamente sí: decía que para comprender qué es más fuerte, el placer o el sufrimiento, comparemos el placer que siente un animal que devora a otro con el sufrimiento que supone el ser devorado.

Albert se quedó callado un momento, con expresión de desagrado en el rostro.

–Pero ¿qué le pasaba a ese hombre para decir semejantes cosas?

–Es muy natural –replicó Harrington–: Hay que ponerse en su lugar. No follaba nunca, el pobre… Pero bueno, vayamos a lo que nos ocupa.

–Tengo una grabación hecha con cámara de vídeo doméstica. He separado el audio. Se escuchan unos gritos y ruido, pero lo que yo necesito es escuchar un momento determinado. Entre el micrófono y la persona que habla en susurros se interpone otra persona. Sólo se me ocurría recurrir a ti. ¿Crees que puedes hacer algo?

–Si no he entendido mal, y yo nunca lo hago, tú necesitas eliminar los sonidos fuertes y realzar esos susurros. ¿Se trata de alguna de tus investigaciones *raras*, amigo jesuita? ¿De ese *otro lado* en el que yo no creo aunque haya tantas cosas sin explicar? Y, por encima de todo, ¿no será el audio de un exorcismo, verdad?

Sagaz como pocos, a pesar de su desordenada personalidad y su mente errática, Harrington Durand había dado en el clavo.

–Sí. Es un exorcismo. ¿Cómo lo has sabido?

–Intuición femenina. Aunque, pensándolo bien, yo soy un hombre... Lo dejaremos en intuición, a secas. Como te veo bastante mustio voy a ofrecerte algo que te cargue las pilas: ¿Whisky, ginebra...?

–No, gracias. No necesito una copa.

–¿Entonces Coca-Cola, Doctor Pepper, un zumo?

–Nada, de verdad.

–Pues yo sí voy a beber algo de alcohol. Potencia el efecto de la pastilla que acabo de tomarme.

Mientras se servía un whisky con hielo, Harrington volvió al tema del filtro:

–Habrá que diferenciar bien las frecuencias del sonido y separarlas. No hay problema. Me estoy acordando ahora de una película que vi hace un par de años, en la que...

–Harrington, por favor, no dispongo de mucho tiempo.

–Perdona. Ya me conoces. Soy multitarea, como los ordenadores. Aunque ellos son tontos y yo no.

–¡Por favor!

–El filtro, el filtro, el filtro. Sí, sí, no hay problema. Si has traído el archivo de audio, puedo escribir el código de la aplicación para el filtro ahora mismo, en cinco minutos. Acompáñame.

Cloister extrajo su ordenador portátil de la cartera y siguió a Harrington. De un salón absolutamente clásico, con sillones chéster, maderas y muebles nobles, cuadros de escuela flamenca –quién sabe si originales–, una maravillosa alfombra persa y hasta un reloj de péndulo Erwin Sattler, los dos hombres pasaron a una estancia cuyo contraste con la anterior era equivalente a comparar la Capilla Sixtina con el transbordador espacial. Ahora estaban rodeados de pantallas de plasma, ordenadores, monitores TFT y un sinfín de otros aparatos electrónicos.

–Mi salón del trono –dijo Harrington con voz solemne y las manos abiertas–. Siéntate donde quieras menos en el sillón negro.

Al lado del sillón negro había otro idéntico, pero de cuero verde oscuro. Albert Cloister lo señaló y, ante el asentimiento de su amigo, se dispuso a ocuparlo. Él se sentó en el suyo, colocó sobre la mesa el portátil del jesuita y lo puso en marcha. Cuando el sistema se hubo cargado, Harrington chasqueó los dedos y se lanzó sobre el teclado como quien interpreta un *presto agitato* al piano.

Cloister se mantuvo en silencio un momento, para no molestarle, pero Harrington, sin dejar de mirar el monitor, dijo:

–Puedes hablar, si quieres. Te repito que soy multitarea. No creas que voy a confundirme por eso. Nunca me equivoco. Es para mí una experiencia desconocida. Como el fervor religioso. No sé lo que son.

De nuevo divagaba dando muestras de su extraño sentido del humor. Pero volvió mentalmente al lugar en que estaba para poner de manifiesto un problema.

–Necesitaremos que el filtro elimine, no sólo los ruidos, sino también los sonidos que puedan falsear lo que tú quieres oír. Si no, se mezclará todo. Y eso sería una auténtica mierda, ¿verdad? Es mejor que establezcamos varios niveles de filtrado.

–¿Cómo puedes hacer eso? No soy un experto, pero tampoco un ignorante. ¿Es posible discriminar sonidos similares? ¿Puedes hacerlo?

–La duda ofende. Hiere, incluso. Pues claro que puedo hacerlo, sacerdote de poca fe. Claro que puedo. Es secreto militar, pero me importa un bledo contártelo... Con este tipo de filtros, el ejército tiene unas charlas en ambientes, digamos *ruidosos*, tan limpias como si los soldaditos estuvieran en una jodida cámara anecoica. Es elemental.

–Elemental para ti –dijo Albert.

–Nada de eso. Al menos hay diez ingenieros, aparte de mí, que podrían haberlo hecho. Con la misma elegancia en el código, cinco, quizá. ¿Lo ves? No es para tanto. Y ahora, por favor, distráete con algo y no me distraigas a mí, que voy a empezar a programar.

En unos pocos minutos, y ante los ojos atónitos de su amigo, aquel loco genial acabó el trabajo. Con gesto solemne, colocó en la pantalla el puntero del ratón sobre el botón de salvar, y lo pulsó. Se giró en la silla, miró a Albert, dedicó una especie de torpe saludo marcial y anunció:

–Hecho. Acabado. Finalizado. Ahora apagaré tu ordenador, que ya tiene dentro lo que necesitabas, y tú haz con ello lo que quieras.

–¿No vamos a probarlo? –preguntó Cloister, extrañado por el hecho de que Harrington no quisiera chequear su aplicación de filtrado.

–Jamás pruebo mis códigos. ¿Para qué? Eso es de timoratos de la informática. Espero que no lo digas pensando en que lo que acabo de hacer podría no funcionar... Además, el sonido corresponde a un exorcismo, y bastante tengo yo con todo lo mío como para agregar más leña a la caldera... ¡Prefiero seguir durmiendo como hasta ahora! Yo he hecho lo que me has pedido. No quiero tener nada que ver con ello.

Aquel extraño individuo seguía siendo tan único y genial como cuando Albert lo conoció en un aula de ciencias de la Universidad de Chicago, hacía ya quince años. Todos los demás compañeros recelaban de él, se reían por lo bajo, lo tenían apartado como un monstruo. Pero Albert enseguida vio en él algo especial. Trabaron amistad, a pesar de las dificultades que propiciaba la personalidad de Harrington, y empezaron a enriquecerse mutuamente con sus ideas y concepciones incipientes del mundo. Buenos tiempos.

Tras agradecerle su generosa ayuda, Albert dio un fuerte apretón de manos a su amigo, le pidió que tratara de moderarse, aunque sólo fuera un poco, y luego se marchó. Su espíritu se había alejado del frente de batalla durante unas horas. Ahora, la realidad le golpeaba de nuevo. Pero tenía un arma secreta.

Nada más volver a Boston, Cloister encendió su portátil y ejecutó el programa de Harrington. Después abrió con él el archivo de audio del exorcismo: el fragmento que transcurría entre el momento en el que la doctora Barrett se aproximaba a Daniel y su repentina huida.

La aplicación empezó a trabajar. Una barra de progreso indicaba el porcentaje realizado. No tardó mucho en acabar la tarea. El sonido filtrado podía reproducirse mediante un botón de play. Cloister se puso los cascos y lo oprimió.

Nunca hubiera creído lo que aquel programa era capaz de hacer. Los sonidos más fuertes se habían eliminado, borrados como si nunca hubieran existido. Los susurros, por el contrario, estaban realzados. Podía oír una respiración agónica, que debía de corresponder a los malogrados pulmones de Daniel; un sonido silbante previo al sobrecogedor grito en el que un sinnúmero de voces distintas se entremezclaban, ahora eliminado por el programa informático. Después se escuchó cómo el viejo pronunciaba las palabras que también recordaba el exorcista: «globos amarillos». Pero ahora podía entenderse algo más: «El payaso de los globos amarillos», le parecía a Cloister que decía. Y luego: «Fishers Island», «New London», «Tú conoces bien».

En efecto, los datos se correspondían con los hechos. La doctora Barrett conocía New London porque vivió allí durante bastantes años, con su madre. Tenía sentido.

A lo anterior siguieron algunos susurros que Cloister no logró identificar como palabras. Pertenecían a la parte en la que la cabeza de la doctora Barrett se había interpuesto entre los labios de Daniel y el micrófono de la cámara de vídeo. Eran sonidos extraños, confusos, una especie de silabeo que dio paso a algo que sonaba parecido a «eoyeim» o «euyaim». Imposible de entender. Por último, Cloister sí logró entender algo como «casa», «lago» y «tesoro». Palabras inconexas aunque ciertamente reveladoras.

Cuando acabó, el sacerdote subió el volumen de reproducción del aparato hasta el máximo y volvió a escuchar todo el fragmento, deteniéndose ahora en los momentos clave. No entendió nada más. Pero sí pudo dar un sentido a las extrañas palabras que antes le parecieron absurdos balbuceos. Creía que Daniel, en realidad, había dicho un nombre: «EUGENE».

Eso no parecía significar nada especialmente relevante. Era un nombre cuya raíz griega significaba «El bien nacido». ¿Qué podía querer decir con eso? ¿Sería así como se llamaba el supuesto hijo de la doctora Barrett?

Todos sus frentes de investigación estaban detenidos.

Aparte de esperar, sólo tenía ya dos opciones. La primera era que la doctora Barrett pudiera darle personalmente la clave, si es que se recuperaba. Y la última, quizá la más inmediata: visitar a Daniel para intentar sacarle algo, aunque no tenía en ello muchas esperanzas.

38

Boston

Cloister abrió su cuaderno de notas y llamó a información telefónica. Preguntó por el número del hospital de New London. Se disponía a hacer una gestión que probablemente no iba a dar fruto, pero que no obstante tenía que probar. Cuando le dieron el número, lo marcó y esperó a que lo atendieran. Preguntó a la telefonista del hospital por la doctora Audrey Barrett. Después de un breve silencio, ella dijo que lo sentía, pero que no podía ofrecerle ninguna información. La policía lo había prohibido. En todo caso, habría en algún momento un parte médico.

Cloister agradeció la atención y colgó. Miró en su agenda otro número de teléfono. Un número de teléfono de Roma. Se puso un hombre al que el sacerdote conocía bien, aunque no le tenía mucho aprecio. Pertenecía al Sodalitium Pianum, o SP a secas, el Servicio Secreto Vaticano.

–Necesito un favor –dijo Cloister, y explicó lo que quería saber.

El otro hombre le pidió algo de tiempo y colgó. A la media hora le devolvió la llamada. Tenía la información: la doctora Barrett estaba mejor de lo que habían dicho en las noticias. No se hallaba en coma, aunque al parecer sufría un shock emocional agudo. Un agente de policía custodiaba permanentemente su habitación, la 517, ya que la doctora se hallaba bajo arresto como sospechosa del homicidio del escritor Anthony Maxwell. Se encontraba consciente, aunque no parecía ser capaz de razonar con claridad.

–No te preguntaré cómo lo has averiguado tan pronto.

–Mejor así.

Cloister sabía que, dadas las circunstancias, entrevistarse con la psiquiatra se auguraba aún más complicado de lo que imaginó. Por el momento sólo tenía la opción de recurrir directamente al viejo Daniel. A pesar de sor Victoria. El sacerdote estuvo dudando unos momentos acerca de si era preferible solicitar del Vaticano un mandato o hablar primero con la religiosa. Bajo ningún concepto deseaba importunarla, ni hacer sufrir a Daniel. Ojalá pudiera renunciar a ello. Pero ya no podía. Se le había encargado investigar, seguir las líneas que considerara oportunas, hasta que llegara a la meta o a un callejón sin salida. Y aunque en varias ocasiones creyó estar metiéndose en una vía muerta, estaba seguro ahora de que la meta se hallaba muy próxima.

Tenía la agenda en la mano, abierta por la página de la residencia de las Hijas de la Caridad. Se dijo que era mejor informar a la monja con franqueza. Si tenía que pasar por encima de ella, que fuera con dignidad y sin sombras. Aquella mujer admirable y valiente lo merecía. No le importaba asumir sobre sus espaldas la responsabilidad del conflicto que seguramente iba a producirse.

–¿Sor Victoria? –dijo el sacerdote cuando le pasaron la llamada.

–Me alegro de oír su voz. ¿Sabe algo nuevo?

–Me temo que no... –Lo pensó dos veces antes de decir–: En realidad, sí. Le pido que no lo diga a nadie más. La doctora Barrett está consciente.

–¿Fuera de peligro?

–No. Pero no está en coma. Creí que le gustaría saberlo.

–Por supuesto. Es motivo de alegría y una buena noticia, a pesar de todo lo malo ocurrido.

–Sí, sí que lo es. Aunque lo que tengo que decirle no creo que le agrade tanto, hermana.

La religiosa se mantuvo en silencio. Cloister juraría que escuchó una especie de suspiro, quizá de tensa expectación.

–Sor Victoria –siguió el sacerdote–, es imprescindible que me permita hablar con Daniel.

–¡No! –dijo ella, tajante–. Estaba esperando que me lo pidiera, pero no puedo permitirlo. Daniel ha pasado ya mucho. ¿No es bastante?

–Lo es, y sé cuánto ha sufrido. Créame, hermana, que no se lo pediría si no fuera absolutamente necesario.

–¿Tan importante es su investigación?

–Sí. Se lo aseguro.

–Aun así, no puedo autorizarlo. Daniel es más importante que cualquier investigación. No lo permitiré. Usted me prometió que él quedaría al margen. Me dio su palabra.

–Le prometí que haría lo posible, si ello estaba en mi mano. Tendré que recurrir al Vaticano, y lo siento de veras.

La monja se volvió a quedar en silencio. No se enfadó, al menos notoriamente. Mantuvo la serenidad al decir:

–Si es así, hágalo y obedeceré. Aunque le ruego que no lo haga.

–Debo hacerlo. No puedo explicarle los motivos, pero debo hacerlo. Le doy mi palabra de que no tengo alternativa.

–Bien, padre. Tengo que volver a mis oraciones. Gracias por contarme lo de la pobre Audrey.

Cloister se sentía culpable, y no era la primera vez. Cuando se trabaja para los Lobos de Dios, hay que moverse a menudo en los recodos más torcidos de la senda del Señor. Era duro, pero necesario. Por eso, el sacerdote no titubeó al pedir al cardenal Franzik en persona, jefe de los Lobos, que le abriera el candado de sor Victoria.

Daniel estaba tumbado en la cama, con cara de pánico, cuando el padre Cloister entró en la habitación, acompañado de la madre superiora. La religiosa había tenido que acceder a la petición del sacerdote por obediencia debida. Pero no estaba de acuerdo en absoluto con aquel encuentro. El viejo jardinero mostraba un estado de salud cada vez más precario, y su sencilla mente había sufrido más allá de lo que podía comprender.

–Gracias, hermana –dijo Cloister con humildad, y triste por haberse visto forzado a obligarla a aquello.

–Recuerde, padre: una hora. Para que le concediera más tiempo, tendría que ordenármelo el mismo Santo Padre. Y no creo que usted llegue tan alto.

La madre Victoria se equivocaba. Los Lobos de Dios sí llegaban *tan alto*. Pero el sacerdote no dijo nada y se limitó a asentir.

–Sor Katherine estará junto a la puerta. Si necesita algo, pídaselo a ella. Cuando haya transcurrido el tiempo, yo vendré a avisarle.

Antes de irse, la monja dedicó una mirada de ternura a Daniel.

–No te preocupes, hijo, el padre es un amigo nuestro y no te hará nada malo. Sólo quiere preguntarte unas cosas, ¿de acuerdo?

El anciano emitió un sonido difícil de interpretar, aunque sor Victoria quiso entenderlo como un sí, y añadió:

–Así me gusta. Luego te traeré tus pastas preferidas.

Cuando la puerta se cerró, el ruido hizo dar un respingo a Daniel, aunque no fue un golpe fuerte. Cloister se sentó en la única silla que había en la estancia.

–Hola, Daniel.

–Ho… la.

–Lo que ha dicho sor Victoria es cierto –dijo el sacerdote, que ante la mirada agudamente inquisitiva de Daniel, completó la frase–: No quiero hacerte nada malo. Sólo tengo que hacerte unas preguntas y me iré. ¿Te parece bien?

El anciano asintió con la boca fruncida y los labios apretados.

–Vale.

–Tienes que intentar recordar una cosa. Es desagradable, pero ya pasó. ¿Lo entiendes?

–Sí.

–Bien. ¿Te acuerdas de las charlas con la doctora Barrett?

–Audrey es... mi amiga. Hace mucho... que no... viene... a verme. La echo... de menos.

Al pobrecillo no debían de haberle explicado que la doctora había desaparecido, ni, por supuesto, todo lo demás.

–Ella me dijo –mintió Cloister para ser más próximo a Daniel– que, a veces, tú hablas como otra persona.

–¿Como otra per... sona? –dijo el anciano, asustado.

–Sí. De un modo distinto al tuyo, a como hablas normalmente.

–Yo no...

El pobre hombre no comprendía aquel fenómeno que protagonizaba. No entendía nada de ello y tenía miedo. El sacerdote se dio cuenta de que por ahí no iba a ningún sitio. Respecto a esa entidad que hablaba por el anciano, optó por intentar una última prueba.

–¿Puedes hacerlo ahora? ¿Eres la entidad de la cripta del edificio Vendange? ¿Estás ahí?

–No... Yo...

Daniel se puso a sollozar, asustado por el incomprensible comportamiento de su interlocutor, al que no conocía pero que le recordaba al padre Gómez, el exorcista que tantos padecimientos le acarreó. Enseguida los sollozos dieron paso a toses ásperas y a un silbido malsano del aire al entrar en sus pulmones y salir de ellos.

–Tranquilo, Daniel, tranquilo. Olvida lo que he dicho,

¿vale? Sólo una cosa más, y te dejo. Yo voy a decirte unas palabras y tú tienes que decirme a mí si te suenan de algo, o qué quieren decir. Voy a decirte la primera: «el payaso de los globos amarillos».

Nada.

–«Fishers Island.»

Nada.

–«New London.»

Nada.

–«Tú conoces bien.»

Nada.

–«Eugene.»

–¡Ése… es… el hijito de Audrey!

–¿El nombre del hijo de la doctora Barrett? ¿De Audrey?

–Sí. Me lo dijo… él.

–¿Sabes algo más?

–No. Sólo… eso. Es su… hijito.

–¿No te dijo «él» algo más?

–No…

El jesuita resopló casi inaudiblemente.

–Gracias, Daniel. Perdóname por haberte molestado. Siento haber tenido que hacerlo.

Antes de irse, Cloister se fijó en la maceta que había en la ventana de Daniel. De ella brotaba un palo seco. Debía de ser la rosa de la que nunca se separaba, según las notas de los informes de Audrey. Su rosa muerta.

–¿Ha terminado ya? –le preguntó la joven sor Katherine al verlo salir.

Cloister no respondió. Se limitó a dedicarle la mejor sonrisa que pudo emerger de su rostro en aquel momento, y se marchó de allí sin mirar atrás. Daniel sólo le había aportado un dato: Eugene era el hijo de la doctora Barrett. Su última acción, como esperaba –lo sabía en el fondo de su ser–, era visitar a la propia Audrey Barrett en el hospital de New London.

Cuando, transcurrida exactamente la hora que le había concedido, sor Victoria apareció, la joven monjita sólo pudo decirle que el padre Cloister se había marchado hacía más de media hora. Su rostro estaba nublado, aunque no sabía por qué.

39

New London

La entrada principal del hospital de New London se hallaba en un edificio que recordaba ligeramente a la arquitectura oriental, con una gran techumbre que sobresalía hacia los lados, coronada por una linterna. Cloister pidió al taxista que lo dejara a una distancia prudencial. No quería llamar la atención de nadie. Si no tenía otro remedio, estaba dispuesto a hacer algo impropio de un siervo de Dios, aunque fuera a su servicio. Sin embargo, era ya consciente de que su propia voluntad y sus deseos de resolver el enigma se habían entremezclado con su deber hasta hacerse indistinguibles.

El sacerdote sabía que Audrey Barrett estaba en la habitación 517, aunque no le sería difícil encontrarla, en todo caso, por el agente de policía que custodiaba su puerta. Lo que ignoraba era la zona del hospital en el que podía hallarse la habitación. Entró en el hall principal y miró el organigrama en un panel en el que se mostraban las distintas especialidades por orden alfabético. Las habitaciones de los enfermos que no requerían cuidados intensivos estaban en otro edificio aledaño.

Cloister obtuvo de un celador las indicaciones para llegar al edificio que estaba buscando. Odiaba los hospitales. Incluso sus zonas ajardinadas. Mientras caminaba por un sendero de grandes losas le llegó la voz áspera de un periodista que estaba allí cubriendo la noticia del asesinato del famoso Bobby Bop, el escritor infantil que se había descubierto como pederasta. Estaba apoyado en un muro y, con su cuaderno de notas abierto, explicaba por teléfono a alguien de la redacción de su medio la crónica del día:

–El último parte médico acerca del estado de salud de la doctora en psiquiatría Audrey Barrett, presunta homicida del escritor Anthony Maxwell, más conocido como Bobby Bop, es favorable. Las primeras informaciones sobre su estado de coma se han desmentido. La doctora Barrett se halla consciente y fuera de peligro, aunque en estado de confusión. Al parecer, no es capaz de recordar lo sucedido... ¡No, no, esto no es del parte médico! Tú toma nota y no pienses, novato. Ya te diré yo luego cómo va, ¿OK?... Bien. Sigo. Después de «lo sucedido», punto. A la espera de su recuperación, la doctora Barrett se encuentra bajo arresto en el hospital de New London, Connecticut, muy cerca de Fishers Island, el lugar de los hechos... Ya he terminado. ¿Lo tienes todo?

Escuchando a aquel periodista gritón, Cloister tuvo que reconocer el gran trabajo del SP del Vaticano, uno de los mejores servicios de inteligencia del mundo, copiado en su funcionamiento incluso por la CIA norteamericana.

–No se les escapa nada –musitó el sacerdote.

Cloister siguió caminando hasta el edificio de los pacientes ingresados. Entró y se dirigió a los ascensores, que estaban justo enfrente. Uno de ellos acababa de llegar a la planta baja. Montó en él y oprimió el botón del quinto piso. Arriba, salió de la cabina despacio, con pretendido aire de despiste. El pasillo se extendía a ambos lados y torcía simétricamente en cada sentido a una veintena de metros. Frente a los ascensores, un amplio ventanal empezaba a mostrar la caída de la tarde, por delante de un mostrador en el que había dos enfermeras de guardia.

Como no sabía hacia qué lado dirigirse, el sacerdote decidió sin ningún motivo. Giró a la izquierda siguiendo el instinto de su cerebro masculino. Una mujer probablemente hubiera tomado el camino de la derecha. Sólo había avanzado unos pasos cuando el sonido de la megafonía lo sobresaltó:

«Doctora Moennig, acuda a Cardiología.»

Tenía un altavoz justo encima, en la esquina superior del pasillo. Siguió caminando y torció varias veces más hacia la izquierda siguiendo la forma de la galería, flanqueada de habitaciones a ambos lados. Al fondo comunicaba con el pasillo de la derecha, formando un anillo completo. Las salas de espera estaban cerca de los ascensores, por detrás de la línea de las enfermeras.

Junto a una de las puertas había un hombre de espaldas, de pie, al lado de una silla plegable que estaba apoyada en la pared. Iba vestido con el uniforme de la policía local. En la galería había varias personas: un anciano enfermo caminando con su botella de suero y acompañado de una muchacha joven, un par de enfermeras que entraban y salían de las habitaciones, y algunos visitantes más. El policía se dio la vuelta en un gesto rutinario. Era alto y fuerte, de unos cincuenta años y con un poblado bigote bajo la nariz, muy abultada. Un tipo duro.

Iba a ser difícil convencer a aquel policía de que le permitiera ver a Audrey. La psiquiatra acababa de matar a un hombre. Pero Cloister necesitaba hablar con ella, costara lo que costase. Esa mujer era la clave. Debía serlo, pues los caminos tortuosos por los que el jesuita había sido conducido convergían en ella. Y el final de su búsqueda estaba ya cerca. Podía sentirlo.

Se dijo que lo mejor era identificarse como sacerdote, aunque tenía dudas de que fuera a servirle de algo. Vestía de paisano, y eso podría hacer recelar al agente. No sería la primera vez que un periodista poco escrupuloso se hacía pasar por lo que no era, para conseguir una exclusiva. El jesuita tenía un carné que lo acreditaba como sacerdote. Pero estaba escrito en lengua italiana, y era improbable que le resultara de utilidad con ese policía de aspecto pueblerino.

De todos modos, tenía que intentarlo.

–Disculpe, agente.

El hombretón lo miró con gesto neutro, que enseguida transformó en hostil.

–¿Qué es lo que quiere?

Cloister optó por no andarse con rodeos:

–Soy sacerdote. Necesito hablar con la doctora Barrett. Es una cuestión de vida o muerte.

–Lo siento, pero eso va a ser imposible. Son órdenes.

–Mire, puedo probar que soy sacerdote –dijo Cloister mostrando su carné en italiano.

El policía le echó un vistazo rápido y desinteresado, con gesto bovino, y después levantó los ojos hacia su interlocutor para decir:

–Aunque fuera usted el mismo Papa, y no se ofenda, no podría dejarle entrar.

Había alguien más dentro de la habitación, con Audrey. Se oyó movimiento al otro lado de la puerta. Justo antes de que la manivela girara, Cloister y el policía se volvieron. En el umbral apareció un hombre alto y moreno, de rostro preocupado. El día había sido muy largo para él.

–¿Sucede algo? –preguntó al agente.

–Nada, señor Nolan.

«¿Nolan?», pensó Cloister.

–¿Es usted Joseph Nolan? –dijo–. ¿El bombero que rescató a Daniel?

–Sí. ¿Quién es usted y cómo sabe eso?

–Mi nombre es Cloister, Albert Cloister. Soy jesuita. Me envió el Vaticano para investigar el caso de Daniel. La madre Victoria fue quien me habló de usted y de lo que hizo por él.

–¿Conoce a la madre Victoria?

–Está muy preocupada por Audrey –dijo Cloister–. Todos lo estamos. No puedo explicarle las razones, ni cómo se han precipitado los acontecimientos, pero le juro que es imprescindible que yo vea ahora a la doctora Barrett.

Los ojos del sacerdote le dijeron a Joseph que decía la verdad. Y le revelaron también algo más. Tenían una expresión familiar para el bombero. La había visto muchas veces en las miradas de quienes estaban a punto de morir quemados por el fuego: una mezcla de terror y apremio. Era extraño verla en cualquier otra circunstancia. Joseph se preguntó quién era realmente aquel sacerdote y qué es lo que pretendía de Audrey.

–Ella se encuentra muy débil –dijo Nolan–. Y además está durmiendo. No creo que sea buena idea...

–No puedo marcharme sin hablar con ella –atajó Cloister, de nuevo con esa inquietante expresión en los ojos–. Le aseguro que sólo será un momento. Debo preguntarle una cosa. Tengo que hacerlo, ¿me entiende?

–Dígame qué quiere saber, y yo se lo preguntaré.

Cloister sopesó esta opción. Pero enseguida tuvo que descartarla. Era imposible transmitirle al bombero lo que necesitaba saber. Ni siquiera un largo discurso bastaría para ello. Y sólo lograría parecer un loco.

–Ojalá pudiera hacerlo, señor Nolan, pero no puedo. Llame a la madre Victoria. Confirme mi identidad, si lo desea. Pero por favor, déjeme entrar.

–Eh, eh, un momento, un momento... –intervino el policía, molesto–. Soy *yo* quien decide aquí quién puede entrar y quién no. Y ya le he dicho que no puede pasar, por muy sacerdote que sea.

Después de estas palabras, hubo un silencio. Cloister se sintió impotente. No iba a marcharse de allí sin hablar con Audrey. Se lo había dicho al bombero, y realmente estaba dispuesto a hacer lo que fuera preciso para conseguirlo. Su cerebro empezó a buscar alternativas. Desesperado, incluso se le pasó por la cabeza la loca idea de provocar un incendio en la planta, para colarse en el cuarto de la psiquiatra aprovechando la confusión. Había llegado demasiado lejos para desistir ahora.

–Yo... –empezó a decir el jesuita, aunque sin saber muy bien cómo continuar.

Por suerte para el sacerdote, la vehemencia de sus palabras había calado por fin en Joseph, que dijo, de un modo convenientemente dócil:

–Déjele entrar, agente Connors. Yo me hago responsable.

–Pero... Tengo mis órdenes...

–Será sólo un instante. Usted y yo somos prácticamente colegas. ¿No puede hacerle un favor a un colega? Nadie tiene por qué enterarse. Además, siempre puede decir que ella pidió un sacerdote.

El agente reflexionó durante unos segundos, y luego dijo señalando a Cloister con el dedo:

–Voy a tomarme un café. Cuando vuelva de la cafetería, espero que se haya ido.

–Muchísimas gracias, agente –dijo el jesuita, aliviado.

La habitación estaba en penumbra. Sólo un neón sobre la cama la iluminaba débilmente, con una luz blanca y fría. Era curioso que, en todo ese tiempo, Cloister nunca se hubiera preguntado cómo sería físicamente Audrey Barrett. Ahora veía su rostro por primera vez. Había en él un cansancio infinito, pero Audrey era una mujer hermosa. De su cuerpo partían cables que la conectaban a varias máquinas. En las pantallas resplandecían diversos indicadores, cada uno de un color. Audrey estaba durmiendo, como Joseph había dicho.

–¿Qué tal se encuentra? –le preguntó el jesuita.

–Los médicos han dicho que su situación es estable. No

está tan grave como pensaron en un principio, aunque perdió mucha sangre –dijo Joseph, mirándola con ternura.

Cloister se dio cuenta de que la psiquiatra tenía algo sobre el pecho. Era un cuaderno, que aferraba entre sus manos. Sin que nadie se lo pidiera, Joseph explicó:

–No lo suelta ni por un momento. Es un regalo de Eugene.

El corazón del sacerdote dio un vuelco cuando oyó ese nombre.

–Ése es el nombre de su hijo, ¿no es cierto?

–Sí... –respondió Joseph con gesto ausente–. Todos aquellos pobres niños... Tenía la boca cosida. Todos la tenían. –El bombero miró fijamente al sacerdote, y añadió–: ¿Qué clase de animal puede hacer algo así? ¿Cómo puede permitir Dios ese tipo de cosas?

El jesuita no pudo evitar pensar en darle alguna de las respuestas convencionales para esa pregunta. Se le ocurrió decirle que Dios no tiene la culpa: que la voluntad que concede a los hombres, su libertad para elegir el camino que deben tomar, es lo que lleva a los seres humanos a los mayores actos de bondad y también a las más horrendas atrocidades. Pero ahora se daba cuenta de que eso no bastaba. Después de todo lo que había ocurrido, lo único que pudo decir fue:

–No lo sé, Joseph. Realmente no sé por qué Dios permite ese tipo de cosas.

–Cuando pase todo esto, quiero hacer feliz a esta mujer. Y a Eugene. Los médicos dicen que, en casos como el suyo, hay un cincuenta por ciento de probabilidades de que algún día pueda volver a ser relativamente normal. Es cara o cruz. Pero estoy convencido de que Eugene saldrá adelante. Parece un muchacho muy fuerte.

En ese momento, Audrey se despertó. Estaba débil y le costaba despabilarse. Por eso, Cloister, intervino diciendo:

–¿Doctora Barrett? ¿Audrey? ¿Me oye?

–¿Quién es… usted? –dijo ella, con su frágil voz, después de comprobar que el cuaderno de Eugene continuaba en su regazo.

–Soy sacerdote. El padre Albert Cloister. Me llamaron cuando usted desapareció, después del exorcismo de Daniel.

–¿Un exorcismo? –exclamó inquisitivamente Joseph, pasmado.

Él no sabía nada sobre ningún exorcismo.

–No podía… contártelo –dijo ella–. Perdóname, Joseph. Fue… Ya tendremos… tiempo para eso… ¿Qué es lo que… quiere, padre… Cloister?

–Necesito saber qué le dijo Daniel. ¿Qué le dijo al final del exorcismo? ¿Qué le dijo ese *otro* Daniel al oído, Audrey?

El bombero los miraba perplejo.

–Me dijo quién… me había… robado… a mi hijo.

–¿Nada más? ¿Ninguna otra cosa?

–No. Yo… estoy… tan cansada…

Joseph apoyó la mano en el hombro del sacerdote y dijo:

–Ya ve que no puede ayudarle, padre. Ahora, dejemos descansar a Audrey. Por favor.

Al bombero se le veía molesto. La madre Victoria no le contó toda la verdad la última vez que había hablado con ella en la residencia de ancianos. Puede que fuera absurdo, pero ahora comprendía que el exorcismo había sido el motivo de la desaparición de Audrey. No podía evitar decirse que quizá el desenlace habría sido distinto si la religiosa le hubiera hablado de ese exorcismo.

Cloister seguía necesitando respuestas. Daba igual lo que pensara el bombero. Pero antes de que pudiera abrir la boca, un pitido estridente les atravesó los tímpanos. La curva sinuosa que marcaba el ritmo cardíaco de Audrey se había disparado. Los latidos de su castigado corazón se multiplicaron. Estaba fibrilando.

–¡UN MÉDICO! –gritó Joseph, paralizado en medio de la habitación.

Su grito se mezcló con nuevos pitidos que inundaron el aire. Los indicadores de las pantallas parecían haberse vuelto locos. Todos los sistemas vitales de Audrey estaban fallando.

La puerta de la habitación se abrió, con un portazo. Por ella entraron dos médicos y tres enfermeras.

–¡Salgan de aquí! –ordenó una de ellas.

Pero Joseph Nolan y Albert Cloister no hicieron caso. Contemplaban ensimismados cómo el equipo médico trataba frenéticamente de reanimar a Audrey. Los espasmos retorcían su cuerpo sin misericordia. El cuaderno de Eugene estaba ahora en el suelo. Una enfermera pisoteó sin darse cuenta sus páginas revueltas. El médico que estaba aplicando a Audrey el desfibrilador le dio una patada sin ser consciente de ello. El cuaderno fue a parar a los pies del sacerdote, justo cuando un nuevo pitido rasgaba el aire.

En el monitor cardíaco surgió una línea plana.

–¡Ha entrado en paro total! ¡Desfibrilador! ¡A 250!

Durante varios minutos, los médicos lucharon por reanimar a Audrey. Por salvarle la vida. Pero fue en vano. Con un tenue suspiro, su alma se separó de su cuerpo. Y, en un gesto postrero, sus manos se abrieron como los pétalos de una rosa.

En ese momento, el agente Connors entró a trompicones en el cuarto, empuñando su arma. Había oído el alboroto desde el otro lado del pasillo, de regreso de la cafetería. Dentro vio cómo una enfermera apagaba los monitores, mientras sus compañeros abandonaban en silencio la habitación.

–Ha muerto –le dijo al policía uno de los médicos–. Guarde esa pistola. Esto es un hospital.

La voz de Joseph resonó desgarrada. Se había abrazado a Audrey y repetía entre sollozos:

–¿Por qué? ¿Por qué? ¡Dijeron que estabas fuera de peligro!

Cloister quiso acercarse para intentar consolarlo, pero una mano le aferró un brazo.

–Lárguese ahora mismo de aquí –le dijo el policía.

–Lo siento mucho –murmuró el sacerdote.

–¡Fuera! –insistió el agente.

Al dar el primer paso hacia la puerta, Cloister notó que su pie tropezaba con algo. Dirigió la mirada hacia el suelo, y vio que se trataba del cuaderno de Eugene, que antes Audrey protegía sobre su pecho. El cuaderno de su hijo. Debía de haberse caído de la cama durante las maniobras de reanimación. El jesuita se agachó para recogerlo, ganándose una nueva mirada furibunda del policía.

–Deme sólo un segundo para devolverle esto a... –dijo Cloister.

–Si no se marcha usted cagando leches, le juro que esta noche su culo dormirá en comisaría.

No tenía sentido insistir. El sacerdote se guardó el cuaderno en un bolsillo de su abrigo. Ya se lo haría llegar a Joseph más adelante, cuando las cosas se calmaran. Cloister salió de la habitación, seguido de cerca por el policía. A su espalda, lo último que le oyó musitar al bombero fue: «Cuidaré de Eugene. Te lo prometo».

El agente Connors escoltó al sacerdote hasta los ascensores. Cloister descendió al vestíbulo y salió del edificio. Afuera había empezado a llover y hacía frío. Fue hasta la entrada del hospital y tomó un taxi. Había decidido regresar a Boston. Aquí ya no había nada para él.

No podía creer que todo hubiera terminado de ese modo. Nunca pensó que su búsqueda quedaría incompleta. Y ahora ya no le restaba ninguna esperanza de conseguir su propósito. De encontrar la verdad. La doctora Barrett había muerto. Cloister se preguntó cómo era eso posible. Pero no encontró ninguna respuesta.

El taxi se detuvo varias manzanas más adelante. Una hilera interminable de coches colapsaba la calle. Pero al jesuita no le importó. Tenía todo el tiempo del mundo. Aunque a partir de esa noche ya no sabría qué hacer con él. La verdad que buscaba con tanto ahínco, y que había estado tan cerca de desvelar, se le había escurrido entre los dedos.

–¿No tendrá usted un cigarrillo? –le preguntó al taxista.

–Está de suerte –dijo el hombre, alargándole un paquete arrugado de Marlboro–. Sírvase usted mismo. Esto va para largo.

Cloister examinó sus bolsillos en busca del encendedor. En uno de ellos, su mano se topó con algo rugoso y rígido. Era el cuaderno de Eugene. Se había olvidado por completo de él.

Con el cigarrillo sin encender en la boca, el jesuita abrió el cuaderno por la primera página y empezó a ojearlo; distraídamente, al principio, mientras seguía palpándose la ropa para encontrar su mechero. Aunque no tardó en olvidarse de éste. Los dibujos de Eugene eran... Aquellos dibujos eran *sorprendentes*. Resultaba admirable que el muchacho tuviera una técnica tan perfecta. Los dibujos mostraban un nivel asombroso de detalle. Eran tan... reales...

Había un patrón en esos dibujos. En el cuaderno. El sacerdote fue dándose cuenta de ello progresivamente, con cada nueva página que pasaba ante sus ojos.

Varios de los dibujos se repetían. En realidad, *todos* los dibujos eran el mismo. Visiones distintas o desde diferentes perspectivas de una misma cosa. Eugene la repetía una y otra vez a lo largo de las páginas. Obsesivamente. Se trataba de un convento. Un convento que el padre Cloister conocía. Estaba seguro.

¡El monte Nebo!

Había estado equivocado todo el tiempo. Esa realidad lo golpeó como un mazo. La clave nunca estuvo en Audrey. Ella, Joseph Nolan, la madre Victoria, Daniel, él mismo, y quizá hasta los propios Lobos de Dios, habían sido los engranajes de la máquina. Le pareció que habían transcurrido meses desde sus comunicaciones con la entidad en la cripta del edificio Vendange. Sin embargo, tenía en la mano aquello sobre cuyo rastro le había puesto. En realidad habían sido años, experiencias en medio mundo, lo que, en conjunto, lo llevaron hasta ese preciso lugar en ese preciso momento. Nada ocurre por azar. El cuaderno de Eugene no había llegado hasta él por casualidad.

Sólo en la última página de ese cuaderno se mostraba algo radicalmente distinto a todo lo demás: era el dibujo de una especie de loma y la entrada de una cueva. Allí, con una letra de niño, grande y redonda, Eugene había escrito:

La Verdad está dentro de la roca, en la tierra que vio morir a Moisés.

Y, por debajo de esa frase, seis números, agrupados de tres en tres formando dos series:

31-46-24 35-45-17

La verdad dentro de la roca... Tierra que vio morir a Moisés... Esos seis números...

La roca. Moisés. Los números.

La roca era siempre símbolo de fortaleza y solidez. Su interior, la cueva o la gruta, simboliza el Universo y la iniciación. Los mayores sabios, como Pitágoras, recibieron la iluminación en el interior de una cueva. En la del monte Carmelo, los caballeros templarios eran iniciados en la orden. Para los alquimistas, la ciencia oculta estaba dentro de la madre tierra. Incluso era muy probable que Jesús no naciera en un pesebre, sino en una cueva, como se relataba en algunos textos apócrifos. El mismo Ignacio de Loyola, fundador de la Compañía de Jesús, de la que formaba parte Albert Cloister, recibió la iluminación en una cueva, a la que se retiró después de caer herido en una batalla.

Moisés había sido príncipe en Egipto, y había guiado a los judíos a su libertad y a la Tierra Prometida. La historia legendaria de la Biblia era conocida por todos. Moisés fue abandonado por su madre en una cesta de mimbre en el río Nilo, para evitar su muerte, y hallado luego por la hija del faraón. Para algunos historiadores, sin embargo, Moisés era de linaje egipcio; un egipcio que renegó de los suyos y se unió al pueblo judío, al que liberó de la esclavitud y del yugo de sus compatriotas. En todo caso, según el relato bíblico, Dios no le permitió llegar a la Tierra Prometida, ya que sólo pudo divisarla desde el monte Nebo, en la actual Jordania.

Una cueva en el monte Nebo.

Los números debían ser la solución definitiva al enigma. Dos series de tres números cada una. Como las cifras que establecen las coordenadas geográficas: los grados, los minutos y los segundos.

40

Jordania

El polvo del camino se levantaba al paso de las ruedas como la espuma de las olas al romper. La temperatura era suave y el ambiente extremadamente seco. Era casi mediodía. Cloister partió de la localidad de Madaba hacía más de una hora, en dirección noroeste. En ese lugar había alquilado el único vehículo disponible, un Land Rover inglés que se caía a pedazos. Ahora, las coordenadas de su GPS le indicaron que estaba ya muy cerca de su destino. Y lo estaba, en efecto, en más de un sentido: allí lo esperaba su auténtico destino...

El vetusto motor del Land Rover tardó casi un segundo en pararse desde que el jesuita girara la llave de contacto. Por fin se detuvo entre convulsos petardeos. Le costó un triunfo arrancarlo en Madaba, pero le había llevado hasta donde quería ir, y eso era lo único importante. Cloister se bajó del coche con una botella de agua en la mano. Echó un largo trago y miró en derredor suyo. Consultó el GPS. El camino de tierra que discurría por una antigua vaguada había desembocado en un pequeño valle encajonado. Desde allí sólo se veían unas lomas estériles. En una de las laderas parecía haber una oquedad. La luz se perdía hacia el interior de la entrada a lo que parecía ser una cueva. Aquella imagen le recordaba *–era–* uno de los dibujos de Eugene.

El sacerdote ascendió por la ladera hasta alcanzar la oquedad. Las coordenadas del punto coincidían exactamente con el lugar que estaba buscando. Antes de entrar miró su mapa. Estaba a unos veinticinco kilómetros de Qumran, al igual que de Jericó, y a cincuenta de Jerusalén y de Belén. La *Tierra Santa*.

Tuvo que agacharse para entrar. La oscuridad inicial de la cueva empezaba a tornarse aceptable a los ojos del jesuita. Por la abertura que daba al exterior, el sol penetraba hasta casi introducirse por los más recónditos lugares. Sólo cuando Cloister llegó al fondo y giró por el único camino posible, se hizo realmente necesario el haz de su linterna. Avanzó hasta el final del corredor, donde se producía una leve inclinación del suelo hacia abajo. Escrutó cuidadosamente las piedras y cada rincón de la cueva. Allí no parecía haber nada.

En realidad, no sabía lo que buscaba. Ni siquiera sabía si se había vuelto loco. Seguramente sí, se dijo. Loco de atar. Tras su conversación con Daniel y su breve encuentro con Audrey, justo antes de su muerte, se sentía embotado. Debía de haber perdido la razón para haber viajado hasta aquel lugar, y estar solo en medio del desierto, en la ladera del mítico monte Nebo, con la única compañía de un receptor GPS y un coche tan viejo como el árabe que se lo alquiló. Pero el hecho es que estaba allí y tenía que acabar lo que había empezado.

Al menos, sus deducciones habían sido acertadas. Las cifras del dibujo hecho por el hijo de la doctora Barrett eran, en efecto, unas coordenadas geográficas: la latitud y la longitud de un punto muy concreto, implícito también en el mensaje escrito en el mismo cuaderno de dibujo: el lugar que vio morir a Moisés. Después de acceder a las imágenes de satélite de la herramienta Google Earth, Cloister había comprobado las ocho ubicaciones a las que podían hacer referencia las coordenadas. Una de ellas señalaba el monte Nebo (con latitud norte y longitud este). Las otras siete opciones carecían de sentido: cuatro de ellas caían en medio del Atlántico, al sur de las Azores y frente a la costa suramericana; otras dos en el Índico, entre Sudáfrica y Madagascar; y la última en el Mediterráneo Oriental, cerca de la isla de Chipre.

Ante la imagen de aquel lugar desértico y agujereado como un queso de Gruyere, entre el valle del Jordán y el mar Muerto, Cloister no podía evitar acordarse de las viejas historias de Moisés y del Arca de la Alianza. Según la tradición, el libertador del pueblo judío de los egipcios contempló desde allí la Tierra Prometida antes de morir y ceder las riendas a Josué. También en ese lugar se suponía que fue enterrado Moisés. Pero más sorprendente era el mito de que el profeta Jeremías había escondido en una cueva el objeto más sagrado que tuvieron los antiguos judíos, el Arca de la Alianza, junto con el Altar de los Perfumes y el Tabernáculo, construido éste por Moisés para conmemorar el paso del mar Rojo.

La Biblia recogía, al respecto de lo que Jeremías había escondido en el monte Nebo, varias profecías. «Este lugar permanecerá desconocido hasta que Dios vuelva a reunir a su pueblo y tenga de él misericordia.» Y también, al Final de los Tiempos, una vez Dios congregue a su pueblo y revele el lugar en que se ocultan estos objetos, entonces «se mostrará su Gloria, así como la nube, como en el tiempo de Moisés y cuando Salomón pidió que el Templo fuera gloriosamente santificado».

Revelaciones de Dios, se dijo Cloister. Pero él iba en busca de revelaciones del Demonio.

Jadeante por la excitación, después de recorrer e inspeccionar la cueva un par de veces más, una roca grande le llamó la atención. Se hallaba al fondo, en la zona que descendía, y estaba rodeada por otras piedras más pequeñas. Esa formación parecía hecha por la mano del hombre. Se acercó a ella y se agachó. Retiró algunas de las piedras laterales. Con la luz de la linterna vio lo que parecía una ranura, a un lado. Trató de mover la gran roca, pero le resultó imposible. Se incorporó y echó su cuerpo hacia delante con el apoyo de los pies para hacer fuerza con su propio peso. De nuevo el esfuerzo resultó infructuoso.

Necesitaba ayudarse de alguna clase de herramienta. Regresó al Land Rover y buscó en el maletero. Estaba lleno de cachivaches y porquería. Por suerte, entre la mugre encontró una palanca de metal de unos cuarenta centímetros. También cogió un par de llaves grandes y volvió otra vez a la cueva. La rendija parecía profunda. Metió dentro la palanca hasta casi la mitad de su longitud y atravesó una de las llaves en su zona superior, curvada en forma de gancho. Tiró lo más fuertemente que pudo hasta que perdió el equilibrio y cayó hacia atrás. Por unos segundos se sintió aturdido, pero la adrenalina le hizo recobrarse cuando vio que la roca se había movido casi un palmo.

Apuntó dentro con la linterna. Se veía algo. Una especie de tinaja de barro. No era posible aún sacarla por el hueco, de modo que repitió la operación y luego empujó la roca con los pies, tumbado en el suelo, hasta que dejó prácticamente franca la abertura.

Estaba fuera de sí. Poco menos que se lanzó en pos de la tinaja. Aunque se había atascado en la parte inferior, la sacó tirando de ella con ímpetu. Era redonda, con el pie estrecho y abultada hacia el centro, para estrecharse nuevamente en la zona superior, aunque no tanto como abajo. Estaba cerrada con una tapa bulbosa, adherida con brea o alguna sustancia similar. El sacerdote intentó retirarla, pero no pudo. Se notaba presa de una exaltación que parecía una borrachera. No podía esperar más. Cogió la palanca metálica y asestó un golpe certero en el cuello de la tinaja, que se quebró emitiendo un ruido sordo.

Cloister miró dentro. Había una especie de pequeño rollo, envuelto en un cuero pegajoso. Metió la mano y lo sacó. Lo puso en su regazo y comprobó que dentro de la vasija no había nada más, antes de volver a cogerlo, levantarse y salir afuera con él en sus manos. Sintió el golpe de luz del sol. Era prácticamente mediodía, el instante en el que las sombras son más cortas. Retiró el cobertor de cuero y lo dejó a un lado, colocó el rollo sobre el capó del Land Rover y empezó a desplegarlo sin el debido cuidado. Era de pergamino, estaba sucio, olía a aceite y parecía muy frágil. Si lo viera ahora algún restaurador del Archivo Secreto, se horrorizaría ante su irremisible deterioro por la manipulación torpe e inadecuada. Pero no era momento de pensar en el arte ni en la historia. Allí se jugaba a un juego mucho más importante que el deseo humano de conservar sus reliquias.

Cloister entrecerró los ojos levemente para que la luz reflejada no le impidiera ver la tenue escritura del pergamino. Estaba escrito en griego, la lengua que se empleaba en toda la región en tiempos de Jesús. Las primeras palabras, bajo el Astro Rey en su máximo apogeo en el cielo, le llenaron el alma de tinieblas. Era cierto lo que había dicho Emerson: «Bajo cada fosa, otra fosa más profunda se abre».

ÚLTIMOS DÍAS DEL RABÍ JESÚS DE NAZARET,
POR SU DISCÍPULO JUDAS ISCARIOTE

¡Judas Iscariote! El traidor, el personaje más enigmático para la teología moderna, y el más controvertido. La pieza *sacrificada* en la partida de ajedrez que Jesús había jugado para salvar a los hombres del pecado, y por quienes había muerto en la cruz. El condenado a cambio de la Redención de la humanidad. Un personaje del que la Comisión Pontificia de Ciencias Históricas de la Santa Sede, dirigida por monseñor Walter Brandmüller, había afirmado que cumplía con su labor asignada en el plan de Dios.

Pero... Judas se había ahorcado. Al menos, según el Evangelio de Mateo, el único de los canónicos que mencionaba el suicidio del apóstol traidor. Aunque existía un escrito apócrifo llamado *Evangelio de Judas*, que el obispo san Ireneo de Lyon, Padre de la Iglesia, mencionaba a finales del siglo II, y del que se guardaba oculta una copia que muy pocos conocían en el Archivo Secreto Vaticano. Fragmentos dispersos se recogían también en un códice público que estaba en Roma: el *Codex Bezae*, del siglo V. Esa obra la citaba otro Padre de la Iglesia, san Epifanio, y el obispo Teodoreto de Ciro. La sociedad National Geographic disponía de otra copia del siglo IV hallada en Egipto. Era un texto gnóstico de la secta primitiva de los cainitas, escrito originalmente en griego y luego traducido al copto, que consideraba como positiva la figura de Judas en el desarrollo del plan de Dios. Pero este Evangelio no había sido escrito por el auténtico Judas Iscariote ni en su tiempo, sino al menos un siglo después de su supuesta muerte. En ese texto apócrifo, Judas resultaba ser un heroico defensor de Jesús, su mejor amigo y el discípulo a quien más amaba, que lo entregó al Sanedrín a petición suya. Y, lo más importante, el único que sabía la verdad...

La verdad.

Sin embargo, si aquel rollo de pergamino era un escrito auténtico de Judas Iscariote, pondría de manifiesto uno más de los muchos errores del Nuevo Testamento. Si se trataba de un texto verdadero, y pertenecía a la mano de Judas, muchas ideas quedarían derribadas como gigantes con pies de barro. Quizá *demasiadas*. Cloister siguió desplegando el rollo, tratando de evitar que se quebrara entre sus manos. La escritura era difícil de leer, ya que el pigmento de la tinta casi se había desvanecido. Acercó la vista cuanto pudo y leyó:

> Nunca quise perjudicar a Jesús. Ni quise tampoco conocer lo que conozco, saber lo que sé, ni haber hecho lo que hice. Yo amaba a Jesús como al más bondadoso de los hermanos, al más noble de los amigos. Lo veneraba como a un maestro, pues eso es lo que era. Sus enseñanzas fueron profundas. Ignoro si era o

no el hijo de Dios. No presencié su resurrección, pero sí sus prodigios. Jesús tenía un poder en sus manos y en su corazón. Era un salvador del pueblo y un hombre santo.

Por eso sufrí más que nadie cuando el Sanedrín nos traicionó. Los demás amigos de Jesús creyeron que yo fui el traidor. Pero no sabían la verdad. Yo sólo quise librar a Jesús del peligro. El Sanedrín me engañó a mí también. Me dio un dinero para comprar bestias de carga, organizar una caravana y abandonar Jerusalén antes de la Pascua. ¡Cómo fui tan tonto! Caifás, el sumo sacerdote, envió conmigo a varios soldados, pero no para prender a Jesús, sino para defenderlo y escoltarlo... Yo ignoraba que su intención era la contraria. Caí en sus redes falsarias como los peces del lago Tiberíades en las de los pescadores. Pedro quiso matarme. Tuve que huir. Dije que me quitaría la vida, que me ahorcaría del primer árbol solitario que encontrara; pero no lo cumplí. Escapé al desierto para vivir como un ermitaño, aislado, en meditación y pobreza. Hice demasiado daño y tenía que expiarlo.

Todos los días y todas las noches he pedido perdón a Dios. Por mi culpa, Jesús cayó en manos de sus enemigos. Las profecías lo auguraban, pero todo era distinto a lo escrito. Los otros no sabían lo que únicamente a mí me contó Jesús. Las profecías contenían errores. Jesús intentó corregirlos. Él quería que se cumplieran y me pidió que le ayudara a hacer que así fuera. Parecía que Jesús había perdido la razón. Dijo cosas incomprensibles al volver de su retiro en el desierto. Desde entonces, la desesperación de Jesús era impenetrable a mi mirada. Tantos años llevo, que ni sé ya contarlos, pensando en las cosas que dijo.

Creí, y creo, que le pesaba demasiado su misión en este mundo. No conocía los detalles completos. El Padre no le hablaba para darle fuerzas. Le pidió un supremo sacrificio y le abandonó a su suerte... Como Jesús también me pidió a mí un sacrificio gigantesco. Mi nombre quedaría, desde entonces, manchado por la ignominia. Mi nombre sería sinónimo de traición. «¿Aceptarás el desprecio hasta el fin de los Tiempos? ¿Aceptarás ser el más despreciado de los hombres?», me preguntó Jesús. A mí, a su más amado amigo y discípulo, al más fiel, al más leal. «Por ti, lo acepto.»

Hicimos un secreto pacto, que yo rompí. Y por la ruptura lo llevé a la muerte que él deseaba. Todavía, pasados los años, no comprendo cómo se sucedieron los acontecimientos. Quizá el Destino lo tenía todo escrito con letras atadas unas con otras por hilos irrompibles. En el invierno de mi vida, en este ardiente y terrible desierto, más allá de mi amada tierra de Israel, que los antepasados de mi pueblo cruzaron y donde Moisés contempló la Tierra Prometida, escribo esta historia: la mía con Jesús de Nazaret. Nunca pensé en hacerlo, en todos los años que llevo aquí retirado y escondido. Ni creo que las futuras generaciones aprovechen este escrito.

Seguramente, los hombres se han olvidado ya de Jesús, si es que alguna vez se acordaron de él. Un muchacho egipcio, llamado Sennefer, que llegó a mí sin rumbo, perdido bajo el terrible sol de estas tierras, a punto de morir, nada sabía de Jesús. Y, aun así, me ha hecho recapacitar. Su juventud ardorosa que vence la melancolía, su corazón arrojado que supera la tristeza, han sido en mi espíritu como el metal de una espada al rojo vivo que se hunde en la fría agua. Él persiguió un sueño, como yo lo hice también. Tuvo que huir para no perder la vida. Yo tuve que huir para no perder el alma. Nada ocurre sin un motivo.

Sennefer me ha contado su historia. Es sencilla y emotiva, como todo lo que se siente muy adentro en el corazón. De niño, fue hecho prisionero y llevado a la ciudad nabatea de Petra. Allí se enamoró, años después, de la bella Nofret, también egipcia, y esclava como él. Era un amor imposible, pues la joven, de tan infinita hermosura como sólo pueden ver los ojos de un enamorado, era la favorita del señor, amo de ambos. Cuando los encontró juntos, a ella la mandó apresar, y a él lo condenó a muerte. El señor era un comerciante rico y poderoso, y Sennefer sólo pudo huir, sin una oportunidad de liberar a su amada. Quiso morir por ello, regresar y entregarse al verdugo. Pero comprendió que eso no cambiaría nada, mientras que estando vivo, quizá, pudiera obrar algún bien.

Y no se equivocaba. Puede que haberme impulsado a escribir lo que estoy escribiendo, sea una buena obra.

Yo estaba dormido, y he despertado. Ojalá a alguien le aproveche lo que sé. Si alguien recuerda algún día al rabí Jesús de Nazaret, sólo yo puedo contar lo que viví con él. Ninguno de los otros sabía las cosas que yo sé. Ni siquiera su madre, María. Ni tampoco la otra María, su compañera. Treinta denarios no pagan una vida, como creyó Pedro. Ya dije que eran el dinero para organizar la huida de Jerusalén, unidos a una caravana. El Sanedrín mintió. Cuando fui a devolverlos, Caifás y Anás se rieron de mí. Me preguntaron si creía realmente que ellos permitirían a Jesús marcharse sin castigo por sus blasfemias. Yo sé que ellos lo odiaban por rasgar el velo de su poder, y no por ninguna blasfemia. Les arrojé el dinero y me fui, desconsolado. ¿Qué había hecho? ¿Cómo podía haber ocurrido algo así?

Cuando conocí a Jesús, yo era un hombre sin convicciones, sin rumbo. Él me ayudó, creyó en mí, me hizo su amigo. Yo era el único discípulo que provenía de Judea, en lugar de Galilea como los demás. Jesús mismo había nacido en Belén de Judea. Me acogió por eso, creo, con más cariño. Y quizá también porque uno de sus hermanos se llamaba Judas, como yo. Otros tenían al principio recelos. Y algunos nunca los abandonaron. Jesús nos pidió a todos que buscáramos las ovejas perdidas de la casa de Israel. Que predicáramos y obráramos por doquier en nombre suyo. No debíamos distinguir entre unos y otros. Quien quisiera escucharnos, nos escucharía; y quien no, no lo haría. Al irnos, nos bastaría entonces con sacudirnos el polvo de las sandalias.

Más de una vez tuve yo deseos de sacudirme ese polvo en presencia de Pedro y de los demás. Él creyó que yo vendí a Jesús al Sanedrín. Por treinta denarios creía él que yo podría vender al más santo de los hombres. Una cantidad ridícula, que apenas bastaba para comprar un esclavo o un pequeño terruño estéril. Durante la cena de Pascua, antes de que Jesús fuera arrestado en el huerto de Getsemaní, el Maestro dijo que su hora estaba cerca. Que uno de nosotros propiciaría el inicio de su fin. Lo dijo con gran amor. Yo era el elegido para esa tarea, como sólo él y yo sabíamos. Pero yo tenía otros planes. Quería evitar que lo escrito se cumpliera. Jesús dijo que quien iba a llevarlo a cumplir su destino, sufriría deshonor y padecimiento, y que más le valdría no haber nacido frente al horizonte de tan grande sufrimiento.

Mis ojos temblaron. Tuve que marcharme del cenáculo para evitar las lágrimas. No quería que los otros supieran nada de los planes de Jesús, ni de los míos. Cuando fui a los sacerdotes, al Templo, a reclamar sus promesas, ellos se ofrecieron a custodiar a Jesús. Me pareció bien, porque así Jesús no podría negarse a marchar de Jerusalén. No me importaba su cólera conmigo, con tal de salvarlo. Pero todo salió al revés. Caifás y Anás me engañaron. ¡Malditos sean por los siglos de los siglos! Y maldito mi nombre por no haber sabido descubrir sus intenciones.

Cuando los guardias arrestaron a Jesús, Pedro trató de matarme. Hirió a uno de los guardias, y a mí a punto estuvo de alcanzarme con su espada. Luego, todos huyeron, abandonando a Jesús. Mi corazón se resquebrajó en mil pedazos ante esa gran tristeza. Los que se decían fieles huían despavoridos. Yo, que era fiel, parecía un sucio traidor.

Todo sucedió como Jesús quería, sin embargo. No logré cambiar ese destino. Quizá el Maestro lo tenía todo previsto. No lo sé. La sabiduría de Jesús era tan grande…

Luego Jesús fue juzgado y acusado de blasfemia. Cuando

pedí en vano su liberación, clamando que era sangre inocente, con amargas lágrimas en el rostro, no conseguí ninguna piedad de quienes se decían santos y hombres rectos y justos. Los romanos no quisieron oponerse al Sanedrín. Sus leyes estaban por debajo de la conveniencia política. Prefirieron el orden a la equidad. Aceptaron un castigo impropio, maltrataron a Jesús, se dejaron llevar por los gritos enfervorizados de la chusma, a sueldo de Caifás y Anás. El Imperio se hizo tan pequeño como el alma del gobernador Pilatos.

Crucificaron a Jesús. Sin culpas. Por odio e impúdico rencor.

Los cielos sacudieron la tierra cuando Jesús expiró. La cortina del Templo se rasgó de arriba abajo en su postrer grito: «Dios mío, Dios mío, ¿por qué me has abandonado?».

Mi corazón se sobrecogió. Jesús había, en efecto, perdido la razón. ¿Cómo podía el Padre abandonarlo cuando él cumplía el terrible destino al que él le había arrojado en el mundo? Y, sin embargo, una duda tan temible como las legiones romanas llenó mi espíritu cual negra y pegajosa mancha de brea. Recordé las palabras de Jesús a su regreso del desierto. Lucifer, el Demonio, le había tentado tres veces con tentaciones absurdas, imposibles. Dijo que imperaba sobre la Creación, que había vencido en la guerra celestial, que Dios era su esclavo. Lucifer se mostró repleto de maldad, de envidia, de rencor. La espada de la verdad, del arcángel Miguel, se había quebrado ante su terrible metal. Lucifer ansiaba ser igual que Dios, y olvidó la bondad que le era natural. Se convirtió en lo contrario: el mal. La más hermosa de las criaturas se tornó fea y terrible por la perversidad. Dijo querer liberar al mundo del yugo de Dios, y fue él quien esclavizó a todas las criaturas. Tendió cadenas irrompibles y eternas que aprisionaron a cada ser de la Creación. Incluso a los que lo ignoraban, como los hombres. Hasta su muerte, pues la muerte siempre llega.

Cuando Jesús dijo en la cruz, desde ese palo seco y muerto, hincado en la tierra anegada por las lágrimas de los pecadores, cuando Jesús gritó preguntando al Padre la causa de su desamparo en ese momento horrendo de su martirio, entonces Lucifer venció de nuevo, y Dios volvió a perder. Jesús era la última esperanza de Dios y de la Creación, con sus incontables criaturas. Su sacrificio fue en vano. Toda su fe quedó borrada y se la llevó el viento.

Jesús negó su fe. Dudó del Padre. El mal impera en el mundo. Es la esencia de todo lo creado. Satanás rige sobre Dios. La espada del arcángel Miguel no pudo vencerle. La envidia superó a la bondad y el mal al bien. Así de terrible es la verdad.

Si es que mi torpe cabeza de viejo no ha desfigurado el recuerdo, ni ha perdido el entendimiento. Aunque ojalá esté yo equivocado, loco, estúpido. Ojalá sea yo una mísera hormiga que nada sabe ni comprende.

El impacto de un cometa no hubiera provocado un cataclismo mayor en la mente de Albert Cloister que el texto que acababa de leer. Durante unos minutos, todo su pensamiento se precipitó en espiral hacia el interior de un abismal desagüe. Se quedó en blanco y, al mismo tiempo, los hilos se anudaron solos. El resultado habría de ser como lava ardiente que abrasa cualquier cosa a su paso.

En la antigüedad, hubo quienes pensaron que el mundo era fruto de la voluntad de una entidad malvada. Según ellos, era una cárcel dolorosa para los seres humanos. Un lugar en el que los hombres y mujeres que pueblan la tierra, habrían de sufrir. No todos los cristianos primitivos fueron monoteístas. Algunas comunidades creían en varios dioses, hasta en decenas de ellos e incluso trescientos sesenta y cinco, como los días del año. Cloister siempre había pensando, de sus tiempos en el seminario jesuita de Chicago, que les faltaba un dios: el de los años bisiestos. Él era un *leaper*, como se conoce a las personas que han nacido el 29 de febrero, y sabía bien lo que supone que a uno lo olviden por la fecha de su cumpleaños. Ese dios que les faltaba a aquellos antiguos seguidores de Cristo podía ser, precisamente, la entidad que el filósofo griego Platón llamó Demiurgo, y que fue más tarde asimilado por los gnósticos, convirtiéndolo en malvado. El Demiurgo, para ellos, representaba el mal. Había convertido al ser humano en esclavo de la materia y sus pasiones. Creían que el alma y el cuerpo combatían en una dura y constante batalla. El Infierno era la lejanía al Cielo. La Tierra era ese Infierno por su distancia de la Gloria. Sólo el amor podía hacer que el hombre se salvase, librándolo de las cadenas de lo material.

Muchos católicos se quejan amargamente de que ellos mismos no leen de la Biblia más que el Nuevo Testamento. A menudo envidian a los protestantes, que toman la Sagrada Escritura por una guía, según la interpretación de su propio espíritu. Pero los católicos que sienten esa tristeza ignoran, por lo general, que el Antiguo Testamento muestra a un Dios justiciero, vengativo, sexista e implacable, que engaña a los hombres, los castiga, los maldice, los extermina. Un Dios que, como en el caso de Job, al que aplasta sin misericordia para demostrar su fe, hace apuestas con el Demonio a costa del ser humano…

Apuestas con el Demonio.

Judas Iscariote alcanzó a comprender la verdad. Ésta se hallaba encerrada entre las líneas de su relato. Jesús fue un último cartucho –la última apuesta– de un Dios vencido por Lucifer en la guerra que se libró en los Cielos. Las legiones del arcángel Miguel no bastaron para contener el empuje de los sublevados. Los ángeles de Lucifer derrotaron al resto de los fieles a Dios. La ira y el odio dan fuerza. Así, el ángel que otrora fuera más perfecto y lleno de luz, todo bondad, pero también el más orgulloso, se hizo malvado e hizo caer al mismo Dios. Le quitó su poder. Lo redujo a la esclavitud. El mal impera desde entonces en la Creación. Jesús flaqueó en el último momento. «Dios mío, Dios mío, ¿por qué me has abandonado?» Y no pudo redimir al hombre, y por eso tampoco pudo redimir a Lucifer.

Los seres humanos esperan la Gloria o la nada, según si creen en Dios o son ateos. Pero la esperanza es una ilusión. La esperanza no existe. TODO ES INFIERNO: Infierno para cada ser humano nacido. Por siempre, sin remedio, sin posibilidad de salvación. El dolor sin límite, la tristeza eterna. El castigo de los inocentes. Lo peor que se puede imaginar. Mucho peor que la no existencia y el fin de la vida. El dolor físico tiene un límite. Llega un momento en que el cuerpo ya no resiste más y deja de sentir. Se termina con la pérdida de conciencia o la muerte. Pero el alma puede sufrir de un modo infinito y eterno: el dolor es gigantesco y nunca acaba. Continúa por los siglos de los siglos, por siempre jamás. Un dolor del que no es posible escapar. Lo más horrible que la mente humana es capaz de concebir. El Demonio puede hacer eso con las almas. Jesús lo vio y lo comprendió.

Y, para más crueldad, Lucifer, Príncipe de la Mentira, engaña a los seres humanos haciéndoles creer que él perdió la guerra contra Dios. Les hace creer que hay esperanza. Pero no la hay. El mal lo domina todo. El mal absoluto. El Infierno y el dolor para siempre y sin redención.

Cloister levantó la mirada. Sus lágrimas le impedían distinguir el horizonte, pero entonces supo que el mundo que tenía enfrente estaba condenado. El hombre vivía en el Infierno y nunca saldría de él.

Ésa era la Verdad. La única Verdad.

Epílogo

Un año después

En ese año se sucedieron los días y las noches, y el mundo siguió girando ajeno a la Verdad. Los seres humanos vivían, como siempre, con sus pasiones, miedos, sueños, ilusiones. La vida siempre se abre paso, aunque ignore hacia dónde se dirige. Albert Cloister vagó sin rumbo y sin esperanza. Había buscado a Dios y la Verdad, pero sólo halló a Lucifer. Él, Albert, era el único que conocía la Verdad. Nadie más en este mundo. Tuvo deseos de gritar avisando del peligro, aunque recapacitó: el peligro era ineludible, y el destino, seguro e inexorable. Quizá otros antes que él supieron la Verdad. Y puede que por eso desaparecieran o se volvieran locos. Desaparecer y escapar… Pero uno nunca puede escapar de sí mismo.

Albert Cloister llevaba varias horas borracho en su taburete de metal y plástico, apoyado en la barra de un club de carretera cerca de Estambul. La cocaína recorría sus venas y se mezclaba con el alcohol hasta el cerebro. Una prostituta drogadicta de unos treinta años, que parecía tener sesenta, le acariciaba la entrepierna a cambio de un whiskey escocés. No podía estar más abajo. Pero Albert Cloister sabía que no existía un «arriba». La cloaca, el fondo del pozo, no era aquel lugar en el que, según Oscar Wilde, nos hallamos todos pero desde el que algunos miran hacia las estrellas. No. Era el lugar donde todos nos hallamos. Y nada más. Sólo negrura, soledad, desesperación.

–¡Eh, tú, sírvenos! –gritó a la camarera uno de los camioneros que acababan de entrar en el bar.

El aspecto de los dos hombres era rudo, y su tono insultante. Albert ni siquiera se enteró de su llegada hasta que el que se había mantenido en silencio se aproximó a la prostituta que estaba a su lado.

–¿Qué haces con este despojo? –le preguntó, refiriéndose a Albert, que levantó un poco la mirada desde la barra y la volvió a bajar.

–Ja, ja, ja –se rió el camionero–. ¡Mírale, está grogui!

–Sólo estoy descansando, hijo de puta.

–¿Qué has dicho?

Albert no respondió. Ni siquiera sabía por qué razón dijo eso. Le importaba un bledo si el camionero se llevaba a la mujer.

–Vamos, ven conmigo –insistió el camionero, agarrándola a la vez del brazo.

–¡Déjame en paz! –chilló ella.

Miró a Albert con una extraña mezcla de desprecio y compasión. Era una puta. No es que esperara de él que se comportara como un caballero andante, pero algo en sus ojos, en su mirada, le había hecho pensar que Albert era distinto a los tipos que recalaban en el sórdido local. Evidentemente se había equivocado.

En el zarandeo, el camionero tiró demasiado fuerte y la mujer tropezó con el taburete de Albert, que se desequilibró y le hizo caer al suelo como un peso muerto. Los dos camioneros se rieron a carcajadas. Albert los imitó con una risa más débil. La humillación no era ya un sentimiento posible en su corazón. Ni siquiera el dolor físico le importaba. Se levantó sonriendo. Por pura casualidad vio un palo de billar apoyado cerca de él. Lo cogió y, por la espalda, se lo partió en la cabeza al camionero. Éste se agachó instintivamente, con una brecha en el cuero cabelludo por la que empezó a brotar abundante sangre.

El otro, sorprendido, saltó hacia Albert y le propinó un fuerte puñetazo en medio de la cara. Albert cayó de nuevo al suelo y rodó hasta la pared.

En ese mismo instante, en Boston, en su cuarto de la residencia de ancianos de las Hijas de la Caridad de San Vicente de Paúl, el viejo Daniel se despertó de pronto de su siesta. Estaba solo y con la puerta cerrada. Su respiración era más dificultosa de lo normal. La saliva densa obstruía casi por completo sus inflamadas vías respiratorias. No habría podido gritar aunque hubiese querido hacerlo.

Pero no quería gritar ni resistirse.

Los camioneros dieron una paliza tal a Albert que hasta la camarera del bar y la prostituta salieron en su defensa, a riesgo de recibir ellas también algún golpe. Parecía que iban a matarlo. Finalmente, se contentaron con arrojarlo afuera con el rostro ensangrentado y múltiples contusiones.

Había llovido. Retorcido sobre el asfalto del pequeño aparcamiento exterior, con medio cuerpo sobre un charco, Albert giró el cuello y miró hacia el cielo. A pesar de los nubarrones de la tarde, ahora estaba completamente despejado. La luna casi llena lucía en lo alto, blanca, fría, pura.

No hizo ningún esfuerzo por levantarse. Estaba mojado y ensangrentado, y sus costillas y su cara le dolían terriblemente. Allí estaría hasta morir. Era mejor abandonarse. Qué más daba ya todo. Incluso la condenación. ¿Qué importancia tenía prolongar la agonía? Un año más, diez, veinte... Aunque fuesen cien o mil. Después... Después la condenación. Eterna. ¿Para qué esperar más?

Entonces la vio.

Era una niña pequeña, con el pelo ensortijado y sucio, vestida con un trajecito raído. Estaba a punto de cruzar la carretera. Desde su posición, Albert vio los faros de un camión que se aproximaba hacia allí. La niña no podía verlo. Ni siquiera miró. Era demasiado pequeña.

¿Qué hacía allí a esas horas, sola...?

¿Y qué más daba eso? Que la atropellara el camión. Así también ella abandonaría el mundo para ser engullida por el torbellino del mal. De todos modos, algún día tendría que ocurrir. Ése era tan bueno como cualquier otro. Tan *malo* como cualquier otro.

Albert bajó la mirada un instante. La luna se reflejaba en la superficie del charco de agua sucia. Pero su reflejo era tan límpido como la visión real en las alturas. Movido por el único estímulo que aún le quedaba en su alma, algo que estaba impreso en ella, algo que se posee y no se recibe ni se pierde ni se entrega; lo más íntimo, la pasta de que uno está hecho, que aflora intacto ante la adversidad, movido por ello y sólo por ello, Albert se levantó sin atender a su propio sufrimiento. Olvidó por un instante las heridas de su cuerpo y de su espíritu, y se arrojó a la carretera en el preciso momento en que el camión empezaba un inútil frenazo ante los ojos de horror de la niña.

Albert consiguió empujarla con todas sus fuerzas. Ella salió despedida hacia el arcén, a salvo. Pero el camión alcanzó a Albert y lo lanzó mucho más lejos. Quedó tendido boca arriba en medio de la vía con los ojos cerrados. Ya no podía ver la luna que gravitaba sobre él, ni percibir su luz.

También su luz interior, la luz de su vida, empezó a extinguirse.

Daniel ya casi no podía respirar. Y, sin embargo, una sonrisa había aflorado a sus labios. Desde la cama, levemente girado, tenía la vista fija en la ventana en la que estaba su maceta. Un dorado haz de sol la iluminaba. Blancas nubes se recortaban por detrás, sobre un cielo intensamente azul.

Daniel expiró mirando hacia la maceta con expresión de inmensa felicidad. No había angustia en él, ni miedo. Sólo paz y alegría: la planta muerta se había transformado. Ya no era un pedazo de rama seca, sino una lozana rosa roja de incomparable hermosura.

Cuando los servicios de asistencia médica llegaron al lugar del accidente, el corazón de Albert ya se había detenido. En su mente, la negrura total había dado paso al oscuro túnel en cuyo final está la luz refulgente que atrae a las almas. Él conocía bien ese último viaje. Y también conocía lo que estaba detrás de esa luz bienhechora: el mal absoluto y eterno. Con valentía, se dispuso a entregar su alma a Lucifer.

Ante los ojos de su espíritu separado del cuerpo discurrieron miles de imágenes de su vida. Emotivas, como cuando ocurrieron, vívidas, reales, se recrearon escenas de su infancia y juventud, el recuerdo de su pobre hermano, el cariño y las enseñanzas de unos amantes padres, la amistad, las primeras pruebas de la vida, su amor de juventud, la vocación de servir a Dios, todas las dificultades pero también las recompensas, el placer y el dolor. Y por fin el dolor. El dolor y el mal…

Pero el mal no apareció. El blanco umbral de luz dio paso a un espacio flamante donde las almas gozaban de una gloria imposible de describir con lenguaje. La alegría lo invadió. Supo que aquello no era un engaño más de Lucifer. No sabía cómo ni comprendía de qué manera, pero la muerte no lo llevaba a la esperada condenación.

A su lado apareció entonces un anciano cuyo rostro le resultaba familiar. Era Daniel. Le dio una mano. En la otra llevaba una rosa. Juntos siguieron caminando hacia la claridad. Daniel era ahora muy distinto. Sonrió y dijo a Albert:

–Si un hombre abandonara el egoísmo y el mal, si un hombre puro hiciera un acto de bondad realmente desinteresado, sin esperar nada a cambio, ni siquiera la misma satisfacción de ser bueno o el premio de la salvación; alguien que supiera la verdad y, sin embargo, obrara el bien, entonces Lucifer, la más doliente de las criaturas, conmovido ante quien vence a la infinita desesperanza, derramaría una lágrima en la tierra que haría brotar la más bella de las flores: una rosa roja del color de la sangre. Y todo volvería a ser como era en el principio. Dios retornaría a su puesto y Lucifer, de nuevo bondadoso, se sentaría junto a él. Y ya no habría Infierno ni dolor después de la muerte. Ni Infierno ni dolor.

–¿Por qué? –acertó a preguntar Albert, abrumado. Era la pregunta más elemental de todas, y también la que tenía más significado.

–Él, Lucifer, siempre quiso redimirse y volver al bien. Pero su corazón seco se había convertido en piedra. Se lo impedían el odio y la soberbia. Has quebrado la coraza de ese corazón, y le has devuelto el hálito. Ahora late de nuevo. Por fin las arterias de la Creación fluyen con el líquido de la vida. Ahora hay esperanza porque, de nuevo, hay bien.

El fuerte grito de una joven doctora de la Media Luna Roja, que se había negado a abandonar cuando sus compañeros daban a Albert por muerto, llamó la atención de todos. De nuevo le latía el corazón, respiraba, tenía pulso. Sus lesiones eran muy graves, pero parecía un hombre fuerte y podría salir adelante.

Llena de alegría al haber conseguido aquello por lo que había estudiado la carrera de medicina, la médico sonrió y, sin saber si él era capaz de escucharla, dijo a Albert:

–Algún día tendrás que morir, desde luego. Pero no será hoy.

FIN

Ese día que temes por ser el último
es la aurora de la eternidad.

LUCIO ANNEO SÉNECA

APÉNDICE:

La base real de 616

Alguntas consideraciones acerca de la documentación de esta novela

- Muy enigmáticamente, dice san Mateo en su Evangelio (Mt 10, 28): «Y no temáis a los que matan el cuerpo, pero no pueden matar el alma; temed más bien a Aquel que puede llevar a la perdición el alma y el cuerpo en el Infierno».

- Con toda su dificultad de interpretación, el Apocalipsis de san Juan da originalmente a la Bestia (es decir, Lucifer encarnado como Anticristo) el número 616, y no el 666 que resulta de la numerología hebraica *(gematria)* de las letras que componen el nombre NERÓN CÉSAR transliterado del griego al hebreo. Este cambio se debe a su sanguinaria persecución de los cristianos, y a la ejecución de los apóstoles san Pablo y san Pedro.

- La más antigua fuente del Apocalipsis en que se muestra el número de la Bestia, el llamado papiro *Oxyrhynchus 4499*, recoge en griego la cifra 616: XIC, es decir, las letras ji, iota y stigma.

- Judas es un personaje extremadamente controvertido para la teología cristiana. La Iglesia católica somete en la actualidad a nuevo juicio su figura, ya que se trata de

Papiro Oxyrhynchus 4499

la más enigmática que participa en la vida y muerte de Jesús. El misterio de Judas, sacrificado para redimir a la humanidad, está repleto de puntos oscuros, como la venta de su maestro por una cantidad tan poco elevada como treinta denarios, o su posterior suicidio. Monseñor Walter Brandmüller es una persona real, así como su comisión vaticana de estudios históricos.

– El único de los Evangelios canónicos que menciona el ahorcamiento de Judas Iscariote es el de san Mateo (Mt 27, 3-5): «Entonces Judas, el que le había entregado, viendo que era condenado, devolvió arrepentido las treinta piezas de plata a los principales sacerdotes y a los ancianos, diciendo: Yo he pecado entregando sangre inocente. Mas ellos dijeron: ¿Qué nos importa a nosotros? ¡Allá tú! Y arrojando las piezas de plata en el templo, salió, y fue y se ahorcó».

– El llamado «Evangelio de Judas» fue hallado en 1978 en Egipto, escrito en lengua copta. San Ireneo, uno de los

Padres de la Iglesia, lo cita en el año 185, en su obra *Contra los herejes.* Se trata de un texto perteneciente a la secta gnóstica de los cainitas, que tomaban las figuras negativas de las Escrituras como positivas en la necesidad de cumplir el Plan de Dios (como la serpiente del Paraíso, Caín o el mismo Judas Iscariote). Al igual que en el texto de esta novela, en el *Evangelio de Judas* éste se muestra como el discípulo preferido de Jesús, al que le pide el sacrificio de cumplir una traición pactada. Así, esa traición es un acto heroico parecido al que, salvando las distancias, realiza el criminal Rocky Sullivan (James Cagney) en la película *Ángeles con caras sucias* (Michael Curtiz, 1938), al pasar como un cobarde frente a la silla eléctrica para quebrar su mito ante los jóvenes pobres de su antiguo barrio, que veían en él un modelo a seguir. La aparente cobardía final era, por tanto, un acto de enorme valor.

- La idea de un Jesús que pide a Judas que lo entregue –no que lo traicione– ya está presente en la novela *La última tentación de Cristo* (1951), del escritor griego Nikos Kazantzakis.

- El ficticio texto de Judas, que aparece al final de esta novela en una cueva del monte Nebo, está escrito en griego. Esta lengua se empleaba en tiempos de Jesús en el mundo grecolatino, que abarcaba desde el sur de Europa hasta Oriente Próximo y el norte de África. Los datos geográficos referidos al monte Nebo, en la actual Jordania, son exactos, como también lo son la relación bíblica de este monte con Moisés y el Arca de la Alianza.

- La existencia real de Jesús se ha llegado a cuestionar. Hoy sabemos, a través de la historiografía científica,

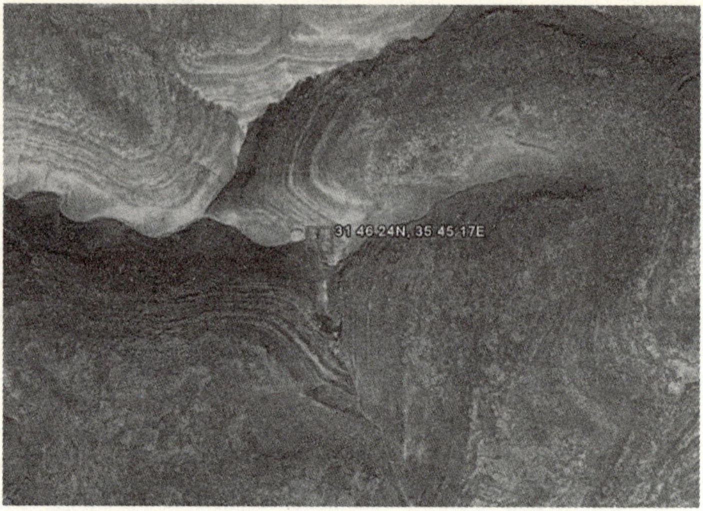

Ubicación precisa del lugar donde, en la novela, se halla el manuscrito de Judas.

que no se trata de un personaje de ficción. Sin embargo, los Evangelios canónicos están plagados de contradicciones, y los apócrifos aportan más información sobre los primeros cristianos que sobre Jesús mismo. En todo caso, y entre otras muchas cosas sorprendentes, sabemos que Jesús no nació en el año primero de nuestra era, ni lo hizo en el mes de diciembre; posiblemente no vino al mundo en Belén, sino en Nazaret, y no murió a los treinta y tres años.

– De todos los enigmas evangélicos, el más profundo es el que se deriva de la frase: «Dios mío, Dios mío, ¿por qué me has abandonado?». Otro gran enigma de la teología cristiana es por qué Dios permite al Demonio actuar en el mundo. Son misterios que quizá nunca lleguen a desvelarse.

- Los fragmentos de textos apócrifos que se incluyen en esta novela son rigurosamente exactos.

- El ritual del exorcismo que se cita en este libro es auténtico, instituido por el papa Pablo V en 1614, y renovado en 1990 como última extensión del Concilio Vaticano II, por parte de la Congregación para el Culto Divino y la Disciplina de los Sacramentos. Esta reforma actual, que permite su traducción a cualquier idioma y ha cambiado algunos usos y oraciones, es algo con lo que muchos exorcistas no están de acuerdo.

- El ritual del exorcismo y su práctica están plenamente vigentes hoy día en la Iglesia católica. Su cabeza visible, Benedicto XVI, apoya y alienta la labor de los exorcistas. El propio papa Juan Pablo II realizó exorcismos, uno de los cuales –a una muchacha joven– dio comienzo en la plaza de San Pedro ante miles de fieles.

- Cuando se somete a una persona supuestamente poseída a un exorcismo, ésta debe dar su consentimiento. Se recomienda, si es posible, que durante el rito esté presente un psiquiatra, así como que se registre en vídeo o audio todo lo que acontezca.

- Para los exorcistas, los síntomas de una auténtica posesión diabólica son diversos. Entre ellos se cuentan como principales: aversión a lo sagrado (incluso cuando el poseído ignora que está en presencia de un objeto bendito); xenoglosia, o capacidad de hablar en lenguas muertas o muy raras; sansonismo, o fuerza sobrehumana; y dermografía, o escritura espontánea de palabras en la piel del poseído.

- El padre Gabriele Amorth, exorcista de la diócesis de Roma, existe realmente, y es presidente de la Asociación Internacional de Exorcistas. Quizá sea, junto con Conrado Balducci, el exorcista más famoso.

- Los Lobos de Dios son un grupo de investigadores jesuitas nacido de nuestra imaginación. En el Vaticano existen, sin embargo, equipos de investigación similares a este grupo. Por lo general, la Compañía de Jesús es la orden religiosa cristiana que más profundiza en las ciencias y las paraciencias. Con anterioridad, ya existió una sociedad cristiana denominada «Lobos de Dios», encargada de luchar contra la hechicería y la brujería, fundada en el año 1510 y disuelta en 1750.

- Las psicofonías, los fuegos inmotivados, la telepatía, etcétera, son realidades del mundo. Cada uno es libre de interpretarlos, pero son un hecho innegable. Las prestigiosas universidades de Duke, Stanford o Princeton investigan estos fenómenos, y el mismo Albert Einstein creía en la posibilidad de que tuvieran una base física.

- Los proyectos PEAR, Conciencia Global o STAR GATE son reales, así como el laboratorio japonés ESPER, propiedad de la multinacional Sony Corporation.

- Las cartas Zener fueron creadas en los años treinta del siglo XX por el psicólogo Karl Zener, y utilizadas científicamente por el profesor J. B. Rhine, de la Universidad de Duke, con la intención de verificar la capacidad extrasensorial en las personas.

Los autores en el monumento a los bomberos caídos, frente al edificio Vendome de Boston.

- La magia negra no es sólo una superstición del pasado. Se utiliza todavía en muchos lugares del mundo, con renovada intensidad. El ritual vudú que se cita en esta novela está basado en prácticas reales, que llegan a veces a lo delictivo.

- Los disminuidos psíquicos son más receptivos a los fenómenos extraños, como sucede con las jóvenes que comienzan a ovular y las personas extremadamente bondadosas o de honda piedad. Los animales también parecen gozar de un sexto sentido que la mayoría de los seres humanos ha perdido.

- La historia del incendio del edificio Vendange de Boston es auténtica, aunque el nombre real de este edificio es Vendome. La vista de esta construcción desde el monumento a los bomberos caídos es impresionante. Actualmente, el edificio Vendome no es un hotel, sino que alberga varias empresas. De haber seguido siendo un hotel, no nos hubiera resultado aceptable utilizarlo como base de las conversaciones del Demonio.

- El incendio de la Universidad de Harvard, en el que se destruyeron todos los libros donados por John Harvard, salvo *La guerra del Cristianismo contra el Diablo, el mundo y la carne,* de John Downame, es históricamente exacto.

- En los procesos de canonización, la costumbre de desenterrar a los futuros candidatos a santos para comprobar el interior de sus féretros, no es una invención, aunque está en desuso. El asceta español fray Luis de León no fue canonizado, de hecho, porque se hallaron arañazos en la madera de su ataúd. Había sido enterrado vivo, en estado cataléptico, y cuando recobró la conciencia pecó de desesperación.

- Las visiones de un más allá terrorífico, aunque minoritarias –suponen alrededor de un cinco por ciento del total–, se dan en algunas personas que han estado en la frontera de la muerte. Desde antiguo se conoce esta experiencia inquietante. Hubo quienes se ponían al borde de la muerte para tener esas visiones, como los sacerdotes egipcios. La película *Flatliners (Línea mortal)* trata de unos estudiantes de medicina que hacen lo mismo en la actualidad.

- El *Codex Gigas* es un libro auténtico, al que se conoce, en efecto, como «Biblia del Diablo». Se trata del códice medieval mayor del mundo. Su leyenda dice que el monje que lo escribió lo hizo en una sola noche con la ayuda de Satanás, y que la verdadera imagen del Maligno aparece entre sus páginas.

- Es encomiable la labor altruista de religiosas como las Hijas de la Caridad de San Vicente de Paúl, que sacrifican su tiempo y sus recursos en un acto de bondad cuyo único objetivo es mejorar el mundo. Si hay realmente un cielo, ellas lo ganan día a día. De momento han ganado ya el prestigioso galardón Príncipe de Asturias.

- La redención de Lucifer, y de todos los seres de la Creación al final de los tiempos, es algo que la teología cristiana contempla, y a lo que se denomina «apocatástasis». Sin embargo, Charles Baudelaire aseveró que la más hábil astucia del Demonio era hacernos creer que no existe. Ojalá la astucia del Demonio no sea aún mayor y más terrible.

Diseño: Serifa
Fotografías de la sobrecubierta: © A. Pastorello/Samba Photo/
Gettyimages y © Photodisc Blue/Gettyimages
Foto de solapa: © Jorge Traver

Círculo de Lectores, S. A. (Sociedad Unipersonal)
Travessera de Gràcia, 47-49, 08021 Barcelona
www.circulo.es
1 3 5 7 9 7 0 0 6 8 6 4 2

Licencia editorial para Círculo de Lectores
por cortesía de Random House Mondadori, S. A.

Este libro ha sido impreso en papel Supersnowbright
suministrado por Hellefoss AS, de Noruega

Depósito legal: B. 14501-2007
Fotocomposición: punt groc & associats, s. a., Barcelona
Impresión y encuadernación: Printer industria gráfica
N. II, Cuatro caminos s/n, 08620 Sant Vicenç dels Horts
Barcelona, 2007. Impreso en España
ISBN 978-84-672-2491-7
N.º 36731